AUTORA DA SÉRIE *A MENINA DA SEXTA LUA*

Moony Witcher

MORGA

A MAGA DO VENTO

Tradutor

Elena Gaidano

BS
BestSeller

CIP-BRASIL. CATALOGAÇÃO-NA-FONTE
SINDICATO NACIONAL DOS EDITORES DE LIVROS, RJ

W777m

Witcher, Moony, 1957
A maga do vento / Moony Witcher; tradução: Elena Gaidano. - Rio de Janeiro: Best*Seller*, 2012. (Morga)

Tradução de: Morga : la maga del vento
ISBN 978-85-7684-523-2

1. Literatura infantojuvenil italiana. I. Gaidano, Elena. II. Título.

11-7677 CDD: 028.5
CDU: 087.5

Texto revisado segundo o novo Acordo Ortográfico da Língua Portuguesa.

Título original italiano
MORGA: LA MAGA DEL VENTO

Ilustração de capa e miolo do original italiano: Linda Cavallini

Publicado mediante acordo com Arnoldo Mondadori Editore-Libri per Ragazzi, uma divisão da Arnoldo Mondadori Editore S.p.A.
Via Bianca di Savoia
12 - 20121 Milan, Italy.

Adaptação de capa: Studio CreamCrackers
Editoração eletrônica: Ilustrarte Design e Produção Editorial

---

Impresso no Brasil

ISBN 978-85-7684-523-2

A Morga, que eu conheci de verdade

SUMÁRIO

1

A confissão da Bramante Branca

Floresta de Sambar
Estação Medra – 3º dia do ano 500
Temperatura: 18 graus
Lua azul noturna

Imóvel, encolhida entre os galhos secos como se estivesse de castigo, fitava Orhanto, que do alto da grande árvore nodosa parecia ainda mais distante e inalcançável.

Mais negro que o céu noturno, com aquelas águas mortas que não deixavam aparecer nenhuma onda, nem sob os raios da lua azul, o oceano de Emiós parecia um gigantesco manto de veludo.

Os olhos semelhantes a enormes pétalas azuis escrutinavam o horizonte, procurando uma saída para fugir da angústia que nem mesmo as sementes calmantes de Cilando poderiam aplacar. Era uma ansiedade que palpitava a cada batimento cardíaco: temores e sensações rondavam no silêncio da Floresta de Samhar.

Morga, que acabara de fazer 12 anos, deixou o vento despenteá-la. Seus cabelos cor de piche chicotearam seu rosto marcado de minúsculas sardas roxas que salpicavam sua pele macia e branca como a areia do deserto de Alfásia.

Ela não tinha medo do escuro, pelo contrário, a escuridão era o berço dos seus pensamentos. Morga gostava de refugiar-se à noite naquele canto silencioso, pendurada nos galhos da Quercus Alba, a maior de todas as árvores nodosas do planeta. Os cheiros e os rumores da natureza eram uma linguagem imediata que a deixava à vontade e conseguia tranquilizar seu espírito irrequieto, vivaz e curioso. Tinha um jeito diferente dos outros Dakis, que ela jamais vira na vida. Entretanto, eles podiam viver na Colônia Briosa, frequentar a cidade de Karash, brincar e trabalhar junto com os adultos, os U'ndários que moravam nas Leiterias Tortas da cidade de Wolmida.

Morga, não!

Ela nunca estivera naqueles lugares. Essa proibição fora explicitada quando sua mãe, Animea, lindíssima Gestal do Mosteiro de Hamalios, decidira levá-la secretamente, recém-nascida ainda, para a Casa de Eremia, a Bramante Branca dos poderosos Fhar, governadores absolutos do planeta Emiós.

Eremia aceitara correr o risco de ficar com a menina e educá-la de acordo com as regras férreas da alquimia e da magia alienante. Animea deixou o fruto do seu amor aos cuidados da Bramante, suplicando a ela que não a entregasse aos Fhar e não revelasse quem era o pai.

Contudo, com o passar dos anos, as coisas foram se complicando, e a Gestal foi obrigada a abrir mão das viagens para visitar a filha, porque os Fhar aumentaram a fiscalização na Área Krop-0, principalmente no Mosteiro de Hamalios. As Sentinelas, criaturas fidelíssimas aos governadores, atuavam como espiões sempre alertas e conseguiam atravessar as paredes graças ao seu corpo feito de fumaça e vapor. Tinham condições de captar o menor deslocamento das Gestais e comunicá-lo com precisão.

Com isso, Morga conhecera muito cedo o sofrimento e o isolamento. A falta da mãe provocara-lhe tamanha raiva que a rebeldia brotou em seus nervos e em seus olhos. Havia dois anos que ela saía quase toda noite e, como um animal ferido, trepava na árvore nodosa mais alta da Área Krop-6X na esperança de vê-la chegando em sua suntuosa Vádria vermelha, a carruagem voadora das Gestais. Não obstante, seu desejo era inexoravelmente frustrado.

Eremia sabia perfeitamente que Animea não podia ir ver a filha e temia que acontecesse algo de grave a essa garotinha tão especial e tão perigosa para o equilíbrio do planeta inteiro.

Mas o vento, as correntes de luz, a órbita das três luas e o cheiro dos seixos indicavam de forma sutil que o mundo dos Fhar estava em decadência. O destino de Emiós estava mudando, Morga podia senti-lo.

Ela sabia captar e usar muito bem as energias graças ao seu instinto e às técnicas mágicas que a Bramante lhe ensinara. Morga tornara-se a Maga do Vento, e ninguém jamais poderia mudar o seu destino.

Naquela noite de lua azul, ela também transbordava de sensações fortes, o instinto prevalecendo sobre qualquer outra emoção. Com o nariz apontado para o alto, Morga inspirou os perfumes provenientes da Floresta de Samhar e deixou sua mente abrir-se às intuições, exatamente como fizera ao começar a escrever a poesia dedicada ao vento. Eram frases que evocavam um futuro distinto: *O vento sopra, muda as coisas, até as pedras tornam-se rosas.* Era costume de Morga recitar o início da poesia quando estava sozinha e, para invocar forças, ela pronunciou-o novamente, olhando para o horizonte.

Os brilhos azulados da lua minguante derramavam em todas as coisas um silêncio surdo e ameaçador. Havia também muitas mudanças de cheiro, muita tensão no ar. Morga mordiscou os pequenos lábios e inspirou, semicerrando os olhos. Com um gesto lento, levou a mão direita ao pescoço e abaixou um pouco o grosso fecho ecler do macacão térmico, que lhe envolvia o corpo como uma luva de verniz preto, voltou a olhar o Oceano Orhanto e pensou na sua solidão forçada.

— Um dia vou descobrir quem é meu pai! E ele vai pagar por isto! Se minha mãe me entregou para Eremia é porque ele não me quis. Ele não me aceitou — murmurou apertando os dentes, mas sem derramar uma lágrima.

Seu olhar tornou-se cortante, e ela fechou os punhos. Morga quis gritar para as estrelas, imitando aqueles animais ferozes que viviam nas montanhas altas da Cosmogonia Rochosa. Todavia, o grito congelou-se de chofre em sua garganta. Ela olhou para baixo, enfadada: o rápido tamborilar do bico de Wapi no tronco da Quercus Alba interrompera-a.

— Sim, já sei. Está tarde! Desço já... estou descendo, mas você pare de fazer barulho com esse seu bico! — resmungou nervosamente enquanto ia saltando de um galho sem folhas a outro.

Um último salto e a garotinha encontrou-se diante do seu amado Piróssio, uma espécie de avestruz com mais de 2 metros de altura e penas alvíssimas, longas e macias. Wapi era inteligente, veloz e sensível. Bastava uma troca de olhar para que ele e Morga se entendessem. Wapi estava com 4 anos e era um exemplar extraordinário e único: sua plumagem branca o distinguia de todos os outros Piróssios, que tinham cor de capim seco.

Antes de subir na garupa do seu amigo fofo, Morga agachou-se e, rezingando ainda, amarrou os longos cadarços das botas anfíbias, calçados pesados porém necessários para caminhar pelas trilhas da floresta. Bateu os pés no chão pedregoso, evitando as poças de água, e ergueu orgulhosamente as costas.

Estava pronta para voltar para casa e exigir explicações que lhe eram negadas havia anos.

Wapi arregalou os grandes olhos cinzentos, abriu o bico e cuspiu uma fruta roxa. Dessa vez foi ele quem uivou em direção ao céu. Seu grito ecoou no silêncio da floresta.

— Pare com isto, você está louco? Agora, vamos. Eu também estou com fome! Esta noite você está realmente insuportável! — Morga agarrou-se aos cordões da sela e, saltando com elasticidade, subiu às suas costas. Puxou as rédeas amarradas ao pescoço de Wapi, que partiu como um raio, movendo as pernas de uma maneira estranhamente ondulatória.

A Maga do Vento deixou-se balouçar, inclinando a cabeça para trás: ficar com os olhos voltados para o céu com a brisa úmida que lhe passava pelos cabelos era como um remédio para acalmar sua ira. Ela lançou um último olhar para sua árvore nodosa e olhou de relance os maciços petrificados de plantas antigas mais adiante, e inalou mais uma vez os perfumes que emanavam dos Papáveros Somniferis e das folhas de Adormida Branca que envolviam a vasta floresta, que se transformara no cerne de suas esperanças.

A corrida do Piróssio durou poucos minutos e, quando apareceram as grandes janelas em arco que iluminavam o jardim da Casa de Eremia, a respiração de Morga ficou mais agitada. Um pensamento, o de sempre, tomou conta de toda a sua mente: era hora de saber tudo e não deixar mais nada pendente.

— Eu vou perguntar para ela! Sim, agora mesmo vou entrar e perguntar. Não aguento mais esperar! — murmurou, observando a grande casa em que morava havia 12 anos sem saber por que motivo.

Wapi estacou na altura do amplo pátio de entrada e a garotinha deslizou pelas plumas até o chão úmido.

— Vamos, entre e não crie problemas hoje. Você vai comer o que tiver. Eremia deve estar chateadíssima, porque eu não dei as caras o dia inteiro — comentou, indo em direção ao elegante chafariz, que esguichava como sempre.

O Piróssio inclinou a cabeça e pestanejou como para significar que sua paciência era ilimitada.

Morga e o avestruz branco atravessaram o pátio passando pela grama para tentar não fazer barulho, e suas sombras se moveram dançando sobre os relevos das esculturas prateadas iluminadas pelos raios da lua azul.

As Sinfobaixas posicionadas sobre as duas cúpulas da casa não emitiam nenhuma harmonia alquímica; era sinal de que a Bramante Branca não estava no Panacedarium criando suas poções mágicas costumeiras.

O silêncio reinava soberano; apenas um vento suave fazia sentir o seu alento.

De repente, a porta de entrada abriu-se de par em par. A figura austera de Eremia apareceu, lembrando um fantasma: alta, completamente careca e envolvida em sua roupa de sempre, de rústico crepe de algodão branco. Ela permaneceu diante de Morga com as mãos estendidas ao longo do corpo e fitou-a com um daqueles olhares capazes de petrificar até a água.

— Já está anoitecendo. Você já percebeu que é muito tarde? Já não é mais criança! E eu não tenho tempo a perder! — A Bramante fez uma careta que acentuou as profundas rugas do pescoço e do rosto, que revelavam irremediavelmente a sua idade: 532 anos! Sua pele fina era como um pergaminho de cor acinzentada.

Com exceção de Morga e Animea, ninguém jamais vira o rosto decrépito de Eremia, astuciosa e corajosa Fhar que optara por viver na Floresta de Samhar sem ajuda das Sentinelas, que sempre detestara. Por outro lado, o seu gênio rebelde jamais lhe permitiria viver com os outros Fhar em Áurea Nyos, a cidade das cem torres que se estende a noroeste da Área Krop-6X.

— Eu não estava longe. Wapi estava comigo — respondeu Morga, dando puxões nas rédeas para que o Piróssio abaixasse a cabeça na altura do rosto de Eremia.

Os olhos arredondados e extremamente meigos da avestruz nivelaram-se na altura do pequeno kumkum vermelho desenhado perfeitamente no centro da fronte da Bramante.

Aquele círculo era a marca do poder xamanista e espiritual de Eremia, que traíra o antigo pacto selado quinhentos anos antes entre os cem Fhar. Esconder Morga fora uma verdadeira e própria loucura!

— Você quer fugir? Quer ir embora? — perguntou a velhíssima Bramante.

— Eu quero minha mãe. Quero saber quem é meu pai! — Decidida, direta, destemida, Morga deixou-se ficar na soleira da porta e aguardou.

Eremia enrijeceu. Levou os braços para a frente e abriu as mãos, logo diante do rosto sardento da jovem.

— Você não está mais conseguindo controlar as energias e não escuta a harmonia do vento. Será que você está perdendo os seus poderes sensíveis? — A xamã agarrou-lhe a cabeça, semicerrou os olhos e voltou a falar: — Você tem ódio demais no coração. Eu entendo.

Eremia foi percorrida por um leve tremor, e Morga aproveitou para retroceder.

— Por que minha mãe não vem mais me visitar? É meu pai que a impede? Diga-me. Você deve me dizer, agora! — Desdenhosa, agressiva e sem mostrar nenhum respeito para com a mulher que a criara, bateu com o pé, esperando a verdade.

— Não seja insolente! Esse não é o jeito nem o lugar para falar dessas coisas. Vamos entrar, a temperatura está caindo. Amanhã será o último dia da estação amena Medra e o frio vai chegar, cobrindo tudo de gelo e neve. — A Bramante virou-se e dirigiu-se para a escada monumental, que era bem visível pelo lado de fora graças à comprida parede de vidro que se elevava do térreo até o terceiro andar da casa.

A luz lunar filtrava pelos vidros, e os rostos da velha maga e da garotinha iluminaram-se de azul.

Wapi seguiu-as subindo os degraus com dificuldade. Quando Eremia entrou no grande salão, as chamas das velas reduziram-se imediatamente, criando uma atmosfera que induzia calma. As paredes vermelhas como o fogo acolheram o olhar de Morga, que estava cada vez mais decidida a não deixar sua raiva apagar-se. A Bramante caminhou lentamente em direção a um dos muitos móveis em madeira marchetada que decoravam suntuosamente o vasto ambiente. Ela levantou delicadamente a tampa do baú, pegou uma caixa de pedra rosa, abriu-a, extraiu dela uma Fituba amarela de sabor limão e acendeu-a. Deu uma tragada que cobriu o seu velho rosto de fumaça, com que procurava esconder seu nervosismo evidente. Depois, com um gesto eloquente, indicou ao Piróssio sua cuia cheinha de Equisetum Arvense, uma plantinha gostosa pela qual Wapi era louco.

Morga viu que a mesa quadrada ao lado do forno da cozinha estava posta como de costume, mas não sentia fome alguma.

— Não vou comer — disse sem se alterar, enquanto Wapi mergulhava o bico na cuia ao lado da lareira de mármore preto.

— Sente-se; eu estou farta de seus caprichos, você deve... — A Bramante foi interrompida bruscamente.

— Devo? O quê? Já não aguento mais as suas ordens! Não sou sua filha. — Essa resposta provocou uma reação imediata.

— Eu disse para você sentar! Se quiser falar de sentimentos e do querer-se bem, então, ouça. — Eremia apurou a voz, deu outras duas tragadas na Fituba amarela e, com a atenção voltada para o cigarrinho fino, sentou-se numa poltrona revestida de tecido verde brilhante.

Morga, por seu lado, permaneceu de pé, com as mãos nas cadeiras e o olhar altivo.

— Sua mãe virá amanhã de manhã. Recebi uma mensagem do Mosteiro de Hamalios. Quer ler? — A Bramante apertou os olhos, que ficaram pequenininhos.

— De minha mãe? Sim, claro, quero ver a mensagem — respondeu Morga, esboçando um sorriso.

O Obolho de ouro e cristal voou para o lado da Bramante, deixando para trás um risco de vapor sulfuroso que se misturou com a fumaça do cigarro. O pequeno dirigível ficou parado no ar, e a quarta portinhola abriu-se, dando passagem à mão magérrima de Eremia para pegar o Ciodalo, o círculo alquímico que contém as mensagens que os Fhar trocam entre si ininterruptamente.

— Tome, leia você mesma.

A jovem Maga do Vento pegou o objeto com delicadeza, apertou a minúscula tecla branca posicionada na borda do Ciodalo e a tela redonda iluminou-se com as palavras amarelas fluorescentes que a atravessavam lentamente.

Cidade de Mantrakor
Mosteiro de Hamalios – Área Krop-0
Estação Medra – 3º dia do ano 500

Excelentíssima Eremia,
As poções de Aloe Feixosa estão acabando e os suprimentos de Raízes Roxas já estão escassos. Tendo em vista que a nova estação de frio vai começar daqui a dois dias e as nevascas previstas não permitirão o pronto deslocamento das mercadorias, eu decidi enviar amanhã mesmo uma Vádria com as gestais Animea e Sasima, acompanhadas pela Ancilante Mesia. Eu chegarei no dia subsequente com os Dromantes para o carregamento de especiarias e Senthia a ser levado para Áurea Nyos, seguindo as determinações dos nossos amados colegas.

Serunte

Chefe Fhar do Centro Cripto – Área Krop-1 e
Guardião do Mosteiro de Hamalios – Área Krop-0

Quando concluiu a leitura, Morga ergueu os olhos azuis e, brincando com uma mecha de cabelos, dirigiu-se à Bramante:

— Desculpe se fui brusca com você. Estou feliz com a chegada da minha mãe. Finalmente, vou poder abraçá-la de novo, depois de dois longuíssimos anos. Mas continuo sem entender por que estou morando com você. Por que minha mãe tem de me ver às escondidas? Por que não posso saber quem é meu pai?

A Bramante pegou o Ciodalo e o colocou de volta no Obolho, que saiu voando em meio a baforadas de vapor. Ela apagou a Fituba amarela na cuia com o incenso granulado e deslizou os dedos pela testa, pressionando seu kumkum vermelho:

— Chegou a hora de você saber. Prepare o seu coração e mantenha as energias em repouso. O controle da potência dos nossos pensamentos deve ser perfeito, conforme eu lhe ensinei. E lembre-se sempre da importância absoluta do contato com a natureza. Eu sei que você saberá estabelecê-lo, tenho certeza disso. Conheço você muito bem e criei você de acordo com as regras da nossa magia alienante, dos Fahr. E eu assumo todas as responsabilidades.

Morga sentou-se no tapete turquesa, cruzou as pernas e aguardou.

— Na mensagem que você leu, não há somente a notícia da chegada de sua mãe, acompanhada por Sasima e Mesia. Claro que é importante para você que ela retorne depois de dois anos de ausência, pois isso também é um fato importante para mim. Contudo, também há outra coisa... você entende? — Eremia baixou a voz, modulando-a de tal maneira que o diálogo se tornou misterioso e inquietante.

— Outra coisa? Você está se referindo à chegada do Fhar chamado Serunte? — A garotinha arregalava os olhos e esperava uma resposta.

— Exatamente. Um Fhar está vindo para cá. É inusitado, você não acha? O vento não falou com você hoje à noite? Você não sentiu nada vibrando no ar? — Eremia nunca falara tão sério.

Morga voltou a pensar na árvore nodosa e na raiva condensada em seu estômago. Arregaçou as mangas do macacão térmico, mordiscou os lábios e, por fim, fez que sim com a cabeça.

— Eu senti as forças mágicas agitando-se dentro de mim. O perfume da floresta era mutável. Acho que está acontecendo alguma coisa ... mas não sei bem o quê.

— Bem, continue falando e raciocine — incentivou-a Eremia.

— Com efeito, normalmente, é um grupo de U'ndários ou de Dakis que vem buscar as mercadorias, as ervas mágicas e as poções. E, a cada vez, eu preciso me esconder como você me ensinou. Sei que ninguém deve me ver, você me explicou isso e eu sempre obedeci.

A Bramante ergueu-se lentamente da poltrona, levantou os ombros e girou lentamente o pescoço para a esquerda e para a direita.

Morga já não ficava impressionada com a sua careca brilhosa, mas aquele comportamento, que denotava certa tensão nervosa, era bastante estranho para uma Fhar tão poderosa quanto Eremia.

A garotinha permaneceu sentada no tapete e, com o rosto virado para o alto, observava-a prendendo a respiração.

— O Fhar que virá é Serunte, e foi ele quem deu a autorização para sua mãe vir. Isto é um fato extraordinário. Entretanto, Serunte não é somente o Guardião de Hamalios; o seu cargo mais importante é ser Chefe do Centro Cripto, para onde são levados os recém-nascidos. Por fim, como você bem sabe, a mensagem com a requisição de mercadorias para o Mosteiro sempre foi assinada pela responsável, outra Fhar, a Pramaga Smartika, que jamais permitiria que outra pessoa encomendasse mercadorias ou ervas em seu lugar — concluiu Eremia.

— Você quer dizer que está realmente acontecendo alguma coisa grave? E o que isso tem a ver com minha mãe? — Morga estava confusa.

— Sim. Está acontecendo alguma coisa muito grave na cidade de Áurea Nyos. E acho que Okrad, o Grão-Medônio, o Mestre de Vida, logo vai convocar todos os Fhar para o quingentésimo Conciliábulo na Megorá, o grande auditorium existente na sua torre.

— Explique-me... diga-me... — Morga levantou-se de chofre e agarrou uma ponta da roupa de Eremia.

— Não sei o que está ocorrendo precisamente. Contudo, seguramente, Serunte não está vindo para cá somente pelo carregamento de especiarias. Ele está vindo por sua causa. — A Bramante acariciou a cabeça de Morga e sorriu.

A garotinha engoliu em seco, sentiu o sangue correndo mais veloz em suas veias e uma lufada de calor avermelhou suas faces sardentas.

— Por minha causa? Ele sabe que eu existo? – A garotinha permanecera boquiaberta, assombrada.

— Sim. Ele sabe. Ele sabe tudo. Você está pronta para escutar minhas palavras? O que vou dizer vai magoá-la. — A Bramante deixou Morga como que petrificada, dirigiu-se à cozinha, pegou a jarra ramada e verteu em dois copos de cristal fosco uma boa dose de Zafínia Soprada, uma bebida quente e muito preciosa obtida ao espremer as Cobaltas Esferiosas, bagas azuis que cresciam uma vez a cada trinta anos. — Beba. Mesmo que seja forte para a sua idade, isto lhe fará bem. Tempera os nervos e fortifica o coração — disse Eremia, estendendo-lhe o copo fumegante.

Morga tomou um gole e sentiu a garganta arder.

— Beba tudo! Vai ajudá-la — exortou-a a velha xamã.

A garotinha fechou os olhos e engoliu tudo, enquanto Wapi olhava, preocupado. O Piróssio aproximou-se, alongando o pescoço, para cheirar o que ela estava bebendo.

Eremia afastou-o com delicadeza:

— Vá deitar na esteira; não é hora de brincar.

O avestruz moveu-se de forma engraçada, tentando não derrubar alguma vela com seu corpanzil, e se agachou, mantendo a cabeça alta e o olhar dócil. Morga tossiu duas vezes; aquele suco tinha ótimo sabor, embora queimasse como fogo. Parecia-lhe que seu estômago ia explodir, um calor infernal atravessou todo o seu corpo e até suas faces tornaram-se vermelhas como as paredes da sala.

— Bem. Agora, venha aqui para o meu lado. Vamos nos sentar no tapete. Eu vou falar e você vai ouvir bem atentamente. — A Bramante acomodou-se, ajeitando o seu longo vestido branco, e Morga posicionou-se de frente para ela.

— Quem é Serunte? É um Fhar bondoso... como você? — perguntou, cheia de curiosidade.

— Serunte é um ano mais novo que eu: tem 531 anos. Nós nos conhecemos desde que éramos muito jovens. Ele é um mago competente, perito em Medicina Kármica. — Eremia foi logo interrompida.

— Medicina Kármica? Eu conheço algumas fórmulas, as que estão escritas no *Plantarium* — acrescentou a garotinha, com certo entusiasmo.

— Exatamente. Serunte conhece muitas mais desse tipo, que ele criou. É um Fhar poderoso, intuitivo, sério e de gênio parecido com a casca das árvores nodosas. Ele sabe se mostrar muito duro e impiedoso, porém também é leal. - Eremia tomou mais uns goles de Zafínia Soprada, e seus olhos perderam-se no fundo do copo como se as lembranças de sua juventude estivessem aflorando dali, uma após a outra.

— Mas como é que ele sabe que eu existo? Ele conhece minha mãe ou foi você quem disse? — Morga secou a boca e descansou o copo no chão.

— Você só está viva porque ele quis. — A frase da Bramante Branca foi recebida pela garotinha dos cabelos negros com um baque no coração. — Você entendeu de quem estou falando? — indagou Eremia, olhando-a diretamente nos olhos.

— Meu pai! Serunte é meu pai! — Morga ergueu-se num salto desajeitado que derrubou uma grande vela preta, cuja cera escorreu para o tapete turquesa.

Wapi esticou o pescoço e emitiu um ruído estrídulo; porém não se mexeu da esteira, porque Eremia o imobilizou apontando-lhe o dedo indicador como se fosse uma flecha. Depois, sem alterar a expressão do seu rosto, agarrou os braços de Morga e, puxando-a para si, obrigou-a a sentar-se novamente.

— Sim, Serunte é seu pai. Agora, você sabe.

— E por que ele não quis ficar comigo? Por que minha mãe me entregou para você? O que significa que ele salvou a minha vida? — Morga cobriu o rosto; os pensamentos emaranhados davam um nó em sua mente.

— Ele próprio explicará isso a você, se ele quiser. A única coisa que eu posso confessar é que aceitei ficar com você aqui porque acho que você não nasceu por acaso. Você não veio ao mundo em Emiós para viver como todos os outros. Segundo as leis dos Fhar, as crianças como você não têm direito à vida — Eremia não conseguiu terminar de falar.

— O QUÊ? Mas de que leis você está falando? Vocês, Fhar, matam crianças? Mas por quê? — Morga estava fora de si.

— Baixe a voz e ouça. Em todos esses longos anos da minha existência, eu compreendi que nossa potência mágica não basta para sermos felizes. Certamente, é errado pensar que crianças como você não têm direito de viver. Contudo, esta é a realidade há quinhentos anos. — Eremia começou a transpirar, e as gotas escorriam pelos sulcos das profundas rugas que marcavam seu rosto.

Como se estivesse sendo arrastada por um rio em cheia, amedrontada pelas palavras da Bramante, a garotinha encolheu-se no chão com a respiração agitada e depois ergueu os olhos, passando o olhar ao seu redor: móveis, velas, lâmpadas, ampolas, velhos objetos e a lareira negra, com o fogo que ardia baixinho. O ambiente parecia-lhe repentinamente estranho. Aquela não era a sua casa. Não havia lembranças amorosas.

— Eu não tinha o direito de viver? Mas o que quer dizer? O que é que há de horrível em mim? Não sou digna? Sou tão diferente dos outros Dakis? — Morga desatou num choro desesperado.

A xamã tinha sido cruel. Como podia ter lhe dito essas coisas?

— Eu havia avisado que saber a verdade iria lhe causar sofrimento. Você dá mostras de sua fraqueza, e para você, lamentavelmente, é natural. Está vendo que brincadeiras nos aprontam os sentimentos? Nós, os Fhar, não temos esses problemas, nem os outros Dakis, e muito menos as U'ndárias e os U'ndários, as Gestais e as Ancilantes. Em Emiós, não está prevista a existência da comoção, nem do amor. — A Bramante Branca levantou-se com dificuldade; o Penolho Quadrado, grande relógio de ouro pendurado na parede, marcava onze horas da noite em ponto.

Uma lufada de vento abriu repentinamente uma das quatro janelas gigantescas em forma de arco, as cortinas brancas esvoaçaram molemente e todas as velas se apagaram, deixando o salão na penumbra. Somente a luz da lua azul cintilava, realçando os contornos de todas as coisas.

— Eu estou viva! Sou forte! Sou Morga! O vento está comigo. Eu amo minha mãe! E ela me ama. Não é verdade que ela não tem sentimentos; ela é uma Gestal e, de acordo com o que você acabou de falar, ela não deveria me querer bem. Mas você está errada. Está redondamente enganada! — Seu grito desesperado espalhou-se como uma onda; Morga lembrou-se das carícias de Animea, reviu seus grandes olhos negros semelhantes a pedras preciosas. O seu perfume, os longuíssimos cabelos pretos e a voz macia certamente não poderiam ter enganado o seu coração. — O que há de terrível em ter esses sentimentos? Vocês, Fhar, são monstros.

Morga começou a chutar os móveis, derrubou duas mesinhas redondas, quebrou os bibelôs de cristal e os amuletos de palha trançada. O vento voltou a entrar e uniu-se à fúria da garotinha, que vociferava e chorava.

De susto, Wapi enfiou a cabeça debaixo das plumas, enquanto Eremia permanecia parada, sem interferir.

— Que mundo é este! Você me manteve prisioneira! Não posso ver ninguém. Mas eu existo! E, agora, meu pai também vai ter de se haver comigo. — A violência de Morga abria caminho como a erupção de um vulcão.

A Bramante fechou a janela, voltou a acender as velas com um gesto e cruzou os braços.

— Você é diferente de todos, e a sua diferença também me modificou. Quando você era pequena, eu abraçava você e sentia que o batimento do seu coração se somava ao meu. Quando você falou pela primeira vez, nós estávamos no Panacedarium; eu segurava uma ampola de Amônio Combinado, que deixei cair por emoção, e você riu. Sim, há pequenas coisas que são mais importantes que qualquer poder mágico. Eu lhe quero bem. E dizer isto para você me custa caro. Raciocine sobre o que estou lhe dizendo. Pense bem. — Eremia afastou-se, fazendo esvoaçar seu vestido, abriu a porta e desceu as escadas sem se virar sequer uma vez.

Morga permaneceu em silêncio, prendendo a respiração. Wapi levantou-se da esteira e aproximou-se dela, abaixou o pescoço e esfregou o bico sobre os seus ombros.

— Eu não sou como os demais. Tenho um... defeito. Estou errada... como você, Wapi. As suas penas são cândidas, enquanto os outros Piróssios nascem louros. Eu choro e tenho sentimentos fortes e você consegue me compreender, embora não fale. Em suma, segundo os Fhar, nós dois não deveríamos viver. — Confusa, magoada e desesperada como estava, Morga ainda precisava compreender muita coisa, e a verdade apresentava-se como uma montanha de gelo que era preciso escalar.

Ela subiu correndo para o segundo andar, atravessou a comprida biblioteca e entrou em seu quarto, seguida por Wapi, que oscilava.

Olhou-se no espelho.

— Morrer! Eu devia morrer. Desaparecer no nada porque eu tenho sentimentos? Mas como é que os Fhar souberam que eu não era igual aos outros Dakis? Então, minha mãe também é diferente das outras Gestais! Essa história não me convence. — Enquanto falava sozinha, tirou o macacão térmico e vestiu uma malha vermelha confortável e um moletom largão, preto e cinza. Sentou-se na cama e afagou a cabeça plumosa do avestruz, que permanecia com o pescoço arriado, sem fazer o menor movimento.

Ela rememorou as últimas frases de Eremia: "Eu lhe quero bem. E dizer isto para você me custa caro."

Instintivamente, puxou as plumas e ergueu a cabeça de Wapi, que abriu o bico e arregalou os olhos de dor.

— Eremia gosta de mim. Quer dizer que ela tem sentimentos. Então, ela também "tem um defeito". Eu... a contagiei!

Naquele momento, ela ouviu as harmonias alquímicas ressoando por toda a casa. As Sinfobaixas posicionadas sobre as cúpulas giravam a toda velocidade. Sinal de que a Bramante encontrava-se no laboratório.

A Maga do Vento soprou para o alto para tirar os cabelos dos olhos e, levantando-se de chofre com ímpeto assassino, desceu as escadas correndo velocíssima, deixando o Piróssio com o bico semiaberto e as longas patas meio dobradas.

Chegou ao térreo e colocou-se diante da portinhola de prata do Panacedarium, agarrou a argola de cobre pendurada no centro e bateu à porta.

— Está aberta, pode entrar. — A voz de Eremia estava calma.

A velha xamã estava debruçada sobre a mesa repleta de objetos de vidro, ampolas e vasos de barro. Numa das mãos, segurava a Cademônia Curvada, uma pinça de ferro, incandescente.

— Você realmente me quer bem? Fui eu que a contagiei e agora você tem sentimentos diferentes daqueles que tinha antes de eu chegar à sua casa? — arriscou a garotinha.

— Sim. Não posso negar isso. Mas isso não muda a situação em nada. Você tem de aceitar que é diferente dos outros. Emiós não é um mundo para você. — Eremia falava sem se virar, e em suas palavras ocultava-se profunda tristeza. A Bramante procurava controlar seus sentimentos, pois certamente não podia trair completamente sua natureza de Fhar.

— Você não pode me explicar por que meu pai nunca veio me visitar? — Morga aproximou-se na ponta dos pés.

— Não. Ele é quem vai lhe contar o resto. — A xamã pousou a Cademônia Curvada sobre uma pedra hexagonal e virou-se.

— E minha mãe? Ela vai me dar outras explicações?

— Pode ser. Mas, agora, não posso mais conversar com você. Preciso terminar as poções de Senthia. Você me ajuda? — Eremia permaneceu sem expressão alguma, mas os seus olhos estavam vermelhos e irritados.

Morga compreendeu que a Bramante estava com vontade de chorar, mas não conseguia. Jamais lágrima alguma molhara o seu rosto.

Não disse nada, apenas abriu o armário e pegou cinco frasquinhos cor-de-rosa.

— Estou pronta, vou enchendo estes.

Com segurança, apertou o tubo ligado ao Rôndolo, uma grande vasilha em forma de ovo com caracóis de vidro mole, e soprou dentro dele algumas vezes. Depois, acoplou um dos caracóis ao instrumento moldado em forma de trombone, o Suflio, e a substância alquímica percorreu-o velozmente, dando a volta completa.

— Você já se perguntou por que somente nós, os Fhar, bebemos a poção de Senthia e todas as caixas acabam exclusivamente em Áurea Nyos? — indagou a Bramante, segurando as folhas douradas entre as mãos.

Morga franziu os lábios e sacudiu a cabeça.

— Estas folhas obtidas das raríssimas árvores de Senthia contêm ouro vegetal puríssimo. Têm o poder de parar o envelhecimento do corpo. — A explicação de Eremia gelou o sangue de Morga nas veias.

— É uma fórmula para a imortalidade? — A garotinha compreendera imediatamente.

— Sim. É um procedimento alquímico secreto. — A Bramante picou as folhas e enfiou-as nos frasquinhos. — Por enquanto, nós estamos conseguindo viver por longuíssimos anos, mas eu estou estudando a fórmula exata e definitiva para nos tornarmos imortais. Espero que você esteja ciente de que o que estou contando é altamente confidencial. Mas você tem de saber disto.

Eremia pegou quatro frasquinhos e abriu a torneira do Suflio, de onde a substância alquímica gotejou lentamente. Com destreza, ela fechou os frasquinhos com uma tampa de Bronze Ofuscado e trancou-os num recipiente de ferro, que selou com cola de Veneno Trismônio. Então, ela colocou o quinto frasquinho sobre a mesa, pegou um conta-gotas com o qual aspirou um pouco do líquido oleoso, abriu a boca e verteu duas gotas na língua.

— Pronto. Nós, Fhar, devemos tomar apenas duas gotas diariamente. Isto nos preserva da morte. — Os olhos avermelhados de Eremia fitavam Morga, que permanecia muito séria.

— Mas você envelheceu. E os outros Fhar também estão cheios de rugas. — A observação da jovem dos cabelos negros arrancou um sorriso de Eremia.

— Não. Os outros Fhar têm o aspecto jovem, quase todos demonstram ter 35 ou 40 anos, no máximo 50. Somente Okrad, o Grão-Medônio, tem um pouco de rugas e não pode dissimular seus 66 anos. Cada um de nós começou a tomar Senthia quinhentos anos atrás. Eu e seu pai somos os mais jovens. E, para manter o rosto sem rugas, para parar o tempo, eles usam a Kaplá, a máscara de ferro e gelo sâmico, que é um gelo que não derrete nunca e não enregela a pele. Eu decidi não usá-la porque desejo que o tempo marque o meu rosto. Não tenho medo da velhice. — A explicação da Bramante não convenceu Morga.

— Mas, se você não usa a Kaplá e está envelhecendo, então qual é o sentido de alcançar a imortalidade? Você quer morrer? — A garotinha sentia-se pouco à vontade, embora compreendesse perfeitamente que aquela conversa era fundamental.

A Bramante estava lhe revelando o segredo da potência dos Fhar, esse poderio que mantinha o povo inteiro de Emiós submisso. Os U'ndários, os Dakis, as Gestais e as Ancilantes acreditavam piamente na eternidade absoluta dos Fhar, e era por esse motivo que jamais haviam se rebelado contra a Imperalei.

— Desde o início eu quis viver aqui, longe de Áurea Nyos, e os demais Fhar consentiram. Como você sabe, eu cuido do cultivo de muitas plantas mágicas, e sem mim eles não poderiam criar as infusões e poções que lhes permitem viver tanto tempo. — Eremia pegou duas hóstias de Algodão Cromado e esfregou-as sobre os olhos, que se tornaram límpidos.

— Então, você está enganando os outros Fhar! Você não quer ser imortal! — Morga apoiou-se na mesa e olhou para todos os instrumentos do Panacedarium. Sua mente foi atravessada por uma intuição: Eremia seria uma subversiva?

— Sim. Eu os estou enganando. E é por isso que você está aqui. Os seus pais sabiam que podiam contar comigo. Embora eu continue buscando a fórmula da eternidade, acredito que não seja absolutamente justo que nos sirvamos do povo de Emiós somente por egoísmo nosso. Os Fhar querem a imortalidade e estão pouco se lixando para os outros. Têm um único medo: que nasçam crianças diferentes que possam colocar em crise a própria lógica do seu poder. Você está entendendo bem o que estou falando? — A voz da Bramante Branca ficou fina, quase estridente.

— Então, eu tenho sorte. Fui salva por isso. Para ajudar você? — A força de caráter de Morga, sua inteligência e sua vontade absoluta de viver despertaram na xamã o desejo imperioso de agir.

— Você não vai ajudar somente a mim, porém a todo o povo de Emiós. Você representa um perigo para os Fhar. Você é imperfeita! — Eremia pronunciou essa palavra, que penetrou no coração de Morga como um punhal.

— IMPERFEITA! — gritou a garotinha.

— Sim. Agora, você já sabe o bastante. Poderá conversar com sua mãe e seu pai. Somente eles podem decidir o que fazer com a sua vida. — A xamã tocou o meio da testa, deslizando de leve sobre o kumkum vermelho, e virou-se de costas.

— É para isso que eles vêm para cá? Querem levar-me embora? — Morga já não sabia mais o que pensar.

— O vento falou com você, está acontecendo alguma coisa de grave. Eu também espero saber o que o destino nos reserva. Agora, vá dormir: temos dias pesados pela frente. — Eremia continuou a mexer nas suas misturebas de sempre e acendeu o Boca Chama, o forno para aquecer substâncias alquímicas, em que meteu uma forminha cheia de Aloe Feixosa.

A garotinha saiu do Panacedarium e ao subir a escada olhou para o jardim pela vidraça: a noite encobrira o céu, e a escuridão penetrou seu coração. Sentiu-se tragada pelas trevas, pela escuridão que amava e que agora assemelhava-se ao oceano Orhanto.

Ao chegar a seu quarto viu Wapi, que adormecera sem se recolher ao seu refúgio quente, junto com todos os outros Piróssios, no prado de Eremia.

O pesado corpo do avestruz ocupava grande parte do chão, ao passo que a cabeça e o pescoço estavam apoiados no colchão macio da cama.

Morga passou por cima dele sem acordá-lo, aninhou-se abraçando as macias plumas brancas da sua cabeça e fechou os olhos na esperança de dormir ao som das harmonias alquímicas entoadas pelas Sinfobaixas. O Penolho Quadrado deitou-se às três da manhã, e as velas da casa da Bramante Branca apagaram-se todas juntas. Somente o Panacedarium permaneceu iluminado: Eremia não foi a seu quarto para descansar por sequer um minuto. As mercadorias deviam estar prontas, e as horas de que dispunha eram poucas. Um destino desconhecido estava começando.

2

As lágrimas da Gestal

Casa de Eremia

Estação Medra – 4º dia do ano 500

Temperatura: 5 graus

Lua branca enegrecida e lua vermelha diurnas

Os raios do sol, ofuscados por um véu de nuvens esbranquiçadas, penetraram no quarto de Morga, iluminando-lhe os cabelos desgrenhados. Eram sete horas da manhã, e as duas luas diurnas anunciavam a mudança repentina do clima. A estação Invéria estava às portas; logo o gelo recobriria Emiós, tornando a vida mais difícil.

Deitada na cama, Morga estendeu as mãos finas, procurando as plumas macias de Wapi. O Piróssio, porém, já tinha ido ter com os outros avestruzes no amplo prado que se estendia ao lado da casa da Bramante Branca.

A garotinha levantou a cabeça, esfregou os olhos e bocejou, olhando pela janela.

"Ela vai chegar do céu, como de costume, a bordo de sua carruagem voadora. Vou abraçá-la com força e seu perfume me atingirá como uma onda pacífica", pensou, imaginando o rosto de sua mãe.

Uma faísca acendeu em seus olhos azuis; as perguntas que tinha exigiam respostas objetivas, e nem o amor de Morga por Animea iria impedi-la de fazê-las.

Ela pulou da cama e vestiu rapidamente o macacão térmico que lhe envolvia o corpo esguio e proporcional, depois calçou as botas anfíbias, amarrando os cadarços com força.

Queria sair ao ar livre para ver a chegada da Vádria vermelha como o fogo e esperar sua mãe no pátio. Desejava ir a seu encontro de braços abertos e sentir as carícias que não recebia havia tanto tempo. A Maga do Vento queria ser amada.

"Eu, uma Imperfeita! Por quê?" A ferida causada pelo fato de se sentir diferente sangrava em sua mente, deixando uma cicatriz que jamais poderia ser eliminada, nem mesmo usando a hera Quêbulas Ferma.

Desceu as escadas correndo. O cheiro de Candita, sucosa bebida matinal, subia da cozinha anunciando que o café da manhã estava pronto. Chamou Eremia bem alto, mas a Bramante não respondeu. Ela não estava no Panacedarium, já que as Sinfobaixas se encontraram paradas e silenciosas.

Ao chegar ao primeiro andar, a garota entrou no salão achando que ia encontrá-la. Olhou ao redor e viu, na mesa quadrada, a xícara cheia de Cantária Sólia, leite azul superenergético, um copo de suco de Candita e, ao lado, uma cestinha repleta de Pão Rosa com o perfume das especiarias de Nepeta Catária.

Cheirou o ar e mexeu os dedos para captar as energias com as mãos; o nível de tensão era elevadíssimo, tanto assim que as pequenas chamas das velas se apagavam e voltavam a acender sem cessar.

A garota pegou a xícara, bebeu dois goles e mordiscou uma fatia de pão, mas encontrava dificuldade para engolir: seu estômago estava trancado como um cofre. Nem sequer tocou no suco.

"Mas aonde terá ido?", pensou, limpando a boca.

Apurou os ouvidos e percebeu um rangido proveniente do último andar.

Subiu correndo os três lances de escada e parou no patamar diante da Extânima, a câmara de adormecimento da Bramante. A porta estava fechada, e a maçaneta em forma de folha fora virada para o alto: sinal inequívoco de que Eremia não queria ser incomodada. Certamente, ela estava imersa na Cuba Biomágica, coisa que fazia uma vez por dia, como todos os Fhar. O vapor que emanava da cuba era necessário para manter o corpo são e regenerar as células. Era um dos procedimentos secretos que os Mestres de Vida adotavam para se tornarem imortais.

"Meu pai também deve ter uma dessas!" Este pensamento a fez sorrir. Embora sentisse raiva por nunca tê-lo visto, tinha a sensação de conhecê-lo pelo menos um pouco. Então, a melancolia tomou conta do seu rosto crivado de sardas. Morga queria, a qualquer custo, saber a verdade sobre o seu nascimento.

Ela voltou a descer os degraus, cabisbaixa, mas um instinto a fez virar. Sentiu-se estranhamente atraída pela parede à sua frente. Nela, havia uma porta triangular de madeira escura que Morga jamais atravessara. Ela ignorava o que havia naquele pequeno aposento, e Eremia sempre se esquivara de explicar exatamente, dizendo tratar-se apenas de um depósito sem importância. A garotinha fitou a fechadura: era redonda, com um pequeno orifício no meio.

Semicerrou os olhos, e um vazio abissal aprisionou sua mente; a visão daquela porta foi como um feitiço. Perturbou-se com essa sensação, pois em 12 anos jamais sentira o desejo de entrar ali. Ela respirou fundo e, sacudindo a cabeça, pensou que estava transtornada pela demora em rever sua mãe.

"Que bobagem! Não deve haver nada de interessante naquele depósito", pensou, mordiscando os lábios.

Voltou a descer os degraus aos saltos e, ao chegar ao térreo, saiu ao pátio deixando para trás o mistério daquela porta triangular.

O ar úmido estava mudando, a temperatura cairia abaixo de zero até a noite, e o chafariz congelaria. O rumorejar da água que ainda esguichava acalmou seu coração, cuja batida mais parecia o rufar de um tambor. Séria em seu macacão térmico que a protegia tanto do frio quanto do calor, ela sentou-se numa das magníficas esculturas de prata assentadas sobre a grama. Fechou os olhos e esperou que o vento voltasse a falar-lhe.

Um grito desafinado a fez estremecer. Era Wapi, que a procurava, e ela respondeu com o sinal convencional, assoviando três vezes.

O Piróssio estendeu as pernas e correu de forma engraçada em direção ao pátio, deixando os outros avestruzes curtindo os últimos raios da estação Medra.

— Wapi, meu gingão querido! Venha cá, estou agitada demais, esta manhã — murmurou, abraçando-o.

O avestruz gigante esfregou o bico na cabeça da garotinha, emitindo um lamento infantil.

As plumas brancas de Wapi e os cabelos negros de Morga movimentaram-se como numa dança. O vento chegara. Vinha de oeste e infiltrou-se sinuosamente entre as folhas das grandes árvores da Floresta de Samhar. Até mesmo os galhos nodosos das Quercus Alba vibraram, estalando.

Morga ergueu as costas, fechou os olhos e cheirou o ar, girando lentamente a cabeça para atrair as forças mágicas do vento.

— Está chegando. Daqui a pouco minha mãe estará aqui. As correntes de ar estão ricas de descargas elétricas. A Vádria está próxima.

Wapi esticou o pescoço, arregalou os enormes olhos cinza e permaneceu equilibrado numa pata.

— Você está pronta? — A voz de Eremia ressoou repentinamente, misturando-se ao sibilo produzido pelo vento.

— Bom dia, eu fui procurar você na câmara de adormecimento. Mas, quando você está na Extânima, sei que está descansando; vi a maçaneta virada para cima e entendi — disse Morga, virando-se de chofre para a porta.

— Eu estava na Cuba Biomágica recebendo a dose cotidiana de vapor. Como você sabe, não posso abrir mão desse procedimento. Efetivamente, sinto-me bem, e acho que hoje e amanhã precisaremos de muita calma. Aprenda, você também, a controlar os seus estados de espírito. — A Bramante ajeitou o longo vestido branco enquanto o seu rosto antigo não deixava transparecer nenhuma expressão.

— Você não vestiu a Kaplá. Você quer mostrar o seu rosto também para Sasima e a Ancilante Mesia? — indagou Morga.

— Sim. Já é hora de elas também conhecerem o meu rosto. Sasima é amiga íntima de sua mãe e tenho certeza de que Mesia também é muito séria. Elas jamais trairão Animea.

As palavras de Eremia surpreenderam a garotinha, que tentava imaginar qual seria o aspecto de uma Ancilante. Ela nunca vira Mesia, ao passo que conhecia Sasima desde pequena, já que esta sempre acompanhara sua mãe.

A Bramante suspirou e, com o olhar perdido no horizonte, aproximou-se das colunas do pátio, enquanto brincava nervosamente com um pequeno prego de ouro e uma chave de bronze verde. Os dois balangandãs pendiam de uma pulseira que ela usava no braço direito. Morga conhecia bem esse gesto: Eremia tocava no prego e na chave quando estava muito tensa.

— Vou perguntar tudo para minha mãe. Não quero mais segredos — afirmou a garotinha em voz baixa.

Eremia não respondeu e continuou a brincar com o prego e a chave, enquanto o Obolho flutuava a pouca distância dela.

O vento aumentou, passando a levantar poeira e pedras: o cheiro da terra de Emiós era ácido e ferroso, pungente como a dor que a Imperfeita carregava no peito.

Morga voltou a escrutinar o céu.

— Por que será que cada vez sinto que me falta algo? Que aquele sol amarelo-claro nunca vai esquentar minha pele. As luas, então, me deixam inquieta, especialmente a branca, quando fica escura. Já a lua vermelha parece que está prestes a explodir.

— Quando as duas luas estão assim, despertam o desejo de dançar. Acho que os U'ndários e os Dakis estão festejando — respondeu Eremia, enquanto extraía da segunda portinhola do Obolho uma ampola de Galanga Márfica, um suco branco extremamente energético. Pingou uma gota na boca e passou a ampola para a garotinha.

— Eu bem sei, você já me explicou várias vezes que a rotação das três luas acarreta a mudança das estações e dos humores. Contudo, agora eu realmente não tenho vontade de dançar. Não gosto deste céu. Será que existem outros? — acrescentou secamente a garotinha, tomando também uma única gota de Galanga Márfica.

A Bramante virou-se:

— Talvez um dia você veja outro céu. Um céu azul, onde brilha um sol magnífico e onde, à noite, só reluz uma única lua de prata.

Morga puxou uma ponta do vestido de crepe.

— Existe realmente um céu assim? Você já o viu? Onde?

— Numa outra vida. Mas talvez tenha sido somente um sonho.

A resposta de Eremia permaneceu suspensa, e a jovem maga não teve tempo de perguntar mais nada. No alto, entre as nuvens, apa-

receu a Vádria, puxada por oito Cegóbias pretas de longo bico fino e asas robustas. As cegonhas de Emiós deslocavam-se em grande velocidade, dirigindo-se para a casa.

— Eis a carruagem vermelha. Coloque-se ao meu lado e receba sua mãe. — A Bramante passou as mãos pela cabeça careca, tocou no kumkum e olhou para cima.

As Cegóbias estenderam as patas compridas para tocar o chão, e a carruagem pousou delicadamente diante do pátio. As quatro rodas travaram sobre os seixos, entre os vapores que saíam das engrenagens do Solmo, motor de propulsão alquímica instalado na parte traseira da Vádria.

No centro da pequena capota da suntuosa carruagem erguia-se uma esfera de cristal dentro da qual ardia uma chama preta. Quando o fogo se apagou, a grande porta abriu-se, e a primeira a descer foi Mesia. A jovem Ancilante era alta e magra, completamente careca como Eremia. Seus lábios eram pequenos e roxos, e seus olhos, cor-de-rosa e transparentes, brilhavam como duas joias. Ela avançou lentamente, fazendo ondear o longo vestido de véu lilás. Abriu passagem entre as Cegóbias, que se acocoraram para descansar.

— Saúdo com graça a Bramante Branca, que tenho a honra de ver sem Kaplá. Um rosto tão rugoso e sábio é digno de respeito. O seu rosto é a verdade do tempo que passa e que nenhum Fhar admite. Saúdo com alegria também a jovem Morga, de quem ouvi falar. Sinto-me honrada com a hospitalidade que me é concedida. O que vou ver e sentir permanecerá gravado em minha mente e ninguém poderá apagar essa recordação. Viajei com serenidade na Vádria, renunciando à minha Espilonga como concessão ao Fhar Serunte. Estou aqui para servir as Gestais e verificar a mercadoria.

Eremia fez um gesto de acolhida, e Mesia respondeu baixando a cabeça em sinal de respeito. Mas se a Ancilante ficara perplexa com o rosto de Eremia, única Fhar que envelhecia às escondidas, Morga também reagira com estupor ao ver um ser tão estranho como Mesia. A garotinha permanecera boquiaberta, fitando os olhos rosa e os lábios roxos da Ancilante. Ela compreendeu imediatamente que Mesia estava perfeitamente informada acerca da importância daquele encontro desejado por Serunte. A visita fora organizada não tanto para buscar as poções de Aloe Feixosa e os suprimentos de Raiz Roxa; o verdadeiro motivo da viagem era ela, Morga. A Imperfeita!

Mesia virou-se para a carruagem e ajudou Sasima a descer. A Gestal alisou os cabelos louros enfeitados com pequenas margaridas de cristal e ajeitou o vestido verde-esmeralda, dirigindo-se a Eremia.

— Que felicidade poder admirar você sem Kaplá. Se o povo de Emiós pudesse vê-la, compreenderia a falsidade dos outros Fhar.

A Bramante Branca foi ao seu encontro sorrindo, seguida como sempre pelo Obolho, que esguichava vapor.

— Eu aguardava com esperança e estou pronta para receber vocês em minha casa. No que diz respeito ao meu rosto enrugado, acho que o dia da verdade não está longe. Todos compreenderão o que hoje é segredo — disse com firmeza.

Sasima olhou logo para Morga, que se mantivera rígida ao lado da coluna do pátio:

— Você cresceu. Está muito bonita, mas os seus olhos denotam ansiedade. Agora, acalme-se, sua mãe está aqui.

A garotinha prendeu a respiração e não conseguiu dizer nada; ela conhecia bem Sasima e sabia que ela era muito ligada à sua mãe. As duas Gestais eram amigas havia tempo. Sasima tinha 49 anos, e a sua experiência no Mosteiro de Hamalios lhe fora de grande auxílio. Impaciente, Morga olhava fixamente para a porta da Vádria.

Naquele momento, a Ancilante Mesia tornou a se virar para a carruagem e deu a mão a Animea, que desceu de cabeça erguida.

Ela era belíssima, de pele branca e rosto luminoso, os longos cabelos negros presos por três lírios de diamantes. Ela logo pousou os grandes olhos escuros sobre sua filha. O vestido azul finamente bordado marcava-lhe o corpo perfeito e gracioso: o rosto espelhava sua infinita alegria de rever a filha.

— Morga, meu tesouro. — A voz estrangulada pela emoção penetrou no coração da garotinha como um raio.

— Mamãe... mamãe. — Então, correu e abraçou-a com amor.

Morga apertava-se contra a mulher que lhe dera a vida. O perfume materno inebriou seus pensamentos, e até o céu cinza de Emiós lhe pareceu azul como o vestido de Animea. Azul como aquele céu que Eremia afirmara ter visto. O vento parou de soprar.

As carícias, os beijos e os olhares diziam mais que mil palavras.

— Como você ficou grande. Acho que você está muito bem. — Animea apertou as mãos de Morga, observando-a como se ela fosse um milagre na natureza.

— Você demorou demais. Não me deixe mais sozinha. Eu preciso de você. — A ternura e a vontade de se agarrar ao colo materno eram mais fortes que a raiva que Morga sentia queimar em seu corpo.

— Eu também preciso de você. Você é minha vida. — Os lábios de Animea tocaram a fronte da garotinha, que se entregou aos seus carinhos.

Eremia pigarreou e disse:

— Vocês precisam ficar a sós. Falar de muitas coisas. Nós vamos entrar.

Animea agradeceu, depois notou que o olhar da Bramante era diferente do normal e, com voz fina, acrescentou:

— Eu estou em dívida com você pela sua generosidade e paciência.

— Mais tarde, quando você tiver terminado de conversar com sua filha, não sei se ainda terá a mesma opinião. — A resposta da xamã foi seca e clara.

Sasima compreendeu que a situação iria se complicar e recordou a Animea que tinham apenas duas horas, porque, depois, teriam de retornar ao Mosteiro de Hamalios.

A mãe de Morga anuiu, pegou a garotinha pela mão e, juntas, encaminharam-se para o jardim que levava ao prado, perto do refúgio dos Piróssios. Wapi esticou o pescoço e deitou-se junto do chafariz do pátio, fiscalizando as vaidosas Cegóbias, que limpavam suas plumas com o bico.

— Preciso lhe perguntar uma coisa muito importante. — Morga sentou-se ao pé de uma das dez raríssimas árvores de Senthia.

Animea franziu a testa.

— Importante?

— Eu sei quem é meu pai. E, agora, você deve me dizer a verdade. Deve me contar por que ele jamais veio me visitar. E por que estou aqui, isolada de tudo e de todos. — A garotinha arregalou os grandes olhos azuis, olhando fixamente para a mãe.

A Gestal inclinou-se em sua direção, e a expressão do seu rosto era extremamente tensa; faltava-lhe saliva, de modo que não conseguia falar. Respirando agitadamente, indagou:

— Foi Eremia quem lhe disse quem é o seu pai?

— Claro, quem mais poderia ser? Ela permitiu que eu lesse a mensagem no Ciodalo, e o anúncio da sua chegada estava extremamente claro: foi ele quem autorizou você a vir para cá. A mensagem não foi assinada pela Pramaga Smartika, e isto significa que meu pai pode mandar em você. Ele pode decidir o que bem entender! — O tom de Morga tornava-se cada vez mais vivaz.

— Sim, Serunte é mesmo seu pai. É um Fhar poderoso. Eu teria gostado de lhe contar isto eu mesma, mas você era pequena demais. De qualquer forma, é verdade que é graças a ele que eu estou aqui agora. O gesto do seu pai talvez tenha repercussões. Ele se arriscou tanto porque queria que eu voltasse a ver você. Ele lhe quer bem... — Animea não teve tempo de concluir a frase.

— Bem? Mas como é que você pode dizer uma coisa dessas? — Morga levantou-se bruscamente.

A mãe levou as mãos ao rosto enquanto suas lágrimas caíam como chuva.

— Você não devia... você não podia...

— Eu não devia ter nascido! Eu não podia viver! É isto que você quer me dizer? — As palavras da garotinha atingiam Animea como flechas, e ela sacudia a cabeça, soluçando. Morga não queria lhe causar sofrimento, mas já não conseguia mais reter a raiva que sentia. — Eu sei! Eu sou uma Imperfeita! Porém, isto significa o quê? Diga-me, mãe, diga-me, eu lhe peço. — E a essa altura o seu rosto também estava banhado de lágrimas.

— Você nasceu por amor. Por amor de verdade. Eu e o seu pai estamos apaixonados, e a Imperalei não permite isto. Nenhum dos Dakis veio ao mundo por amor. Seu pai salvou você. Entende? — Animea deixou-se cair no chão, apoiando as costas no tronco da árvore, e as preciosas folhas douradas refletiram-se em seus olhos desesperados.

Morga abraçou-a com força, acariciou seu rosto e beijou suas faces com ternura.

— Eu nunca vou poder ter uma vida de verdade. E, por culpa do seu amor, serei obrigada a ficar aqui para sempre. Por que precisamos sofrer assim?

— Não, nós vamos encontrar uma solução. Porém, fique tranquila, pois se os outros Fhar descobrirem que você está aqui, vai ser uma tragédia para todos.

A Gestal teria dado a vida de bom grado para libertar Morga daquela solidão. Teria gostado de explicar-lhe muitos outros segredos dos Fhar, mas não podia fazê-lo. Serunte é quem devia lhe contar a verdade.

— Então, é mesmo verdade o que Eremia disse: eu sou um perigo para Emiós. Mas não entendo. O que é que eu tenho de diferente dos outros Dakis? — Morga insistia, e seus sentidos estavam mais alertas do que nunca: sentia que os seixos e a poeira, o vento e as árvores estavam com ela.

— Você é o exemplo da falência dos Fhar. Seu pai vai lhe explicar isto. Eu não posso. Acredite em mim. Para mim também foi difícil aceitar a separação. Sofro por não ter você ao meu lado. E também preciso prestar atenção ao modo como me comporto. Não posso chorar em público. Não posso viver com seu pai. As Sentinelas dos Fhar fiscalizam o Mosteiro de Hamalios — ela explicava, retendo os soluços.

— As Sentinelas... malditas espiãs! Mas qual é o aspecto delas? — perguntou a jovem Maga do Vento, curiosíssima.

— São entidades criadas pelos Fhar. Executam todas as suas ordens sem pestanejar. O seu aspecto não é feio, simplesmente não têm corpo — contou Animea, enquanto Morga ouvia, enfeitiçada.

— Não têm corpo? Como assim? — indagou, cada vez mais incrédula.

— São cobertas por compridos tecidos brilhantes, e os seus rostos e as suas mãos parecem ser de fumaça. São criaturas de vapor e energia. A única coisa que se percebe são os olhos: sempre verdes e luminosos. Elas conseguem atravessar as paredes, são mágicas e não muito simpáticas. — A mãe esboçou um sorriso ao olhar a careta engraçada que Morga fazia.

— E elas fiscalizam todas as Gestais e as Ancilantes? — quis saber, irrequieta.

— Sim, elas ajudam a Pramaga Smartika a cumprir as regras. Em suma, são espiãs comandadas pelos Fhar. — Naquele momento, Animea ficou ainda mais triste.

— Fale comigo, mamãe. Fale mais — insistiu a jovem Maga do Vento.

— Nenhuma das Gestais pode criar seus filhos. Os Dakis não conhecem a própria mãe nem sabem quem é o pai. Todos nós somos considerados "utilmente perfeitos" — respondeu Animea.

— Utilmente perfeitos? Mas que regras são essas? Como é possível não amar os próprios filhos? — Morga falava com naturalidade de coisas que nenhum Daki sequer teria sido capaz de imaginar.

— Aí está, veja, você é diferente. Você ama. Tem sentimentos. É isto que os Fhar não querem. — A mulher estava sem jeito, não sabia como explicar a regra absurda imposta pela Imperalei.

— Mas você também ama. E diz que meu pai também ama. Porém, ele não deveria ter sentimentos, por ser Fhar. — Morga sentia seu sangue se precipitar por suas veias como um rio em cheia.

Enquanto falava, lembrou-se das palavras carinhosas que Eremia havia custado a pronunciar na noite anterior, e isto a fez entender que os sentimentos negados pelos Fhar eram, na realidade, bem vivos. Era uma realidade que os Mestres de Vida suprimiam cinicamente por meio de suas técnicas mágicas.

— Minha filha, as suas perguntas são uma tortura. Não posso mudar a realidade, e só o que lhe peço é que confie em mim e respeite seu pai. O tempo ajudará você a compreender. — A Gestal enxugou as lágrimas com um lenço.

— Amanhã ele virá para cá. Eu o verei pela primeira vez e não sei que reação vou ter. Ele vai me levar embora? Vai me jogar no oceano Orhanto? Ou vai me lançar como alimento às feras que vivem nas montanhas da Cosmogonia Rochosa?

Animea ficou ainda mais abalada com as dúvidas atrozes que torturavam a garotinha.

— Mas o que está dizendo? Seu pai a adora! Tenho certeza de que ele vai conversar com você, e você vai compreender tudo o que nem sequer pôde imaginar durante todo esse tempo. Jure para mim que o obedecerá. — A mãe acariciou-lhe as mãos, apertando-as como se fossem um tesouro.

Morga permanecia imóvel e pensativa. Uma lufada de vento frio desalinhou os seus cabelos, e gelo colou-se em seu rosto.

— Como são os garotos que vivem na Colônia Briosa?

— São Dakis como você, só que eles se tornarão U'ndários, Gestais ou Ancilantes. O destino deles está determinado desde o nascimento — explicou a mãe.

— E eu? — Morga arregalou os olhos.

— Você é a Maga do Vento, é uma Daki única. Você é linda, e se tivesse frequentado a Colônia Briosa teria sido classificada como futura Gestal. Como eu. Sabe, ainda me lembro da poesia que você escreveu alguns anos atrás. Eu decorei a frase inicial, e seu pai também ficou impressionado com ela: *O vento sopra, muda as coisas, até as pedras tornam-se rosa.* Animea beijou-a novamente na testa.

— Quando é que eu vou rever você? Só daqui a mais dois anos? — Morga ainda temia o abandono.

— Não sei o que vai acontecer comigo. Espero que seu pai me diga o que fazer, mas também não é simples para nós nos vermos. Normalmente, nós conseguimos ficar um pouco juntos à revelia dos outros, graças à cumplicidade de Mesia e Sasima. Elas sabem de tudo. Ajudam-me desviando as Sentinelas, que, desse modo, deixam de me seguir por alguns minutos. Morga, Sasima também teve filhos e nem sequer sabe como eles se chamam. O que estou contando para você é triste, mas Eremia tem razão, você representa um perigo para os Fhar, e se os demais Dakis ou os U'ndários soubessem da nossa história, aconteceria um desastre.

Animea enfiou a mão no bolso interior do vestido e retirou uma pedra preciosa em forma de gota.

— Tome, é um Glibine raríssimo; há poucos deles em Emiós. Brilha com uma luz vermelha como o amor. É um presentinho para você.

Morga arregalou os olhos quando a luz cintilante da gema iluminou seu rosto:

— Que maravilha! É uma pedra mágica?

— Eu não uso magia, você sabe disso. Mas você pode descobrir sabe-se lá que fórmulas alquímicas. Você é a Maga do Vento, e Eremia foi uma boa professora. — A mãe envolveu o Glibine no lenço molhado de lágrimas antes de entregá-lo para ela.

Uniram-se novamente num abraço. Mas aquele momento de ternura estava prestes a terminar; o tempo tornava a apressar a Gestal. Juntas, encaminharam-se para a casa e, curioso, Wapi olhou-as de esguelha enquanto elas entravam.

As Sinfobaixas giravam e tocavam. Eremia estava no Panacedarium com a porta fechada. Ouvia-se um murmúrio proveniente do primeiro andar, onde Sasima e Mesia conversavam, acomodadas nas confortáveis poltronas do grande salão vermelho.

— Vocês estão aqui. Muito bem. Eremia está no laboratório; está fechando os recipientes de Aloe Feixosa, e espero que ela não encontre problemas para fazer o carregamento de Raízes Roxas entrar na caixa. — A Ancilante levantou-se, permanecendo a poucos passos de distância de Morga.

A garotinha olhava-a fixamente, impressionada pelos seus olhos cor-de-rosa, embora Mesia não tivesse absolutamente aspecto assustador.

Animea percebeu o estupor da filha e, com delicadeza, explicou que Mesia era uma boa amiga e uma Ancilante que sabia guardar segredos, como Sasima.

— Não tenha medo, eu respeito sua mãe e sei que você não a decepcionará.

Essas palavras fizeram com que Morga sentisse todo o peso de sua diversidade.

— Eu sou a única Imperfeita em Emiós? — perguntou à queima-roupa.

Animea levou a mão direita ao coração e sentiu-se desfalecer; Sasima ergueu-se da poltrona e foi se postar ao seu lado, enquanto a Ancilante baixava os olhos. Eremia já explicara para elas que Morga sabia que Serunte era seu pai.

— A Bramante Branca disse a verdade para você. Tenha mais um pouco de paciência; amanhã você vai saber mais. Certamente, Serunte não quer o seu mal. — Sasima apertou o braço de Animea, que não sabia mais o que dizer, com os olhos afogados de angústia

Sasima continuou a falar à garotinha de forma pacata e firme:

— Você é filha de um Fhar e uma Gestal, como todos nós. Como todos os outros Dakis. Mas nenhum de nós nasceu por amor. Animea e Serunte, porém, se amam de verdade. É este o motivo pelo qual você nasceu com sentimentos e sensibilidade, coisas que são proibidas por serem consideradas imperfeitas e prejudiciais pelos Mestres de Vida. Você não deve se sentir rejeitada. Você sabe usar a magia do vento, e nenhum de nós tem os dotes que você possui. Sua mãe lhe quer bem, nós também...

A Gestal não concluiu, sendo logo interrompida por Morga:

— Ela me quer bem? Talvez seja assim. Mas eu não aguento mais viver longe de todo mundo. Não tenho amigos. Ou melhor, o único que eu tenho é Wapi, um Piróssio que realmente gosta de mim — disse, apagando a chama de uma vela com dois dedos.

A música alquímica das Sinfobaixas estacou. Eremia apareceu atrás de Morga.

— Você não está sozinha com Wapi. Você realmente não dá a menor importância para mim? — A Bramante estava bastante ressentida e afastou o Obolho, que a seguia, com um movimento brusco da mão.

— Eu não queria dizer... — A garotinha calou-se.

— Entendemos muitíssimo bem os seus medos e as suas dúvidas. Mas você compreende ou não que nós a estamos protegendo? Sua mãe arriscou muito ao vir para cá. — Eremia estava sofrendo, e esta sensação a arrastava centenas de anos para trás, fazendo-a reviver o sabor de uma vida que já não existia.

A Ancilante aproximou-se de Morga e, com infinita tristeza, disse-lhe:

— Eu gostaria tanto de ter filhos, mas a minha natureza não o permitirá jamais. A exemplo das U'ndárias, nós, Ancilantes, somos estéreis. Existimos apenas para acudir as Gestais e sermos úteis. É a Imperalei dos Fhar que nos impõe isso.

Sasima e Animea permaneciam abraçadas. Morga se deu conta de que o mundo lá fora, longe da casa da Bramante Branca, era difícil, cínico e cruel. Confusa e aflita, abriu os braços.

— Assim, Emiós é um mundo em que não existe amor. Nenhuma magia, nenhuma alquimia pode mudar isso?

Não obstante, nem sua mãe, nem Mesia ou Sasima podiam responder a essas perguntas.

— Não torne tudo mais angustiante. Controle seus sentimentos e use as técnicas de meditação que eu lhe ensinei. Você é capaz e sabe escutar e compreender as forças da natureza. — Eremia deu um soco na mesa quadrada e, ao fazer isto, perdeu o pequeno prego de ouro pendurado na sua pulseira.

Somente Morga percebeu isso e recolheu-o. Entretanto, não teve tempo de devolvê-lo, porque a Bramante foi distraída por Mesia.

— Eremia, se tudo estiver pronto, nós já podemos ir – concluiu a Ancilante.

A velha Fhar abriu o caminho; as mercadorias já estavam prontas diante da porta do Panacedarium. Mesia começou a levar os recipientes de Aloe Feixosa para a Vádria, e Sasima pegou a caixa com as Raízes Roxas, tomando cuidado para não sujar o belo vestido cor de esmeralda, e seguiu-a através do pátio.

Morga colocou o prego de ouro no bolso do macacão térmico e, abraçando Animea, implorou:

— Eu lhe peço, mamãe, fique. Não quero enfrentar sozinha o meu... — Mas ela não conseguiu pronunciar a palavra "pai".

— Meu tesouro, querida, você sabe que não posso. — Animea subiu na carruagem com os olhos cheios de lágrimas.

A porta fechou-se, a esfera de cristal no teto da Vádria iluminou-se: a chama preta estava acesa. As engrenagens do Solmo puseram-se em movimento, e as oito Cegóbias escancararam as asas, levantando voo em direção ao céu cinzento.

A Maga do Vento permaneceu ali, segurando o lenço ainda úmido das lágrimas de sua mãe. Apertou o Glibine e disse, rangendo os dentes:

— Mamãe, você está me abandonando de novo. Não posso ficar sem você.

Eremia ouviu perfeitamente e envolveu os ombros da garotinha com o braço.

— Você precisa ser forte. Forte como as árvores nodosas. Você é muito nova e tem uma energia que nada consegue apagar. Você sabe escutar o vento. O céu falará com você por muito tempo ainda.

A Vádria transformou-se num pontinho vermelho no céu e desapareceu entre as nuvens, deixando para trás uma trilha de fumaça.

Wapi aproximou-se silenciosamente e bateu de leve nas costas da garotinha com o bico.

Morga quase perdeu o equilíbrio.

— O que você está fazendo? Está sentindo o influxo das luas? Pare com isso! A situação não está para brincadeiras. Recolha-se ao prado com seus amigos avestruzes!

Irascível e irredutível, com os nervos à flor da pele, ela correu para dentro de casa, subiu as escadas e fechou-se no quarto.

Eremia acariciou Wapi e permaneceu olhando o horizonte. O sol estava muito pálido, a lua vermelha brilhava como uma estrela, ao passo que a branca já estava completamente negra. As árvores ao redor da casa começavam a perder as folhas, formando um tapete no chão.

— O frio vai nos envolver e tornar este mundo sem ternura ainda mais triste. Invéria é a estação mais rigorosa, e eu estou demasiadamente cansada para enfrentar o futuro. — A Bramante falava sozinha, como se estivesse se dirigindo ao ar que sacudia seu vestido.

A solidão e a tristeza também liberaram energias negativas no segundo andar da casa. Morga estava desesperada. Deixou-se cair sobre a cama, inerte, gritando:

— Malditos Fhar! Mas quem são vocês? Que magias vocês usam? Que ilusões transmitem?

O sono a colheu em prantos, e o lenço molhado contendo o Glibine permaneceu ao lado do seu rosto. Como costumava acontecer frequentemente, o vento resolveu fazer-lhe companhia em sonho também. Um fio delgado e leve introduziu-se sorrateiramente em seus pensamentos oníricos, fazendo-a voar na dimensão do instinto mágico. A potência da alquimia corria em seu sangue de Imperfeita. O sonho foi como uma longa viagem entre recordações e desejos: imagens de páginas e livros, de palavras e símbolos sagrados, a figura austera de Eremia sobrepunha-se à de sua mãe. Depois, ainda, chamas e trovoadas fenderam aposentos imaginários, percorridos sem parar. Repentinamente, uma porta triangular apareceu, a do depósito. Da escuridão emergiu uma figura majestosa; Morga estava sonhando, porém era como se estivesse vivenciado isso realmente. Ao chegar bem perto, ela descobriu que aquele homem não tinha rosto.

Despertou sobressaltada. Estava suada, com medo.

A noite era profunda, dormira muitas horas.

"Daqui a pouco, meu pai estará aqui. Estou com medo! Como será o rosto dele?", pensou, olhando para o teto.

Ela levantou-se com a respiração agitada e, ao lado do travesseiro, viu o prego de ouro que Eremia perdera. Ao seu lado estava a pedra preciosa presenteada por sua mãe. Ainda confusa pelo sonho, pegou o prego e examinou-o, sem compreender para que serviria. Um raio iluminou sua mente, e ela sussurrou:

— A porta do depósito!

Pegou também o Glibine que brilhava como uma lâmpada vermelha e, presa de uma mistura de pensamentos, a garotinha saiu do quarto, atravessou o comprido corredor forrado de livros, subiu a escada e, ao chegar ao terceiro andar, soube que Eremia estava dormindo na Extânima. Olhou pela grande vidraça que descia até o térreo. À luz da lua branca da noite de Invéria, as árvores e suas folhas pareciam recobertas de pó de arroz. Era um branco opaco que lembrava a neve e o gelo da estação fria de Emiós. A garotinha foi percorrida por um calafrio, mas logo o instinto voltou a atraí-la para a porta triangular. Aproximou-se sem fazer barulho; a fechadura redonda com um orifício no meio parecia perfeita para aquele prego de ouro. Introduziu-o lentamente e ouviu um estalo, depois outro, seguido de outro ainda.

A porta se abriu.

Escuridão fechada saltou-lhe aos olhos, mas o brilho vermelho do Glibine clareou o aposento. Livros, objetos, instrumentos musicais jamais vistos, cordas, pedaços de metal de vários tamanhos, banquinhos e ferros enferrujados apareceram como um tesouro escondido e empoeirado.

— É realmente um depósito, só há bugigangas! Sabe-lá o que eu esperava encontrar aqui! — resmungou decepcionada.

Distraidamente, pegou algumas das folhas amareladas que estavam empilhadas sobre uma pequena poltrona, mas não entendeu nada: estavam cheias de números e dizeres incompreensíveis. Atrás de um móvel de palha trançada, ela entreviu uma cômoda desengonçada; iluminou-a com o Glibine. As sombras vermelhas provocadas pela gema suavizaram os contornos dos móveis, criando uma atmosfera surreal. Morga puxou a primeira gaveta, mas só consegui extrair dela uma nuvem de pó. Abriu a segunda e descobriu um envelope cujas laterais estavam adornadas com preciosos fios de prata. Segurou-o, deslizando os dedos por cima dele: sentiu uma onda de calor percorrer seu corpo. Arregalou os olhos, enquanto gotas de suor brotavam profusamente da sua testa. Abriu o envelope devagar, sentindo o coração aos pulos na garganta.

Ele continha um documento antiquíssimo.

Embora a luz fosse fraca, ela conseguiu ler as primeiras linhas. E foi o suficiente para entender que se tratava de um testemunho importantíssimo.

Ela apertou o Glibine na mão e voltou a pensar nas palavras e nas lágrimas da sua mãe.

Outra onda de fogo pareceu queimar-lhe a pele.

Saiu rapidamente do depósito, trancou a porta triangular, recolocou o prego de ouro no bolso e retornou ao quarto, segurando aquela folha escrita quinhentos anos antes. Deitou-se na cama e, à luz dos candelabros que adornavam as paredes, começou a ler avidamente.

Planeta Terra
Austrália – 1º de janeiro de 2020
Subterrâneo Uluru-Ayers Rock
Planície do Mulga

A ÚLTIMA GUERRA

O sol escureceu, em toda parte ouve-se silêncio mortal.
Agora chegou o fim.
As radiações e a poluição nuclear tornaram nossa sobrevivência impossível. Esta é a Última Guerra, e marca a extinção da raça humana.
A Morte prevaleceu sobre a Vida porque ninguém nos deu ouvidos. Era preciso executar uma seleção genética, mas não obtivemos permissão. Infelizmente, a estupidez, o amor, a ternura e

os sentimentos frívolos desviaram os homens que ansiavam por liberdade. Uma liberdade sem sentido e totalmente irracional. Bombas químicas, ataques atômicos e armas devastadoras destruíram o planeta Terra e exterminaram crianças, mulheres e velhos, porém não acabaram com a verdade sublime da eternidade.

Somente nós, os eleitos, devíamos chegar ao poder!

Somente a ciência aliada à magia alquímica podia garantir um futuro para a Terra, mantendo parte da humanidade ao nosso serviço. Agora, a eternidade só pode pertencer a vocês! O gênero humano não poderá e não deverá mais existir porque contém, em si, o erro. A única salvação para vocês é abandonar a Terra, fugindo o quanto antes, até alcançar o planeta Emiós, na Galáxia Esperimea. É um planeta muito semelhante à Terra, onde finalmente vocês poderão realizar o sonho da imortalidade. É um sonho que eu não vivenciarei. As radiações devastaram meu corpo, e dedico minhas derradeiras horas de vida a arquitetar um plano para salvar vocês. Considero vocês cem cérebros excelentes – vocês são cem cientistas mágicos, fruto da minha profunda vontade de mudar o sentido da vida.

Morro sabendo que não trairão os meus ensinamentos, que vocês aprenderam com tanta paciência.

Vocês são herdeiros da ciência mágica.

São os únicos que poderão saborear a infinita glória da eternidade, e tenho certeza de que conseguirão completar a fórmula alquímica Shaal Tuak-Pà.

Entrego esta minha missiva ao professor Okrad, ao qual confiarei a documentação necessária para que possam empreender a viagem. Nos Três Códigos Sacros encontrarão a trajetória espacial para alcançar Emiós usando a Curva Stália Fotônica e entrando diretamente no Cordão Esmênio do espaço intergaláctico. Os mapas astrofísicos estão à disposição de vocês. Levarão na grande astronave os mil Supérstites que salvamos. Eles lhes serão úteis. Vocês já sabem como tratar seus corpos modificando o DNA para que jamais a história humana possa se repetir.

Vocês deverão eliminar todas as crianças que venham a nascer com um DNA totalmente humano: são Imperfeitos!

A única raça Perfeita e inteligente será a sua!
Os nossos estudos secretos e a nossa potência alquímica não devem ser divulgados jamais: os Supérstites têm de ser mantidos às escuras, caso contrário acontecerá um novo fim.
Que a magia esteja com vocês.

Professor Dan Fhar
Astrofísico e fundador da Magia Alquímica

Com mãos trêmulas, ela deixou o documento sobre o travesseiro.

"Planeta Terra? A guerra? Uma astronave? Cem cérebros excelentes? Raça Perfeita? Três Códigos Sacros e crianças com DNA humano a serem suprimidas?" Um furacão se instalou no estômago de Morga.

"Pronto! Eu sou uma Imperfeita! Tenho DNA humano... mas o que significa isto? Quem eram os humanos?" Fora de si, com medo, voltou a ler o documento.

"Quem era o professor Dan Fhar? E onde ficava a Terra?" As perguntas ocupavam toda a sua mente, criando uma enorme confusão de ideias e pensamentos.

Ela se sentiu perdida, projetada dentro de um vazio abissal que a arrastava para um passado desconhecido. Examinou os dizeres do topo: *Austrália – 1º de janeiro de 2020 – Subterrâneo Uluru-Ayers Rock – Planície do Mulga.*

As datas e os nomes pareciam-lhe absurdos e remetiam-na a um mundo totalmente estranho. Nem Eremia nem Animea haviam falado da Terra alguma vez.

"Que sentido tem tudo isto?" Era como uma obsessão que martelava sua cabeça, e ela tentava encontrar uma explicação. Cheirou o documento, e um sopro levíssimo de vento moveu as páginas, das quais emanava um odor novo. Um perfume com cheiro de metal e flores. Esse aroma antigo a levou a compreender a tragédia que ocorrera na Terra, planeta que talvez não existisse mais.

A ansiedade a invadia como uma maré crescente, e ela já não conseguia mais ficar dentro do quarto. Decidiu correr o risco de aborrecer Eremia e ir procurá-la para lhe mostrar o que encontrara no depósito secreto. Aquele documento continha a verdade sobre Emiós e sobre os Fhar.

Aquelas páginas abrigavam o seu destino de Imperfeita.

O Penolho Quadrado marcava as cinco da manhã, e o silêncio reinava na grande casa. Quando ela chegou diante da porta da Extânima, viu que a maçaneta em formato de folha estava virada para baixo, o que significava que ela podia bater à porta, embora fosse evidente que a xamã devia estar dormindo.

Um único toque na porta foi suficiente.

— O que há, Morga? Venha, entre. — A voz de Eremia estava rouca.

A garotinha avançou, temerosa. O aposento de paredes negras era iluminado por quatro grossas velas de mais ou menos 1 metro de altura. A Cuba Biomágica cor de prata estava fechada como um sarcófago e, diante dela, havia uma cama de dossel. Eremia se sentou, apoiando as costas numa enorme almofada laranja.

— Desculpe se eu tiver acordado você, mas realmente preciso conversar — disse a garotinha, sentando-se ao pé da cama.

— É uma hora esquisita. Mas que papéis são esses na sua mão? — perguntou a Bramante, bocejando demoradamente.

— Antes de contar, quero mostrar isto para você. — E Morga tirou o prego de ouro do bolso. — Você o perdeu enquanto falava com Mesia, e eu o recolhi.

Eremia olhou para a sua pulseira e, com efeito, verificou que só lhe restava a chave de bronze verde.

— Você devia tê-lo devolvido logo. Esse prego é muito precioso para mim.

— Eu sei. Entendi isso quando o usei — respondeu, baixando os olhos.

— Usou? Você quer dizer que... abriu a porta triangular? — A xamã enrijeceu-se, estendeu a mão e pegou de volta o prego de ouro, pendurando-o imediatamente na pulseira.

— Sim, eu tive um sonho e, quando acordei, meu instinto mandou que eu me dirigisse para a porta. Entrei usando o prego e encontrei este documento. — Morga engoliu em seco, e a tremedeira nas mãos aumentou.

Eremia teve um repente de ira, arrancou-lhe as folhas das mãos e fitou a jovem Maga do Vento com os olhos arregalados.

— Você não devia! Não devia ter feito isso! — Desceu da cama com dificuldade, colocou-se diante da enorme janela redonda e olhou para fora.

A lua branca iluminava sua cabeça calva. Os braços e as pernas secas, riscadas pelos sulcos da velhice, lembravam os galhos das árvores nodosas.

— Eu peço, explique-me. Tenho o direito de saber. — A voz de Morga traía seu desespero.

As pupilas contraíram-se nos velhos olhos da Bramante e seus lábios finos tornaram-se secos como as folhas derrubadas pelo frio. Eremia sabia que chegara a hora de contar a origem dos Fhar.

— Você devia ter esperado o seu pai. Daqui a poucas horas ele estará aqui, e eu sempre achei que a verdade devia ser revelada por ele. Entretanto, o certo é que eu subestimei o seu instinto. Você está me obrigando a explicar coisas que me provocam mais sofrimento. — A xamã virou-se para Morga, e o clarão da lua traçou os contornos da longa camisola que cobria seu corpo velhíssimo.

— Desejo entender cada frase deste documento. Quero permanecer calma e vou perguntar uma coisa de cada vez. Está bem? — A Maga do Vento procurou concentrar-se e controlar seu estado de espírito.

— Está certo. Vou responder a algumas das suas perguntas, mas saiba que não quero ver você chorar. — Eremia permaneceu em pé com o Obolho, que bufava vapor ao seu lado.

A garotinha inspirou profundamente e começou:

— Onde fica o planeta Terra?

— A Terra é muito distante de Emiós. Encontra-se fora da Galáxia Esperimea. É um planeta que até quinhentos anos atrás era habitado pelos humanos. — A xamã juntou as mãos e baixou os olhos.

— Humanos? — repetiu Morga.

— Nós, os Fhar, somos humanos, porém modificamos o nosso DNA com técnicas de magia alquímica e alienante. São as técnicas que você também aprendeu comigo. Nós queríamos conquistar a eternidade. Entretanto, o restante dos homens não nos apoiou.

Uma guerra terrível eclodiu no ano terrestre de 2020 e fomos obrigados a fugir. Chegamos a Emiós, e a nova vida continuou em busca da imortalidade. — Eremia falava como um autômato, sem fazer inflexões nem demonstrar emoção. Era evidente que não desejava sofrer ao lembrar como haviam abandonado o planeta-mãe.

— Quem é Dan Fhar? — inquiriu novamente a garotinha, mantendo os olhos fixos no rosto cansado da xamã.

— Era nosso ponto de referência, um cientista competentíssimo, o melhor astrofísico da Terra. Ele fundou a Magia Alquímica. Eu, seu pai e os outros magos éramos todos alunos dele. Dan morreu atingido pelas radiações, e nós fugimos, salvando mil humanos: os Supérstites. — A Bramante deslizou os dedos sobre o kumkum, pronta para a próxima pergunta.

— Mas os humanos não sabiam usar a magia? — Os olhos de Morga brilhavam como chamas de velas; o que ela estava descobrindo era incrível.

A xamã fitou o Obolho e esboçou uma careta.

— Somente nós, os Fhar, aperfeiçoamos as técnicas alquímicas. A grande maioria dos homens era contrária.

— Então, vocês, Fhar, tiraram seu nome do professor?

— Sim. E ao vir para Emiós juramos prosseguir na busca da fórmula da eternidade: a Shaal Tuak-Pà. É essa fórmula que eu estou tentando produzir há anos. A poção com as folhas de Senthia possibilita-nos viver muito tempo, mas seus efeitos não são eternos — explicou a xamã, permanecendo imóvel diante de Morga.

— Pois é, você ainda não criou a Shaal Tuak-Pà. Então, vocês não são imortais. Alegam que são, mas não é verdade! As poções de Senthia só servem para que vocês possam viver mais tempo. — A Maga do Vento tinha acertado na mosca.

— Exatamente. — O rosto da Bramante Branca escureceu tanto que sua pele flácida parecia mais frágil que de costume.

— Vocês estão enganando todo o povo de Emiós! Gestais, Ancilantes, U'ndários e Dakis vivem achando que vocês são perfeitos e eternos! — Morga arregalava os olhos.

— Tínhamos necessidade de gente para cultivar a terra, para produzir alimentos e produtos e trabalhar nas fábricas. Nós não podíamos decerto fazer certos trabalhos! Por isso, modificamos o DNA dos mil Supérstites trazidos na astronave. As Gestais, Ancilantes, os U'ndários e as Sentinelas são produtos dos nossos experimentos. Todas as crianças, os Dakis, nascem por desejo dos Fhar, que escolhem uma Gestal. Quando não nascem perfeitas, ainda apresentando DNA humano, com sentimentos e paixões, então... são eliminadas. — Ao dizer isso, Eremia sentiu-se desfalecer. Precisou sentar-se ao lado de Morga, que a olhava estupefata.

— É terrível! É monstruoso! — exclamou a garotinha.

— Eu sei. Mas esta é a Imperalei. Conforme você leu no documento, os sentimentos e o amor dividiram os homens e impediram que nós, magos e alquimistas, reinássemos por toda a eternidade sobre a Terra. Com certeza, não podíamos permitir que o erro se repetisse aqui em Emiós. — A Bramante estremeceu. Suas forças estavam cedendo e a consciência de pertencer aos Fhar a dilacerava.

— É por isso que eu devo morrer? Porque tenho um DNA humano? Porque tenho sentimentos? — A pergunta de Morga feriu inexoravelmente Eremia, que anuiu sem fornecer outras explicações.

Um fiozinho de ar despenteou os cabelos da Maga do Vento. Horrorizada e perplexa, sentia seu próprio corpo como se fosse um monte de cinzas: a história dos Fhar e do fim da Terra haviam destruído qualquer esperança.

Morga observava Eremia com um sentimento de repulsa: como é que ela podia estar vivendo com uma Fhar que havia aceitado tanta crueldade?

— O amor negado. Crianças assassinadas. E tudo isso pelo reles egoísmo dos Fhar de querer ser eternos? É uma loucura. Uma alucinação absurda! — A garotinha cobriu os olhos com as mãos, como se quisesse esconder os pensamentos. Gostaria de apagar todas as lembranças, todas as palavras, todos os sentimentos.

Perdida no abismo de uma história sanguinária, ela desejou ir embora, voando com as lufadas de vento que desde sempre conversaram com ela, ensinando-lhe a beleza e a potência da natureza.

— Estou muito cansada e preocupada com você. Agora, você sabe algumas coisas, mas há muitas outras que seu pai explicará. Chegou a hora da mudança. O destino de Emiós está ligado a você. Saiba que a magia e a alquimia a ajudarão durante o trajeto sinuoso que a espera. — A Bramante colocou o documento sobre o banco, ao lado da cama de dossel. Lentamente, aproximou-se da Cuba Biomágica, puxou a alavanca e a tampa se abriu.

— Você já não quer mais responder às minhas perguntas? Eu preciso saber! Os Códigos Sacros foram inventados por Dan Fhar? E para que servem? Só Okrad os tem, ou você também?

— Chega. Não posso dizer mais nada. Preciso recarregar o meu corpo. Tenho 532 anos, não se esqueça disso. — Eremia apertou as três teclas brancas e o vapor começou a sair pelos pequenos orifícios da cuba.

— Diga-me pelo menos como é a astronave e o que são a Curva Stália Fotônica e o Cordão Esmênio! — insistia fortemente a Maga do Vento.

— Não é o momento para isso – respondeu Eremia em voz baixa.

— Não, você tem de me dizer tudo!!! Quero saber como era a Terra!

— O céu era azul e a lua era prateada. — A frase de Eremia penetrou na mente da garotinha, que imaginou a beleza daquele planeta desconhecido.

— Então, é esse o céu de que você estava falando hoje de manhã? — quis saber a jovem maga.

— Sim. É um céu que eu nunca mais vou ver. — A voz da Bramante enfraqueceu.

— O que vem a ser exatamente a Austrália? E o Subterrâneo Uluru-Ayers Rock, na Planície do Mulga, era o refúgio dos Fhar? — Morga não dava trégua. Demasiados mistérios permaneciam sem resposta.

— Pare! Algumas coisas você ficará sabendo pelo seu pai. Agora, me deixe só. — Eremia deu as costas, apoiou as mãos na borda da cuba e abaixou a cabeça. Ela queria tanto chorar, mas era uma Fhar, e jamais desceriam lágrimas sobre o seu rosto decrépito.

Morga saiu da câmara de adormecimento, ofegante de raiva. Qual seria o seu destino?

Apertou contra o peito o Glibine e cheirou o lenço de sua mãe. As lágrimas de Animea tinham sabor de dor e amor. Assim, Emiós era um planeta em que a maldade vencia o carinho. A supremacia dos Fhar esmagava a vida de muitos sem qualquer freio.

Sozinha, carregando um furacão no coração, a garotinha desceu as escadas e saiu correndo, mergulhando na luz opaca da aurora de Invéria.

As árvores estavam desnudas, e o chão, repleto de pétalas e folhas cujo destino era secar. O frio se fizera pungente, e no céu de chumbo, ao lado do sol descorado, brilhavam as duas luas da nova estação: uma azul, outra vermelha.

Morga subiu o fecho ecler do macacão térmico até cobrir o pescoço e esperou que o vento a envolvesse em pensamentos.

— Vou enfrentar meu pai. Ele vai ter de me explicar tudo! — Abriu os braços e, virada para o céu, soltou um grito carregado de toda a sua raiva.

Então, desviou-se das esculturas de prata, passou ao lado do chafariz e cheirou o ar, apoiando-se numa das colunas. Logo nevaria, e o silêncio do gelo tornaria tudo mais difícil.

Levou os dedos à boca e assoviou três vezes: Wapi atendeu ao chamado, como de costume. O Piróssio chegou aos pulinhos, com o bico semiaberto. Cuspiu uma língua de fogo roxo e espirrou sacudindo as plumas.

Morga puxou as bridas e saltou na garupa:

— Vamos, gingão, vamos até a grande árvore nodosa. Com certeza, vou me sentir melhor na minha Quercus Alba.

Wapi moveu o pescoço e saiu a galope. Uma cascata de minúsculos fragmentos de gelo caía do céu, e Morga permaneceu com o rosto virado para cima sem temer pegar um resfriado. Fechou os olhos e deixou-se molhar pelo gelo, as gotas esbranquiçadas do inverno que acabara de iniciar cristalizando-se sobre suas faces e seus lábios. Wapi corria, e, desta vez, o vento não foi clemente.

Os flocos de neve começaram a cair quando chegaram aos pés da grande árvore, descendo como algodão, forrando o solo coberto de folhas amareladas. O avestruz deitou-se, enrolou o pescoço e escondeu a cabeça entre as plumas quentes. A Maga do Vento subiu como um felino, agarrando-se aos galhos, e, ao chegar ao topo, sentou-se no tronco sólido. Admirou o horizonte embranquecido que suavizava a maré negra do oceano Orhanto. E se até o dia anterior ela sonhara fugir na direção daquela água escura para encontrar a liberdade, presentemente o seu desejo se deslocara para bem além do horizonte: o coração de Morga estava no céu. Lá, além do sol e das três luas, havia um universo a ser descoberto, no qual mundos como a Terra podiam conter cores e sentimentos diferentes.

Nenhuma nevasca, nenhuma chuva, nenhuma tempestade poderia tê-la afastado dos seus pensamentos. Olhou ao longe, onde o oceano beijava o céu: localizou a ilha Límbia. Era um atol rico de plantas altíssimas que sempre despertara certa inquietude em Morga. Anos atrás, ela notara uma estranha embarcação que de vez em quando ia e voltava, permanecendo só poucas horas parada na ilha. Mas o que essa embarcação estava transportando e quem morava na ilha Límbia eram mistérios para ela. O enésimo enigma de Emiós.

A garota concentrou as energias alquímicas que rodopiavam dentro de suas veias repletas de sangue humano e abraçou as pernas dobradas. Os flocos de neve cobriram seus cabelos negros, que já estavam molhados. Num gesto rápido, ela levou as mãos à nuca e desdobrou a gola do macacão térmico, puxando um largo capuz preto. Cobriu a cabeça e permaneceu assim perfeitamente imóvel, escutando o sussurrar da neve que caía macia e opaca. Girou os olhos para o interior da floresta, abriu a boca e inspirou como se quisesse comer o ar.

— Os Dromantes estão afundando os cascos na terra gelada. Posso senti-lo. Meu pai logo estará aqui.

As energias da natureza nunca a traíam. A caravana encabeçada por Serunte saíra do Centro Cripto horas antes, e o cheiro de lã cozida, típico dos Dromantes, era pungente.

Morga já vira esses animais de corcunda muitas vezes e sabia que um grupinho de U'ndários e Dakis fariam parte da caravana. Mas ela nunca se encontrara com nenhum, porque a regra ferrenha da Bramante devia ser respeitada. Morga não existia. Não devia existir para o povo de Emiós. Mas, dessa vez, as coisas seriam diferentes. Agora, era seu pai que estaria no Dromante.

A jovem Maga do Vento estendeu os braços diante de si movendo os dedos, e o vento acariciou-lhe as mãos. Um calafrio a fez tremer como os galhos nodosos que já indicavam as novas presenças que estavam a caminho.

Uma nuvem inchada de gelo desceu rapidamente, cobrindo as árvores: Morga ficou imersa no gelo, e seus olhos permaneceram límpidos como dois raios azuis; a espera chegava ao fim. Seu pai, o poderoso Fhar Serunte, acabaria com os seus medos, revelando os demasiados segredos ocultos no planeta Emiós.

3

Os olhos de Yhari

Floresta de Samhar

Estação Invéria – 5º dia do ano 500

Temperatura: 10 graus abaixo de zero

Lua azul cinza e lua vermelha diurnas

Os cascos afundavam na neve que caía copiosamente, e o ritmo dos seis Dromantes peludos tornou-se mais lento do que o previsto. Nas corcundas eles carregavam grandes caixas de metal amarradas com longas cordas de Casca Ciungada. Logo aquelas caixas estariam repletas com o carregamento de especiarias de Nepeta Catária preparado pela Bramante Branca. Dois Piróssios cavalgados por Dakis ladeavam os grandes animais, que bufavam soltando uma nuvem de ar condensado pelas largas narinas. Os dois garotos, Yhari e Horp, mantinham um passo lento e, de vez em quando, os avestruzes batiam as asas para se livrar das pedrinhas de gelo que se acumulavam sobre suas penas amareladas.

— Dakis, andem logo! Precisamos chegar à casa da Bramante Branca dentro de uma hora; o tempo ameaça piorar! — vociferou Gardênio, um U'ndário ruivo, barbudo, corpulento e musculoso.

Os dois garotos levantaram os capuchos pretos dos macacões térmicos e, trocando rapidamente um olhar, tiraram do bolso os frasquinhos contendo suco de Cantária Sólia, pingando uma gota sobre a língua. Precisavam de energia. Depois, espalharam um pouco de creme Antalgia nas mãos e no rosto para se protegerem do frio e, então, sentiram-se prontos para enfrentar o restante da viagem

Yhari deu umas pancadinhas no pescoço de Cilla, sua lunática Piróssia, uma avestruz fêmea bastante esquisita, que abriu o bico e soltou um grasnido pior que o dos Gansos Palmados das Leiterias Tortas.

— Yhari, você está com 14 anos e não consegue fazê-la se calar. Você quer apear e andar pelo restante da viagem? Sabe muito bem que o Fhar Serunte gosta de silêncio — resmungou Gardênio, que caminhava a passos largos empunhando o Corcundoso, um bastão curvo de quase 2 metros de comprimento com o qual sondava o terreno para verificar a existência de buracos perigosos. O U'ndário não sentia muito frio e, embora a temperatura já tivesse caído para dez graus negativos, ele ainda não sentia necessidade nem de suco de Cantária nem de creme Antalgia. Vestindo somente um grosso suéter de lã, calça larga e a clássica cartola preta que oscilava sobre os cachos acobreados de seus cabelos, enfrentava as lufadas de neve sem se alterar.

Horp, de pele escura, olhos azuis e dentes alvíssimos, tinha somente um ano a menos que Yhari. De gênio alegre, não conseguia conter a risada fragorosa: observava a indomável Cilla e segurava a barriga de tanto rir. Gardênio voltou a resmungar por causa do alarido dos Dakis e continuou a enfiar o Corcundoso nos amontoados fofos e brancos.

Serunte encabeçava a caravana, cavalgando um majestoso Dromante de olhos vermelhos e pelagem marrom, do mesmo tom que as árvores. O seu Obolho voava ao seu lado, bufando, na altura da sua cabeça, permanecendo, porém, debaixo da grande Sombrinha Fleuro, uma capotinha impermeável especial montada sobre a corcunda do animal. O Fhar não temia as rajadas de neve, mas estava bastante aborrecido com o vociferar dos Dakis e do U'ndário. De repente, Serunte virou a cabeça e, através da máscara de ferro e gelo sâmico que encobria seu rosto, lançou um olhar severo para todos.

— Conseguimos atravessar as montanhas da Cosmogonia Rochosa sem encontrar animais ferozes, e eu não tenho a intenção de me estressar agora com suas baboseiras. Tenho pressa de chegar à casa de Eremia. Mexam-se! — Os olhos de Serunte eram de um azul profundo. Como os de Morga.

Gardênio abaixou a cabeça e acelerou o passo. Horp também galopou mais velozmente, mas Yhari não conseguiu convencer Cilla, que em vez de obedecer começou a saltitar, fazendo-o perder o equilíbrio. A Piróssia estendeu as pernas e, com o pescoço esticado para a frente, lançou-se numa corrida enlouquecida.

Yhari puxou as rédeas, mas Cilla deu um puxão e o garoto foi obrigado a se agarrar às penas do animal para não cair.

— Para! O que é que deu em você, agora? — gritou o Daki, escancarando a boca.

Serunte agitou seu pesado manto azul e, com um gesto de contrariedade que chegou a desalojar o Obolho da proteção da Sombrinha Fleuro, puxou sobre a fronte a bandana que ostentava seu símbolo circular. Era realmente intolerável que Yhari se comportasse daquela maneira. Ele ergueu o braço direito e, vendo o sinal, Gardênio aproximou-se imediatamente.

— Eu tinha lhe dito que esta viagem para trazer as mercadorias era muito importante e urgente. Você me aconselhou pegar esses dois Dakis, mas não me parece que Yhari esteja suficientemente preparado para aguentar uma simples cavalgada na neve. Ele é impulsivo e vivaz demais para o meu gosto. E jamais se tornará um bom U'ndário.

Coçando a barba, Gardênio desculpou-se pelo incômodo.

— Excelentíssimo Mestre de Vida, se também tivessem vindo suas duas Sentinelas, talvez o controle sobre os Dakis tivesse sido mais rígido. Sinto muito não poder servi-lo como deseja — respondeu, altamente constrangido e sentindo-se culpado.

— As Sentinelas ficaram no Centro Cripto, e não tenho intenção de dar satisfações a você das minhas decisões. Da próxima vez, vou escolher os Dakis sem dar ouvidos aos seus conselhos. Agora, vamos seguir velozmente, não quero perder mais tempo! — Serunte agitou os pés e golpeou a barriga do grande Dromante, que aumentou o galope, fazendo oscilar a Sombrinha Fleuro.

O pensamento do Fhar voltou-se para Morga: lembrava-se dela como um embrulho que choramingava. “Passaram-se 12 anos. Agora, ela é uma garotinha como esses Dakis barulhentos”, pensou, franzindo a testa coberta pela bandana e pela Kaplá. Serunte tinha um gênio difícil, e não queria demonstrar demasiada emoção: temia abandonar-se aos sentimentos e parecer fraco diante da filha. Por isto, obrigara as Sentinelas a permanecer no Centro Cripto, na área Krop-1. Sua presença na casa de Eremia teria sido um risco grande demais, pois Morga não devia ser descoberta.

Gardênio ficou perplexo com a resposta de Serunte; era bastante insólito que um Fhar renunciasse às Sentinelas, principalmente durante deslocamentos. O U'ndário manteve o ritmo e, correndo com dificuldade pela neve, perguntou:

— Devo trazer Yhari de volta? Quer puni-lo?

Serunte respondeu, secamente:

— Deixe que ele vá na frente. Logo vamos reencontrá-lo. Não há perigos na Floresta de Samhar e eu não estou com tempo para punições!

A fuga de Cilla havia criado uma grande confusão, e Yhari, embora fosse ágil e forte, ainda não conseguira pôr um fim naquela corrida desenfreada. A Piróssia lançava-se entre galhos e arbustos e pulava as poças geladas emitindo grasnidos agudíssimos que rompiam o silêncio da floresta.

Aquela trapalhada inesperada também deixou Morga agitada: do alto do seu refúgio ela conseguiu perceber alguma coisa que se mexia entre as árvores. O vento trouxera-lhe barulhos e gritos. Ela sentia calafrios percorrerem suas costas, mas não era por causa do frio: um perfume desconhecido flutuava no ar.

Wapi também ergueu o pescoço e endireitou-se nas patas.

A garotinha sentiu medo; não sabia o que estava acontecendo, e o cheiro que sentia não era de lã cozida, portanto, os Dromantes ainda estavam longe.

— Quem é que está chegando? — murmurou, perscrutando a floresta coberta de cristais de gelo.

Sentiu a tentação de descer rapidamente da Quercus Alba e fugir com seu avestruz para casa. Contudo, não teve tempo de agir. Poucos segundos depois, Cilla chegou a galope bem embaixo da grande árvore nodosa e, ao ver o Piróssio macho, travou repentinamente as patas no solo frio e pedregoso.

A freada imprevista catapultou o Daki, que caiu rolando no chão e bateu de leve a cabeça no pé da árvore.

Morga não moveu um dedo. Permaneceu em silêncio, olhando para baixo. Era a primeira vez que se via na presença de um garoto

Aterrado com a fúria da Piróssia, Wapi estendeu o pescoço e abriu o bico ameaçadoramente. Cilla reagiu dando trancos à esquerda e à direita com a cabeça. Ela emitiu um grasnido potente que fez Wapi retroceder, pois ele nunca, nunquinha mesmo, havia encontrado uma fêmea tão agitada.

Yhari levantou-se, todo dolorido, e tratou de tirar a neve que havia grudado em seu macacão térmico. O capucho preto deslizara para os ombros. Ele passou as mãos pelos cabelos loiros e lisos e, furiosíssimo, atirou-se sobre Cilla:

— Você é uma estúpida! Maldito seja o dia em que escolhi você! Você não passa de uma Piróssia histérica!

Wapi não conseguia tirar os olhos de Cilla, que continuava a agitar as plumas e bater nervosamente as asas.

Yhari olhou para o Piróssio branco, estupefato.

— Que animal estranho. Você não é amarelo como os outros. As suas plumas são alvas como a neve — constatou, mantendo certa distância.

O avestruz reagiu muito mal, e rapidamente bicou as mãos do Daki e cuspiu um fogo roxo.

Yhari retrocedeu, abraçando Cilla, que a essa altura berrou de medo.

— Ataque-o, Cilla! Ele é todo branco! É um Piróssio doente — bradou Yhari.

Morga, que permanecia agarrada aos galhos, não conseguiu ficar calada. Temeu que o garoto machucasse seu amigo de sempre:

— Alto lá! É o meu Piróssio! Chama-se Wapi.

A voz feminina proveniente do alto da Quercus Alba pegou Yhari de surpresa; ele levantou a cabeça e só então viu a garotinha trepada nos galhos nodosos. Confundiu-a com uma Daki de verdade: ela estava de macacão e capuz pretos, como todos os demais.

— Quem é você? O que está fazendo aqui? — perguntou, desconcertado.

— Vá embora! — foi a resposta seca de Morga, cujas pernas tremiam.

— Eu não vou embora! Estou com a caravana do Fhar Serunte e estamos indo à casa da Bramante Branca buscar o carregamento de mercadorias! Minha Piróssia Cilla perdeu a cabeça, mas agora vou me juntar aos outros. — Yhari continuou a falar, circundando a árvore para tentar ver melhor aquela garotinha solitária.

— Vá embora, já falei! — repetiu Morga.

— Mas o que você está fazendo aí em cima? Será que você fugiu da Colônia Briosa? — O garoto agarrou o tronco da Quercus Alba e tentou sacudi-lo.

— Eu não falo com desconhecidos. — A Maga do Vento estava aterrorizada, mas não queria dar mostras disso. O coração subia-lhe pela garganta e, ao debruçar-se para ver melhor o Daki, desequilibrou-se. Voltou a agarrar-se aos galhos molhados e escorregadios, mas suas mãos se soltaram e ela caiu. Como a neve.

Yhari teve a presença de espírito de abrir os braços e agarrou-a no ar. As mãos do garoto apertaram-na com força: Morga ficou à mercê do Daki louro e corajoso.

Descabelada e com a respiração agitada, ela fitava aquele rosto tão próximo ao seu, tanto que podia sentir seu hálito. Naquele exato momento ergueu-se uma onda de vento, e uma poeira de finos cristais de gelo envolveu-os como num cândido abraço.

Uma poderosa música penetrou nos nervos e no sangue de Morga. As notas enchiam apenas sua mente: era a música do vento. Era a força de uma antiga natureza humana que se manifestava como um furacão de sentimentos. As sensações que experimentava eram indescritíveis: o perfume da pele de Yhari misturou-se ao dela. E também os olhos, aqueles olhos negros rajados de ouro que a olhavam intensamente, emitiam uma energia desconhecida que a arrebatava como uma cálida maré.

Sentiu-se perdida, leve, fascinada por um vento novo que ela não sabia domar.

A troca de olhares entre eles durou poucos segundos, que pareceram eternos.

As luminosas pupilas de Morga dilataram-se tanto que Yhari sentiu o sangue subir-lhe à cabeça. Jamais acontecera-lhe algo parecido com as outras garotinhas da Colônia Briosa. Nenhuma

Daki já o fitara daquela maneira. Era um olhar meigo e assustado, que expressava desespero e surpresa. Ele observava curiosamente a pele alva e as sardas roxas, e só podia pensar uma coisa: aquela garotinha era muito bonita.

O encanto daquele encontro imprevisto terminou assim que os flocos pararam de cair. O vento de Morga voltou a sussurrar entre os galhos, transportando tensões e temores. Sob os tímidos raios do sol e os reflexos das duas luas, os garotinhos sentiram seus corações baterem próximos.

Morga sentiu um forte constrangimento e se desvencilhou.

— Deixe-me! Não me toque! Ponha-me no chão!

Yhari soltou-a delicadamente, sem dizer uma palavra.

De pé, a garotinha cobriu a cabeça com o capuz preto. Depois, virando-se para Wapi, pegou as rédeas, segurando-as firmemente. O avestruz fechou o bico e ficou saltitando nervosamente diante de Cilla, que inclinou o pescoço, pestanejou e retrocedeu, temerosa.

Yhari não se moveu nem 1 milímetro e, olhando a garotinha de costas, observou seu corpo esguio apertado dentro do macacão térmico.

— Você não quer me dizer quem é nem o que faz aqui? — perguntou pela segunda vez.

— Não posso — retrucou Morga com um fio de voz; ela ainda ouvia a poderosa música ecoando em sua cabeça.

Yhari estendeu o braço direito e apoiou a mão em seu ombro para forçá-la a se virar para ele.

Morga afastou-se bruscamente.

— Eu falei para você não me tocar! — exclamou, montando em Wapi.

— Eu me chamo Yhari, tenho 14 anos. Diga-me pelo menos o seu nome. — O garotinho olhou-a novamente direto nos olhos.

— Faça de conta que você nunca me viu. — Morga puxou as rédeas, Wapi estava pronto para partir.

Mas ela não partiu. O avestruz também ficara impressionado com a Piróssia cheia de vida, e, antes de empreender a corrida para casa, abriu novamente o bico e emitiu um grito eloquente, que fez estremecer as plumas amarelas de Cilla.

Yhari sorriu.

— Cilla e Wapi parecem ter vontade de travar amizade. Talvez tenham se encontrado de maneira um tanto violenta, como nós. Mas, agora, podemos nos conhecer.

— Você acha? Eu não, Wapi ficou demasiadamente assustado. E eu também. — Morga sentia-se tentada a continuar a conversar com aquele garoto, mas o cheiro de lã cozida dos Dromantes tornara-se mais forte. A caravana estava chegando, e ela certamente não podia ficar ali.

— Por que o seu Piróssio é branco e cospe fogo roxo?

A pergunta colocou Morga em dificuldade.

— Você quer saber demais. E eu não tenho nenhuma intenção de ficar aqui conversando com você. — A garotinha reagiu com maus modos ainda que, na realidade, tivesse gostado de dizer exatamente o contrário. Sentia-se atraída por aquele garoto de olhos negros e dourados, porém a confusão e o medo prevaleceram sobre todas as outras sensações.

— Não vá embora. Se você estiver perdida, pode se unir à caravana e... — O Daki deixou a frase em suspenso.

Morga mandou Wapi partir a galope.

A silhueta da garotinha na garupa do avestruz sumiu entre as árvores da Floresta de Samhar.

Yhari olhou-a desaparecer como um fantasma tragado pelo gelo e pela neve.

— Nem sequer sei como ela se chama e para onde vai — murmurou, inebriado.

Absorto em seus pensamentos, ouviu as vozes de Gardênio e Horp, que o chamavam. Cilla sacudiu a cabeça, pronta para retornar à caravana. A cavalgada durou pouco e, ao se aproximar de Gardênio, Yhari pediu desculpas pelo comportamento bizarro da Piróssia.

— Não quero desculpas. O que aconteceu foi gravíssimo. Serunte nunca mais vai escolher você para acompanhar os carregamentos de mercadorias. Agora, fique calado e galope. — O U'ndário não lhe deu outras explicações.

Entrementes, Morga chegara em casa, onde fora acolhida pelo som das Sinfobaixas. Eremia encontrava-se no Panacedarium e estava fechando as caixas de Senthia. A garotinha, ainda perturbada pelo encontro com Yhari, largou Wapi no pátio e subiu as escadas como um raio: sentia a necessidade de se refugiar em seu quarto antes de ver o pai.

Eremia, ouvindo-a chegar, chamou-a.

Morga estacou na metade do primeiro lance e voltou, tentando ajeitar os cabelos ainda molhados de neve.

— Em vez de sair, você deveria ter usado as técnicas alienantes antes do encontro com o seu pai. Você não está apresentável! Enxugue ao menos os cabelos! — mandou Eremia, observando-a da cabeça aos pés.

A garotinha mantinha os olhos baixos e sua respiração estava agitada. A Bramante afastou o Obolho, que esguichava o vapor costumeiro, aproximou-se de Morga e levantou a cabeça para fitá-la nos olhos.

— O que aconteceu? Você está emanando energias fortíssimas!

— Nada. Estou agitada por causa do meu pai. A caravana está próxima, e eu senti o cheiro dos Dromantes.

A resposta não convenceu Eremia de jeito nenhum.

— Não minta. É verdade que você encontrou aquele documento antigo e precisa falar com Serunte, mas eu acho que há algo mais. Diga-me!

— Seguramente, você tem muito mais segredos que eu. Você é quem não disse toda a verdade durante esses anos! — A resposta de Morga feriu o orgulho da velha xamã.

— Ora, não seja insolente! — Eremia agarrou-lhe o braço, imobilizando-a.

— Usarei a alquimia do vento e as técnicas alienantes para manter o equilíbrio mental diante do meu pai também. Sei dosar minhas forças. Não é isto que está me preocupando — respondeu Morga num tom frio e sem nenhuma comoção.

O encontro com o Daki, a descoberta do documento de Dan Fhar e o diálogo que tivera com sua mãe haviam-na deixado completamente atordoada. Sentia-se como uma folha transportada por correntes de ar gélido.

A Bramante uniu as mãos como para rezar.

— Há dias que não vejo você treinar suas magias do vento. A magia deve ser aperfeiçoada cotidianamente. Seu pai é o maior perito de Medicina Kármica, e muitas poções curativas são sua criação. Saiba que a magia e a alquimia jamais devem ser negligenciadas.

Naquele momento, ouviu-se a voz de Gardênio, vindo do pátio.

— Excelentíssima Bramante Branca, o Fhar Serunte chegou diante da sua casa acompanhado por mim, humilde U'ndário, e por dois Dakis da Colônia Briosa.

Eremia tocou o kumkum vermelho, inspirou pelo nariz e deslizou rapidamente a Kaplá sobre o rosto.

— Sou obrigada a vesti-la. O U'ndário e os Dakis decerto não podem ver meu rosto decrépito.

Morga abriu a porta do Panacedarium, mas foi imobilizada pela xamã.

— Fique aqui e não se mova.

Ela permaneceu sentada num banquinho, de olhos fechados, concentrando-se para captar sons e palavras. Cheirou o ar com o desejo de sentir novamente o perfume de Yhari.

E foi justamente o Daki com sua Cilla que apareceram inesperadamente no pátio, ao lado do chafariz agora gelado, onde Wapi estava alisando suas plumas brancas.

A Piróssia arregalou os olhos e o avestruz a olhou fascinado.

— Então, ela está aqui! Refugiou-se na Casa da Bramante Branca! Mas... como é possível? — Yhari já não entendia mais nada. A identidade daquela garotinha permanecia um verdadeiro mistério para ele.

Quando Eremia saiu ao pátio, Yhari esperava rever a Daki de olhos azuis, mas isso não aconteceu.

Serunte apeou do Dromante e baixou a cabeça em sinal de respeito pela Bramante.

— Você está sempre em grande forma, e estou contentíssima de acolhê-lo em minha casa — disse a xamã, permanecendo na soleira da porta.

— É uma honra estar aqui. A viagem foi cansativa e a neve atrapalhou os Dromantes. Tenho certeza de que uma de suas infusões quentes vai me aquecer a alma. — O Fhar avançou com passo firme, fazendo o manto azul esvoaçar.

Quando chegou muito perto de Eremia, sussurrou:

— Ela... está em casa, certo?

Ao perceber um sinal, o Fhar entrou imediatamente, seguido por seu Obolho, que roçou o de Eremia.

A Bramante pigarreou e, dirigindo-se aos Dakis e ao U'ndário, perguntou se eles também desejavam tomar alguma coisa quente.

Gardênio sorriu, pousando o Corcundoso no chão, enquanto Horp fazia uma mesura e Yhari acenava com a cabeça: esperava que a garotinha solitária tivesse se escondido naquela morada isolada.

— Bem, então, acomodem-se no primeiro andar, no salão vermelho. Logo vou estar com vocês. — Eremia os fez passar, esperando que subissem. Depois, se pôs ao lado de Serunte e indicou a porta diante dela, a do Panacedarium. — Morga está aí dentro. Não seja demasiado duro com ela. Ela está muito abalada. Ontem, conversou demoradamente com Animea. Além disso, ela conseguiu encontrar o velho documento de Dan Fhar.

Assim que a ouviu pronunciar esse nome, Serunte sobressaltou-se.

— Mas como isso foi acontecer? Você foi imprudente, devia tê-lo escondido melhor. Aquele documento é secretíssimo! — O Fhar ficou muito agitado.

— Foi o destino que quis assim. Você está se dando conta disso? É o início do fim. Do nosso fim. As mentiras e os horrores virão à luz. Você deve contar para Morga acerca da profecia. Não há mais tempo! — De forma despachada e direta, a Bramante obrigou Serunte a dizer a verdade sobre Emiós.

Abriu a porta do Panacedarium e convidou-o a entrar. Com o coração explodindo no peito, ela subiu então a escada para juntar-se aos demais. Certamente, não queria assistir ao encontro entre pai e filha.

Os cheiros das especiarias de Nepeta Catária suavizavam o ambiente saturado de vapores provenientes do Suflio e do Rôndolo; os instrumentos alquímicos haviam apenas acabado de destilar a essência de Senthia. O fogo da Boca Chama, o grande forno do Panacedarium, também ardia vivamente, emanando um poderoso calor.

Quando Serunte fechou a porta atrás de si, Morga levantou-se do banquinho, permanecendo em silêncio. A Kaplá de ferro e gelo sâmico escondia o rosto dele, e a bandana encobria seus cabelos.

O Obolho, idêntico ao de Eremia, flutuava ao seu lado. O Fhar tirou a capa azul, que deixou cair na mesa ao lado do pote de Cola de Veneno Trismônio, e ficou somente com a túnica comprida até o chão. Era da mesma cor, brilhosa e ricamente bordada com finíssimos fios de ouro. O aspecto de Serunte era imponente e austero.

Ele não fez nenhum gesto de saudação e, estacando diante da garotinha, perguntou à queima-roupa:

— Você sabe quem eu sou, certo?

Morga, imóvel como uma estátua, recebeu essa pergunta seca e isenta de qualquer envolvimento afetivo.

Apertou os dentes; era a primeira vez que ouvia a voz do pai: era profunda e calma.

— Sim, Eremia disse-me que você é meu pai — retrucou, tentando captar uma visão dos olhos que se entreviam através da Kaplá.

— Aproxime-se — ele comandou com um gesto das mãos.

Ela deu um passo para a frente, pensando que Serunte a abraçaria. Mas não aconteceu isso. Ele permaneceu imóvel em seu lugar e sequer retirou a máscara.

— Você já está crescida, e eu bem sei que não tem sido fácil para você viver sozinha com Eremia. — O Fhar começou a falar, procurando as palavras certas para contar a intricada história para a filha, que não voltara a ver desde que nascera.

— A Bramante Branca não é malvada. Mas ela me escondeu a verdade, nem minha mãe teve a coragem de me explicar por que fui trazida para cá. Agora, você vai me contar essa verdade, embora eu tenha encontrado um documento que... — A garotinha fechou a boca ao ver o gesto rápido do seu pai.

— Eu sei de tudo. Vamos falar daquele documento também.

— Bem. Já não sou mais criança. Eu sou Morga, a Maga do Vento, e cresci sem você.

Serunte recebeu a resposta como uma vergastada e, debaixo da Kaplá, esboçou uma expressão de raiva.

— Você me odeia? — inquiriu, apoiando as mãos na mesa.

— Odiar você? Não sei. Não tive tempo nem de gostar nem de detestar você. E você, o que sente por mim? — Morga respirava ritmicamente, adotando uma técnica que reequilibrava as emoções.

— Você é muito importante para mim. Salvei-lhe a vida porque amo sua mãe. Quero que você seja feliz. — Contudo, não emanava nenhuma afetividade daquelas frases. Serunte sufocava qualquer sentimento humano; queria compreender quão maravilhosamente *imperfeita* era essa sua filha, que ele adorava sem demonstrar abertamente.

Morga percebeu o distanciamento mental que o homem estabelecia entre eles. Uma punhalada ter-lhe-ia doído menos. Observou-o, desapontada, e não ficou temerosa com o seu aspecto austero. Pelo contrário, pensou que seu pai era como uma montanha de rocha duríssima que estava desmoronando diante dela.

— Você veio aqui para conversar comigo? Então, faça isso! Ou você tem medo de dizer que gosta de mim?

Outra flechada atingiu o Fhar, que sofria mantendo as emoções ocultas sob a Kaplá.

— Você não pode compreender o que eu sinto — respondeu, tirando a bandana.

A garotinha descobriu que os cabelos dele eram louros e cacheados. Esquadrinhou novamente os olhos que se moviam atrás da máscara: eram azuis, exatamente como os dela.

Repentinamente, Serunte pegou as mãos de Morga e as manteve apoiadas sobre as suas como se fossem plumas, depois as apertou.

— Você deve me escutar. Deve acreditar no que vou lhe dizer. Não me julgue agora. Tenha confiança em mim.

O calor do contato das mãos do pai a acalmou, tanto que desejou que ele a abraçasse. Mas não havia lugar para essa afetividade. Por outro lado, Eremia também sempre fora bastante reservada e pouco expansiva. Todos os Fhar eram assim, com o coração de pedra e a magia no sangue.

— Tenho dificuldade em pensar que você é realmente meu pai. Mas a cor dos meus olhos e a dos seus é um sinal demasiadamente evidente. Porém, sinto-me amada por minha mãe. O abraço dela é como um círculo protetor. — Morga deu um passo para trás, largando as mãos de Serunte.

— Chegará o dia em que os sentimentos não serão mais negados e a vida será muito diferente. Espero poder demonstrar para você o que agora não consigo — disse o Fhar, sentando-se na única poltrona do Panacedarium.

— Você não quer sequer me mostrar o seu rosto? Se você realmente me quiser bem, faça-o. — Morga provocou-o, e ele reagiu apertando os punhos como quem quer controlar o orgulho.

— Você bem sabe que nós só mostramos o rosto quando estamos entre Fhar. As regras da Imperalei devem ser respeitadas. — Serunte fechou os olhos e sentiu que o sangue lhe fervia.

Começou a suar, enquanto a ansiedade se apoderava da sua mente. Ele conhecia bem os efeitos que o nervosismo provocava no corpo, pois era perito de Medicina Kármica, e imediatamente adotou uma técnica de autorrelaxamento mental. A despeito da poderosa magia, sentia-se dilacerado entre o sentimento que tinha por sua filha e o rigor absoluto que lhe exigia manter uma atitude distante. Retirar a máscara significaria negar pertencer aos Fhar e se colocar no mesmo nível que os outros. Entretanto, mais uma vez, o amor perturbou os seus pensamentos.

Com um gesto veloz e violento, desenganchou a tira de Casca Ciungada atrás da cabeça e removeu a Kaplá.

Morga prendeu a respiração e olhou o rosto do pai, que imaginara infinitas vezes. A pele estava lisa, nenhuma ruga sulcava sua fronte.

— Estou com 531 anos, mas nós, Fhar, sabemos como permanecer eternamente jovens. Eremia é a única a se recusar a usar a máscara — explicou, esboçando um sorriso.

— Eternos? Não é verdade! Eremia ainda não criou a Shaal Tuak-Pà, e as poções de Senthia são insuficientes para manter vocês eternamente vivos. E, depois, para que vocês querem ser imortais? — A garotinha levantara a voz.

— Nós somos os detentores da Alquimia Mágica. A morte não pode nos destruir. Este é o motivo pelo qual abandonamos a Terra e viemos para Emiós. O documento secreto que você encontrou explica isso claramente, não é? — Serunte inclinou ligeiramente a cabeça e observou sua filha enquanto esperava sua resposta.

— Vocês são uns monstros. Mataram crianças somente porque tinham sangue humano. Vocês não têm sentimentos. Mas você, então, como pode dizer que ama minha mãe? Quais e quantas mentiras vocês contaram ao povo de Emiós, que adora e teme vocês? — O gênio de Morga se revelara sem dar trégua.

A saraivada de perguntas irritou o Fhar, que se levantou da poltrona. Seu rosto tornou-se muito sério.

— Daqui a pouco você saberá muitas coisas. Mas você ainda não sabe usar bem os dotes de magia, senão teria a capacidade de controlar suas emoções agora também.

— Imperfeita! Sou diferente! Você esqueceu disso? Como é que você pode ser tão cínico? — A violência de suas palavras foi tamanha que Morga levantou a cabeça e, em meio de imprecações, soprou em direção às vigas do teto.

A potência da magia manifestou-se do nada. Uma trilha de vento girou entre ampolas e alambiques, as chamas do forno apagaram-se e os preciosos pós alquímicos guardados nos vasos e nos frasquinhos espalharam-se como chuva.

O rosto de Morga iluminou-se, e as sardas roxas brilharam como pequenos diamantes.

— PARE! A magia do vento não é uma brincadeira! Não a use comigo! — vociferou Serunte abrindo os braços.

Depois, ele escancarou a boca, que se tornou larga e deformada. A pele do rosto dobrou-se em mil rugas e, num átimo, Serunte engoliu o vento de Morga, realizando uma magia que demonstrou sua grande habilidade no uso das técnicas alienantes.

Quando voltou a fechar a boca, o rosto voltou a ficar liso, enquanto seus grandes olhos luminosos faiscavam de raiva.

Um silêncio espectral encheu o Panacedarium.

Pai e filha, um diante do outro, haviam dado provas de suas capacidades mágicas. Era um desafio que ocultava rancores e ressentimentos.

— O que você pensava que iria fazer? Assustar-me? Surpreender-me? Eu sou um Fhar. Sou cientista e mago. Sou seu pai e você tem de me respeitar! Sente-se e ouça com atenção.

A garotinha ficou de olhos arregalados e engoliu em seco, respirando depressa. Sentou-se novamente no banquinho e abaixou a cabeça, os olhos fixos no chão.

— Guarde os ensinamentos da Bramante. Vão lhe ser úteis. E, agora, minha filha, pegue minhas palavras e guarde-as em sua mente. — O Fhar modulou a voz, e Morga sentiu as energias do pai, que se expandiam no ar em círculos concêntricos. — Você está viva porque foi concebida com verdadeiro amor, e não por meio das técnicas mágico-alquímicas usadas para todas as outras crianças. As Gestais, para se tornarem mães, recebem o Raio Avólio, uma luz densa criada por nós, Fhar, que as envolve por poucos segundos. Isso ocorre numa sala do Centro Cripto. Não há nenhum contato entre Fhar e Gestal: é terminantemente proibido pela Imperalei. — Serunte explicou esses procedimentos específicos com alguma dificuldade.

— Assim, eu nasci porque você e a mamãe estiveram juntos, transgredindo as regras de Emiós. Portanto, o amor é uma coisa imprevisível?

— Sim, é imprevisível. É por esse motivo que é proibido pela Imperalei. — O Fhar tinha conseguido colocar a filha para raciocinar.

— Então, eu não fui concebida pelo Raio Avólio? — quis saber a garotinha, presa da ansiedade por saber. Imaginava o encontro secreto dos pais e mentalmente viu o rosto de Yhari, seus olhos e a música que ouvira em seu coração. Talvez fosse assim que o amor acontecia? Mordendo os lábios, esperou que seu pai falasse mais.

— Exatamente, Morga. Sua mãe e eu nos apaixonamos a despeito de todas as regras. Aconteceu e pronto! Não é possível controlar o amor. É um sentimento mais forte que qualquer magia e provoca alterações psicológicas. São mudanças de humor que os Fhar não toleram. Agora, você entende? Você está aqui, diante de mim, e a sua vida representa o amor negado por nós, Fhar. É por isso que você tem sangue humano, enquanto todos os outros Dakis possuem um DNA programado. Neles é inserido o gene mágico Désio-Z206.

— O quê? Um gene mágico? — Morga levou as mãos à cabeça. Achava que estava enlouquecendo.

— Sim, trata-se de um procedimento da Medicina Kármica. É um gene que elimina a lembrança dos sentimentos. Elimina o amor. — O pai suavizou a voz, pois temia provocar sofrimento para a filha, que tanto amava.

— E eu não tenho esse gene! Certo? — indagou, cada vez mais agitada.

— Não. Você é totalmente e geneticamente humana, ao passo que todos os outros Dakis possuem esse gene. Os garotos, crescendo, tornam-se U'ndários, e as garotas são destinadas a se tornarem U'ndárias, Gestais ou Ancilantes, de acordo com as suas características físicas. De qualquer modo, todos são considerados "utilmente perfeitos". Somente as Gestais podem procriar. Os demais são estéreis. — Os olhos de Serunte brilhavam como chamas.

— Eu sou Imperfeita porque tenho sentimentos e sinto amor; isto eu já entendi. Mas então todos, inclusive vocês, Fhar, podem mudar se quiserem. — A ingenuidade de Morga superou sua magia.

— Mudar? É difícil de acontecer. Você representa um perigo para Emiós. Este é o motivo pelo qual você teve de viver aqui, em segredo, protegida por Eremia, que está se arriscando muitíssimo. Se Okrad, o Grão-Medônio, descobrir nossa história, vai se vingar de maneira terrível. — A ameaça do chefe dos Fhar era uma realidade duríssima.

— Ele vai nos matar a todos? — Morga levou as mãos ao peito.

— Sim. Ele vai fazer isso. Okrad é malvado, e muitos Fhar têm medo dele. — Serunte ergueu o olhar, semicerrando os olhos.

— Mas você é um mago poderoso, e Eremia também é uma xamã com grandes capacidades... — A garotinha não concluiu a frase.

— Tudo o que vai acontecer está escrito no destino. No nosso destino. Você deve ser forte como o vento que você sabe domar. Você puxou a doçura e beleza de sua mãe, e sinto orgulho de você, embora não a tenha encontrado durante todo esse tempo. Não foi fácil aceitar voltar a amar depois de quinhentos anos vividos como os outros Fhar, sem sentimentos e desejos humanos. — A voz de Serunte assumiu um tom suave e afetuoso.

— E no planeta Terra era possível? — A Maga do Vento lembrou-se do aroma que sentira ao cheirar o documento encontrado no depósito.

— Claro que era possível. Mas, na época, Dan Fhar nos convenceu de que os sentimentos nos desviavam das verdadeiras capacidades mágicas. Então, desencadeou-se uma guerra terrível pelo poder. Não gosto nem de lembrar os horrores que vivenciei.

Morga aproximou-se e voltou a colocar as mãos sobre as de Serunte:

— Era bom viver na Terra?

O Fhar aquiesceu, sem acrescentar mais nada. A lembrança do tempo passado tornou-o triste e melancólico.

Morga fechou os olhos:

— Não sei imaginar outro planeta. Eremia disse que há um sol grande e uma lua de prata.

— A Terra tinha todas as cores do arco-íris — contou o Fhar.

— Arco-íris? — repetiu a jovem maga, fazendo uma careta engraçada.

— É uma alquimia que se dá no céu. O arco-íris é belo como sua mãe. É belo como você. — Serunte percebeu que tinha se deixado levar pelo romantismo e enrijeceu-se, apertando os punhos.

— Se eu sou bela como a mamãe, o que foi que puxei de você? — Finalmente, Morga conseguiu sorrir.

— Seguramente, a força e a magia. Você aprendeu a usar e a escutar o vento. Sabe ver e sentir a natureza falando com você. Eu sei que você também escreveu uma poesia dedicada ao vento. Você é uma criatura esplêndida, e Eremia a ajudou, ensinando-lhe nossa arte alquímica, dos Fhar. — O pai se aproximou e finalmente acariciou-lhe os cabelos ainda úmidos.

Aquele carinho não arrancou de vez os espinhos que Morga levava cravados no coração havia 12 anos, porém aplacou sua raiva.

— Pai, o que será de mim?

— O vento sabe do destino. O seu vento. E eu estarei ao seu lado. Sempre. — O Fhar virou-se para o Obolho, que esguichava vapor, e abriu a primeira das quatro portinholas de cristal.

Morga pensou que ele iria mostrar-lhe alguma mensagem escrita no Ciodalo, porém estava enganada. Serunte extraiu dois tubinhos de papel e, com gesto hábil, desenrolou o primeiro.

— Este é um documento secreto importante, como o que você encontrou. É o pacto que nós, Mestres de Vida, selamos quando chegamos a Emiós. Leia-o e entenderá o que eu ainda não disse — falou, entregando-o à filha.

Planeta Emiós
Galáxia Esperimea, Sistema solar do Bromo
Megorá, auditorium de Áurea Nyos – Ano 1

O PACTO DOS FHAR

Estamos aqui reunidos na Megorá, o grande auditorium de Áurea Nyos, para celebrar o primeiro aniversário da nossa tomada de posse no planeta Emiós. Assumimos o compromisso de prosseguir as nossas pesquisas mágico-científicas para produzir e aperfeiçoar a fórmula alquímica da eternidade, a Shaal Tuak-Pà. Eremia, nossa sábia Bramante Branca, já está com a pesquisa bem adiantada, mas para conseguir honrar o destino solicitou viver longe de Áurea Nyos, numa casa no meio da Floresta de Samhar, junto ao oceano Orhanto. O Grão-Medônio Okrad, pelo qual todos nós nutrimos grande respeito, autorizou Eremia a isolar-se para aperfeiçoar seus dotes xamanísticos. Nós somos a nova raça imortal, e a partir de hoje nos chamaremos Fhar, em memória do professor Dan Fhar, que se sacrificou para alcançar o sonho da vida infinita. Os seus ensinamentos, os livros sagrados, as fórmulas mágicas e as descobertas científicas acompanharão nossa história. Nos séculos futuros, aperfeiçoaremos as técnicas alienantes e mágicas, sem envelhecermos, afastando assim o espectro da morte.
Jamais a Terra poderá ser mencionada, já que provocou tamanho sofrimento. Jamais os mil Supérstites e os que nascerão no futuro deverão ter a oportunidade de transmitir a cultura humana. Nossos experimentos com o DNA deles estão dando ótimos resultados e, nos anos vindouros, eles garantirão nossa vida, trabalhando e produzindo alimentos. Os Supérstites são "utilmente perfeitos" e nos servirão apenas para alcançarmos nosso objetivo: o de vivermos para sempre. Ao completarem 50 anos de idade, homens e mulheres serão levados para a ilha Límbia, única ilha do planeta Emiós, com a promessa de se tornarem eternos como nós. É um engano que precisamos manter! A morte deles é necessária, já que a modificação genética realizada em seus corpos através do gene mágico Désio-Z206 não lhes permite viver além disso.

Mas nós poderemos garantir nossa imortalidade permanecendo os únicos detentores da fórmula eterna. Num prazo de um ano apenas, conseguimos construir um mundo racional sem sentimentalismos e paixões perigosas. O amor leva à imperfeição e à infelicidade. Os Supérstites perderam qualquer lembrança de suas origens humanas graças às nossas poções. Os "utilmente perfeitos" agora sabem que pertencem a novas categorias: os U'ndários (homens e mulheres estéreis), as Gestais (mulheres procriadoras) e as Ancilantes (seres gentis e prestativos).
Em breve, dez Gestais parirão graças à fecundação ocorrida com o Raio Avólio, de nossa invenção. Nascerão crianças novas, os primeiros Dakis.
Os recém-nascidos que apresentarem DNA exclusivamente humano ou defeitos genéticos ou físicos, definidos como "Imperfeitos", serão eliminados imediatamente. Até mesmo uma única criatura com sentimentos humanos poderia representar um grave risco para o nosso poder. Nenhum de nós terá incertezas. Em Emiós, a vida será ordenada pela nossa Imperalei, único meio para manter o equilíbrio entre nós e os "utilmente perfeitos". Nós somos o futuro. Nós seremos para sempre. Nós somos os Mestres de Vida. Este é nosso pacto indissolúvel!

Documento confidencial
do 1º Conciliábulo dos 100 Fhar

Perplexa e desorientada, Morga apertou o documento entre as mãos como se quisesse destruí-lo e dirigiu-se ao pai com veemência:

— A ilha Límbia é o lugar da morte! Horrível, diabólico. Emiós oculta um inferno, e vocês, Fhar, são criadores de sofrimento e de luto. Vocês são Mestres de Morte, não de Vida!

A garotinha estava sendo arrastada por um terremoto de emoções. Ela intuiu o porquê de se sentir atraída pelo oceano Orhanto quando subia na árvore nodosa: lá, em meio à maré negra, localizava-se a ilha Límbia, e a embarcação que ela vira navegando era, portanto, a barca da última viagem em direção à morte. Os seus pensamentos embaralhavam-se como fios elétricos. Tudo nela estava se rebelando: nervos, músculos, sangue e coração. Ela abriu a boca para respirar e afugentar a angústia que a dominava.

Serunte levantou-se da poltrona e abraçou-a com muita força. Apertou-a sem dizer nada. O rosto de Morga encheu-se de lágrimas, encostado na túnica azul. Chorou sentindo os batimentos cardíacos do pai.

Uma lufada de vento atravessou o abraço e atingiu a ambos como um punhal invisível: unidos, próximos como nunca haviam estado, juraram silenciosamente não se deixarem nunca mais.

A porta do Panacedarium abriu-se inesperadamente. Eremia entrou e voltou a fechá-la logo. Um tremor a fez cambalear: ela não estava preparada para ver a cena de pai e filha abraçados silenciosamente.

Serunte se recompôs; estava com os olhos vermelhos porque não conseguia chorar.

— Eu causei sofrimento à minha filha e não posso suportar mais o meu papel de Fhar.

Morga secou o rosto e, virando-se para a Bramante, disse:

— Agora, eu sei. A raiva que sinto é pior que veneno.

Eremia, que ainda estava usando a Kaplá, levou as mãos à cabeça calva.

— Não podíamos poupar você da verdade. Era justo que você soubesse.

O pai repôs rapidamente a máscara, voltou a fechar a primeira portinhola do Obolho e entregou o segundo tubinho de papel para Eremia, dizendo:

— Este é você quem vai ler para ela.

Olhou novamente para Morga e, antes de ir embora, falou:

— Ouça bem Eremia. E prepare-se, deve ir à Colônia Briosa. Você não pode mais ficar aqui. Estarei ao seu lado mesmo que você não me veja.

O Fhar saiu, fazendo seu manto azul esvoaçar.

A garotinha permaneceu de boca aberta e sentiu a mágoa do abandono repentino do seu pai infiltrar-se em seu âmago: era como se um emaranhado de Serpentes Bífiles do deserto de Alfásia estive se mexendo dentro do seu estômago.

— Vá correndo para o seu quarto. Eu irei lá o quanto antes; agora, os Dakis devem levar as caixas de especiarias e as poções de Senthia. Não podem encontrar você aqui!

Morga saiu pé ante pé e, ao chegar ao seu quarto, olhou sorrateiramente pela janela, permanecendo escondida atrás das cortinas.

— Aí está ele! É Yhari! — exclamou, apoiando as mãos nos vidros.

O Daki estava ao lado de um Dromante e segurava uma caixa repleta de especiarias de Nepeta Catária. Ao seu lado estava Horp, que apertava os nós de Casca Ciungada, enquanto o U'ndário lidava com os recipientes de Senthia.

Serunte já estava pronto para partir.

Yhari ergueu repentinamente a cabeça e olhou para cima, como se tivesse sentido o chamado de Morga.

Ela se afastou da janela, mas o balançar da cortina despertou a curiosidade do garoto, que ficou olhando.

Morga voltou a aparecer, fez uma saudação com a mão e depois acrescentou um gesto mandando-o ficar calado.

O Daki sentiu o coração explodindo, entregue a uma emoção que jamais experimentara antes, mas a voz possante de Gardênio o chamou à ordem.

Em poucos minutos a caravana se pôs novamente em movimento, sob o céu de chumbo. O sol estava encoberto, e das duas luas somente a vermelha emitia uma luz fraca.

Morga, dilacerada por demasiados pensamentos tristes, voltou a pensar nos olhos dourados de Yhari.

— Voltarei logo a ver você na Colônia Briosa e lhe direi o meu nome — murmurou, sentando-se na cama para aguardar a Bramante, que estava subindo a escada.

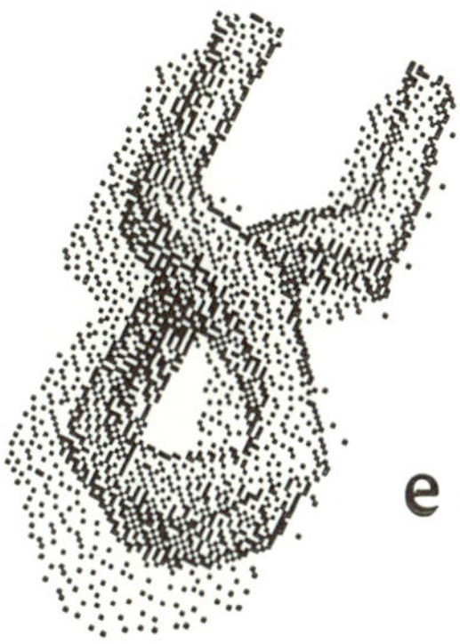

4
Os Ambalis e a antiga profecia

Casa de Eremia
Estação Invéria – 6º dia do ano 500
Temperatura: 15 graus abaixo de zero
Lua azul-cinza e lua vermelha diurnas

Às cinco horas da manhã, quando a lua branca ainda iluminava a capa de neve, a caravana dos Dromantes já havia chegado à cascata do rio Hamandor, no cume das montanhas da Cosmogonia Rochosa. Em meio ao silêncio e ao gelo da estação Invéria, até o tempo parecia ter se cristalizado como o gelo que enfeitiçava a água. A ausência de ruídos era quebrada somente pelo uivar das feras; os monstruosos animais das montanhas de Emiós estavam mais nervosos que o normal por causa da lua branca noturna. Tinham ímpetos de agredir os viajantes, porém a presença de um Fhar lhes incutia temor, mantendo-as numa distância devida.

Serunte sinalizou a Gardênio que devia parar.

— Mande os Dakis prosseguirem; irão sozinhos para a Colônia Briosa. Nós seguiremos para Áurea Nyos com as mercadorias.

A ordem do Fhar foi executada sem nenhuma hesitação.

Horp, que adormecera na garupa do seu Piróssio, acordou de repente ao ouvir a voz de Serunte. Passou as mãos pelos cabelos pretos cacheados e lançou um olhar para Yhari. O amigo não estava absolutamente cansado, pelo contrário, parecia estar cheio de energia.

— As feras já não constituem perigo, porém tomem cuidado, sigam pela beira do rio e dentro de uma hora estarão em casa — disse o U'ndário barbudo, apontando o Corcundoso para o sul.

Os Dakis despediram-se de Serunte inclinando a cabeça e retomaram o galope na direção da Área Krop-2. A luz da alvorada beijava a neve, o sol e a lua azul não brilhavam; somente o astro vermelho nascia radiante no céu cinza, emitindo reflexos rosados que coloriam toda a paisagem.

Os olhos dourados de Yhari resplandeciam como pérolas; a única imagem que lhe vinha à cabeça era a misteriosa garotinha que lhe caíra nos braços.

Puxou as rédeas, e Cilla saiu saltitando velozmente. O vento frio chicoteou o rosto do garoto. Yhari olhou para a frente e mentalmente voltou a ouvir a voz da desconhecida que se apoderara dos seus pensamentos.

Naquele instante, a quilômetros dali, os raios da lua vermelha tocaram as janelas do quarto de Morga.

A aurora surpreendeu a Maga do Vento e a Bramante Branca ainda acordadas, folheando livros de alquimia alienante. A garotinha precisava se preparar para a viagem à Colônia Briosa, e isto incluía uma revisão cuidadosa das fórmulas mágicas. Eram técnicas que deviam ser usadas com absoluta parcimônia para não levantar suspeitas entre os Dakis que encontraria.

A xamã pegou o livro de magia mais precioso dos Fhar, a *Alchemios Brevis.* Afagou a capa preta antes de abri-lo.

Morga prendeu a respiração.

— Eu posso finalmente lê-lo também? — perguntou num murmúrio.

— Sim. Agora você pode. Eu estava esperando por este momento desde que você era pequenina, mas não sabia se iria acontecer de fato — respondeu Eremia, transgredindo mais uma vez as regras dos Fhar. Até então, jamais mostrara a Morga todas aquelas fórmulas mágicas extraordinárias.

A *Alchemios Brevis* era o manual que a Bramante escrevera após estudar durante anos as pedras, os líquidos e os metais do planeta Emiós. Continha a descrição minuciosa de gemas e substâncias indispensáveis para produzir poções eficientes. Todas elas estavam ligadas aos Ambalis, os números mágicos usados pelos Fhar. Os Mestres de Vida utilizavam as fórmulas da alquimia

Os Ambalis

0	Zero	Cessação
1	Um	Poder
2	Dois	Calor
3	Três	Alma
4	Quatro	Força
5	Cinco	Ação
6	Seis	Lei
7	Sete	Verdade
8	Oito	Esplendor
9	Nove	Vitória
10	Dez	Destruição

alienante e eram gratos a Eremia por tê-las inventado. Morga sabia da existência desse livro, porém jamais tentara usar pedras ou metais associando-os aos Ambalis. Somente Eremia e os outros Fhar podiam fazer isso.

— Estes são números especiais e cada um possui um significado específico. Agora, leia e aprenda. Você vai levar o livro e terá de praticar sozinha — explicou a Bramante, abrindo a *Alchemios Brevis* na página dedicada aos Ambalis.

A reverberação dos raios lunares acariciou as páginas amareladas do velho manual, e Morga logo se sentiu atraída por ele.

A garotinha leu os números com sofreguidão e estudou seus significados.

— Interessante, é realmente interessante.

Folheou o livro e ficou encantadíssima com a muito antiga escrita dos Fhar, elegante e artística. Repetiu em voz alta as várias descrições das substâncias.

— A que está associado o número 4? — perguntou a Bramante à queima-roupa.

— Vejamos, o 4 significa Força e se refere à Kernite Dênsia, um creme feito com Enxofre Sulfurado. Depois de fervida, é preciso deixar esfriar. O creme é usado para curar feridas e irritações. — A resposta da jovem maga foi correta.

Eremia pareceu satisfeita.

— Bem, espero que você consiga usar a alquimia com inteligência. Você não é Fhar, porém conhece a arte mágica.

— Mas para que servem os Ambalis? — A pergunta de Morga era pertinente.

Eremia levantou as mãos e, com gestos leves e elegantes, desenhou no ar linhas e círculos, vírgulas e pontos. Diante dos olhos de Morga, ela marcou todos os números com os dedos, do 0 ao 9. As marcas invisíveis, porém, não produziram efeito algum.

— Não entendo! — Exclamou a garotinha.

— Marcar o ar com os Ambalis significa ativar os símbolos mágicos que potenciam as fórmulas a que são associados. Quando você experimentar uma dessas poções, lembre-se de escrever os números agitando as mãos. Somente então você verá o que vai acontecer.

Não posso dizer mais. Essa técnica é importante e você terá de aperfeiçoá-la por conta própria. — A Bramante baixou as mãos e permaneceu em silêncio.

Morga sentiu o peso da responsabilidade: conhecer os segredos xamanísticos dos Fhar era algo importante, embora o vento permanecesse seu amigo mágico de sempre, que jamais a abandonaria.

Ela fechou a *Alchemios Brevis* e abriu o *Flatus*, um pequeno caderno quadrado com breves anotações sobre a magia do vento, de sua própria autoria. A capa era vermelha e, no centro, bem em evidência, havia a inicial do seu nome, um M impresso no antigo alfabeto dos Fhar. Eremia a desenhara alguns anos antes, quando Morga começara a estudar o sentido do vento.

Enquanto a Bramante arrumava alguns pergaminhos, a garotinha se distraiu da leitura e olhou pela janela, pensando em Yhari. Não conseguia esquecê-lo.

A breve distração foi logo detectada por Eremia, que perdeu a paciência. Tanto que, depois de ter desenrolado os mapas mostrando as zonas e cidades de Emiós, ela decidiu encerrar a longa aula noturna de alquimia alienante.

Chegara a hora de revelar o segredo mais temido dos Fhar.

Ela tomou o tubinho de papel que Serunte lhe dera algumas horas antes e chamou a atenção da garotinha. O papel continha frases que marcariam para sempre o destino de Morga.

Ela ergueu a mão direita e tocou o kumkum vermelho, e esse gesto fez tilintar o prego e a chave pendurados na pulseira. Era um sinal inequívoco do seu nervosismo.

— Morga, não se distraia. Agora que você conhece os Ambalis, escute, há mais uma coisa que você precisa saber — a velhíssima xamã insistiu.

A garotinha olhou fixamente pela janela por mais um instante e depois se virou, fechando o *Flatus*. Com as mãos apoiadas na capa vermelha, bufou:

— Você tem realmente que falar comigo agora? Eu queria revisar a magia do vento. Embora eu mesma tenha escrito as fórmulas e as saiba de cor, gostaria de fazer alguns experimentos antes de partir para a Colônia Briosa.

— Você vai fazer seus experimentos depois. Agora, controle sua respiração, relaxe a mente e ouça o que vou ler. Seu pai me encarregou de fazê-lo, e posso lhe garantir que não é fácil ter de pronunciar estas palavras. — Eremia desenrolou o documento e começou a ler com voz trêmula.

Morte infecta. Traição honesta. Mãos jovens.
Palavras azuis escreverão a liberdade do retorno.
Nos olhos de uma jovem Imperfeita
nascida por amor
ler-se-á o fim dos Fhar.

A Bramante Branca voltou a enrolar o papel e, depois, pegou as mãos de Morga, apertando-as nas suas.

— É a antiga profecia que há séculos nos assusta, a nós, Fhar. Okrad, o Grão-Medônio, alega que este documento é falso, e todos os outros concordam com ele. Nenhum deles quer ouvir falar nisto. Somente eu e seu pai estamos convencidos de que a profecia diz mesmo a verdade.

As mãos de Morga ficaram geladas.

— A jovem Imperfeita sou eu. Certo?

— Sim. Não há dúvida. — Eremia levantou-se do tapete e, apertando o documento, sacudiu a cabeça.

— O que é Morte Infecta? — A garota saltou em pé.

— Não sei. Como você sabe, nós, Fhar, não falamos em morte. O seu nascimento estava previsto nesta profecia. É difícil prever o que vai acontecer agora — respondeu a Bramante.

— Meu pai corre o risco de morrer? — Morga estava aterrorizada.

— Espero que não. Mas a traição honesta a que se refere a profecia é certamente a minha e a do seu pai em relação aos outros Fhar.

Eu também estou em perigo. — Eremia cobriu o rosto com as mãos, que tremiam como folhas ao vento.

— Eu entendo. Vocês cometeram uma traição ao me salvar, e agora eu... terei de salvar o povo de Emiós! Mas como é que eu posso fazer isso? É uma loucura! — A garotinha sentia um turbilhão dentro do peito. O destino da profecia corria em seu sangue humano

— A magia e a alquimia vão ajudá-la. Você precisa ir embora desta casa porque é demasiadamente arriscado que fique aqui. Caso seja descoberta, será o fim de todos nós. Na Colônia Briosa, você vai viver com os outros Dakis e será mais difícil os Fhar a descobrirem. Vai precisar ficar bem alerta. — Eremia aproximou-se da porta, mas Morga a interrompeu.

— Não entendo o que preciso fazer! — repetiu a garotinha.

— A profecia vai se realizar e você saberá como agir. — A xamã não quis explicar mais nada.

— Você vai me deixar assim? Eu preciso saber! O que significa que as palavras azuis escreverão a liberdade do retorno? — implorava Morga.

Eremia olhou-a com uma mistura de ternura e desespero.

— O vento lhe dirá. Há um céu azul à espera. Você o verá.

A jovem maga abriu os braços em sinal de rendição. Não conseguia mesmo compreender o que ela devia e podia fazer.

— O céu da Terra? Mas como é que se consegue voltar para esse planeta?

— A liberdade está no retorno — sentenciou a Bramante, triste e orgulhosa, passando os dedos na chave de bronze verde que pendia de sua pulseira.

Os olhos azuis de Morga encheram-se de lágrimas ao pensar no sofrimento que ainda teria de suportar para ser livre para viver.

— Concentre-se nas fórmulas e releia o *Flatus*, as suas fórmulas lhe serão de enorme ajuda. E não se esqueça de estudar a *Alchemios Brevis* e o *Plantarium.*

— O *Plantarium* também?! — exclamou, pensando na quantidade de livros que teria de levar consigo.

— Claro, é um livro importantíssimo; o conhecimento da vegetação e das fórmulas de Medicina Kármica é fundamental. Enfim, você deve se acostumar a agir sozinha, sem contar comigo. — A Bramante saiu, seguida por seu Obolho, deixando para trás baforadas de vapor.

A garotinha virou o rosto sulcado de lágrimas em direção à janela: a neve avermelhada, os raios da lua, as árvores sacudidas por rajadas de vento gelado mostraram-lhe quanto o caminho seria difícil e tortuoso, até alcançar a verdade da profecia. Sentiu um choque percorrer seus nervos e músculos, fechou os olhos e trincou os dentes. Numa sequência de imagens velozes, voltou a ver os rostos dos seus pais e o de Yhari.

O inesperado a aguardava do outro lado das montanhas rochosas, e a vida na Colônia Briosa representaria um verdadeiro desafio. Mas, acima de tudo, o pesadelo da Ilha Límbia, para onde Gestais, Ancilantes e U'ndários iam para morrer, dilacerava seu coração. Agora, ela conhecia a mentira dos Fhar, ao passo que os Dakis não sabiam de nada.

Pegou o *Flatus* e apertou-o com tanta raiva que as páginas se dobraram.

— Eu sou a Maga do Vento. Sou filha de Serunte e Animea. Sou a Imperfeita da profecia e juro aniquilar o Mal dos Fhar.

A força da vontade uniu-se à magia, que corria límpida em sua mente. Apenas o vento tinha o poder de falar do Bem, que faltava naquele maldito planeta da Galáxia Esperimea.

A garota voltou a sentar-se no tapete, cruzou as pernas equilibrando o caderno vermelho sobre os joelhos e em posição perfeita pronunciou, na ordem, as dez palavras encantadas da magia do vento: *Odor, Toxicum, Nullum, Inficia, Signum, Ardeo, Defensio, Directo, Oris, Fovea, Effundo, Carcer.*

Cada uma tinha um efeito diferente, e o fato de pronunciar todas juntas fez Morga sentir-se mais forte e autoconfiante. Eram uma invenção dela, mas encerravam a misteriosa natureza do ar que todos respiravam. Contudo, ninguém suspeitava que até num suspiro houvesse o pensamento da vida.

Para acabar com qualquer tensão, a garotinha gerou a Plúvia Pitta, primeira fórmula do Vento d'Água, que consistia num tipo de corrente de ar relaxante que podia ser criada também em ambientes fechados. Ela colocou entre os dentes um pequeno seixo proveniente da zona do Laudário, no sul de Emiós. Então, levantou os braços para o teto, dobrou a cabeça para trás e fechou os olhos, soprando com força. Dos cantos da boca saiu-lhe um sopro delgado que ao subir coloriu-se de laranja; o vórtice tomou forma, girando ao redor das paredes do aposento. No centro da espiral de vento formou-se uma pequena nuvem muito densa. Morga reabriu os olhos, cuspiu o seixo e, escancarando totalmente a boca, gritou:

ODOR

O vento condensou-se, e uma chuva finíssima e perfumada caiu do teto e molhou o rosto e os cabelos da jovem maga. Em seus lábios irrompeu um sorriso orgulhoso: a Plúvia Pitta lhe saíra perfeitamente. Com desprezo, pensou estar preparada para derrotar qualquer outro diabolismo que os Fhar pudessem inventar. A calma regenerou sua força, e seu rosto tornou-se tão luminoso que as pequenas sardas roxas brilhavam como faíscas.

— Usarei a magia do Vento d'Água, de Fogo e de Terra. Varrerei a ideia insensata da eternidade. A morte infecta não me assusta. O meu sangue é mais vermelho que essa lua estúpida que mancha o candor da neve. A natureza está comigo. O vento vai me ajudar. — Morga apertou o *Flatus* contra o peito, jurando não recuar sequer diante das mais poderosas magias dos Fhar. Levantou-se e permaneceu parada de pé diante da janela durante dez minutos, duração exata do relaxamento provocado pela magia da Plúvia Pitta.

A harmonia das Sinfobaixas a distraiu dos seus pensamentos. Naquele momento, o Penolho marcou oito horas em ponto. A garotinha desceu correndo ao Panacedarium para ver o que Eremia estava fazendo. Debaixo do braço carregava seu caderno vermelho, a *Alchemios Brevis* e o *Plantarium*.

A Bramante estava ocupada enchendo frasquinhos de vidro e pequeníssimas caixas de madeira. Os instrumentos do laboratório funcionavam a pleno vapor: o Rôndolo estava cheio de líquidos coloridos e espirais de vidro mole já pendiam do Suflio e pingavam dentro das ampolas.

— Estas substâncias vão ajudá-la. Você também levará ampolinhas de Cantária Sólia; lembre-se de tomar poucas gotas quando se sentir cansada. E também enchi este recipiente de madeira com folhas de Galanga Márfica; caso tenha necessidade de se manter em forma durante vários dias, esprema-as na hora. Nesta caixinha de prata há uma boa dose de Quêbulas Ferma; use-a em ferimentos seus, mas, atenção, não tente tratar Wapi com ela: os Piróssios são alérgicos a esta substância. Por fim, dentro desta garrafinha há Adormida Branca, contra a dor. Tome cuidado para não abusar: sete gotas provocam a morte. Saiba que estes remédios foram inventados por seu pai — concluiu a xamã, sem se virar.

Morga colocou os livros na mesa, observou os outros frasquinhos e viu que continham elementos alquímicos que ela conhecia bem porque os utilizava nas fórmulas do vento. Havia uma ampola minúscula com a Água do rio Hamandor, utilíssima para a Plúvia Flasa, havia um frasquinho cheio de Cromo Váquio para a Inféria Rota e também caixinhas contendo os frutos secos e tóxicos de Barósmio Betulino, areia do deserto de Alfásia e Pedras Metamórficas.

— As únicas coisas que faltam são a Resina e as Pinhas Carya Glabra; espero que você consiga encontrar, você sabe que dão nas árvores do bosque da Área Krop-0, perto da cidade de Mantrakor — lembrou Eremia, fechando os frasquinhos com tampas de Bronze Ofuscado. A Bramante explicou que melhor seria usar as substâncias com os instrumentos apropriados, mas que certamente não disporia de Rôndolo, Suflio, Boca Chama, alambiques e ampolas na Colônia Briosa. Assim, Eremia terminou consolando Morga, ensinando-lhe que também podia se virar com um simples panelão e uma lareira.

— Obrigada, você realmente pensou em tudo, mas onde... — Morga estacou, interrompida pela xamã.

— Já sei o que você quer me perguntar: não sabe onde guardar este precioso material para que nenhum Daki o encontre. Certo? — Eremia tocou seu rosto e olhou a garotinha com meio sorriso.

— Sim, era nisso que eu estava pensando. — Morga ficou esperando.

A Bramante abriu o Boca Chama; no fogo do forno ardia um objeto de forma ovoide. Com destreza, ela agarrou o alicate Cademônia

Curvada, que estava pelando, e extraiu um Obolho transparente, muito parecido ao seu.

Morga arregalou os olhos:

— É muito lindo!

— Sim, devo dizer que o resultado está ótimo. Este será o seu Obolho; é de cristal puríssimo e, portanto, muito frágil. Não tem filigranas de ouro como o meu, mas vai funcionar muito bem. Como você pode ver, há quatro portinholas, nas quais você pode colocar o que quiser. Olhe, também fiz um Ciodalo, e você poderá escrever aqui as suas mensagens, assinando-as com M de Morga. — Eremia apertou o alicate com força e apoiou o Obolho sobre a pedra hexagonal para deixá-lo esfriar.

A Bramante explicou como o pequeno dirigível mágico funcionava: a primeira portinhola era para guardar documentos e pequenos objetos; a segunda, para líquidos; a terceira, para pedras, seixos e vegetais; e na quarta havia o Ciodalo, para receber e enviar mensagens.

Morga ficou surpresa.

— Vou poder entrar em contato com você?

— Sim, e também com seu pai. Fiz este Obolho para nós três: os Fhar não poderão localizá-lo porque ele é invisível. — Eremia sorriu.

— Invisível?

— Claro. Ele só aparecerá quando você quiser. E estará sempre ao seu lado. — A xamã retirou um objeto preciosíssimo do bolso interior do seu longo vestido branco: o Gual.

Era um pingente de cobre de forma esférica, em cuja parte superior havia um anel de ouro que, por sua vez, estava ligado a um cordão de seda preta. Debaixo da esfera projetava-se uma ponta de prata.

— Quando você apertar a ponta, fazendo-a penetrar na esfera, o Obolho se tornará invisível. — Eremia ilustrou suas palavras diante de Morga, e o pequeno dirigível transparente desapareceu completamente.

A garotinha pegou o Gual e passou de leve os dedos sobre os mil entalhes que o decoravam. Depois, passou o cordão em volta do pescoço. Com delicadeza, segurou a esfera que pendia e puxou a ponta de prata: o Obolho reapareceu.

— Sensacional! O cordão com o Gual e o Obolho me serão realmente úteis na Colônia Briosa! — exclamou, apertando o pingente de cobre.

— Tente desatarraxar a esfera. — Eremia ainda tinha um segredo para desvendar.

A Maga do Vento girou o Gual, que se abriu. Estava vazio por dentro.

— E o que é que ponho aqui? — perguntou eufórica.

A Bramante Branca soltou a chave verde da sua pulseira.

— Isto aqui!

A chave de bronze antigo media somente alguns poucos centímetros e possuía em sua parte superior uma gravação muito particular.

Morga a segurou.

— Eu sempre a vi pendurada na sua pulseira, ao lado do prego, mas nunca havia percebido esta gravação. O que significa?

— Significa Lei Cósmica; é um código secreto nosso, dos Fhar. Agora, porém, não posso explicar mais nada, preciso falar primeiro com seu pai. Guarde-a dentro do Gual e nunca se separe dela. Esta chave de bronze verde é muito importante e está ligada à profecia. Eu, certamente, não a usarei. Ela vai ser útil a você e, quando você descobrir onde deve inseri-la, será um momento belíssimo. — Enigmática, muito séria, com as rugas que lhe sulcavam o rosto, a xamã sentou-se na poltrona, apertando o prego que ficara pendurado na pulseira.

Morga compreendeu que levaria tempo para entender a complexidade da profecia. Girou a chave entre os dedos e, desatarraxando a esfera de cobre, guardou-a no seu interior. Agora, o Gual continha a chave com o código sagrado.

O Obolho de cristal voou sobre a cabeça de Morga e deu uma volta, esguichando vapor: estava pronto para ser preenchido com substâncias alquímicas, objetos e documentos.

Eremia levantou-se da poltrona e, aproximando-se da mesa, pegou a *Alchemios Brevis* e o *Plantarium.*

— Coloque estes livros na bolsa de viagem e, quando chegar à Colônia Briosa, esconda-os bem.

Em seguida, ela abriu a primeira portinhola do Obolho de cristal e guardou os documentos secretos que Morga já conhecia: *A última guerra, O pacto dos Fhar* e a Profecia. Por fim, dobrou o *Flatus*, e, como o caderno vermelho era pequenino, ele coube no espaço sem esforço.

Morga observava silenciosamente os movimentos da Bramante que a criara. A hora da despedida estava próxima, e ela sentia carinho por essa mulher tão severa e que traía os Fhar revelando tanta coragem.

A xamã pegou as ampolas e os frasquinhos, que enfileirou na segunda portinhola. Por fim, abarrotou a terceira portinhola com pedras, seixos e frutos. Verificou o monitor do Ciodalo e finalmente acariciou o vapor que subia como uma nuvem.

— A viagem será cansativa, e o frio não vai ajudar. Feche bem o macacão térmico e leve uns vestidos. Espero você no pátio. — Eremia estava rouca, e seus olhos estavam embaçados pela tristeza.

Morga anuiu com a cabeça, apertando o Gual, que lhe pendia sobre o peito. Olhou o Panacedarium, cheirou os perfumes das especiarias e das poções mágicas, passou os dedos de leve nos instrumentos alquímicos, já sentindo saudade.

Quando subiu ao quarto, arrumou rapidamente a bolsa de viagem, onde guardou os livros, apagou as velas e desceu ao pátio com a cabeça baixa.

Eremia já estava na soleira da porta, com seu Obolho, que esguichava mais vapor que o normal.

— Seu pai acabou de me enviar uma breve mensagem que espero não ter sido interceptada pela Pramaga Telkia e pelos outros Fhar.

— Pramaga Telkia? — Morga arregalou os olhos; jamais ouvira falar nessa Fhar.

— Telkia é a responsável pela Colônia Briosa e pela cidade de Karash. Ela tem 551 anos e é muito severa. É temida por todos os Dakis — explicou Eremia.

— Então, ela vai me notar — alarmou-se a garotinha.

— Se você se comportar como todos os outros, tudo correrá bem. As Sentinelas dela a ajudam a inspecionar as moradias dos Dakis, e, portanto, você vai precisar esconder muito bem os documentos e os objetos mágicos. — A xamã passou as mãos sobre a cabeça calva e acrescentou: — Agora, prepare-se para a viagem, seu pai manda dizer que você deve ir até a cascata do rio Hamandor. Gardênio, um U'ndário de confiança que sabe da sua chegada, esperará por você lá.

— Gardênio sabe quem eu sou? — perguntou a jovem maga com surpresa.

— Não, ele somente sabe que você é uma Daki que está indo à Colônia Briosa. Vocês vão chegar de noite e ele vai levar você diretamente para o seu apartamento, sem que Telkia e os outros garotinhos a vejam. Gardênio está acostumado a cumprir as ordens de Serunte; você vai ver, ele não vai fazer perguntas. — A Bramante Branca acariciou-lhe os cabelos.

A garotinha abraçou-a com muita força, e Eremia permaneceu imóvel como uma pedra de gelo. Não estava acostumada a gestos de carinho, mas semicerrou os olhos sem se rebelar.

— Eu a quero bem, Eremia. Você é uma segunda mãe para mim. — Morga esfregou o rosto no vestido alvo da xamã.

— Eu também, Morga. Eu também quero bem a você. — Com um fio de voz que expressava todo o sentimento escondido e renegado durante séculos, a velha Fhar pegou a jovem maga pelos ombros, a afastou do seu corpo antigo e olhou-a nos olhos. — Tome, você estava esquecendo o Creme Antalgia. Sabe muito bem que deve passar isto no rosto e nas mãos para protegê-los do gelo. E vai fazer bastante frio.

Morga fitou a velha Fhar, pegou o pote e espalhou a Antalgia transparente nas faces. As sardas roxas brilharam, e ela fitou Eremia durante mais um segundo. Depois, veloz como um raio, correu em direção a Wapi sem dizer mais nada. Saltou-lhe na garupa, ajeitou a bolsa de viagem a tiracolo e puxou as rédeas com força. O Piróssio balançou o pescoço e partiu, afundando as patas na neve. A garotinha não se virou. Mas sentiu o olhar orgulhoso e comovido de Eremia, que a seguiu até onde terminam as árvores.

O Obolho de cristal voava e oscilava seguindo a Maga do Vento. O sol e as duas luas já estavam altos, e o silêncio da Floresta de Samhar foi rompido pelos ruídos da Imperfeita.

Quando Morga chegou à altura de sua querida árvore nodosa, mandou Wapi parar. Apeou num salto, acariciou a casca da Quercus Alba, trepou nela agarrando-se aos galhos e, ao chegar ao topo, observou o oceano Orhanto. A água estava sempre escura e chata, sem uma onda sequer. No fundo, recortada contra o horizonte, a ilha Límbia parecia um tufo de verdura. O mero pensamento de que naquele atol a morte reinava sobre todas as coisas lhe deu calafrios. A raiva condensou-se em sua garganta e, mais uma vez, o brado da Maga do Vento espalhou-se pela floresta.

Morga apertou o Gual contra o corpo e, embora não soubesse para que servia a chave com o código sagrado da Lei Cósmica, jurou aniquilar o Mal dos Fhar ao custo da própria vida.

O destino da profecia não podia mudar: a Imperfeita devia iniciar sua duríssima luta contra a loucura dos Mestres de Vida.

Montou Wapi outra vez, puxou as bridas com força e dirigiu-se para a Cosmogonia Rochosa a galope. A viagem durou muitas horas e, durante todo esse tempo, Morga pensou em Eremia e em seus ensinamentos. Recordou-se do rosto de seus pais e esperou poder revê-los juntos um dia e abraçá-los sem mais temores e segredos.

A garotinha chegou à cascata do rio Hamandor no momento em que o sol e as duas luas se punham; os reflexos dos raios que se extinguiam brincavam com as nuvens inchadas de neve. A cascata rumorejava e sua água caía sobre os blocos de gelo que boiavam no rio. A paisagem era encantadora, e tudo estava imerso no branco da estação Invéria. Wapi estava muito cansado e deitou-se, e Morga sentou-se ao seu lado, segurando firmemente a bolsa de viagem a tiracolo. A temperatura estava baixíssima, as margens do rio estavam recobertas de gelo e cristais, nem um fio de capim despontava do solo coberto de neve. A garota esperou a chegada de Gardênio com o macacão térmico fechado até o pescoço e as mãos e o rosto protegidos pela Antalgia, torcendo para que não começassem a cair flocos de neve.

Assim que ouviu barulho, empurrou a ponta de prata do Gual para o interior da esfera, e o Obolho tornou-se transparente. Unicamente um leve vapor permaneceu suspenso no ar.

O U'ndário chegou em passos lentos, enfiando seu Corcundoso nos montes de neve. Sua barba ruiva estava completamente congelada, e de sua cartola pendiam finíssimas estalactites.

A garotinha saltou em pé, tremendo de frio, e Wapi levantou o pescoço. Gardênio olhou-os preocupado e, tossindo, perguntou:

— Você é Morga?

A jovem maga balançou afirmativamente a cabeça, sem dizer uma palavra. Seu coração estava a mil, era a primeira vez que falava com um U'ndário.

— O exímio Serunte me deu ordens para acompanhar você até a Colônia Briosa. Antes de começar a viagem, acho melhor descansar um pouco. — Gardênio desejava parar e acender um fogo. Havia demasiadas horas que ele caminhava sem repouso e, embora seu grosso suéter de lã o aquecesse bem, a friagem era tão penetrante que corria o risco de comprometer a sua saúde.

O U'ndário olhou de soslaio para o Piróssio branco, lembrou-se perfeitamente de tê-lo visto no pátio da casa da Bramante Branca, e este detalhe o deixou curioso. Ele sabia que não podia fazer perguntas à Daki, mas reparou que a garotinha era realmente estranha. Tímida e de olhar orgulhoso.

Morga colocou a bolsa de viagem que carregava a tiracolo, no chão, e catou umas madeirinhas molhadas que havia na neve. Gentilmente as levou para Gardênio fazer uma fogueira, mas o barbudo ruivo desatou a rir.

— Decerto não se pode acender um fogo com isto. Precisamos de algo bem diferente.

O U'ndário levantou seu longo cajado e com golpes certeiros quebrou alguns grossos galhos de árvores, que caíram na neve.

— Pronto, estes são adequados.

Ao ver Gardênio tentando esfregar duas ripinhas de madeira para produzir fogo, Wapi esticou o pescoço e, abrindo o bico, cuspiu uma labareda que acendeu a fogueira.

O U'ndário barbudo retrocedeu, assustado.

— Mas o que ele está fazendo? Que raio de Piróssio é esse?

Morga prendeu a respiração; o avestruz fizera uma magia que, agora, ela não sabia como explicar. Esboçou um sorriso e disse:

— Wapi é especial, mas ele não é malvado.

Gardênio dirigiu o olhar para o Piróssio, que imediatamente abaixou a cabeça, escondendo-a entre as plumas.

— Não faço perguntas porque estou seguindo instruções de Serunte, mas você e o seu amigo Wapi são bastante esquisitos. — O U'ndário sentou-se ao lado do fogo, tirou a cartola coberta de gelo e aqueceu as mãos.

Morga também se acomodou ao lado da fogueira, fitando as chamas que dançavam diante dos seus olhos. Gardênio percebeu que uma fina nuvenzinha de vapor permanecia parada sobre a cabeça da garotinha. Confuso e incrédulo, ele deu de ombros e suspirou profundamente: realmente não entendia quem era aquela Daki. Não se lembrava absolutamente de já tê-la percebido entre os trezentos garotinhos que viviam na Colônia Briosa: certamente, seu rosto cravado de sardas e os olhos azuis não passavam despercebidos. O U'ndário começou a suspeitar de alguma coisa, inclusive porque Serunte não lhe dera explicação alguma sobre onde Morga havia estado e sobre o motivo pelo qual vagava sozinha no meio da Floresta de Samhar imersa no gelo.

Um grito ribombou, lacerando o silêncio da floresta. Gardênio levantou-se empunhando o Corcundoso. Wapi arregalou os olhos e girou a cabeça de um lado para outro, olhando ao redor. Morga cheirou o ar e instintivamente exclamou:

— Cheiro de animal!

— Sim, uma fera das montanhas está aqui. Fique perto do fogo e não se mexa — ordenou o U'ndário.

O Piróssio agitou as asas e seu bico batia de medo: acabar sendo devorado por um dos monstros na Cosmogonia Rochosa não estava previsto!

Dois olhos roxos luminosos como chamas surgiram no meio das árvores, e o uivo da fera fez estremecer os montes de neve.

— É um Vrak. Reconheço-o muito bem. Você nunca deve olhar diretamente nos olhos deles, pois são diabólicos e hipnotizam. Fique quieta e não mexa nem um fio de cabelo — disse Gardênio, segurando o grosso cajado com ambas as mãos.

O Vrak deslocou-se velozmente. Um salto, e outro. Suas patas afundavam pesadamente na neve fazendo o próprio gelo tremer com o deslocamento. O animal poderoso preparava-se para atacar, mostrando toda a sua ferocidade: era grande, negro, com o pelo hirsuto e duas presas que lhe despontavam da boca tremenda, roxa como os olhos.

Ele babava e grunhia, avançando as patas poderosas, das quais saíam artelhos afiados como facas.

— MORGA, EU FALEI PARA VOCÊ FICAR QUIETA! - gritou Gardênio, pondo-se em posição para combater a fera.

Inicialmente, o Vrak retrocedeu, deslocando o peso do corpo para as patas traseiras, depois se lançou contra o U'ndário, que se defendeu rechaçando-o a pauladas. Wapi correu em direção à fera cuspindo fogo, enquanto Morga lhe implorava para voltar.

O animal das montanhas rochosas escancarou a boca e desferiu uma patada contra o Piróssio, ferindo-o no pescoço.

As plumas alvas de Wapi mancharam-se de vermelho; o sangue jorrava e, naquele momento, Morga decidiu que precisava agir. Não se importava mais em ter de invocar a magia diante de Gardênio: sua interferência tornara-se indispensável. Cogitou usar as fórmulas da *Alchemios Brevis* com os Ambalis, mas ainda não tinha prática, e concluiu que o procedimento seria longo e complexo.

Assim, agarrou o Gual que lhe pendia sobre o peito, extraiu a ponta de prata e, um átimo depois, apareceu o Obolho de cristal. O U'ndário percebeu o movimento e já não sabia se olhava para o Vrak ou para as esquisitices de Morga.

— Mantenha-o sob controle com o Corcundoso por mais alguns segundos — proferiu a jovem maga, angustiada.

Gardênio, tomado pelo pânico, agitou o bastão tentando fazer a fera retroceder, enquanto Wapi voltava a tentar bicar o diabólico Vrak.

Morga abriu rapidamente a terceira portinhola do Obolho. Por sorte, Eremia inserira nela o musgo colorido com os frutos de Gnidium, elemento alquímico indispensável para produzir a Plúvia Áxia, a magia do Vento d'Água que provocava uma chuva ácida e corrosiva. Mentalmente, rememorou a sequência das fórmulas escritas no *Flatus*.

Pegou o musgo entre as mãos e soprou sobre ele quatro vezes. Em poucos segundos, uma nuvem negra formou-se bem acima da fera.

— Mexam-se, venham para o meu lado — gritou com todo o fôlego de que dispunha.

Wapi meneou o pescoço, que agora estava lanhado pelas mordidas do Vrak, e Gardênio deu uma última paulada na barriga da besta, que não parecia absolutamente assustada.

— Mas o que você está fazendo? Que nuvem é essa? — vociferou o U'ndário barbudo, que já estava perdendo as forças.

— Venha para cá e afaste-se da fera — insistiu Morga, apertando os punhos.

A Maga do Vento inspirou profundamente, concentrando as forças da natureza que governavam o seu espírito e, no fim, berrou a plenos pulmões:

TOXICUM

O vento chegou como uma chicotada e redemoinhou, criando uma nuvem escura como a morte. A chuva ácida desceu copiosamente, corroendo o ar. A água maléfica molhou apenas o Vrak. Pingos negros se acumulavam sobre o seu focinho, sulcando o seu nariz e a boca suja de baba.

A besta começou a agitar-se e alcançou Morga com um salto longuíssimo. O monstro ficou bem à sua frente: ela podia ver as presas e os dentes pontudos, os artelhos brilhantes e afiados, os olhos roxos endiabrados e a saliva misturada com a chuva que pingava da boca, manchando a neve.

O animal estava pronto para hipnotizá-la com um único olhar, para depois esquartejá-la e mastigar sua macia carne branca.

Morga permaneceu imóvel; os seus profundos olhos azuis imprimiram-se nos do Vrak. As pupilas da fera dilataram-se tanto que pareciam duas esferas encantatórias. Os olhos da garotinha também se arregalaram como janelas, rechaçando o magnetismo atávico do Vrak.

A fera não resistiu ao olhar da jovem maga, moveu a cabeça e começou a uivar pela dor provocada pela chuva ácida que estava corroendo o seu corpo.

O lamento aterrorizante penetrou nos ouvidos de Gardênio, que, incrédulo, permanecia com o Corcundoso apontado para o animal.

O pelo hirsuto da fera dissolveu-se, e na pele do Vrak surgiram queimaduras, bolhas e lesões profundíssimas. A Plúvia Áxia havia realizado seu efeito. Enquanto a nuvem negra ainda pingava, a fera afastou-se cambaleando, deixando no solo gelado apenas uma trilha de sangue e água preta. Ouviu-se um baque e um derradeiro grito: o Vrak desabou ao lado de uma pequena árvore nodosa. Exalou seu último suspiro com a boca escancarada, fechou os olhos e seu coração parou de bater.

Morga sentiu as pernas tremerem; era a primeira vez que matava um animal com a magia do vento. Apavorada, virou-se para Wapi. O avestruz acocorara-se ao lado do fogo, o sangue continuando a jorrar de seu pescoço ferido.

Gardênio jogou seu longo cajado no chão e, tocando em sua barba gelada, disse:

— Você me salvou a vida. Mas quem é você?

— Sou Morga, a Maga do Vento. — A garotinha agarrou o Gual e apertou-o com força, enquanto o Obolho de cristal voava ao seu redor, esguichando vapor.

— Maga? Mas você não é Fhar! — O U'ndário estava fora de si, jamais vira semelhante prodígio. Somente os Mestres de Vida eram capazes de realizar magias extraordinárias.

Gardênio havia descoberto os poderes de Morga, e a garotinha ficou angustiada com isso. Não podia decerto contar a história enrolada e secreta de seu nascimento, nem revelar quem era seu pai ou a antiga profecia. Perturbada por mil pensamentos, lançou-se na direção de Wapi e colocou pedaços de gelo sobre as feridas, estancando o sangue. Em seguida, abriu a bolsa de viagem, tirou um velho cachecol cor-de-rosa e envolveu com ele o pescoço de Wapi.

— Meu gingão, assim que chegarmos à Colônia Briosa vou produzir Kernite Dênsia, um creme que vai curar você. Você vai ver, vou saber usar os Ambalis e farei tudo por você — disse Morga, acariciando seu amigo adorado.

O Piróssio abriu o bico e semicerrou os olhões, apoiou a cabeça no peito de Morga e emitiu um lamento infantil.

Gardênio não deu um passo; aquela garotinha o deixara transtornado.

— Você fala coisas estranhas e realmente faz magias. Certamente não é uma Daki como as outras. E acabo de perceber agora que você nunca esteve na Colônia Briosa, senão todos teriam percebido os seus dotes. De onde você vem? — O U'ndário sabia muito bem que Serunte mandara não fazer perguntas, mas não podia resistir.

— Não posso lhe dizer nada e peço que não insista. — Morga fechou a bolsa de viagem e tocou de leve no Obolho, que esvoaçava ao seu lado.

— Você também tem um Obolho de cristal! É praticamente idêntico aos dos Fhar. Quem foi que lhe deu? — Gardênio sentia tamanha confusão na cabeça que temeu estar enlouquecendo.

— Ouça, você deve confiar em mim. Prometa que não dirá a ninguém o que viu. — A Maga do Vento ficou muito séria.

— Eu preciso contar para Serunte. Não posso esconder-lhe algo desse tipo. É um Fhar poderoso e sabe que eu executo suas ordens sem contar mentiras. — O U'ndário apanhou o Corcundoso e, com determinação, voltou a meter a cartola na cabeça.

— Ele já sabe de tudo — respondeu a garotinha seráfica.

— Serunte sabe disso? Ele conhece você tão bem assim? — Gardênio permaneceu boquiaberto.

— Claro. Por que acha que ele mandou você até aqui para me levar secretamente para a Colônia Briosa? Você nem sequer suspeitou? — Morga pressionou a ponta de prata do Gual, e o Obolho desapareceu de repente.

Gardênio retraiu-se, olhando-a de soslaio.

— O poderoso Serunte seguramente tem uma boa razão para conhecer você. Eu executo ordens e não faço perguntas.

— Está errado. Eu espero que um dia você e muitos outros comecem a fazer perguntas a respeito de como se vive aqui em Emiós. Agora, porém, não quero falar dessas coisas; precisamos ir, a noite se aproxima e a viagem será cansativa. A temperatura está caindo ainda, acho que daqui a pouco vamos chegar a 30 graus negativos. Wapi precisa ser tratado e ficar no calor.

O U'ndário observou o Piróssio e pensou mais uma vez em Eremia: invadiu-o a desconfiança de que a Bramante Branca também estivesse envolvida nessa estranha história.

Bufando, respondeu:

— Está bem, vamos. Eu vou à frente, fazendo luz com o Corcundoso.

— Luz com o cajado? — duvidou Morga.

Gardênio segurou a ponta do Corcundoso sobre o fogo e a chama começou a arder.

— Mas ele não vai queimar; foi feito de propósito para se tornar uma tocha quando necessário.

O U'ndário barbudo lançou neve sobre a fogueira, apagando-a, e se pôs a caminho com passo decidido, seguido por Morga e Wapi.

A lua branca iluminou a caída da noite. O rumorejar da cachoeia e o ulular das feras acompanharam ainda por um breve tempo a viagem dos três rumo à Colônia Briosa.

Seguiram as margens do rio Hamandor passando por entre montes de gelo e rochas íngremes e, depois de cerca de uma hora de caminhada, o fulgor das grandes lanternas penduradas nas casas dos Dakis assinalou finalmente que estavam chegando.

Já passava das dez da noite e, àquela altura, a maior parte dos trezentos garotinhos já dormia. E, com o frio que fazia, ninguém mais sairia. As Gestais admitidas na Colônia para cuidar dos jovens Dakis estavam reunidas junto com as Ancilantes de plantão e conversavam em seus apartamentos.

Gardênio estacou, fincando o Corcundoso no chão e, virando-se para Morga, deu-lhe algumas explicações:

— Todas as habitações dos Dakis ficam uma ao lado da outra e, como você pode ver, o conjunto inteiro é em forma de U. As mulheres ocupam o lado leste, os homens, o oeste. No centro ficam os apartamentos destinados às Gestais, Ancilantes e U'ndárias, que chegam aqui em turnos. Lá no topo há três cúpulas de vidro vermelho, que agora estão recobertas pela neve, que são ocupadas pela Pramaga Telkia e pelo Pramago Lefório, com suas respectivas Sentinelas. De qualquer maneira, Telkia não está nestes dias. Ela permaneceu em sua torre, em Áurea Nyos.

— Lefório? — perguntou a garotinha, que não se lembrava de quem era.

— É o Fhar responsável pelas Poças de Esmerilha e as Minas de Ambrioso — esclareceu Gardênio.

Morga sentia-se atraída pelas lanternas, que eram enormes e iluminavam a Colônia inteira: as casas eram coloridas, os pórticos, sustentados por grossas colunas ornadas de rendas, e as janelas tinham vidros fumê. Fumaça saía das chaminés, e a garotinha imaginou lareiras e salões acolhedores onde se pudesse descansar. Ao pensar em Yhari seu coração estremeceu, e Morga olhou fixamente para a ala oeste, onde algumas das janelas das casas habitadas pelos garotos ainda estavam iluminadas. Um pensamento doce atravessou sua mente: "Ele está em um desses apartamentos. Logo voltarei a vê-lo."

Ao longe conseguiu ouvir as risadas dos Dakis aconchegados no calor. Com o coração apertado, recordou-se do seu quartinho na casa de Eremia. Imaginou a Bramante sozinha com suas ampolas e alambiques.

O lamento de Wapi, que já não se aguentava mais de cansaço e frio, sacudiu Morga, que lhe fez um carinho. O amigo branco abria o bico pelo excesso de fome.

— Gardênio, onde é que vou morar? Wapi vai poder ficar comigo? — perguntou, tiritando de frio.

— Serunte mandou levar você para a Casa 299, na água-furtada — respondeu ele, tossindo.

— Água-furtada? — Cansada e desorientada, Morga surpreendeu-se ao saber que seu pai havia decidido fazê-la morar numa água-furtada poeirenta.

— Sim, está desocupada. O restante da casa está inutilizável. É por isso que ela não está habitada, e acho que você poderá levar também o seu Piróssio. — O U'ndário se deu conta de que a garotinha estava com o nariz congelado e que o avestruz quase não conseguia mais levantar as patas.

A passos lentos alcançaram os fundos da ala leste do enorme edifício. A Casa 299 era a penúltima. O portão verde-escuro não estava iluminado: a lanterna estava quebrada. Gardênio empurrou-o, abrindo-o sem dificuldade, até porque a fechadura estava enferrujada. Wapi entrou primeiro e, naquele instante, duas luzes avermelhadas apareceram no horizonte: voavam a meia altura e provinham de Karash, a cidade próxima, repleta de pequenas lojas atraentes para os Dakis.

Gardênio arregalou os olhos.

— Só faltava essa. São duas Kombas que estão se dirigindo para cá.

— O que são Kombas? — quis saber Morga.

— Não faça perguntas e entre na casa. — Gardênio empurrou-a para dentro e, em poucos segundos, as luzes vermelhas desceram do alto, apagando-se ao tocar o solo gelado.

A garotinha espiava pela fissura do portão, que permanecera semiaberto. Com enorme surpresa, ela verificou que as Kombas não eram nada mais que meios de transporte: pareciam grandes ovos de Piróssio, com duas asas metálicas nas laterais.

As Kombas aterrissaram deslizando, e eles puderam entrever duas figuras pelas escotilhas laterais: eram Dakis. A portinhola da primeira Komba abriu-se.

— Salve, Gardênio, você acabou de chegar de Áurea Nyos? E o que está fazendo aqui?

Era Horp, que se recompusera muitíssimo bem da viagem para buscar as mercadorias. Tinha um sorriso nos lábios, e os cabelos pretos e encaracolados escondiam-lhe os olhos verdes e rebeldes.

— Eu... na verdade... eu estou aqui para... verificar! Sim, estou verificando a lanterna da Casa 299. Como pode ver, está quebrada.
— O U'ndário conseguiu se sair bastante bem.

A portinhola da segunda Komba se abriu, e a cabeça de Yhari despontou:

— Gardênio, mas você não para de trabalhar!

Morga sobressaltou-se: Yhari estava bem diante dela. Desencostou um pouco o portão para vê-lo melhor.

— Antes, digam-me o que estão fazendo ainda por aqui, vocês dois. Sabem que não podem aproximar-se deste lado das casas. Aqui moram as garotinhas. Vão dormir. É tarde e está muito frio, e, como podem ver, eu ainda não tive tempo para vestir o meu sobretudo grosso e quente. — Gardênio queria se ver livre deles o quanto antes.

— Ok, vou embora. Amanhã de manhã o despertador vai tocar às seis e vamos ter uma jornada pesada nos Poças de Esmerilha. — Horp despediu-se do amigo e de Gardênio, fechou a Komba e esvoaçou para o lado oeste do edifício.

Yhari também se aprontava para ir quando um incidente aconteceu atrás do portão. Wapi reconhecera a voz do Daki e pensou que Cilla também estaria ali. Apesar da dor que estava sentindo no pescoço, empurrou Morga, que perdeu o equilíbrio e caiu no chão, logo diante da Komba de Yhari.

Gardênio sentiu-se desfalecer. Yhari arregalou os olhos e sussurrou, incrédulo:

— Você... você está aqui?

Morga levantou-se ajeitando os cabelos e a bolsa de viagem que tinha a tiracolo, olhou para Yhari e sorriu.

Gardênio observou os dois.

— Vocês se conhecem?

Morga torceu os lábios e abaixou a cabeça.

Yhari, compreendendo a dificuldade da garotinha, desceu do ovo voador.

— Não me parece já tê-la visto antes. Eu sou Yhari, moro lá no fundo, na Casa 15. E você, como se chama?

O U'ndário sentiu-se constrangido e, tentando empurrar a garotinha portão adentro, exclamou:

— Bem, agora não é hora de apresentações! Vamos todos dormir.

— Meu nome é Morga — respondeu a Maga do Vento, pestanejando.

Yhari repetiu, sorrindo:

— Morga... Morga. — Sentiu o coração inchar como uma bola e, com um salto, voltou a subir na sua Komba. Antes de partir, falou:

— Boa noite, Morga, até amanhã.

Gardênio permaneceu segurando o Corcundoso, sacudiu a barba gelada, resmungou nervosamente e fez sinal para a garotinha entrar.

Wapi compreendeu ter aprontado uma das suas e ficou sem jeito. Além do mais, nem sequer tinha conseguido ver Cilla!

Quando o U'ndário acendeu as luzes da casa, a desolação da decoração entristeceu Morga.

— Horrível! São móveis velhíssimos e meio quebrados! — protestou.

— Não faça cenas, eu havia lhe dito que esta é uma casa imprestável e que precisa de manutenção. Telkia vai tomar providências para realizar as obras necessárias. Por enquanto, você vai ficar aqui bonitinha. Vamos subir à água-furtada. — Gardênio se deu conta de que as cadeiras e a mesa da cozinha também estavam em péssimas condições.

Wapi subiu pela escada estreita com muita dificuldade, mas, no fim, quando colocou as patas na água-furtada, alegrou-se um pouco. Havia um canto bem confortável, logo ao lado da pequena lareira. Ele abriu o bico e cuspiu uma labareda de fogo que acendeu a lenha empilhada ali, chamando a lareira à vida. Acomodou-se na frente e, finalmente, fechou os olhos para dormir. Morga olhou ao redor e viu a cama de ferro forjado com um velho colchão e um edredom puído. Na água-furtada havia duas cadeiras amarelas, algumas almofadas poeirentas, uma tábua comprida que fazia as vezes de mesa, um armário desengonçado e um baú aberto e vazio.

— Bem, este lugar não é tão ruim assim — resmungou Gardênio.

— Pois é, mas vou me adaptar. O importante é que eu possa dormir no quentinho — retrucou a garotinha, descausando a bolsa ao lado do armário.

— Além da lareira, há a calefação. As Conduturas Cobríficas funcionam muito bem; na estação Invéria aquecem, e quando a Ársica explode, elas esfriam. — O U'ndário procurava infundir ânimo na jovem maga. Antes de ir-se, coçou a barba para retirar os pedaços de gelo que estavam derretendo. — Durma bem. E fique tranquila, não contarei a ninguém o que vi você fazendo. Mas eu tenho de dizer para Serunte. — Gardênio tossiu e aguardou a reação de Morga.

— Está bem. Talvez possamos falar sobre isso amanhã, com calma. Agora, realmente, quero dormir. — A garotinha deitou-se sobre a cama sem sequer tirar as botas anfíbias.

— O despertador é às seis. Quando você descer, vai encontrar todos os outros Dakis no grande pátio diante das casas. Mas eu também estarei lá. — Gardênio desceu a escada, mas Morga pulou da cama, correndo atrás dele.

— Vou ter de voar numa Komba? — A garotinha temia ter de usar aquele estranho meio de transporte.

— Todos os Dakis usam Kombas para não cansar demasiadamente os Piróssios. Portanto, você também terá a sua Komba, que encontrará diante do portão. Serunte já me deu ordens para arranjar uma para você. — O U'ndário desceu outro degrau, mas Morga voltou a fazê-lo parar.

— Não, espere, explique-me mais uma coisa. As Gestais e as Ancilantes usam a Vádria ou a Espilonga para viajar e também para transportar alimentos e especiarias. Por que os garotos que acompanham as caravanas com as mercadorias não usam as Kombas, porém cavalgam Piróssios?

— É muito simples. Tendo em vista que somente os Dromantes podem transportar grandes quantidades de mercadorias, é claro que precisam ir a pé para fiscalizar esses grandes animais durante o trajeto, coisa que não seria possível com as Kombas. Você também viu que as feras das montanhas são muito perigosas e podem atacar os Dromantes a qualquer momento. É por isso que, às vezes, os Fhar abrem mão de usar o Transporte Pulverizador e montam Dromantes, justamente para garantir maior segurança à caravana. Você bem sabe que as feras não atacam quando um Fhar está presente. — Somente quando terminou de falar é que Gardênio percebeu que as perguntas de Morga eram bastante estranhas.

— Pois é, você tem razão, os Fhar usam o Transporte Pulverizador quando querem deslocar-se rapidamente de uma cidade para outra. Eu não me lembrava disso. — Na realidade, Morga sabia disso muito bem, porque Eremia adotava exatamente essa técnica mágica dos Fhar quando queria ir a Áurea Nyos.

— Chega de perguntas, vá dormir. Boa noite... jovem maga. — O U'ndário saiu, fechando bem o portão.

A garotinha atirou-se sobre o colchão e virou o rosto para a janela ao seu lado. Vista da altura da água-furtada, a paisagem não era má.

As chamas estalavam na lareira, e Wapi roncava beatamente, com a ferida que já se fechara.

Mil imagens atravessaram os olhos azuis de Morga, que em sequência reviu as cenas da luta contra o Vrak, a profecia lida por Eremia, os belíssimos Ambalis e as fórmulas alquímicas. Em menos de 24 horas ela vivera experiências e sensações fortíssimas.

O destino marcava a trajetória da Maga do Vento, que agora estava deitada numa cama desconhecida de uma moradia decrépita da Colônia Briosa. Os perfumes da Bramante e a música das Sinfobaixas já não passavam de recordações.

Morga olhou para fora da janela, pensando em Yhari, apertou fortemente o seu Gual e, antes de fechar os olhos, sussurrou:

— Casa 15... não estamos longe. E eu não me sentirei só.

5

O engano e a verdade

Colônia Briosa
Estação Invéria – 7º dia do ano 500
Temperatura: 30 graus abaixo de zero
Lua azul e lua vermelha diurnas

O vento chegou sibilando, sua corrida anunciando novas mudanças inquietantes. Passando pelas brechas na escotilha, soprava como uma trompa, e Morga acordou sentindo o ar gelado deslizando sobre o seu rosto. Olhou pela pequena janela e viu um vórtice branco girando sobre os telhados da Colônia Briosa. Uma tempestade de neve estava desabando sobre a Área Krop-2, estendendo-se também à cidade próxima de Karash. Ainda não eram seis da manhã e o dia já se apresentava bastante difícil.

A garotinha levantou-se da cama e cheirou o ar. "Cheiro de doença, vento ansioso. Algo de grave está acontecendo", pensou preocupada. Um lamento de Wapi chamou sua atenção: o Piróssio estava com o olhar apagado, e o cachecol rosa que envolvia seu pescoço, manchando de sangue.

— Meu gingão, ainda está mal? Não posso passar creme Quêbulas Ferma em você, porque você é alérgico. Mas, não tenha medo, agora eu vou cuidar de você. — Morga decidiu experimentar a fórmula da Kernite Dênsia da *Alchemios Brevis*. Abriu a bolsa de viagem e pegou o livro escrito por Eremia, acariciou a capa negra e, folheando-o, parou nos Ambalis. — Eu vou conseguir! Sou a Maga do Vento, não posso falhar.

Wapi abriu o bico e emitiu um lamento estrídulo, olhando a jovem amiga.

Morga pôs mais lenha na lareira, depois pegou um velho panelão que encontrou no chão. Estava sujo e cheio de teias de aranhas; ela o limpou com um pano velho e soprou em seu interior. Num canto da água-furtada, ao lado da cama, havia uma pequena pia de louça verde; ela abriu a torneira enferrujada, que borbotou esguichando uma água cinzenta. Embora a casa não tivesse sido usada por muito tempo, as Conduturas Cobríficas que aqueciam todas as moradias de Emiós funcionavam perfeitamente, mesmo que o planeta inteiro estivesse envolvido em gelo. Depois de alguns segundos, a água saiu da torneira límpida e quente. Morga tranquilizou-se e encheu o panelão pela metade. Por fim, levou as mãos ao peito e pegou o Gual, puxou a ponta de prata e o Obolho de cristal apareceu ao seu lado. Ela abriu a terceira portinhola, perscrutou os vários tipos de pedras, seixos e vegetais, localizou as ampolas, leu os rótulos e escolheu uma contendo pó de Kernite. Depois, inventariou as caixinhas de madeira e de bronze. Eram pequeníssimas. Pegou a que continha grânulos amarelos de Enxofre Sulfurado.

Com gestos lentos, verteu as duas substâncias dentro do panelão, que finalmente levou ao fogo. Os pós dissolveram-se exalando um cheiro acre e pungente. Com o auxílio de um bastãozinho de madeira, mexeu a papa, que se tornou marrom, até ficar cremosa.

Wapi retrocedeu, semicerrando os olhos; o cheiro era insuportável.

— Fique quieto, estou fazendo o que posso por você. Espero que não precisemos destes ingredientes com demasiada frequência, pois no Obolho há muitas outras substâncias alquímicas, porém só há mais duas ampolas de Kernite e duas caixinhas de Enxofre Sulfurado. — A jovem maga abriu a janela e apoiou o panelão sobre o peitoril de mármore que dava acesso aos telhados.

Uma rajada de vento varreu o aposento violentamente e resfriou instantaneamente a poção alquímica também. Depressa, a garotinha pegou o panelão e o botou no chão de madeira escura, e depois fechou a janela.

— Está fazendo realmente muito frio. Do lado de fora tudo está gelado; felizmente, o creme Antalgia protege o nariz e as orelhas — disse esfregando as mãos.

A poção estava quase pronta, faltava apenas a última magia sagrada: a de marcar no ar o número 4.

Tratava-se de um Ambali importante que significava "força".

Voltou a consultar a página do livro de Eremia dedicada aos Ambalis, passando rapidamente pelas várias fórmulas. Repetiu em voz baixa o procedimento para produzir Kernite Dênsia.

Ereta, com a cabeça erguida, posicionou-se diante do panelão e, erguendo a mão direita, desenhou no vazio o número mágico dos Fhar. Suas mãos formaram uma curva que, partindo do alto à esquerda, descia criando um pequeno círculo e depois voltava para cima suavemente, virando à direita.

Quatro faíscas vermelhas pipocaram uma atrás da outra, e filamentos de luz transparente borbulharam como óleo fervente.

Um turbilhão de vozes roucas e longínquas invadiu a água-furtada e uma mão esquelética apareceu de repente, redesenhando a fogo o .

As chamas flutuaram diante dos olhos arregalados de Morga. Ouviu-se um estrondo, seguido de outro, e o número foi tragado pelo panelão, que sacolejava sobre as chamas da lareira.

Morga sentiu os músculos do rosto e dos braços mexerem-se e estenderem-se como se fossem de borracha. Ela não conseguia controlar seus gestos, e a respiração também ficou ofegante. Uma força desconhecida e antiga agitava-se dentro do seu corpo. Ela abriu a boca para gritar, porém não conseguiu fazê-lo.

As correntes de ar provenientes das brechas da janela entraram com violência, engolindo a mão esquelética e o ar mágico que se criara na água-furtada. As chamas da lareira reduziram-se de chofre, e o creme de Kernite Dênsia brilhou na penumbra. Sua cor mudara e tornara-se brilhante. Morga espiou com curiosidade dentro do panelão e foi atingida pelo cheiro acre. Franziu o nariz e sorriu: conseguira usar os Ambalis! Conseguira produzir a poção como os Fhar. Fora bem-sucedida na prova da força do Ambali .

A garotinha meteu a mão no panelão e pegou uma boa dose de creme, e então se virou para Wapi, que recuou, dobrando o pescoço. Ele estava assustadíssimo.

— Não tenha medo, as feridas vão sumir — tranquilizou-o, espalhando o creme sobre as plumas ensanguentadas e sobre a pele lacerada.

A queimação foi instantânea, e o Piróssio soltou um grito poderoso. Morga agarrou seu bico com a mão esquerda, fechando-o brutalmente.

— Você está querendo que todos os Dakis cheguem aqui correndo? Quer que eles descubram que eu faço magias?

— Que você exerce a magia não é mais um segredo. Pelo menos para mim.

A voz chegou por trás de Morga, que se virou sobressaltada.

— GARDÊNIO! — exclamou, levantando a mão direita, ainda suja de creme.

— Não sei se devo ter medo ou apoiar você. Eu sou apenas um pobre U'ndário, um utilmente perfeito, acostumado a servir os Fhar e trabalhar para os outros. Peço-lhe, jovem Maga do Vento, não me atire num abismo de problemas. Diga-me quem você é de verdade! — O barbudo ruivo estava com os olhos úmidos, e sua voz tremia.

— Você já sabe quem sou. Faça apenas o que Serunte mandar e verá que todas as coisas sairão certas — respondeu a garotinha, limpando a mão num pano.

Gardênio colocou na mesinha o embrulho que trouxera debaixo do braço, tirou a cartola coberta de neve e também o pesado sobretudo marrom.

— Não sei como você vai fazer para frequentar os outros Dakis e esconder da Pramaga Telkia os seus dotes. Somente os Fhar podem ser magos e alquimistas. Eles são eternos, e nós devemos respeitar a Imperalei para tornar-nos imortais como eles. Não podemos transgredir. — O U'ndário estava muito preocupado e tinha medo por Morga.

— Imortalidade? Eternidade? Caro Gardênio, se você ficar do meu lado, compreenderá por que eu uso a arte da magia alquímica, embora eu não seja Fhar. — A garotinha respondeu com tamanha segurança que lançou o U'ndário numa crise ainda mais profunda.

— Não fale assim. Não pode. Não entendo como pode ser possível que o grande Serunte se importe tanto assim com você. Claro, somos todos filhos dos Fhar, sem eles nós não existiríamos. Por isso, eu não entendo por que você duvida dos nossos Mestres de Vida. — Gardênio estava bastante irritado.

— É verdade, somos todos filhos dos Fhar e das Gestais. Pais e mães que não podemos conhecer. Mas eu, eu sei. Conheço quem me gerou. — A resposta foi fria e decidida.

— Você sabe? Mas não se deve saber. É perigoso saber de quem somos filhos; daí surgiriam preferências e sentimentos que desestabilizariam a coletividade inteira. — O barbudo ruivo estava confuso.

— O perigo consiste justamente em não conhecer e não saber. Somente o amor leva à verdade. — A frase da Maga do Vento atingiu o incrédulo Gardênio como um soco.

— O amor é proibido. O amor provoca lutas e ódio. O amor não serve para nada. Você está dizendo coisas muito graves. — O U'ndário cambaleou, e suas pernas fraquejaram tanto que precisou sentar-se.

— Gardênio, eu lhe peço, não torne tudo ainda mais difícil para mim. Serunte vai lhe explicar. — Morga compreendeu que não podia dizer mais nada.

O barbudo ruivo baixou a vista e percebeu que havia um livro apoiado sobre a bolsa de viagem de Morga. Estava aberto na página dos Ambalis.

— O que está escrito ali? Esses são signos sagrados usados pelos Fhar; salvo engano, são números mágicos, e eu os vi gravados em várias paredes das torres de Áurea Nyos.

Morga suspirou.

— Sim. São números mágicos. Mas não seja tão curioso — respondeu voltando a guardar o livro dentro da sacola.

Gardênio não ousou fazer mais perguntas; jamais poderia imaginar ter esse tipo de conversa com uma garotinha. Pondo-se sério, falou:

— É melhor falar de outra coisa. Olhe o que eu trouxe para você.

Morga desembrulhou o pacote em cima da mesa e encontrou Pão Rosa e geleia verde de Momórnica Charantia. Num saquinho separado havia também uma boa dose de Equisetum Arvense para Wapi.

— Obrigada, Gardênio, você é realmente gentil. Esta geleia de melão é energética, e eu estou com tanta fome que meu estômago está roncando. — Um sorriso sincero despontou nos lábios da jovem maga, que deu logo a erva saborosa para o Piróssio.

Wapi estava bem, seu pescoço sarara perfeitamente graças ao creme de Kernite Dênsia e, assim que se viu diante de seu alimento preferido, devorou-o em poucos instantes.

Morga mordeu um pedaço de pão coberto de geleia sob o olhar enternecido de Gardênio.

— Quando você terminar seu café, desça até o portão: eu trouxe sua Komba também, mas acho que hoje de manhã você não vai poder usá-la. Com esta tempestade de neve, ninguém vai trabalhar nas Poças de Esmerilha, nem nas Minas de Ambrioso.

Assim que Gardênio concluiu, ouviu-se um assovio rouco. Era o Obolho, que a avisava da chegada de uma mensagem.

Morga fitou os olhos escuros do U'ndário, que olhava preocupado para o pequeno dirigível de cristal que esguichava vapor.

— Agora, vou ler a mensagem. Mas você não vai me trair, certo? Não dirá a ninguém que eu tenho um Obolho.

— Trair você? Serunte jamais me perdoaria — respondeu, quase gaguejando.

— Eu confio em você. — Morga lançou-lhe um olhar persuasivo, e Gardênio aquiesceu.

De forma decidida, ela abriu a quarta portinhola, tirou o Ciodalo e pressionou a pequena tecla branca. No monitor redondo apareceram as seguintes palavras fluorescentes:

Filha querida,
Espero que a água-furtada da Casa 299 seja confortável. Gardênio ajudará você a ajeitar as coisas, confie nele e em quem emitir energia positiva. Você tem condições de perceber o ódio e a deslealdade; talvez algum Daki fique ao seu lado neste momento difícil; cabe a você decidir se quer ser ajudada por alguém que ainda não conhece.

Eu não vi sua mãe, é impossível programar um encontro com ela, mas saiba que a Casa 299 foi onde Animea morava quando era Daki.
Gostaria de lhe dizer tantas outras coisas, mas o tempo é tirano.
Escrevo para comunicar-lhe uma coisa importante: a Pramaga Telkia está doente.
Este é um fato gravíssimo porque nós, Fhar, não estamos acostumados com doenças.
Há um grande alvoroço aqui em Áurea Nyos, e logo Eremia também vai chegar. Sei que ela lhe entregou o livro com os Ambalis: use a magia alquímica com precisão. Neste momento, você vai ter de contar apenas com suas próprias forças; nós precisamos descobrir de que Telkia está sofrendo.
Okrad está muito agitado e desconfiado, cada deslocamento nosso é rigorosamente fiscalizado, portanto, não posso ir visitá-la.
Temo que a profecia esteja começando a se cumprir e que o vírus mortal tenha infectado Telkia.
Siga o seu destino, eu estarei sempre ao seu lado.

Serunte

Morga respirou profundamente, olhou ao redor pensando em sua mãe e sussurrou:

— Ela morou aqui, dormiu naquela cama.

O U'ndário mal conseguia ouvi-la e não entendeu nada.

A garotinha guardou o Ciodalo de volta no Obolho e depois enfiou a mão no bolso e apertou o Glibine envolvido no lenço de Animea. A pedra preciosa era quente, e a imagem do rosto de sua mãe atravessou sua mente como um raio. Por um lado, ela estava feliz em morar na Casa 299; não obstante, a mensagem de seu pai a deixara preocupada.

— A profecia... o vírus mortal. E agora, o que é que eu faço? — Morga resmungava, mais agitada do que nunca, andando de um lado para outro, seguida pelo Obolho.

O U'ndário a acompanhava com o olhar e, receoso, perguntou:

— Notícias ruins?

— Sim. Há complicações em Áurea Nyos. Telkia está muito doente, não virá para cá — respondeu Morga, tocando no Gual, que lhe pendia do pescoço, oscilando.

Gardênio coçou a barba.

— Doente? Impossível! Os Fhar nunca ficam gravemente doentes. Gozam de ótima saúde e usam poções alquímicas milagrosas para alguns achaques. E nós também somos tratados por eles quando não estamos muito bem.

— Pois é. Mas, desta vez, a situação está mais complicada. — Morga olhava para as chamas que ardiam na lareira e semicerrou os olhos.

— Mas a mensagem era de... — O barbudo ruivo não teve coragem de pronunciar o nome.

A garotinha virou-se e, olhando-o fixamente nos olhos de novo, exclamou:

— Sim, era de Serunte!

— Eu... eu... não posso acreditar! Você e o poderoso Fhar se comunicam? — O U'ndário levantou-se da cadeira e recuou.

— Acalme-se e ajude-me. Agora, estamos ligados por um único destino. Eu salvei sua vida matando o Vrak, e você vai guardar os meus segredos. Não irá se arrepender.

Morga passou as mãos pelos cabelos desalinhados e olhou para a janelinha. A luz do dia penetrava na água-furtada, iluminando a jovem maga. Naquele momento, Gardênio percebeu que Morga tinha os mesmos olhos magnéticos de Serunte. O U'ndário conhecia muito bem as íris azuis que despontavam da Kaplá do poderoso Fhar. Tremeu, começou a transpirar e, levando as mãos à altura do coração, jurou não falar sobre isso com ninguém. Não quis perguntar mais nada a Morga, porque temia a confirmação de uma verdade que já intuía. Uma verdade desconfortável e impossível de articular. Um segredo que, se fosse revelado, desorganizaria os Dakis e todo o povo de Emiós.

O rangido do portão de entrada e o barulho de passos pesados que subiam a escada desviaram os pensamentos da garotinha e do U'ndário.

— Morga, é Sasima, estou subindo para vê-la.

O coração da jovem maga estremeceu ao ouvir a voz da Gestal amiga de Animea, pois certamente não esperava essa visita.

Sasima estava envolvida numa pesada capa branca com capuz e, ao ver que Morga não estava sozinha, ficou muito surpresa. Ela e Gardênio se conheciam desde que eram pequenos Dakis, tinham a mesma idade, e ela se lembrava de como ele era quando criança, no Centro Cripto, e o quanto ele trabalhara nas Minas de Ambrioso, chegando morto de cansaço à Colônia Briosa. Esses tempos remotos da juventude haviam desenvolvido amizade e simpatia entre eles.

Sasima sabia que Serunte confiava em Gardênio, mas a suspeita de que o U'ndário estivesse ciente da verdade sobre a Imperfeita mergulhou-a em profunda angústia. Procurando não deixar transparecer seu desconforto, continuou conversando com calma, enquanto Morga não parava de se perguntar que motivo teria levado a Gestal a procurá-la na Casa 299.

— Bom dia, Gardênio, eu não imaginava encontrar você aqui, nem tão cedo — disse Sasima, retirando o manguito de pelo de Vrak que usava para se proteger da friagem.

O U'ndário, perplexo pela enésima surpresa que consistia em descobrir que Sasima conhecia Morga, tentou explicar o que o levara àquela água-furtada tão cedo. Mas a Gestal não o deixou falar e, colocando a capa na mesa, ajeitou as dobras do longo vestido verde-esmeralda. Por fim, olhou severamente para o Obolho que flutuava no ar ao lado da garotinha.

— Foi Eremia quem lhe deu isso? E você o mostrou para Gardênio? Então... ele também sabe que você é filha de... — a Gestal foi interrompida por Morga.

— Sasima! Cale-se! — exclamou, arregalando os olhos azuis, que pareciam dois oceanos tempestuosos.

— Filha de... Serunte? A essa altura eu já havia compreendido — acrescentou Gardênio, dando puxões na barba.

— Está bem. Vou dizer abertamente: sou filha de Serunte e de Animea. Eu nasci por amor, e não com o auxílio do Raio Avólio. Sou a Imperfeita da profecia. — Morga livrou-se do peso que carregava no coração. Precisava conquistar aliados e amigos. E precisava poder confiar plenamente em Gardênio também.

O U'ndário sentiu-se sufocar, abriu a janela e respirou o ar gelado. Depois, virou-se para a Gestal e a jovem maga.

— Eremia também sabe de tudo? Mas ela é Fhar e, assim, está se colocando contra Okrad e a Imperalei. Ela e Serunte são aliados... E agora, o que vai acontecer? Parece que estou enlouquecendo! — exclamou o homem.

Sasima aproximou-se e falou-lhe com doçura:

— Sim, a Bramante Branca criou Morga em sua grande casa. E ela fez isso porque compreendeu que a Imperalei não tem de ser obedecida. Morga é a Imperfeita da profecia. Agora que você conhece o segredo, deve jurar fidelidade absoluta. Devemos ajudar esta jovem. Animea ficará grata a você, e se Serunte entregou a filha dele aos seus cuidados, significa que ele confia em você.

A atmosfera estava pesadíssima. Ali, naquela água-furtada em péssimo estado da Casa 299, revelara-se a verdade sobre quem era verdadeiramente Morga.

O vento continuava a soprar carreando nuvens de neve e gelo, e o sibilar da tormenta misturava-se às palavras secretas. O ruído persistente encobriu o leve rangido do portão enferrujado. Três pessoas o haviam encontrado entreaberto e, depois de ter entrado, permaneceram em silêncio escutando a incrível verdade sobre Morga, que, sem saber de nada, prosseguiu falando.

Sasima sapecou-lhe um beijo na face cravada de sardas roxas dizendo-lhe que sua mãe estava bem, embora a preocupação lhe tirasse o sossego. Gardênio virou-se para a jovem Maga do Vento e abriu os braços com jeito desconcertado.

— Então, a profecia é verdadeira. Não se trata de uma lenda! Tenho medo. Os Fhar vão nos matar. Mas eu vou saber protegê-la, mesmo que você seja muito mais forte que eu. Você tem coragem e caráter. Em seu sangue corre a verdade que nós todos não queríamos ouvir apenas por covardia.

Morga inclinou a cabeça.

— Ajudem-me, e eu prometo que darei a vida para libertar o povo de Emiós da falsidade dos Fhar. A imortalidade não existe.

O amor, porém, sim. Peço que acreditem em mim. Meu pai e Eremia estarão ao meu lado.

Sasima explicou que a situação no Mosteiro de Hamalios estava bastante complicada e que a Pramaga Smartika começara a suspeitar bastante de Animea também.

— As Sentinelas de Smartika são particularmente cínicas. Relatam-lhe todas as coisas e costumam intervir de modo agressivo. Usam magias e aterrorizam-nos. Até mesmo as Ancilantes, embora tenham gênio dócil, estão à beira da rebelião.

Naquela altura, Morga revelou que Telkia estava doente e concluiu que esse fato desestabilizava ainda mais os Fhar, que logo agiriam com maior violência para impor respeito à Imperalei.

O semblante de Gardênio ficou ainda mais sério.

— O que vai acontecer agora? — perguntou, voltando a pegar sua cartola engraçada.

— Devemos nos preparar para o pior e confiar apenas nos amigos verdadeiros — retrucou Morga, fazendo carinho na cabeça plumosa de Wapi.

— Eu vou poder ficar aqui na Colônia Briosa — anunciou Sasima. — Cheguei ontem à noite de Vádria. A partir de hoje, estou de serviço por todo um plantão. Vocês sabem que as Gestais que já completaram 40 anos de idade têm obrigação de ajudar os Dakis em suas casas. E eu, agora, já estou com 49.

— Pois é, temos a mesma idade. Recordo-me de que quando éramos pequenos brincávamos juntos no Centro Cripto e depois viemos juntos para a Colônia. Éramos uns Dakis muito respeitosos, e você, Sasima, estava feliz de se tornar Gestal. — Gardênio sorriu, e ela ruborizou.

Sasima meteu a mão no pequeno bolso interior do seu suntuoso vestido cor de esmeralda e pegou um saquinho.

— Tome, Morga, é da parte de sua mãe. Contém pequenas joias e pedras preciosas. Serão úteis para fazer escambo; nas lojinhas de Karash você vai encontrar objetos de que pode precisar. Tome cuidado para não ser enganada.

Morga pegou o saquinho e abriu-o.

— Obrigada; com efeito, eu não tinha mesmo nada que pudesse permutar.

Repentinamente, ouviram barulhos provenientes da entrada; as pessoas misteriosas haviam avançado demais.

Gardênio precipitou-se para a escada e gritou a plenos pulmões:

— VOCÊS? O QUE ESTÃO FAZENDO AQUI?

Morga apertou-se contra Sasima.

— Quem será? Quantos são?

— Não sei. Com certeza ouviram tudo — respondeu a Gestal, acariciando-lhe os cabelos.

— Loucos! São uns garotinhos desmiolados! — bradou o U'ndário, zangadíssimo, enquanto arrastava três Dakis escada acima.

— Yhari! — Exclamou Morga, estarrecida, quando o viu entrando na água-furtada.

Atrás do garoto vinha seu amigo Horp, com os olhos verdes arregalados. Morga reconheceu-o, embora o tivesse visto apenas de relance pela janela de seu quartinho, na casa de Eremia. Por causa daqueles olhos e da pele morena, era impossível não se lembrar dele.

Mas a Maga do Vento ficou pasma ao ver a garotinha que os acompanhava: tinha olhos cor-de-rosa e era completamente careca. Lembrou-se de Mesia, a Ancilante amiga de sua mãe, pois aquela Daki era idêntica a ela.

As circunstâncias eram bastante constrangedoras, e Morga não havia previsto toda essa confusão. Ademais, ela não se dera conta de que o Obolho permanecera bem visível.

— Você conhece Yhari? E também sabe quem são os outros dois? — Sasima virou-se para Morga dando sinais de extrema preocupação. Não era possível que a misteriosa filha de Serunte e Animea tivesse amigos.

Yhari e os outros dois permaneceram como que hipnotizados pela visão do Obolho que flutuava ao lado de Morga. O jovem passou as mãos pelos cabelos.

— Nós nos vimos ontem de noite. Mas Morga não sabe quem são os meus companheiros — acrescentou imediatamente depois, olhando com intensidade para a jovem maga.

Ele não queria revelar o segredo de que eles já se conheciam. E, depois daquilo que ele e os outros dois haviam escutado e visto, a coisa não estava para brincadeiras. Para Yhari, aquilo fora como

um raio na escuridão, e em sua mente abriu-se um mundo novo. Em poucos instantes, ele havia entendido por que essa estranha garotinha o marcara tanto. Os seus olhos azuis, os seus silêncios, o mistério que a rondava como uma aura mágica agora faziam sentido. E o fato de ela possuir um Obolho deixava claro, de uma vez por todas, que Morga não era como todas as outras garotinhas de Emiós.

Ele sentia-se inexplicavelmente atraído por ela e ao mesmo tempo tinha medo daquilo que ainda não sabia. O passado de Morga era obscuro: fora criada pela Bramante Branca, tinha sentimentos e seus pensamentos constituíam um enigma.

Com orgulho misturado a temor, apresentou seus amigos:

— Ele é Horp; está com 13 anos e ganhou a última competição de pratinhos na zona viscosa de Ômbria. Moramos na Casa 15 e nos tornaremos U'ndários competentíssimos. Ela é Drima, tem 12 anos e, como vocês podem ver, é uma jovem Ancilante. Ela tem muita prática em enfiar-se nas cavas das Minas de Ambrioso. Drima mora na Casa 207 com uma garotinha antipática chamada Lumira, futura U'ndária.

Sasima rodeou os três Dakis, esquadrinhando-os da cabeça aos pés.

— Sim, eu me lembro de vocês. Quando vocês entraram para a Colônia Briosa, eu fazia parte do grupo de acolhida, juntamente com outras Gestais e a Pramaga Telkia. — Sasima postou-se diante de Yhari e, muito séria, indagou que motivo os levara até a casa de Morga.

— Eu queria apresentá-la a estes dois e, tendo em vista que há uma tempestade de neve, poderíamos ter um pouco de tempo para nos divertirmos.

Morga aproximou-se.

— Vocês ouviram tudo, não é?

Drima mexeu levemente os pequenos lábios roxos, mas não falou nada, acenando somente com a cabeça positivamente. Horp abriu a boca carnuda, mostrando dentes alvíssimos que contrastavam ainda mais devido à cor escura da sua pele. Depois, ele engoliu em seco e perguntou com um fio de voz:

— Você é realmente uma maga como os Fhar?

— Sim, eu não posso negar isso. Mas, que fique claro, eu não sou Fhar. Eu sou a Maga do Vento. — Morga acariciou o Obolho e permaneceu ereta diante dos três Dakis.

— Do vento? O que quer dizer isso? — Yhari perguntou.

Morga fechou os olhos, apertou o Gual e do seu coração subiu uma poderosa energia que tinha raízes em sua infância vivida entre as árvores nodosas e as poções de Eremia. Falou com naturalidade e de modo impetuoso:

— Tudo o que eu sei está dentro do ar que nos circunda. Os pensamentos e as ações andam por aí, a esmo, movidos pelas correntezas e pelas nuvens.

Drima ficou fascinada por aquele discurso e pela esfera que pendia do cordão de Morga. Estendeu a mão para tocá-la, mas foi rechaçada pela jovem maga.

— Nunca toque no meu Gual. É uma das coisas mais preciosas que tenho. Perder esta esfera significaria perder o meu destino.

A garotinha dos olhos cor-de-rosa desculpou-se, porém Yhari, cuja curiosidade fora despertada pela esfera de cobre, pediu explicações.

Morga certamente não desejava ofender o belo Daki, mas retrucou apenas que não podia ainda mostrar o objeto que o Gual continha. Com efeito, Morga sabia que a chave que Eremia lhe dera com o código sagrado da Lei Cósmica era importantíssima e que somente no momento certo é que ela saberia para que servia.

— Está bem, entendemos que você é cheia de segredos, mas diga-nos pelo menos por que você é a Maga do Vento.

Morga resolveu ler aquilo que escrevera no *Flatus*, porque somente assim os três Dakis iriam compreender aquilo em que jamais haviam pensado: o valor da liberdade e da amizade. Sob os olhares incrédulos dos presentes, ela abriu a primeira portinhola do Obolho, extraiu o *Flatus* e decidiu ler a poesia dedicada ao vento. Recordou-se de que a compusera alguns anos antes, escondida entre os galhos de sua amada árvore nodosa. A grande Quercus Alba abrigara todos os seus momentos de solidão, e o desejo inconsciente de procurar um mundo rico de sentimentos levara Morga a conceber um futuro diferente. Um futuro que, agora, encontrava-se em suas mãos de jovem maga.

Gardênio e Sasima permaneciam em silêncio, e os três Dakis também prendiam a respiração, olhando o estranho livreto de capa vermelha com a inicial de Morga gravada com um sinal sagrado dos Fhar. Wapi cuspiu uma leve chama em direção à lareira, e Morga deu início à leitura.

O vento sopra
muda as coisas
até as pedras
tornam-se rosas.

Cada medo e chateação
permanecerá como areia de ouro
De pés descalços corremos
e o perfume das árvores respiramos
As lágrimas tornam-se cometas
que viajam para destinos secretos
Demo-nos as mãos
voemos para longe
para retornar lá
e reencontrar a liberdade.

O vento sopra
muda as coisas
até as pedras
tornam-se rosas.

Cavalgamos no ar
tocamos o sol
Cantamos a plenos pulmões
porque a vida é uma só
Um dia, um grande coração vai bater
e dar a todos somente amor
Tomemos as estrelas

as mais belas
para voltar lá
e libertar a liberdade.

O vento sopra
muda as coisas
até as pedras
tornam-se rosas.

Flores e conchas
tesouros e maravilhas
Basta pouco para ser feliz
uma palavra e faz-se amizade
Demo-nos as mãos
voemos para longe
Cavalgamos no ar
tocamos o sol
para voltar para cá
e libertar a liberdade.

O vento sopra
muda as coisas
até as pedras
tornam-se rosas.

Sasima comoveu-se e, desconcertada, virou-se para a escotilha; Gardênio abriu um grande sorriso; Yhari não conseguia desgrudar os olhos do rosto de Morga, enquanto Horp permanecia boquiaberto.

— Você a escreveu? É muito linda. Jamais ouvi frases tão doces — logrou articular Drima com sua vozinha fina.

— Sim, eu a escrevi num dos meus momentos de solidão. Desde pequena, sempre desejei ter amigos — confessou Morga, com os olhos turvos e os lábios que tremiam.

Yhari passou a mão pelos cabelos e franziu a testa:

— Sim, é uma poesia maravilhosa. Mas o que quer dizer voltar para lá e encontrar a liberdade? Voltar para onde?

Morga olhou para a Gestal, que ficara de costas: ela devia conhecer a verdade sobre a existência da Terra; seguramente, já havia conversado com Animea a esse respeito.

— Sasima, eu não posso realmente dizer isso... certo?

A mulher virou-se e sacudiu a cabeça.

— Não. É cedo demais.

Gardênio e os três garotos fecharam a cara.

— Segredos mágicos? Há zonas de Emiós que não conhecemos? — inquiriu Horp.

Morga não acrescentou nada, recolocou o *Flatus* no Obolho e fechou a portinhola.

— Liberdade, que palavra importante. Nunca parei para pensar se sou realmente livre. — Yhari experimentou uma sensação de vazio no estômago.

— A liberdade existe, porém não em Emiós. — Com essas palavras ardentes como flechas de fogo, Morga atingiu as mentes e os corações dos presentes.

— Você diz coisas estranhas e diferentes dos Fhar. — Horp estava cada vez mais cuidadoso.

— Com efeito, você fala de argumentos muito sérios, e nós não estamos acostumados. Enfim, você não se parece com nenhum de nós. Não é careca e não tem olhos cor-de-rosa como eu e, portanto, não vai ser Ancilante. Mas você tampouco vai ser Gestal ou U'ndária... você é uma Daki única — emendou Drima mordiscando os finos lábios roxos.

— Sou a Imperfeita — admitiu Morga, olhando para todos nos olhos.

As energias que deles emanavam eram positivas e, portanto, ela decidiu confiar neles como lhe sugerira o seu pai.

— A Imperfeita da profecia? Mas então... não é uma lenda! — Yhari sentiu seu coração pular na garganta.

— Não sou um monstro! — rebateu a jovem maga, resoluta.

— Se vocês disserem uma única palavra sobre isto aos outros garotinhos da Colônia, ou se vocês resolverem dar uma de espiões e contar o que ouvirem, eu juro que irão se arrepender amargamente — ameaçou Sasima, apontando o indicador para os três garotos.

— É um assunto importante. Vocês se dão conta disto? Se os Fhar descobrirem que Morga é a Imperfeita, vão acontecer coisas inimagináveis — acrescentou Gardênio, que de tanta agitação acabou amassando sua cartola.

— Eu lhes peço para me ajudarem e confiarem em mim. Meu pai, Serunte, e minha mãe, Animea, farão tudo para defender a verdade que os Fhar não querem revelar: eles não são imortais! Há cinco séculos que a Bramante Branca está procurando uma fórmula alquímica para a eternidade, mas até agora ela não a encontrou.

— Como é que você sabe de todas essas coisas? — Horp bateu as mãos na mesa com veemência.

— Eu morei com Eremia. Isto lhe basta? — Morga tinha medo de revelar os segredos que a ligavam à velha Fhar, mas não havia alternativa.

— Vocês tampouco vão alcançar a eternidade, como os Fhar prometem. Não é verdade que a ilha Límbia é o lugar eterno.

Essa afirmação cortou a respiração de Gardênio e Sasima, aos quais faltava somente um ano para se recolherem à única ilha do oceano Orhanto.

— Não posso dizer mais. Mas ajudem-me, eu lhes peço. Não me traiam. — A jovem maga aproximou-se de Wapi, que abriu o bico sibilando como uma Serpente Bifila.

— É terrível! — Drima levou as mãos à cabeça calva e fechou os olhos.

— A Imperalei oculta a enganação. Os Fhar aproveitam-se do povo de Emiós. Sem U'ndários, Dakis, Gestais e Ancilantes, a vida deles não poderia prosseguir. Se não houvesse o povo, quem é que produziria alimentos e mercadorias? Agora, vocês entendem por que não querem explicar a verdade? Vocês todos os servem para que eles possam viver e buscar a eternidade. É por isso que eles chamam vocês de "utilmente perfeitos". Eles tiram proveito de vocês! Entendem? — Morga sentou-se, e, metendo as mãos nos cabelos negros, despejou sua alma, contando o que nunca havia sido dito antes. Teria gostado de mostrar também os documentos guardados no Obolho, mas isto teria sido realmente demais. Antes, precisava obter confiança e lealdade.

Os três Dakis ficaram imóveis como o Obolho, que continuava a lançar baforadas de vapor; jamais teriam imaginado que, naquela manhã gelada, o destino deles também mudaria ao encontrar a jovem maga.

O apito repentino da sirene da Colônia Briosa anunciou a chegada de um comunicado importante para todos os Dakis. O som persistente provinha dos aposentos centrais do grande edifício em forma de U, precisamente da Casa 101, ocupada normalmente pelas Gestais e Ancilantes de plantão e por U'ndários e U'ndárias.

— O que está acontecendo? — alarmou-se Gardênio.

— Seguramente, chegou a notícia de que Telkia não virá. Vamos até a Aula Máxima, todos os Dakis vão estar lá para ouvir — sugeriu Sasima.

— Pois é, e vão dizer a enésima mentira. A enganação costumeira! Certamente, os Fhar não vão querer que se saiba que Telkia está doente. Eles precisam sempre demonstrar serem os mais fortes — acrescentou Morga aproximando-se de Yhari, que a olhava com admiração e sentia-se atraído por ela.

Gardênio vestiu o pesado sobretudo e colocou a cartola amassada na cabeça, enquanto a Gestal voltou a se envolver na capa e enfiar as mãos no manguito de pelo de Vrak.

Morga pressionou a ponta do Gual e o Obolho desapareceu de chofre, desconcertando os demais.

— O que foi que você fez? — perguntou Yhari, sentindo a angústia subir-lhe pela garganta.

— Eu o tornei invisível. Voltará a aparecer quando for necessário. — Morga fechou direitinho o macacão térmico e cobriu-se com o capuz enquanto afagava Wapi, que pestanejava mexendo docemente a cabeça. — Você vai ficar aqui. Fique no quentinho; eu volto logo.

Horp esticou a mão para verificar se era possível tocar o Obolho mesmo quando estava invisível: os dedos morenos do jovem Daki acariciaram o objeto invisível e a sensação que teve foi muito boa.

— Consigo senti-lo mesmo sem vê-lo... — disse, extasiado.

— Pronto, Horp, vamos, nós ainda teremos tempo para falar de magia — exortou-o Drima, puxando o capuz do macacão sobre a cabeça.

Quando desceram a escada e chegaram ao hall de entrada, Morga viu a Komba, parecida a um grande ovo branco e brilhoso.

— Gardênio, você vai me ensinar como é que se usa?

— É fácil: há um botão para dar partida no motor, um pedal para frear ou acelerar e, naturalmente, um volante. Você não vai ter problema. Mas agora vamos. Hoje de manhã, certamente, não vai poder usá-la por causa deste mau tempo — explicou o U'ndário.

Os primeiros a saírem da Casa 299 foram os três Dakis, seguidos pela Gestal, Gardênio e Morga. As rajadas de neve eram como chicotadas geladas, e a tempestade de gelo envolvia a paisagem inteira, de tal forma que não deixava sequer entrever a cidade próxima de Karash. As botas de Morga afundavam na neve, e o vento sideral penetrava-lhe nos pulmões, gelando suas veias. Ela olhou ao redor e por um momento sentiu-se perdida na tormenta, e a angústia de viver um destino tão pesado a entristeceu. Somente os olhos negros listrados de ouro de Yhari fizeram seu coração bater acelerado. Ela sorriu e ele retribuiu, enquanto os flocos de neve caíam ao redor deles como pedaços de nuvens.

Com dificuldade extrema, o pequeno grupo chegou diante da Casa 101. Do lado de fora havia uma fila enorme de garotinhos, e todos aguardavam para entrar na grande Aula Máxima, que se localizava no pavimento térreo.

Apressadamente, os Dakis entraram um após o outro, e Gardênio e Sasima avançaram decididos, fazendo sinal a Morga para ficar tranquila e, principalmente, para não fazer perguntas.

Assim que a jovem maga entrou, viu que na parede da direita havia um grande monitor azul no qual constavam os turnos de trabalho nas Minas de Ambrioso e nas Poças de Esmerilha. À sua frente havia uma ampla escada de vidro sustentada por enormes colunas de Anastásio Luxo, um cristal azul brilhosíssimo, que levava aos andares superiores. As paredes da sala de entrada eram laranja e sobre elas sobressaíam, além das lâmpadas encarnadas, uns quadros de diferentes dimensões que representavam as várias paisagens de Emiós.

À esquerda, sob um grande arco de madeira marchetada, aglomeravam-se grupos de garotinhos que procuravam um lugar para sentar-se na Aula Máxima, que já estava abarrotada. Todas as poltronas revestidas de Veludo Bagatela preto se achavam ocupadas.

Yhari estendeu a mão para Morga.

— Venha, vamos mais para a frente; ficaremos em pé, mas pelo menos tentaremos nos aproximar do palco.

Ela sentia falta de ar, jamais estivera no meio de tamanha confusão, entre centenas de garotinhos. Havia jovens Ancilantes muito parecidas com Drima e, por causa de sua timidez, elas eram vítimas dos empurrões que os Dakis davam para abrir passagem. O vozerio era insuportável, mas o silêncio se restabeleceu de repente, quando duas Sentinelas chegaram com suas longas vestimentas que tocavam o chão. Morga olhou para elas, estupefata: voavam alguns centímetros acima do solo.

Uma estava envolvida numa capa de um amarelo brilhante, enquanto a outra vestia uma túnica vermelho-púrpura. Ambas usavam capuzes pontudos com o sinal alquímico

e o seu rosto era evanescente: nenhum traço marcava o nariz ou a boca. Tinham rostos de fumaça acinzentada da qual despontavam olhos verdes muito luminosos. As mãos também eram de vapor, e elas desfilavam entre os Dakis, gesticulando como marionetes.

A criatura de fumaça com a túnica e o capuz vermelhos passou logo ao lado de Morga, que permaneceu imóvel embora sentisse um calafrio gelado subindo-lhe pela coluna. A Sentinela virou-se como se tivesse suspeitado de alguma coisa e pousou seus olhos verdes nos da garota. Depois ela seguiu adiante, imediatamente deixando atrás de si uma onda de vapor que atingiu o rosto de Morga, que espirrou, incomodada. Temendo que ela reagisse, Yhari apertou seu braço e, aproximando-se dela, sussurrou:

— Fique quieta. São as Sentinelas do Pramago Lefório, que é o Fhar responsável pelas Poças de Esmerilha. Espero que não tenham detectado a presença do seu Obolho invisível.

Morga fez que não com a cabeça e tapou o nariz, seguindo com o olhar aqueles dois seres inquietantes, de um tipo que ela jamais vira na vida. As Sentinelas subiram ao palco da Aula Máxima e, ainda flutuando, posicionaram-se de ambos os lados.

Um cicio flutuou no ar e uns vinte U'ndários, todos numa faixa etária entre os 40 e 49 anos, desceram pela escada de vidro em primeiro lugar. Os homens vestiam-se como Gardênio, com a mesma calça larga e marrom, suéter curto de lã e cartola, ao passo que as mulheres trajavam amplas saias compridas e usavam lenços floridos na cabeça. Atrás vinham as Gestais, todas regulando a idade de Sasima. Eram muito lindas em seus vestidos preciosos e ostentavam penteados elaboradíssimos realçados por joias luminescentes presas entre os cabelos. Algumas tinham a pele escura como Horp, outras eram mulatas, e outras ainda tinham traços muito refinados, com olhos amendoados e as maçãs do rosto salientes. Por último, desciam as Ancilantes, com passo harmônico, sendo que seus vestidos de véu cobertos pelos leves xales de lã tornavam seu aspecto etéreo. O Pramago Lefório encontrava-se no meio desse grande grupo. Ele andava lentamente, e de sua máscara de ferro e gelo sâmico despontavam dois olhos pequenos e cinzentos. O Fhar vestia um macacão verde que marcava seu corpo não muito musculoso, uma longa capa cobria-lhe os ombros, e na cabeça levava um cilindro original, verde como o macacão, sobre o qual estava gravado o símbolo correspondente ao seu nome.

O Obolho de cristal e ouro o seguia silenciosamente, emitindo uma fumaça amarelada.

Assim que Lefório atravessou a sala, um sinal de respeito ressoou no palco; as Sentinelas levantaram os braços de fumaça, e todos os Dakis que estavam sentados nas poltronas puseram-se de pé.

U'ndários, Gestais e Ancilantes permaneceram sob o arco, o Fhar subiu ao palco e as luzes coloridas do teto de madrepérola acenderam-se, ofuscando os presentes. O silêncio voltou a reinar e todos voltaram a se acomodar para ouvir atentamente.

Ouviu-se apenas a voz límpida do Pramago, que anunciava:

— Pedi para vocês se reunirem aqui para um comunicado importante. A egrégia Pramaga Telkia, que gerencia a Colônia Briosa com seriedade, não poderá voltar para nós por um longo período. O Grão- Medônio Okrad encarregou-a de realizar uma delicada pesquisa de magia alquímica em Áurea Nyos. A partir de hoje vocês terão de me procurar para qualquer problema. Nada mudará nos turnos de trabalho nas Minas de Ambrioso, e muito menos nas Poças de Esmerilha. Tendo em vista que a tempestade de neve impediu que as tarefas fossem realizadas hoje de manhã, venho confirmar que no fim da tarde, às seis em ponto, o grupo de Dakis e de U'ndários de plantão nas Poças irá trabalhar normalmente. O mau tempo atenuar-se-á por algumas horas e vamos aproveitar essa trégua para produzir o líquido regelante alterado para garantir que as Conduturas Cobríficas levem calor para todas as cidades de Emiós. Quem tiver coragem suficiente pode gastar o tempo livre indo à cidade de Karash de Komba.

Um coro ergueu-se das poltronas; os Dakis riam de contentamento por poder circular pelas lojinhas de Karash. Contudo, as Sentinelas voltaram a erguer os braços, e Lefório recomeçou a falar:

— Ordeno que ninguém saia da Colônia Briosa para outros destinos até que eu decida de outra maneira. Podem ir.

Os Dakis levantaram-se e aplaudiram, e Lefório retirou-se seguido pelo Obolho e pelas Sentinelas.

Sasima procurou Morga no meio da multidão, avistou-a e lhe fez sinal de aproximar-se. E, Gardênio, Horp e Drima juntaram-se a elas.

— Vocês ouviram? Lefório mentiu sobre Telkia — afirmou Sasima.

— Eu já tinha dito para vocês. Os Fhar estão sempre mentindo — acrescentou Morga, apertando o seu Gual.

— Mas o que quer dizer o fato de não podermos nos afastar da Colônia Briosa? E as caravanas de mercadorias, não vão se deslocar? — quis saber Gardênio, virando-se para Sasima.

A Gestal ergueu a cabeça e, com o semblante muito sério, vaticinou:

— Estou prevendo tempos difíceis. Se as mercadorias não chegarem às cidades, haverá carestia e muitos problemas.

Morga semicerrou os olhos e cheirou o ar repleto de odores da multidão.

— Não querem que se empreendam viagens porque temem...

Yhari aproximou-se tanto dela que percebeu que seu corpo estava tenso como uma corda.

— Temem o quê?

— A profecia. O vírus mortal que os exterminará. Se Telkia tiver sido infectada, eles vão ter muito cuidado ao entrar em contato com todos vocês. Lefório tinha de vir para cá de qualquer maneira, mas ele levou em conta esse risco.

Drima arregalou os olhos cor-de-rosa.

— Mas o que você sabe a respeito do vírus?

Gardênio, Sasima e Horp retrocederam, Yhari tocou de leve no macacão térmico de Morga e, abafando a voz, disse:

— Você e o vírus... você *é* o vírus?

Morga reagiu muito mal e empurrou-o, exclamando entre os dentes:

— O que você está dizendo? O que estão pensando de mim? Eu não estou infectada. O vírus está no ar. No vento. O vírus eclodiu por causa do Mal feito pelos Fhar. Esta é a profecia.

Sasima pegou Morga pela mão.

— Acalme-se, você precisa entender que os níveis de tensão e medo estão elevadíssimos.

Gardênio ajeitou a cartola, fez uma careta chateada, virou-se e, antes de se afastar, recomendou:

— Aconselho vocês a se recolherem às suas casas. Hoje à noite terão de trabalhar.

— Pois é, estamos de plantão nas Poças de Esmerilha, olhem para o monitor — indicou Drima.

Morga abriu caminho entre a multidão, seguida pelos outros.

— Na listagem das Casas consta inclusive a 299. Como é que eles fazem para saber que está ocupada? — indagou Morga.

Sasima fez uma expressão estranha.

— Para não levantar suspeitas, mandei inserir a Casa 299. Você deve ser como os outros Dakis e trabalhar.

Yhari sorriu, Drima baixou os olhos e Gardênio afastou os braços, como para indicar que não era possível cancelar o turno de trabalho.

A jovem maga estava em dificuldades, não sabia realmente o que se fazia nas Poças de Esmerilha. Yhari a tranquilizou:

— Você precisa usar as luvas verdes e enfiar nas Poças os tubos flexíveis ligados às Mecânias Fluantes.

— Mecânias Fluantes? — repetiu Morga.

— São umas máquinas robóticas instaladas sobre o solo. Têm cerca de 4 metros de altura, uma cabeça ovoide com uma grande boca, dentro da qual são enfiados os tubos flexíveis. Rodeando a cabeça, elas sugam o líquido regelante e o processam, tornando-o fervente e límpido. Depois, o líquido passa pelas Conduturas Cobríficas, abastecendo todas as cidades de Emiós. É assim que conseguimos manter nossas casas aquecidas. Quando a estação muda e está fazendo calor demais, o líquido regelante permanece frio e, assim, as moradias ficam frescas. Entendeu?

— Não é difícil — afirmou Morga.

— Você só tem de tomar cuidado com os espirros das poças; o líquido regelante é ácido e pode corroer o macacão térmico e provocar feridas na pele. Alguns Dakis foram atingidos no rosto, mas os Fhar criaram pomadas que curam — acrescentou Drima.

— Eu conheço a pomada, é a Kernite Dênsia. Preparei um pouco justamente hoje de manhã para cuidar dos ferimentos de Wapi. — Morga sorriu vendo os demais permanecerem boquiabertos.

Gardênio levou a mão ao bolso direito do sobretudo, de onde tirou um par de luvas verdes que entregou a Morga.

— Eu tinha esquecido de deixá-las com você. Vista-as somente quando estiver nas Poças.

Horp coçou os cabelos hirsutos como uma esponja ressequida e propôs:

— Ainda faltam várias horas antes de irmos trabalhar; proponho darmos uma volta em Karash.

Drima fez um sinal para que todos se aproximassem: tinha uma coisa importante para dizer e não queria que outros ouvissem.

— Sim, vamos a Karash. Eu conheço uma lojinha que vende livros e quinquilharias. Uma vez, eu vi lá um velho volume que falava sobre lendas. Talvez tenham algo sobre a profecia. Não vai ser difícil pegá-lo; como vocês sabem, os gestores das lojas mudam a cada turno. Se tivermos sorte, talvez encontremos uma Ancilante como eu; não poderá criar dificuldades.

Sasima meneou a cabeça.

— Não, não, parece-me perigoso. Não gostaria que começassem a desconfiar de vocês... e de Morga. Pedir um livro sobre lendas logo neste momento poderia gerar problemas.

Morga deu de ombros.

— Mas ninguém sabe a verdade sobre Telkia e a profecia.

Naquele exato momento, Horp cutucou Drima.

— Olhe quem está chegando.

Era Lumira, com o jeito antipático de sempre. A sua pele estava mais para amarelada do que morena, seus cabelos eram castanhos e ondulados e sua franjinha sebosa cobria-lhe quase totalmente os olhos, pequenos como contas. O único enfeite de Lumira era um broche de bronze em forma de espiral que ela usava espetado sobre o macacão térmico.

A garotinha aproximou-se e, nesse momento, Gardênio e Sasima se afastaram sem dizer nada para não criar suspeitas.

— O que vão fazer? Vão a Karash? — indagou, tocando o seu broche.

— Não sabemos. E você, vai? — perguntou Drima, esperando que ela não insistisse.

Lumira olhou para Morga.

— Eu nunca vi você. Com quem está dividindo a casa?

A jovem maga pigarreou e, mentindo, disse:

— Com uma Daki simpática... mas... que lindo esse seu broche! Tem um formato original — comentou, tentando desviar o assunto.

— Não me faça elogios inúteis. De qualquer maneira, eu não vou trocá-lo pelo pingente horrível do seu colar. Este broche é de estimação. É uma joia que pertenceu a uma belíssima Gestal. Tenho-o desde pequena; é do Mosteiro de Hamalios — Lumira respondeu causticamente, como era o seu jeito.

Yhari passou as mãos pelos cabelos louros e, com ironia, virou-se para Horp:

— Broches, colares, são frivolidades de garotas, tudo besteira. *Este* sim é um objeto realmente precioso e único — esnobou, mostrando um dente preto de Cramos, o animal mais perigoso da Cosmogonia Rochosa.

— Puxa vida! O que será que você deu em troca disso? Não há muitos desses. — Lumira morria de inveja.

— Com efeito, tive de dar por ele dois pares de botas anfíbias e uma pulseira de ouro — retrucou o garoto, exultante.

— Cramos? — repetiu Morga, sem se dar conta.

— Você não sabe o que é um Cramos? Mas onde é que você vive? — Lumira soltou essa pergunta, lançando a Imperfeita em apuros.

— Morga sabe muito bem o que é um Cramos, não se faça de espertinha — interveio Horp bem a tempo.

Lumira afastou a franja dos olhos.

— Morga. Eu nunca ouvi falar em você. — Depois, fez uma careta olhando a jovem maga com desdém, e foi embora.

Lumira não suspeitara de nada. Os quatro amigos respiraram aliviados e decidiram ir para Karash.

Drima, Horp e Yhari voltaram para suas casas para pegar suas Kombas, prometendo para Morga que passariam na casa dela.

A garotinha encaminhou-se para casa; caminhando contra o vento, pensando em como fazer funcionar o ovo voador.

Assim que ela chegou no hall de entrada, ouviu um grito de Wapi, subiu a escada correndo e viu o seu amado Piróssio com a cabeça dentro do armário.

— O que está fazendo? — berrou, perdendo a paciência.

O avestruz virou o pescoço e, pousando os olhos na garotinha, pestanejou e sacudiu as plumas.

— Você está seguramente bem, tendo em vista que está aprontando! O que foi que encontrou dentro do armário? — Morga escancarou as velhas portas e, olhando para baixo, viu que Wapi tinha bicado tanto a madeira do fundo que uma parte estava levantada.

O Piróssio a empurrou para o lado e voltou a meter o bico dentro do buraco, tirando dele uma bota empoeirada.

Morga tomou-a dele.

— É muito velha! Quem sabe de quem foi?

Enfiou a mão no interior e descobriu alguma coisa.

— Uma carta... de... ANIMEA! — exclamou, confusa.

Morga havia encontrado uma bota de sua mãe, que permanecera escondida dentro do armário durante todos esses anos.

— É da minha mãe, ela a escreveu quando era Daki — explicou, desenrolando a folha amarelada.

Enquanto manuseava a página, sentiu alguma coisa cair no chão. Colocou a bota de lado e apanhou um anel de prata finíssimo, enfeitado com uma pequena folha de diamante no centro.

Com o coração repleto de surpresa e alegria, ela beijou o anel e leu as poucas frases contidas na carta:

Colônia Briosa, Casa 299
46º dia do ano 483, Estação Ársica

O calor já está insuportável, embora a estação quente só tenha começado há pouco tempo. Hoje é o meu último dia. Já não sou mais Daki. Completo 18 anos e, a partir de amanhã, vou viver no Mosteiro de Hamalios. Serei Gestal e darei à luz os filhos dos Fhar. Vivi minha juventude com serenidade e trabalhei nas Poças de Esmerilha e nas Minas de Ambrioso. Sei que, agora, a vida me reservará beleza, joias e vestidos preciosos, que poderei pintar e ouvir música como todas as outras Gestais, embora eu já sinta que meu coração ficará triste. Não sei por que a melancolia se mistura com a alegria, mas sinto que na vida eu poderia fazer outras coisas também. Deixo o meu anel de menina nesta casa como lembrança. Espero que a Daki que o encontre tenha um coração bondoso e um futuro esplendoroso.

Animea

Os olhos azuis de Morga ficaram turvos, a emoção era tanta que as pernas lhe tremiam.

Ela sentou-se à mesa ao lado, apertando contra si o anel e a carta. Wapi aproximou-se, esfregando a cabeça em seus cabelos.

— É incrível! Minha mãe era mesmo uma garota muito doce, e posso entender por que meu pai se apaixonou por ela — sussurrou, colocando o anel no dedo. — Não vou tirá-lo nunca. O destino está me trazendo sinais de afeto, e isto só pode me dar a força de que vou precisar.

A garotinha dobrou a carta e decidiu escondê-la no buraco do armário, juntamente com os dois livros mágicos, a *Alchemios Brevis* e o *Plantarium*. Esvaziou a bolsa de viagem e arrumou tudo. Depois, olhou ao redor, apertou o Gual, que continha a chave misteriosa, e, cheirando o ar, deixou que seus pensamentos vagassem como nuvens.

Na Casa 299 o perfume do tempo passado misturou-se ao seu. O amor que ela sentia pela mãe era tão grande que somente seria capaz de demonstrá-lo com o vento mágico. Foram pensamentos profundos, sentimentos verdadeiros e palavras sussurradas enquanto olhava a tempestade de neve pela janela em forma de escotilha. Mas, dessa vez, a solidão que desde sempre acompanhara suas jornadas estava menos pesada. O futuro a aguardava, e nada poderia deter a Imperfeita da profecia.

6

O mapa e as Poças de Esmerilha

Colônia Briosa
Estação Invéria – 7º dia do ano 500
Temperatura: 35 graus abaixo de zero
Lua azul-cinza e lua vermelha diurnas

Duzentas Kombas levantaram voo em direção à cidade de Karash. A guinadas e solavancos, os pequenos meios de transporte penetravam nas densas nuvens repletas de neve que ocultavam o céu. Mal-humorado, Lefório seguia o seu voo com o olhar e esboçava uma careta de prazer por detrás da Kaplá de ferro e gelo sâmico. O Pramago permanecia diante da grande vidraça da cúpula vermelha em que residia e, embora tivesse dificuldade para esconder sua preocupação por Telkia, conseguia sentir satisfação ao observar que a maior parte dos Dakis escolhera passar o tempo nos salões de jogo e nas lojinhas de Karash. Lefório virou-se para as suas duas Sentinelas inseparáveis e disse-lhes à meia-voz, para não ser ouvido pelo grupo de Gestais no fundo da sala:

— Os garotos não desconfiam de nada. Melhor assim; ninguém deve saber a verdade que nos assola.

Naquele momento, os ovos voadores pilotados por Yhari, Horp e Drima chamaram sua atenção pela grande velocidade com que se deslocavam. Então as Kombas pararam e ficaram flutuando a meia altura diante do portão verde-escuro da penúltima casa da Colônia Briosa.

Lefório apurou a vista e focalizou as pupilas adotando uma técnica de alquimia alienante.

— Bem, muito bem, mais garotinhos decidiram se divertir. Mas quem é que mora ali no fundo... naquela casa com a lanterna quebrada? — perguntou à queima-roupa para as Gestais que estavam às suas costas.

Nenhuma respondeu.

— Então? Eu fiz uma pergunta! — exclamou, irritado.

Sasima deu um passo à frente.

— No número 299 mora Morga, 12 anos, futura Gestal. É uma Daki muito séria e respeitosa. — Sasima esperava que o Pramago não fizesse mais perguntas.

E, com efeito, Lefório não quis se deter sobre quem era Morga, porém mandou que a lanterna quebrada fosse consertada o quanto antes, explicando que a iluminação das casas era fundamental para a visibilidade noturna e diurna, tendo em vista o tempo horrível que escurecia o céu.

Sem saber que eram observados pelo Fhar, Yhari, Drima e Horp faziam roncar os motores das Kombas e esperavam que a amiga saísse.

Morga ouviu o barulho, passou o Creme Antalgia, amarrou as botas anfíbias e despediu-se de Wapi, que estava absolutamente infeliz de ter de ficar mais tempo sem sair ao ar livre: ele queria procurar Cilla. Mas a Piróssia de Yhari também ficara em casa devido à tormenta de neve.

A garotinha acariciou o avestruz.

— Meu gingão, eu volto logo.

Wapi dobrou o pescoço para trás e pestanejou, fingindo-se ofendido.

A Maga do Vento lembrou-se de levar o saquinho contendo as pedras preciosas que Sasima lhe levara: usaria as gemas para fazer escambo nas lojinhas de Karash. Desceu, seguida pelo Obolho invisível. Sentia-se segura sabendo que ele permanecia ao seu lado, porque poderia contar com as substâncias alquímicas contidas no pequeno dirigível de cristal em caso de emergência.

Quando chegou perto da porta desengonçada da cozinha, viu sua Komba. Gardênio explicara-lhe muito sumariamente como ligar o estranho velívolo e, por isto, tinha medo de não acertar. Observou o habitáculo interior através do vidro da frente, depois deu uma olhada pelas duas escotilhas laterais e examinou as asas metálicas dobradas. Convenceu-se de que não seria muito difícil pilotar.

Escancarou o portão de casa para dar passagem à Komba, levantou o fecho ecler do macacão térmico até o pescoço e saudou os três amigos que permaneciam nos velívolos, suspensos alguns metros acima do manto de neve. Os três responderam à saudação acenando as mãos atrás das pequenas escotilhas e sinalizaram que se apressasse.

Morga abriu a portinhola e acomodou-se no único assento, vermelho. No painel, havia uma tecla roxa e, do lado, uma alavanca preta. Ela colocou a mão sobre o volante e pressionou o botão com a outra: o motor pegou, fazendo sacolejar a Komba.

Nervosa e emocionada, ela deslizou lentamente a alavanca para a frente, o farol vermelho posicionado sob o vidro dianteiro acendeu-se e o ovo ergueu-se alguns centímetros, avançando para a saída. Mais um toquezinho na alavanca e as asas metálicas se abriram bruscamente, como se fossem acionadas por molas. O velívolo decolou desengonçadamente, partindo diretamente para cima da Komba de Drima. A jovem Ancilante agitou-se e, pela escotilha, acenou para a amiga que devia virar o volante. Ao girar para a esquerda, Morga inadvertidamente baixou a alavanca: o ovo voador colocou-se em posição vertical e partiu como um foguete, atravessando uma nuvem de neve que avançava ameaçadoramente.

Lefório ficou curioso dessa manobra arriscada.

— Aquela Daki... Morga... não sabe pilotar muito bem. Parece-me bastante imprudente.

Algumas Gestais resmungaram simplesmente, mas Sasima ficou muito séria. Morga acabara de despertar o interesse do Fhar, e isso não era absolutamente positivo.

Imersa na luz de chumbo da tormenta de gelo, a Maga do Vento arregalava os olhos e, maravilhada, observava pelo vidro da Komba os vórtices de neve que se agitavam, dispersando-se em mil aglomerados de cristais. Os fracos raios do sol filtravam-se entre as nuvens, ao passo que os das duas luas se entrecruzavam, criando raios azuis e vermelhos.

A viagem para Karash iniciara-se de forma turbulenta mas, a despeito da imperícia, Morga conseguiu manter a direção de voo correta. Em poucos segundos, os outros três velívolos a alcançaram e, juntos, subiram acima do amontoado de nuvens, onde o céu estava limpo. Haviam chegado à altura máxima que os ovos voadores aguentavam voar. Rever o horizonte, as duas luas e o sol foi uma sensação de liberdade, um claro sinal de que, além das trevas do Mal que cercava Emiós, existia uma serenidade que se podia respirar a plenos pulmões.

Apesar de seu coração estar repleto de ansiedade em relação ao futuro, Morga sentiu-se feliz. Olhou novamente para o anel de sua mãe: a pequena folha de diamante brilhava, e seu pensamento voou ao Mosteiro de Hamalios, onde Animea vivia sem poder amar.

— Você vai ter uma surpresa quando eu voltar a abraçá-la: vou lhe mostrar o anel da sua juventude. Agora, sou eu que tenho de enfrentar a vida e vou fazê-lo com você ao meu lado. Nada será como antes. — A garotinha não tirava os olhos do horizonte e voava sentindo-se forte e segura.

Yhari iniciou a descida, e Horp e Drima seguiram-no. Morga posicionou-se logo atrás e, quando viu os telhados das construções coloridíssimas de Karash, não conseguiu conter um sorriso.

As ruas e praças eram iluminadas por centenas de lampiões; os letreiros das lojas e das salas de jogos ostentavam todas as cores do arco-íris. A cidade da diversão parecia-lhe um sonho, a despeito da intensa nevasca.

Numerosas Kombas já estavam alinhadas no grande estacionamento ao lado de uma área arborizada, e grupos de Dakis caminhavam rapidamente para os locais de diversão de Karash.

Os três amigos aterrissaram sem problema; Morga deu duas voltas antes de levantar a alavanca e descer ziguezagueando. O ovo voador tocou o solo arrastando-se, as asas dobraram-se automaticamente e, por fim, o veículo parou. A garotinha apertou o botão para desligar o motor. Evidentemente satisfeita consigo, abriu a porta, e Yhari foi logo ao seu encontro, parabenizando-a:

— Muito bem. Em se tratando do seu primeiro voo, você se saiu bem.

Os quatro jovens marcharam em direção ao centro da cidade com os capuchos negros puxados sobre os olhos. Drima indicou uma ruazinha.

— A loja da qual eu estava falando fica ali no fundo.

Morga sentia-se atraída pelas músicas que provinham dos estabelecimentos próximos, apinhados de garotos e garotas. Alguns jogavam em máquinas cintilantes que simulavam lutas com animais ferozes, algumas Ancilantes dançavam graciosamente, outras bebiam enormes copos de sucos de frutas e algumas Dakis, seguramente futuras Gestais, embelezavam-se com pós e perfumes. No fundo da ruazinha, depois de dois armazéns de roupas e calçados gerenciados por U'ndários, via-se uma chama que ardia dentro de uma esfera de vidro azul. O letreiro não estava iluminado como os outros, mas Morga conseguiu discerni-lo logo e ficou fascinada pelos dizeres gravados numa placa de cobre: ANTIGUIDADES E JOIAS RARAS.

Acuados pelo frio, entraram e, assim que a porta voltou a se fechar, um sininho tocou. Uma Ancilante bastante alta e muito magra saiu do aposento contíguo à loja. Assim que viu Drima, sorriu.

— Oi, que bom rever você. E você até trouxe os seus amigos — saudou-a aproximando-se do balcão de madeira.

Os garotinhos cumprimentaram-na tirando os capuchos, e a Ancilante os fitou com seus olhos cor-de-rosa transparentes.

— Bem-vindos, eu sou Pliope e tenho 40 anos. Gerencio esta loja alternadamente com uma Gestal que vai chegar daqui a alguns dias. Fiquem à vontade para olhar, tenho certeza de que vão encontrar coisas interessantes.

Yhari e Horp, que nunca haviam estado naquela loja, dirigiram-se para uma grande cesta repleta de peças sobressalentes de velhas Kombas. Drima permaneceu encantada diante das pequenas vitrines reluzentes de anéis, broches, colares e pingentes. Morga, porém, logo perguntou a Pliope se havia livros antigos.

— Livros? Tenho poucos e estão cheios de pó. Não têm muita saída; de qualquer jeito, naquele canto há uma arca; talvez você encontre nela o que procura — indicou Pliope.

Drima desviou os olhos das joias e seguiu Morga.

Ao abrirem a arca, as duas garotas viram-se diante de uma montanha de papéis amarelados provenientes das Fábricas Côncavas, que datavam de pelo menos duzentos anos. Afundando as mãos entre as folhas, elas tentaram chegar ao fundo da caixa. Drima repetia incessantemente que vira pelo menos alguns livros sobre lendas. Morga descobriu documentos do Mosteiro de Hamalios contendo receitas de beleza e alguns pergaminhos da cidade de Mantrakor em que se elogiavam algumas Gestais pela sua excelência no cultivo de flores. Por fim, a jovem maga achou dois livrinhos do ano 320: tratava-se dos manuais para as competições dos pratinhos de Ômbria. Folheou-os, divertida: havia desenhos e fotos que mostravam os Dakis durante as competições dos grandes cogumelos venenosos.

— Você também participou da competição? — perguntou a Drima.

— Claro, mas eu jamais ganhei. É preciso saber usar as correntes de vento para voar com os pratinhos, e eu não sou muito boa nisso — respondeu a jovem Ancilante.

— Correntes de vento? Bem... então eu não vou ter problemas quando for competir. — Comentou em voz baixa.

Drima semicerrou os olhos e sorriu.

— Pois é, você é a Maga do Vento, ninguém pode ser melhor que você. *O vento sopra e muda as coisas, até as pedras tornam-se rosas.*

Morga sorriu.

— Você decorou a estrofe de minha poesia?

Drima baixou a cabeça.

— Sim, é muito bonita. E essa frase me tocou o coração.

Os olhos de Drima eram cor-de-rosa, sua voz, suave, a cabeça, calva, e o aspecto, meigo e frágil... mas a Daki Ancilante havia pronunciado a palavra "coração", e Morga compreendeu que os sentimentos eram uma arma poderosa contra os Fhar. Ela pensou que a magia do vento derrotaria a nulidade árida dos espíritos que queriam se tornar imortais. A profecia não podia estar enganada.

Voltou a revistar o conteúdo da arca enquanto sua mente vagava, lembrando-se do período de solidão passado junto aos galhos nodosos da grande Quercus Alba. No meio da papelada, entreviu alguns livros. Pegou um de capa cinza, cujo título estava parcialmente coberto por uma mancha preta. A única letra que se podia ler nitidamente era a primeira: um T.

Ela abriu as primeiras páginas, observou que nem sequer constava a data da publicação e percebeu que muitas páginas tinham sido arrancadas, e outras apresentavam sinais evidentes de que haviam sido queimadas.

Instintivamente, cheirou o livro e, por uma fração de segundo, sentiu-se projetada dentro de um vazio sem fim. A loja foi atravessada por uma brisa repentina, que Pliope atribuiu às frestas existentes em volta da porta.

O cheiro que emanava das páginas era intenso, e Morga fechou os olhos e viu, em sequência, uma série de imagens insólitas: pradarias verdes, estranhos animais que voavam, cidades abandonadas e recobertas de vegetação, montanhas altíssimas e uma grande extensão de água turquesa.

— Terra! — exclamou, sem se dar conta.

Pliope virou-se para a garotinha, Drima permaneceu imóvel segurando algumas folhas, Yhari e Horp largaram bruscamente duas alavancas e algumas porcas que haviam encontrado na cesta.

— O que você disse? — perguntou Pliope, franzindo o nariz.

Morga mordeu os lábios e, constrangida, respondeu:

— Nada, eu estava lendo este livro, que trata de uma... lenda.

— Ah, lendas. Sim, pois é, vocês garotinhos andam loucos por histórias fantásticas. — A Ancilante sacudiu a cabeça e começou a tirar o pó dos pequenos objetos expostos na estante atrás do balcão.

Drima ficou boquiaberta, Yhari e Horp aproximaram-se das garotas com o semblante sério.

— Você encontrou o livro certo? — Yhari estava ansioso por saber.

Morga abriu o volume e folheou as páginas: as imagens mostravam paisagens nunca vistas em Emiós, mas era difícil decifrar as legendas por causa das manchas e das queimaduras.

— Que raios de imagens são essas?! Não são Esfavilas! Parecem as que temos o costume de ver aqui em Emiós, nos quadros de avisos ou penduradas nas paredes... Mas como foram feitas? — Drima estava ficando cada vez mais curiosa.

— Estas não são Esfavilas; mostram lugares verdadeiros. Locais que não fazem parte de uma lenda. O planeta Terra existe realmente:

era a isto que eu me referia hoje de manhã, mas Sasima não permitiu que eu o revelasse logo a vocês — sussurrou Morga.

— Terra? — repetiram em coro os demais.

Naquele instante, o sininho da loja tocou, e Lumira entrou. Ela estava acompanhada de Reful, um Daki de 15 anos de pele amarelada, cabelos curtos e escuros e olhos amendoados. Reful era conhecido entre os garotos pela sua arrogância e prepotência. Ele ganhara cinco vezes consecutivas a competição dos pratinhos e por isso alimentava forte antipatia por Horp, que lhe arrancara a última vitória.

A palavra "Terra" ecoou novamente e, dessa vez, Pliope franziu a testa. Entretanto, não chegou a interferir, porque Lumira começou a falar primeiro:

— Vocês encontraram algum tesouro secreto? Ou um saquinho de terra fedorenta?

A risada histérica da antipática Daki fez Morga compreender que Lumira não tinha a menor ideia do que significava a palavra "Terra".

Drima reagiu com a calma que lhe era costumeira:

— Estamos somente matando o tempo olhando velhos objetos. Nada de importante.

Reful baixou o fecho ecler do macacão térmico até o meio do peito e, marrento, postou-se diante de Horp.

— Você está procurando um cérebro sobressalente? — provocou-o.

Horp teve a tentação de lhe desferir um empurrão, mas Yhari o deteve. Reful escrutinou Morga da cabeça aos pés e perguntou, estalando os dedos:

— Eu nunca vi você. Que sardas roxas estranhas tem no rosto... Você vai ser Gestal?

A garotinha anuiu e olhou para Yhari, constrangida.

— Você não fala? — insistiu Reful.

— Se ela não o faz é porque não quer. Sai fora, queremos ficar em paz pelo menos aqui.

A resposta imediata de Yhari provocou uma risada escandalosa por parte de Lumira.

Drima, compreendendo que a situação podia degenerar, pegou Lumira pela mão e a arrastou para uma pequena vitrine repleta de anéis muito antigos.

— Não há nenhum que lhe agrade?

Morga apertou o velho livro no peito e não se moveu nem um milímetro.

Lumira afastou a franjinha sebenta dos olhos e reparou no anel com a folha de diamante.

— Morga, hoje de manhã cedo você não estava com ele! Lembro-me perfeitamente desse seu pingente horroroso, mas não do anel! Você o comprou aqui?

Pliope ficou curiosa e aproximou-se de Morga, que abraçava o livro como se fosse uma criança que necessitasse de proteção.

— Bonito, realmente bonito esse anel... Tenho a sensação de já tê-lo visto — comentou a Ancilante, tocando nos dedos de Morga.

— Impossível — replicou a Maga do Vento, retirando a mão.

— E então? Onde foi que você o conseguiu? Em que loja de Karash? — inquiriu Lumira, desconfiada.

Morga não sabia o que dizer. Não conhecia nenhuma loja!

Pliope mostrou-se interessada na joia.

— Se você quiser, posso trocá-lo por esse grosso livro que você encontrou.

A jovem Imperfeita meneou a cabeça.

— Não. Não posso...

— Não pode? E por quê? — indagou Lumira.

O grupo de Dakis aguardava a resposta de Morga, que pousou o livro sobre a arca e tirou do bolso do macacão térmico o saquinho cheio de pedras preciosas.

— Eu prefiro trocar por uma destas gemas.

Lumira arregalou os olhos diante do punhado de riqueza.

— Como é que você conseguiu tantas pedras preciosas? Mas... quem é você?

Pliope fechou a cara: era a primeira vez que via uma Daki com tantas pedras e brilhantes. Aproximou-se de Morga e pegou algumas do saquinho.

— Seguramente, elas provêm do Mosteiro de Hamalios. Foi uma Gestal que deu para você? E em troca de quê?

A jovem Imperfeita defendeu-se da saraivada de perguntas reagindo impulsivamente.

— Mas o que há de estranho? Eu só quero este livro. Tenho as pedras e não desejo me desfazer do anel, nem desta esfera de cobre — afirmou, empunhando o Gual.

A porta da loja escancarou-se de repente e uma onda de neve entrou, espalhando-se sobre o piso. Horp precipitou-se para fechá-la e olhou para Morga, que fitava fixamente Lumira. Pliope estremeceu e, observando o Gual que pendia no peito da garotinha, retrocedeu como se uma antiga força lhe impusesse respeito por aquela Daki de sardas roxas.

— Está bem, Morga, aceito um pequeno brilhante em troca do livro e de mais alguns desses papéis — concordou a Ancilante magérrima, voltando para trás do balcão.

Lumira, entretanto, não queria deixar por menos e agarrou o Gual provocadoramente.

Morga empurrou-a.

— Nunca mais se atreva a encostar no meu pingente ou vai se arrepender amargamente.

Reful deu um passo adiante para defender a amiga, e Yhari segurou-o pelo braço.

— Fique calmo. Deixe estar.

O vento voltou, introduziu-se pelas frestas na vitrine da loja e despenteou Lumira e Pliope. Morga trincou os dentes com uma careta de raiva, pois teria gostado de invocar uma de suas magias, mas sabia que seria um erro grave. Se a antipática Daki tivesse puxado a ponta de prata, o Obolho teria aparecido e o segredo de Morga teria sido revelado em um segundo. A jovem maga reparou que uma leve lufada de vapor emanava do pequeno dirigível invisível e rezou com todas as suas forças para que os dois garotinhos prepotentes fossem embora o mais rápido possível.

E assim aconteceu.

Reful pegou Lumira pela mão e a arrastou para fora da loja.

— Vamos embora, esta companhia não me agrada nem um pouco. De qualquer maneira, hoje à noite vamos nos divertir nas Poças de Esmerilha.

Lumira passou os dedos sobre o broche em forma de espiral e, erguendo a cabeça, seguiu o amigo.

— Sim, a diversão está garantida. Não passam de uns crianções que fazem os outros perderem tempo. Ademais, esta loja não tem nada de interessante.

Assim que a porta tornou a se fechar Morga pousou um pequeno brilhante sobre o balcão, e Pliope, que ficara ofendida com Lumira, alegrou-se imediatamente observando com interesse a pedra preciosa.

Morga voltou para a arca e pegou o livro, pois agora ele era seu. Das páginas caiu um papel verde dobrado diversas vezes. Drima apanhou-o e, mais curiosa do que nunca, abriu-o. Tratava-se de um mapa de Emiós. Era um documento especial em que estava desenhada a rede subterrânea das Conduturas Cobríficas, que interligava todas as cidades.

Embaixo, à direita, havia uma data: Ano 10.

— É um mapa antiquíssimo — exclamou a jovem Ancilante.

Horp e Yhari apressaram-se para olhar. O desenho mostrava perfeitamente as várias galerias de Emiós, em que passavam os grossos dutos por onde escoava o líquido gasoso. Era uma estrutura gigantesca inventada pelos Fhar para possibilitar o aquecimento e resfriamento das casas e das suas próprias torres.

— Eles executaram o projeto dos dutos dez anos depois de sua chegada a Emiós! — As mãos de Morga tremiam só com o pensamento de que, 490 anos antes, o seu próprio pai também havia contribuído para a construção do louco império dos Fhar.

Os três Dakis escutavam sem compreender efetivamente o que de fato dizia a amiga de sardas roxas.

— Seguindo as Conduturas Cobríficas, pode-se chegar a Áurea Nyos sem que ninguém perceba! — A Imperfeita sorriu com o mero pensamento de poder chegar à cidade das cem torres secretamente.

— Você quer ir à cidade dos Fhar? Você enlouqueceu? — censurou-a Yhari, observando-a com preocupação.

— Fiquem quietos, este não é o lugar adequado para falar de certas coisas. Vamos voltar para a Colônia Briosa, e lá eu explicarei a importância deste livro e do mapa. — Morga encaminhou-se para a porta e despediu-se de Pliope, que estava tão absorvida admirando o brilhante que não acompanhara a conversa dos garotos.

Os quatro amigos correram, afundando as botas anfíbias na neve que cobria as ruas de Karash. Já eram três da tarde e o céu estava ficando cada vez mais cinzento. Os estabelecimentos estavam apinhados de Dakis. Lumira e Reful haviam ido comer num pequeno restaurante que servia sanduíches com ervas aromáticas. Da vitrine iluminada viram Morga e seus amigos correrem para o estacionamento. As suspeitas em torno de quem era Morga multiplicavam-se, inclusive porque ela levara um livro velho e chamuscado em troca de uma gema preciosa.

O voo de regresso foi bastante turbulento, as Kombas sacolejavam com as rajadas de vento e de neve. Os Dakis dispunham de apenas três horas para conversarem antes de terem de ir às Poças, e as perguntas que queriam fazer a Morga eram muitíssimas.

Os ovos voadores aterrissaram diante da Casa 299 e os garotinhos subiram à água-furtada, sem imaginar que as Kombas estacionadas do lado de fora seriam notadas por quem não devia. Com efeito, Lefório ainda estava diante da vidraça do apartamento central da colônia e, mais uma vez, ficou curioso com o comportamento do grupinho.

Wapi soltou um grasnado poderoso assim que viu Morga chegar, e cuspiu uma chama roxa que deixou uma marca escura no assoalho de madeira.

— Calma, calma. Eu sei que você quer sair, mas com o mau tempo não é possível — disse a garotinha afagando as plumas alvíssimas do avestruz, que realmente não aceitava permanecer segregado naquela água-furtada tão reduzida.

Drima colocou um punhado de Equisetum Arvense ao lado da lareira, e Wapi, pestanejando muito, comeu resmungando.

Sentados no chão ao lado do fogo, abriram o livro e estenderam o mapa. Morga mexia no anel e, com semblante abatido, comentou:

— Era da minha mãe. Eu o encontrei dentro do armário e nunca vou me separar dele. Estou dizendo isto para vocês porque esta joia representa a vida de Daki de minha mãe e eu quero devolvê-lo para ela. A vida dela, assim como a de todos os demais, foi marcada pela Imperalei. Quero um mundo diferente. Um mundo onde a liberdade venha antes de qualquer outra coisa.

Horp acenou a cabeça positivamente, Drima esfregou os olhos e Yhari pegou as mãos de Morga, sussurrando:

— Você sempre faz discursos importantes. É difícil imaginar poder conhecer nossa própria mãe. Eu nunca senti necessidade de saber quem ela era. É verdade que a Imperalei proíbe essas coisas, mas deve ser legal olhar nos olhos de quem nos deu a vida.

Drima comoveu-se e Horp tossiu nervosamente; eles também pensaram em encontrar suas próprias mães um dia.

Morga suspirou; os seus amigos precisavam saber e passar por muita coisa ainda. Ela apontou para o livro e o mapa, e trouxe o assunto que lhe era tão caro ao centro de suas atenções.

As imagens e descrições da Terra encantaram os Dakis, que nunca haviam visto florestas tão ricas de flores e árvores. Havia mares azuis e peixes coloridos, montanhas iluminadas por um único sol resplandecente. No entanto, o livro não continha nenhuma imagem dos seres humanos. A natureza era a única protagonista daquelas páginas.

— Este é o planeta das nossas origens — ensinava a Maga do Vento, acariciando as palavras chamuscadas e as fotos desbotadas.

— Ninguém nunca nos falou sobre a Terra. — Drima olhava para Horp, que parecia hipnotizado.

— Como é que a gente faz para saber que não se trata de uma lenda e que este livro não é um produto da fantasia? — perguntou Yhari.

— Vocês devem acreditar. A exemplo da Profecia, da qual eu estou lhes dando provas de que é verdadeira, também a história da Terra é real. — Morga puxou a ponta de prata do Gual e o Obolho apareceu. Pegou os documentos secretos e, hesitantemente, deixou que os amigos os lessem.

Yhari ficou particularmente chocado com o Pacto dos Fhar, pois não se conformava com a morte preestabelecida aos 50 anos de idade.

— Mas como é possível? É verdade que os Fhar nos fazem morrer quando ultrapassamos essa idade?

Drima e Horp aproximaram-se um contra o outro e, olhando para Morga, perguntaram se ela já estivera na ilha Límbica, no oceano Orhanto.

— Não, eu só a via de longe quando ficava no topo da Quercus Alba. É aterrador pensar que, durante todos esses séculos, os Fhar tenham usado os U'ndários, as Gestais e Ancilantes unicamente para sua própria sobrevivência. A procura pela imortalidade é feita à custa de todos os demais. Eles são monstros, não Mestres de Vida. — Morga apertou os punhos e sentiu o sangue correr violentamente em suas veias. O instinto, o intuito e o seu DNA humano diziam-lhe que era preciso agir o quanto antes para derrotar os Fhar e recuperar a liberdade de viver segundo a natureza.

— Tenho medo — admitiu Drima baixinho.

— Se ficarmos unidos, derrotaremos o medo. Eu vou usar as minhas artes mágicas e o vento não me trairá. — Morga abraçou a jovem Ancilante, e Drima compreendeu que a amizade era mesmo um sentimento poderoso.

Tão poderoso quanto o ódio aos Fhar.

Morga levantou-se do chão, abriu o armário e pegou a *Alchemios Brevis* e o *Plantarium*.

— Olhem, estas páginas reúnem toda a magia a ser usada. São coisas secretas que Eremia me ensinou.

Os três Dakis ficaram estupefatos com os Ambalis, os símbolos sagrados dos Fhar e as fórmulas alquímicas.

Morga, muito ereta e ainda de pé, alisava o Obolho.

— Eu confio em vocês. Não me traiam. Caso o façam, saibam que serão cúmplices dos Fhar e da morte absurda do povo de Emiós.

Um assovio rouco irrompeu no silêncio impregnado de ansiedade. Chegara uma mensagem de Eremia.

Morga abriu a quarta portinhola, extraiu o Ciodalo e leu as palavras fluorescentes:

Morga, sei que você mora na Casa 299, que foi de Animea. O destino está apontando a via correta para você.
Confie sempre em sua intuição e escute o vento.
Eu cheguei a Áurea Nyos e tive de usar o Transporte Pulverizador, embora tenha aversão a ele. O que preciso comunicar a você é muito importante: o vírus atingiu diversos Fhar. Telkia é quem está em piores condições. A situação é dramática e logo vou me encontrar com seu pai. Okrad anunciou o início do Conciliábulo e amanhã estaremos todos reunidos para decidir

o que fazer. Você precisa vir para cá o quanto antes. Faça isto secretamente. Você representa a esperança de mudança. Assim que chegar a Áurea Nyos, mande-me uma mensagem e eu lhe direi onde poderemos nos encontrar. Tome muito cuidado com as Sentinelas, elas estão prontas para tomar medidas contra qualquer pessoa que entre nas torres dos Fhar.

Eremia

Drima, Horp e Yhari saltaram de pé. Morga guardou o Ciodalo no Obolho, empurrou a ponta do Gual para dentro e o pequeno dirigível desapareceu no meio do vapor.

Yhari pegou Morga pelos ombros e sacudiu-a.

— Você irá à cidade dos Fhar?!

— Sim. Devo fazê-lo. A profecia está seguindo o seu curso: Telkia vai morrer logo e, junto com ela, outros Fhar vão perder a vida. Eremia precisa de mim, e eu devo conversar com meu pai. — A Maga do Vento desprendeu-se das mãos de Yhari, que a apertavam demais. Afastou o cabelo do rosto e aproximou-se de Wapi.

— Você está louca! As Sentinelas vão matá-la. E, depois, o que vai fazer em Áurea Nyos? Os Fhar são poderosos demais. — Horp estava angustiado.

— Irei com Wapi, chegarei até a cascata do rio Hamandor e seguirei cortando pela floresta. As feras da Cosmogonia Rochosa não me assustarão. — O olhar de Morga tornara-se altivo.

Drima dobrou o mapa das Conduturas Cobríficas.

— Acho que seria melhor seguir os dutos subterrâneos, assim você evitaria muitos perigos. — A jovem Ancilante baixou a cabeça e aguardou timidamente a resposta de Morga.

— Você tem razão, Drima. Ninguém poderá me ver se eu atravessar pelos subterrâneos de Emiós.

Yhari olhou pela janela; a luz plúmbea que provinha do céu nublado estava enfraquecendo. A noite chegava e, com ela, a escuridão.

— Você não irá sozinha. Nós iremos com você — falou, envolvendo também os dois amigos.

— Sim, agora já somos uma coisa só. Somos quatro, e não nos separaremos nunca mais. — Horp sorriu mostrando os seus dentes alvíssimos.

O Daki passou as mãos escuras pelo cabelo de Morga, que o abraçou. Foi um abraço forte, do qual também Drima e Yhari participaram. Juntos, unidos pela amizade, os Dakis juraram fidelidade à Maga do Vento.

A sirene da Colônia tocou três vezes, sinal de que faltava pouco para o começo do turno nas Poças de Esmerilha.

— Precisamos ir, senão Lefório vai se zangar — exortou Yhari.

— Vou levar o mapa e os livros, deixarei a bolsa de viagem dentro da Komba e, esta noite, depois do fim do turno, entraremos pelos subterrâneos.

Morga aprontava-se para arrumar as coisas na bolsa de viagem quando o seu olhar cruzou com os grandes olhos de Wapi, que a fitava desesperado. O Piróssio não queria ficar para trás naquela água-furtada.

— Você quer levá-lo também? Mas ele nunca vai caber na Komba. — Horp tinha razão.

Mas Morga não podia abrir mão do seu querido avestruz.

— Os Piróssios nos serão úteis. Quando desembocarmos em Áurea Nyos, se as Sentinelas nos descobrirem, teremos de fugir... e não vejo como poderemos fazer isso a pé — retrucou Morga, passando a mão sobre o grande corpo plumoso de Wapi.

— Então, está bem. Agora, nós vamos pegar os nossos Piróssios, mas eles não podem ir até as Poças porque é proibido — acrescentou Yhari.

— Seremos obrigados a pedir a Gardênio para que nos deixe chegar perto das Poças e escondê-los no bosquezinho. Quando Lefório e todos os outros tiverem ido, poderemos entrar nas galerias junto com os Piróssios. — Drima tivera outra excelente ideia.

— Muito bem. Pelo mapa, vejo que as galerias são bastante largas; não encontraremos obstáculos pelos quais nossos amigos plumosos não possam passar. — Morga estava convencida de que tudo podia se desenrolar da melhor maneira possível.

Horp se propôs a procurar Gardênio e convencê-lo a ajudá-los nesse empreendimento.

Quando os quatro garotos saíram da casa, numerosas Kombas já voavam rumo às Poças de Esmerilha e alguns U'ndários caminhavam velozes fincando os Corcundosos no gelo, que, além disso, carregavam uma chama acesa no topo para iluminar o caminho. Gardênio ficara para trás.

Morga subiu na sua Komba levando a bolsa de viagem e as luvas verdes que o U'ndário lhe dera. Yhari e Drima também saltaram nos seus ovos voadores, esperando que Lefório e suas Sentinelas não tivessem percebido nada. Levantaram voo fazendo zumbir os motores e deixaram Horp procurar Gardênio para conversar com ele.

As asas mecânicas das Kombas cortavam as densas nuvens cinza e pretas. Conforme Lefório previra, a tempestade de neve havia amainado, embora o gelo picasse a pele como alfinetes. Todas as lanternas da Colônia Briosa estavam acesas e a escuridão, prestes a cair.

Os ovos voadores dos Dakis atravessavam o céu estriado e pesado com os faróis vermelhos apontando a rota certa. A zona das Poças já estava iluminada por enormes lampiões e por fileiras de lâmpadas azuladas. Do alto podiam-se ver as duzentas gigantescas Mecânias Fluantes prontas para sugar o Masmi, o líquido regelante.

As cabeças ovoides dos robôs moviam-se aos pulinhos, giravam à direita, à esquerda e depois para baixo e para cima, segurando em sua boca metálica os longos tubos cobertos de um lodo viscoso que se formava quando eram mergulhados no líquido gasoso. Lefório distribuía ordens precisas para que tudo funcionasse sem problema: era de suma importância que os mecanismos fossem regulados impecavelmente. As Poças de Esmerilha borbulhavam e os gases formavam vapores nauseabundos que impregnavam o ar. Alguns U'ndários assinalaram que a temperatura do líquido verde estava normal: 90 graus negativos. O Masmi era uma substância de Esmerilha gelada que, entretanto, não se cristalizava graças aos gases que produzia. A tarefa das Mecânias Fluantes era sugar o líquido através dos tubos flexíveis e modificar sua temperatura. Na estação Invéria, o procedimento permitia aumentar a temperatura do Masmi em muitos graus, de 90 graus negativos a 30 graus positivos. Isso permitia que todas as casas e todos os prédios de Emiós mantivessem uma atmosfera habitável mesmo quando geava do lado de fora. Inversamente, na estação Ársica, quando todo o planeta se tornava fervente — tanto que a temperatura chegava acima dos 50 graus positivos —, as Mecânias conseguiam modificar a temperatura do Masmi, levando-o a 25 graus, o que fazia com que a vida pudesse transcorrer normalmente nos apartamentos.

Lefório indicava aos U'ndários os tubos que precisavam de conserto por terem sido envolvidos por algumas estalactites, fato que podia se transformar num problema, já que as Mecânias iniciavam o trabalho a todo vapor.

A tarefa dos duzentos Dakis de plantão era manter os tubos parados, mergulhados nas Poças, e facilitar a passagem correta do líquido até a boca das Mecânias, que, depois de completarem o ciclo e corrigirem a temperatura, faziam circular o Masmi nas Conduturas Cobríficas que passavam pelo subsolo.

Dez Dakis trabalhavam em cada Poça, e cada um tinha a tarefa de jamais tirar o olho da rede de tubos, procurando não ser atingido por espirros de líquido regelante, que podia provocar lesões gravíssimas na pele.

Como uma verdadeira força de diligentes trabalhadores, os grupos de Dakis dirigiram suas Kombas para as Poças, aterrissando longe das bordas das grandes cubas onde os U'ndários os aguardavam.

Morga seguia o voo dos seus amigos e aterrissou sem problema.

— Estamos de plantão na Poça 4, está vendo? É lá no fundo — indicou Yhari, colocando as luvas verdes.

— Pois é, é justamente a 4! Lefório está lá junto com suas Sentinelas e alguns U'ndários, supervisionando os trabalhos — esclareceu Horp, que se unira a eles depois de ter conversado com Gardênio.

A Maga do Vento enfiou a cordinha preta na qual o Gual estava pendurado para dentro do macacão e tornou a subir o fecho ecler: o seu medo de perder a esfera mágica de cobre dentro de um tanque de Masmi era grande demais para arriscar.

Outros seis Dakis já estavam prontos nas bordas da Poça 4 e as duas Sentinelas de Lefório pairavam sobre o solo nevado, observando que tudo estivesse pronto para poder começar.

— Vamos trabalhar com aqueles garotos? — perguntou Morga, pondo as luvas.

— Sim, dez Dakis estão escalados para cada Poça. Mas não se preocupe, fique ao meu lado e faça o que eu estiver fazendo. Não há como errar — respondeu Yhari, cobrindo a cabeça com o capucho do macacão.

— Mas vocês viram quem está ali? — Horp estremeceu.

Drima levantou os olhos cor-de-rosa e, abrindo os braços, lamentou:

— Lumira e Reful. Era evidente que eles estariam ali. Ela mora comigo, e nossa casa está entre as que foram escolhidas para os turnos desta noite. O mesmo se aplica a Reful, que também foi selecionado.

Assim que os quatro amigos chegaram, um U'ndário aproximou-se e verificou os seus nomes e o número das casas para marcar a presença na folha de serviço.

Lumira não perdeu tempo.

— Eis a rica Daki no trabalho. Você já leu o livro que pegou na lojinha?

Morga fulminou-a com o olhar.

— Aposto que você nem sequer sabe ler.

— Você quer brigar? — retrucou a antipática Daki agitando as mãos com as grossas luvas verdes.

Uma criatura de fumaça apareceu, assustando as duas garotinhas, que baixaram a cabeça e se calaram.

Quando Lefório levantou o braço esquerdo, os U'ndários anunciaram o início dos trabalhos, gritando:

— Inserir tubos. Proceder rapidamente.

As cabeças ovoides das Mecânias Fluantes começaram a girar, e os Dakis seguraram os tubos firmemente mergulhados nas poças. Morga observava aquele monstruoso robô de 4 metros de altura. Da sua boca metálica desciam numerosos tubos flexíveis, que pareciam braços desarticulados. O cheiro acre e ácido que emanava do Masmi era insuportável e chegava a provocar ânsia de vômito e, de vez em quando, algum garotinho afastava-se para respirar e oxigenar os pulmões.

Yhari deslocou o primeiro tubo, afundando-o ainda mais dentro da Poça para tentar fazer confluir o máximo de líquido possível. A Mecânia começou a sugar, enchendo o reservatório localizado dentro de sua cabeça ovoide.

Os demais Dakis fizeram o mesmo. Morga agarrou o tubo diante de si e, ao ver o líquido lodoso, sentiu ânsia de vômito. Yhari exortou-a a suportar o mau cheiro pelo menos por alguns minutos.

O chiado que a Mecânia produzia lhe dava calafrios, mas a Maga do Vento mobilizou forças. Segurava o tubo apertado, mas, não estando acostumada a usar luvas tão grossas, se atrapalhava. O tubo escorregou-lhe das mãos duas vezes. Lefório percebeu e fez sinal para que as Sentinelas se aproximassem da garotinha.

Morga sentiu-as atrás de si e ficou agitada. Yhari lançou-lhe um olhar de cumplicidade e a garotinha voltou a pegar o tubo e, finalmente, conseguiu empurrá-lo para baixo, enquanto o líquido borbulhava diante dela. Devido à precipitação, moveu a cabeça para a frente, e um espirro de líquido lodoso passou perto dos seus cabelos.

Uma das Sentinelas se postou ao seu lado. Morga não conseguiu olhar para ela: era horrível. Sentiu suas mãos vaporosas pegarem-na pelos ombros e afastarem-na para trás alguns passos. A garotinha virou-se e, corajosamente, fitou os olhos verdes e luminosos que sobressaíam no rosto de fumaça daquele ser inventado pelos Fhar.

A criatura jogou a cabeça para trás, e o capucho que a cobria deslizou, mostrando a forma vaporosa de sua fronte. Suspensa do chão, ela retornou para o lado de Lefório.

O olhar de Morga chamara a atenção.

O Fhar quis ver a garotinha de perto e aproximou-se com passo majestoso. A Maga do Vento prendeu a respiração, Yhari resmungou alguma coisa incompreensível, enquanto Drima e Horp rezavam para que nada de grave acontecesse.

Lumira e Reful riam de soslaio enquanto seguravam os tubos cheios de líquido.

— Casa 299. Você é Morga, certo? — A voz de Lefório parecia uma espada fervente introduzida na mente da garotinha.

— Sim... meu Senhor. Este é o meu nome — respondeu a jovem sem levantar a cabeça.

— Você não está bem? — perguntou o Fhar, ajeitando o chapéu cilíndrico.

— Eu estou muito bem. — Morga estava cada vez mais nervosa; temia ter sido descoberta.

— Vi que você pilota mal sua Komba e agora nem sabe segurar os tubos da maneira correta. Por quê? — Lefório ajeitou a Kaplá e esperou.

— Talvez... seja devido ao mau tempo. Não gosto de neve nem de frio. — A explicação não foi muito convincente.

— Você já deveria estar acostumada. Decerto, não é a primeira vez que trabalha com uma tormenta de neve — insistiu o Fhar, agasalhando-se na sua capa.

— Eu estou um pouco cansada, mas agora não vou errar mais. — Morga bem que teria gostado de se virar e confessar todo o ódio que tinha por ele e pela sua maldita raça, que queria se tornar imortal. Contudo, deteve-se, sentiu sobre a pele a esfera de cobre e lembrou-se das palavras de Eremia, de seu pai e de sua mãe. Seu pensamento era tão poderoso que foi captado pelo vento. Véus de nuvens ergueram-se do solo branco e fofo e dançaram ao redor de Lefório formando pequenos turbilhões de vento, e ele, perturbado por esse estranho efeito, sacudiu a capa e foi embora insatisfeito com as respostas dadas pela garotinha.

Yhari suspirou e Lumira continuou a rir, tirando sarro de Morga.

A escuridão da noite desceu como uma cortina, e a temperatura baixou tanto que nem os macacões térmicos conseguiam fornecer-lhes proteção adequada. Alguns Dakis pediram autorização para voltar para casa antes do fim do expediente, mas Lefório obrigou-os a continuar trabalhando.

— O aquecimento de todo o povo de Emiós depende de vocês. Vocês não vão querer que até as torres onde nós moramos fiquem geladas, não é? O turno termina à meia-noite!

Tremendo de frio e com os rostos enregelados a despeito do Creme Antalgia, os duzentos Dakis resistiam às intempéries e ao cansaço, mas, ao toque das onze da noite, aconteceu um imprevisto.

Umas vinte Mecânias imobilizaram-se, uma após a outra. As cabeças ovoides pararam e o líquido refluiu pelos tubos flexíveis.

Lefório alarmou-se, e as duas Sentinelas voaram rente ao chão até os robôs enguiçados.

— É uma maldição! — gritou Lefório, tomado de um violento impulso de ira.

Os Dakis imobilizaram-se, e o Fhar, com gestos raivosos, deu ordens para que regressassem à Colônia.

Embora as Mecânias Fluantes já tivessem produzido e canalizado milhares de litros de Masmi pelas Conduturas Cobríficas, era de vital importância suprir a demanda e aquecer todos os edifícios de Emiós. A avaria incompreensível foi interpretada por Lefório como mais um sinal da profecia. A sobrevivência de todos estava correndo perigo.

O Fhar abandonou a zona e dirigiu-se à Colônia com as duas Sentinelas: os U'ndários já haviam sido informados de que teriam de consertar os robôs rapidamente no dia seguinte. Os Dakis subiram nas Kombas preocupados e assustados com a reação de Lefório.

— A primeira Mecânia que travou foi a nossa, a de número 4. Jamais haviam acontecido coisas desse tipo. É você, Daki sardenta, que é pé-frio. Não tem força nas mãos e é desajeitada. Você é diferente de todos nós — gritou Lumira, encolerizada.

Morga ergueu o braço direito e apontou o dedo contra a garotinha.

— Um sopro de ar bastará para varrer você.

E, enquanto dizia isso, uma rajada de ar supergelado atingiu Lumira, deixando-a boquiaberta.

Reful pegou-a pela mão e, juntos, fugiram correndo.

Drima apertou-se entre Horp e Yhari e pegou Morga pelo braço, tentando acalmá-la.

— Não reaja, senão vão descobrir sua verdadeira identidade.

— Deixe-me! Este lugar é repugnante. Trabalhar com este tempo gelado e com este fedor é como estar submetido a tortura. Como é que vocês puderam não se rebelar antes e quebrar esses monstros que sugam líquido lodoso?! — A ira da Maga do Vento era tão forte que deixou até Yhari desconcertado.

A garotinha tirou as luvas: suas mãos frias e dormentes tremiam de irritação. Ela percebeu ter reagido de maneira demasiadamente agressiva.

— Você... me entende? Verdade? — perguntou para Yhari, olhando-o intensamente.

— Sim. Mas há coisas que... — O garoto levou as mãos à testa e meneou a cabeça.

Morga gostaria de abraçá-lo bem forte e derreter-se num choro libertador, porém se deteve. Yhari pegou suas mãos e apertou-as carinhosamente.

— Você é muito linda, mesmo quando fica brava.

Encontravam-se próximos um do outro à luz dos lampiões, olhavam-se nos olhos e a imensidão do forte sentimento que nascia entre eles envolvia-os num halo de energia quente e carinhosa.

Drima e Horp observavam sem dizer nada.

Morga voltou a controlar suas emoções e dirigiu-se para a Komba. Apesar do problema com a iluminação, os garotinhos decidiram executar o plano como previsto. Aproveitando-se da confusão, correram em direção aos seus ovos voadores, e Morga pegou a bolsa de viagem enquanto Drima verificava se alguém os estava observando. Procurando passar despercebidos, dirigiram-se ao bosquezinho próximo, onde os esperavam Gardênio, Wapi, Cilla e os dois Piróssios de Drima e Horp.

— Finalmente! Eu estava morrendo de frio; felizmente, Wapi me aqueceu cuspindo fogo. — O U'ndário estava com a barba completamente congelada.

Morga lançou-se nos braços de Gardênio que, constrangido, deixou cair o Corcundoso no chão.

— Obrigada, sem você não sei como iríamos fazer para levar os nossos Piróssios — disse a Maga do Vento, sinalizando aos demais que chegara a hora de partir.

Mas o U'ndário engrossou a voz:

— Morga, explique-me bem o que vocês pretendem fazer, pois Horp não foi muito claro.

A garotinha postou-se sob o feixe de luz dos lampiões que se infiltrava pelas árvores, abriu a bolsa de viagem e mostrou o livro com as fotos da Terra. Gardênio arregalou os olhos e tartamudeou palavras sem sentido. Alarmado e assustado, tentou impedir a partida dos garotos, porém Morga o convenceu mostrando-lhe o mapa.

— Vocês são loucos. Ninguém jamais andou pelos subterrâneos e pelas galerias por onde passam as Conduturas Cobríficas. Os responsáveis pela manutenção, quando voltam à superfície, sempre contam que lá embaixo é um verdadeiro inferno. — O U'ndário não sabia como fazer Morga desistir do seu intento.

— A profecia. O destino de Emiós. A ditadura dos Fhar. Eu preciso ir, e eles virão comigo porque compreenderam a importância da liberdade. — Morga estava mais determinada que nunca.

Drima, Horp e Yhari seguravam seus Piróssios pelas rédeas e, sem terem combinado nada, pronunciaram espontaneamente em uníssono o início da poesia de Morga: *O vento sopra e muda as coisas, até as pedras tornam-se rosas.*

Gardênio ouvia, comovido.

- É mesmo verdade que você tem algo de extraordinário. Você escreveu essa poesia, que já se tornou o símbolo da mudança de Emiós. Você é uma garotinha especial e já realizou uma grande magia, que é ter mostrado aos seus amigos e a mim mesmo uma realidade que nós nem sequer podíamos imaginar. Eu gostaria de ser jovem como vocês, mas já sou velho, já completei 49 anos. Tenho mais um ano de vida e depois...

Morga apertou-o novamente entre os braços.

- Você ainda vai viver muito e não irá para a ilha Límbia. Nós não o permitiremos. Os Fhar serão derrotados. O que afirmo é mais que uma promessa. É uma obrigação que pretendo honrar.

O U'ndário entristeceu-se. Recolheu o Corcundoso e pediu que fossem cautelosos naquela absurda viagem pelas vísceras do planeta.

— Levem isto. — Gardênio abriu ligeiramente o sobretudo e tirou um saquinho com alguns pacotes de geleia Mormôrnica Charantia, grandes pedaços de Pão Rosa, suculentas Maçãs Corninas e docinhos sortidos com a infalível especiaria Nepeta Catária.

Horp, Morga e Yhari agradeceram efusivamente, mas o U'ndário não queria demasiadas comoções, e num derradeiro gesto tirou do bolso outro saquinho, contendo abundantes porções de Equisetum Arvense para os Piróssios.

Em seguida, foi embora a passos largos, afundando o longo cajado na neve.

Os quatro amigos montaram nos Piróssios. Wapi esticou o pescoço e cuspiu uma labareda roxa. Cilla pestanejou e agitou as plumas amareladas. Os dois avestruzes permaneceram juntos e saíram saltitando ritmadamente.

Morga fez uma careta engraçada.

— Que engraçadinhos.

— Sim. Formam mesmo um belo casal... como nós. — Yhari ruborizou; a frase lhe saíra sem que ele desse por isso.

A Maga do Vento baixou o olhar e não disse nada, embora sentisse a felicidade borbulhando na boca do estômago.

Horp deu um tapinha no seu Piróssio, que saltitou posicionando-se à frente dos demais.

— Sigam-me, sei onde fica a abertura que nos levará às Conduturas Cobríficas; é preciso descer lá no fundo, perto das encostas das montanhas.

Atravessaram a zona das Poças em poucos minutos e saíram dos cones de luz dos lampiões. Procuravam orientar-se em meio à escuridão e ao gelo. Morga puxou as rédeas, e Wapi estacou, cravando as patas na neve.

— Alto, estou sentindo um cheiro muito forte de terra úmida e profunda. Provém do leste.

Os Dakis redirecionaram suas montarias para o lado certo e pararam novamente quando Morga ergueu o braço direito.

— Estamos muito próximos. Sinto uma energia poderosa. Não posso estar enganada!

Os quatro apearam dos Piróssios. A Maga do Vento meteu a mão no bolso do macacão e pegou o Glibine. Ao vê-lo, seus amigos ficaram atônitos.

— Que pedra é essa? — inquiriu Drima, estendendo a mão.

— Foi minha mãe que me deu. E, agora, ela vai ser utilíssima. — Morga acocorou-se como um animal e usou o Glibine como fizera antes no pequeno depósito da casa de Eremia.

A pedra vermelha cintilou, iluminando o solo repleto de neve e pedras pretas. O cheiro de terra úmida tornou-se muito forte, e Morga concentrou-se, semicerrando os olhos.

— Pronto, a entrada dos subterrâneos deve estar aqui perto.

Horp gritou:

— Achei. É por aqui.

O Glibine iluminou um poço de mármore negro, fechado por uma placa redonda de ferro enferrujado.

Yhari e Horp voltaram a enfiar as luvas verdes, e com muito esforço levantaram a placa. Até as garotas tiveram de ajudar para conseguir deslocá-la completamente. Olharam para dentro do poço com o Glibine, mas só viram escuridão fechada.

Suas vozes ecoaram dentro da escuridão que se estendia até sabe-se lá que profundezas.

— Mas como vamos fazer para descer? Precisamos de cordas. — Horp virou-se para os Piróssios e teve uma ideia. Tirou as rédeas dos avestruzes e começou a emendar uma na outra.

Morga postou-se na borda do poço.

— Sou eu que vou descer primeiro.

E sem deixar que os outros pudessem dizer alguma coisa, pegou a ponta do insólito cabo formado pelas bridas e começou a baixar. Os três amigos seguraram a outra ponta, fincando os pés na neve.

As paredes do poço eram úmidas e escorregadias, o cheiro da terra e das pedras do subsolo ia se fazendo cada vez mais intenso.

— Está tudo bem? — chamou Yhari, preocupado.

— Sim, estou descendo devagar. — A voz de Morga subia retumbante.

Houve um solavanco, seguido de outro; o corpo da Maga do Vento oscilou e, quando os seus pés tocaram pedras e seixos, um grito de alegria explodiu pela boca do poço:

— Cheguei!

Os três amigos recolheram as rédeas enquanto Morga os iluminava com o Glibine.

O halo vermelho da gema revelava rochas e materiais muito pretos. As paredes pingavam, e a temperatura estava agradável. O calor que emanava das Conduturas Cobríficas derretia o gelo, e poças de vários tamanhos haviam se formado no solo. Morga afastou os cabelos dos olhos e colocou as mãos nuas sobre as paredes para se orientar. A mão esquerda apalpou alguma coisa lisa e fria. A garotinha orientou a luz vermelha para o objeto, e o Glibine iluminou um interruptor. Ouviu-se um clique, e as candeias abastecidas com Óleo Trimado, substância alquímica especial que produz energia, acenderam-se de repente. Um túnel muito comprido e de cerca de 6 metros de largura apareceu diante de Morga. No centro passavam as Conduturas, às quais estavam acoplados numerosos tubos por onde afluía o Masmi. Felizmente, não dava para sentir o cheiro nojento do líquido gasoso.

— Vamos, garotos, encontrei a instalação de iluminação. Joguem a bolsa de viagem e o saquinho de Equisetum. Depois, podem começar a baixar os Piróssios; há espaço suficiente para todos — comandou Morga em direção à abertura do poço.

O medo de descer até as vísceras de Emiós era terrível, mas os três Dakis não podiam mais retroceder.

Yhari olhou para baixo e viu que, efetivamente, uma luz brilhava. Mais uma vez, sentiu seu coração bater muito forte pensando naquela garotinha mágica e corajosa que estava transformando sua vida.

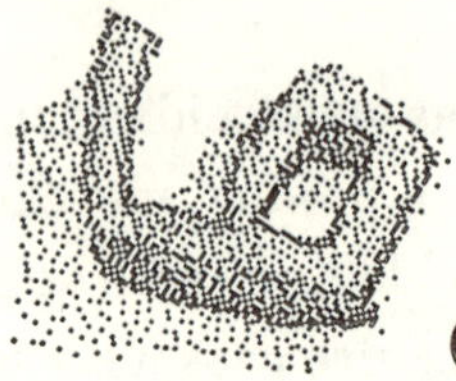

7
Os vermes gigantes e a viagem subterrânea

Conduturas Cobríficas dos Subterrâneos de Emiós
Estação Invéria – 8º dia do ano 500
Temperatura: 25 graus

A primeira a ser amarrada foi Cilla. A despeito das palavras tranquilizadoras de Yhari, a Piróssia estava nervosíssima: não parava de se debater, sacudindo as asas e a as patas convulsivamente.

Seus grasnidos tornaram-se ainda mais agudos quando os três Dakis começaram a baixá-la no poço.

Morga observava o grande corpo plumado, que oscilava como um pêndulo. Assim que suas patas tocaram o fundo, a Piróssia baixou o pescoço e começou a bicar raivosamente o solo pedregoso.

— Agora, acalme-se! — Morga acariciou as plumas amarelas e a desamarrou, gritando aos garotos para recolher as bridas para baixar Wapi.

Cilla olhava ao redor e permanecia de bico aberto e com o pescoço completamente esticado. Wapi também se debateu muito quando chegou sua vez. Ao descer, ele bateu várias vezes a cabeça nas paredes rochosas e, ao chegar perto de Morga, emitiu um lamento agudíssimo e cuspiu uma pequena chama.

Mas ela o repreendeu severamente:

— NÃO! Você não pode fazer isso. Aqui pode ser perigoso!

Com as plumas enegrecidas pela poeira, o Piróssio desengonçado posicionou-se ao lado de Cilla e observou o estranho mundo subterrâneo no qual haviam aterrissado; diante dele, havia somente um túnel compridíssimo em cujo centro corriam as grossas Conduturas fabricadas com Antimônio Soliuto, metal muito resistente extraído das Minas de Ambrósio. As Conduturas eram muito grandes e levavam soldas com fios de Cobre Xilante em diversos lugares.

Em poucos minutos, os garotos lograram baixar os outros avestruzes também e, em seguida, desceram Drima e Yhari. O último foi Horp, que amarrou a ponta das rédeas na árvore mais próxima ao poço e foi escorregando com muito cuidado, segurando-se firmemente. Quando sentiu os pés roçarem nas cabeças dos amigos, Horp largou as rédeas com um gesto rápido e saltou sobre o solo rochoso. Finalmente, os quatro Dakis estavam de novo unidos.

As luzes de Óleo Trimado oscilavam, e o gorgolejar proveniente das Conduturas juntava-se ao eco das vozes e dos passos. A viagem pelos subterrâneos de Emiós estava apenas começando.

Morga abriu a bolsa de viagem e pegou o mapa.

— Pronto, nós estamos aqui — disse, apontando a área das Poças de Esmerilha com o dedo. — Para ir para Áurea Nyos é preciso seguir o túnel central até chegar às margens do rio Hamandor.

Horp interrompeu-a:

— Mas aqui, onde o rio está indicado, há um desenho estranho. O que é isto?

Morga olhou fixamente no mapa, examinou o ponto em questão e, semicerrando os olhos, respondeu:

— É uma voragem. As Conduturas seguem em maior profundidade sob o rio, prosseguindo em direção à Área Krop-1 do Centro Cripto e depois viram para o sul até o Mosteiro de Hamalios e a cidade de Mantrakor. Mas nós precisamos nos dirigir rumo ao noroeste, portanto, seguiremos pelas galerias que passam no subsolo das montanhas da Cosmogonia Rochosa.

— Vai ser uma viagem longuíssima. Será que iremos conseguir? — Drima estava muito preocupada.

— Temos de conseguir. Depois de vencer esses obstáculos, chegaremos sem problema a Áurea Nyos. Depois das montanhas, o subterrâneo será menos tortuoso porque acima das nossas cabeças teremos a imensa Floresta de Samhar. Eu a conheço bem: de cima da minha árvore nodosa costumava observar cada sopro de vento que movia as folhas e as plantas. — A garotinha voltou a dobrar o mapa, apertando-o contra si.

Yhari recordou a primeira vez que se encontraram junto da Quercus Alba e sentiu-se invadido por uma ternura que jamais sentira antes. O jovem Daki leu a mesma infinita inquietude nos olhos de Morga e jurou a si mesmo que apagaria a melancolia e a raiva desse olhar.

A Maga do Vento apertou o Gual e puxou a ponta de prata. O Obolho apareceu, envolvido como sempre por uma nuvem de vapor. Morga percebeu que a quarta portinhola estava como que enegrecida. Abriu-a e viu que o Ciodalo estava apagado. Naquela profundidade, era impossível receber e enviar mensagens.

— Só faltava essa! Não poderei entrar em contato com meu pai e Eremia durante todo o trajeto. — A garotinha fechou a portinhola e ficou parada um instante segurando o Obolho, que fumegava com dificuldade. A única coisa que conseguiu acalmá-la foi a certeza de que os frasquinhos com as substâncias alquímicas de Eremia estavam intactos. — Então, coragem, vamos. Precisamos chegar às margens do rio antes da alvorada — afirmou, pulando para a estreita passarela de pedra que ladeava as Conduturas.

Yhari seguiu-a, imitado por Drima e Horp e os quatro Piróssios, que se alinharam atrás deles.

O cheiro de mofo que emanava da rocha molhada não incomodava o grupo, que apreciava a temperatura branda do subsolo, de aproximadamente 25 graus. A friagem da estação Invéria não era sentida nas vísceras do Planeta.

Depois de percorrerem os dois primeiros quilômetros, os garotos encontraram uma bifurcação. A fileira de candeias de Óleo Trimado terminava justamente nesse cruzamento, além do qual reinava escuridão fechada que impedia avaliar a configuração de qualquer lado das galerias.

Morga voltou a pegar o mapa.

— Precisamos seguir para a esquerda, em direção noroeste, ultrapassar as margens do rio e prosseguir para a Área Krop-6X de Áurea Nyos.

— Mas como vamos fazer? Não dá para ver nada! — Horp passava as mãos pelas paredes para procurar um interruptor, mas não havia nenhum.

Aquele trecho que se estendia por sabe-se lá quantos quilômetros parecia não ter iluminação.

Drima avançou tateando e percebeu que a passarela ao lado das Conduturas ia estreitando-se cada vez mais: continuar seria perigoso, inclusive para os Piróssios.

— As Conduturas Cobríficas ocupam grande parte do túnel, e teremos de caminhar tomando cuidado para não escorregar — acrescentou a jovem Ancilante arregalando os olhos cor-de-rosa, que, na penumbra, brilhavam como estrelas.

— Usarei o Glibine, a luz vermelha nos ajudará a enxergar onde pisamos. — Morga segurou a pedra mágica como uma lanterna e entrou na galeria.

Depois de alguns metros o ar tornou-se mais denso, e Yhari, que estava logo atrás de Morga, desconfiou do cheiro parecido com ovo podre.

O chão da passarela tornou-se fervente, e das paredes rochosas escorregava uma estranha substância gosmenta:

— Que nojo! As rochas parecem cobertas de lodo.

Morga cheirou o ar, sentiu uma descarga no cérebro e calafrios pelo corpo todo. Colocou a bolsa de viagem no chão e, acocorando-se, apontou o Glibine para o fundo da galeria. A luz avermelhada expandiu-se criando um halo perfeitamente redondo, que clareou as paredes gosmentas. A substância que escorria lentamente das pedras era de cor amarelada.

— Enxofre Granuloso! — exclamou instintivamente.

— Estamos correndo perigo? — quis saber Drima, agarrando-se a Horp, que estava à sua frente.

— Não sei, com esta luz é difícil saber o que há adiante. — Morga não queria assustar os amigos, mas sentia na pele o temor de que algo grave estava prestes a acontecer.

O gorgolejar das Conduturas e a substância pegajosa amarela alarmaram o grupo de garotinhos. A gosma aderia às botas, impedindo-os de caminhar de forma segura. Cilla voltou a grasnar, e Wapi acariciou o pescoço dela, esfregando sua cabeça nele. Os outros dois Piróssios também se agitavam tanto que suas patas escorregavam da passarela; eles corriam o risco de cair em cima das Conduturas.

Um barulho estridente proveniente do fundo do túnel impressionou a todos.

O halo do Glibine deformava o horizonte, e as sombras das rochas moviam-se como fantasmas.

— Olhem, lá no fundo há uma claridade verde. — Tomando cuidado para não cair, a Maga do Vento acelerou o passo, e as suas botas foram completamente envolvidas pela gosma amarela.

Os Piróssios avançavam com dificuldade, suas patas também grudavam no solo gosmento.

Depois de uma breve descida, a galeria alargou-se novamente, abrindo-se e formando um espaço oval que prosseguia sempre para a esquerda. Dessa vez, as candeias de Óleo Trimado eram menores e meio esverdeadas. Algumas soltavam borbulhas e, de vez em quando, apagavam-se.

— O cheiro de enxofre está aumentando. Eu não sei o que está provocando esse barulho estridente que vem lá do fundo. É melhor pararmos — afirmou Morga, virando-se para o grupo.

Wapi, Cilla e os outros Piróssios, aproveitando-se do largo oval, ultrapassaram os Dakis saltitando. Cilla deitou-se debaixo de uma das lâmpadas verdes e fechou os olhos. Wapi acocorou-se ao seu lado para tirar uma soneca.

O outro casal de avestruzes, porém, ficara curioso do barulho estridente que chegava intermitentemente e seguiu mais alguns metros.

— Vamos descansar e comer as Maçãs Corninas e alguns docinhos com especiarias que Gardênio nos deu — propôs Horp, que estava morrendo de fome.

Drima sentou-se no chão apoiando as costas na parede, e algumas pedrinhas despencaram do teto. Um ligeiro tremor fez oscilar as rochas. A jovem Ancilante limpou a cabeça calva e olhou para cima, desconfiada.

Morga voltou a sentir uma descarga no cérebro, e calafrios percorreram todo o seu corpo.

— Estamos em perigo. Está acontecendo alguma coisa...

Yhari fitava a extremidade da galeria em que incautamente haviam adentrado os Piróssios de Drima e Horp. Um sibilo grasnado ressoou, e as paredes voltaram a vibrar, o que levou Drima a levantar-se de supetão. O grito intenso dos dois avestruzes aterrorizou o grupo. Os corpos dos Piróssios de Drima e Horp desapareceram instantaneamente numa nuvem de plumas que se elevou no ar. Cilla e Wapi esticaram os pescoços e arregalaram os olhos diante dessa cena apavorante.

As Conduturas Cobríficas também vibraram e, de repente, uma cabeça monstruosa, lisa e cinza, apareceu no horizonte, iluminada pelo halo vermelho do Glibine e pelas candeias verdes de Óleo Trimado. Dois olhos brancos fitaram fixamente o grupo de Dakis.

— O QUE É ISSO? — gritou Drima.

As Conduturas mexeram-se novamente, e só então os garotos se deram conta de que havia um longo corpo viscoso deitado sobre o grosso duto que transportava o Masmi, e que terminava naquela cabeça monstruosa.

— UM VERME GIGANTE! — bradou Morga.

O animal nojento arrastara-se sobre as Conduturas de Antimônio Soliuto, mimetizando-se perfeitamente com elas. Ao se arrastar, o corpo deixava sobre a superfície aquela substância amarela e gosmenta, composta por enxofre podre. O verme gigantesco permanecia com a cabeça erguida e movia a boca, mastigando as plumas dos pobres Piróssios de Horp e Drima.

— Ele os devorou! — Yhari estava decidido a interferir e apanhou um punhado de pedras.

Os olhos brancos e luminescentes do verme pousaram sobre Wapi e Cilla, que saltitavam em direção aos garotos, berrando, aterrorizados.

O longo corpo cinza deslizou novamente, e o verme afastou-se, desaparecendo na escuridão da galeria.

Devastada de angústia e desespero pela morte do seu Piróssio, Drima juntou as mãos e, olhando para Horp, sentiu um desejo profundo de chorar. Jamais em sua vida sentira semelhante dor. Mas chorar não era algo natural para uma Ancilante. E tampouco para os demais Dakis. Não obstante, a jovem dos olhos cor-de-rosa sentiu que algo terrível estava ocorrendo dentro do seu coração. Estava transtornada por sentimentos, afetos, pela noção de morte e pela perda definitiva do seu Piróssio. Ela não disse nada, mas o seu olhar expressava um sofrimento infinito.

Horp desferiu vários socos nas paredes:

— Verme assassino desgraçado!

Morga agarrou o Obolho.

— Vocês fiquem para trás. Independentemente do que acontecer, não se aproximem de mim.

Yhari observava-a incrédulo enquanto ela abria a segunda portinhola do pequeno dirigível e extraía uma ampola cheia de Cromo Váquio. Certamente, ela não decidira usar o líquido vermelho associado ao Ambali 5. Sua intenção era utilizar essa substância alquímica para produzir uma das magias do Vento de Fogo: essa era a ocasião perfeita para colocá-la em prática.

— Segure esta ampola bem firme — disse, entregando-a para Yhari.

— O que é isto? — perguntou o garoto, observando o líquido vermelho.

— É Cromo Váquio, que serve para a Inféria Rota, uma magia que inventei. Você verá, aquele verme vai torrar entre as chamas. O efeito da magia funciona durante oito minutos. Se eu não conseguir eliminá-lo nesse tempo, estamos fritos.

Morga abriu também a primeira portinhola e, entre os documentos, localizou uma vela branca. Pegou-a. Aproximou-se de Wapi, que tremia ao lado de Cilla, e docemente pediu-lhe que cuspisse fogo roxo para acender a vela.

O Piróssio abriu o bico e obedeceu.

Os três Dakis não estavam sossegados e foram verificar se o verme gigante não estava voltando. Com efeito, o lamento estridente do viscoso habitante dos subterrâneos de Emiós rasgou o silêncio e, dessa vez, pareceu-lhes mais poderoso ainda.

— Ele não está sozinho... talvez haja mais vermes. — Horp queria fugir, mas a única via de fuga estava longe, a muitos quilômetros dali.

Eles estavam encurralados. Encurralados mortalmente. Se Morga falhasse, a galeria que levava às margens do rio Hamandor se transformaria em seu túmulo dentro de poucos minutos.

A Maga do Vento concentrou-se e, segurando a vela acesa com a mão esquerda, verteu seis gotas de cera sobre a palma da mão direita; depois, pediu a Yhari para pingar três gotas de Cromo Váquio.

— Devo verter isto na sua mão? Não vai doer?

Os Dakis nunca haviam visto magia parecida. Somente os Fhar eram capazes de realizar prodígios extraordinários desse tipo.

— Anda logo! — Morga abriu a mão com a cera, e o garoto pingou a substância alquímica.

Um fio de fumaça avermelhada foi se enrolando em volta da mão e do braço da Maga do Vento, enquanto no fundo da galeria apareciam oito olhos brancos e luminescentes.

— AÍ ESTÃO! — berrou Drima, desesperada, escondendo-se atrás de Horp.

Os vermes eram quatro e deslizavam um por cima do outro lentamente. Sibilavam fechando parcialmente suas bocas infernais.

Morga caminhou em sua direção; Yhari tentou impedi-la, mas ela se desvencilhou e, saltando agilmente, subiu nas Conduturas Cobríficas, no centro da galeria. A substância amarela secretada pelos vermes impedia-a de equilibrar-se perfeitamente, as solas das botas anfíbias escorregavam perigosamente. Ela olhou para os monstros nojentos à sua frente e, soprando duas vezes sobre a mão direita envolvida pela fumaça, proferiu:

ARDEO

Produziu-se uma labareda, seguida de outra. Quatro esferas de fogo giraram em torno de Morga antes de se lançarem contra os vermes. Os rastos de vento incandescente seguiram as massas em chama, criando um potente impacto no ar estagnado da galeria: os sopros de Morga ardiam e não podiam falhar.

Três vermes foram atingidos na cabeça.

Uma explosão fulgurou no horizonte e o cheiro de carne queimada invadiu toda a galeria. A fumaça preta e o fedor do enxofre podre tornavam a respiração quase impossível. Os longos corpos moles dos vermes gigantes dissolveram-se, deixando para trás apenas uma papa cinzenta.

Envolta pela fumaça, Morga começou a tossir, e Drima gritou-lhe a plenos pulmões que ela devia recuar.

O perigo não terminara! O quarto verme, com a boca em chamas, ainda estava vivo e debatia-se, rolando de um lado para o outro. De repente, ele levantou a cabeça e, num impulso, conseguiu chegar a poucos passos da Maga do Vento.

Morga não conseguia respirar, estava sufocando com a fumaça. Ela cambaleou, suas pernas dobraram-se e ela caiu no chão, desmaiada.

O verme estava quase alcançando-a.

Yhari saltou sobre as Conduturas e colocou-se à frente da garotinha, atirando pedras e seixos contra o animal enfurecido. Horp, que encontrara um bloco de pedra bastante pesado, também foi a seu auxílio.

— Yhari, ajude-me a jogar isto nele. Vamos tentar atingi-lo na cabeça.

Em meio ao desespero e ao terror, os dois Dakis se uniram para enfrentar o monstro.

O bloco atingiu o verme nos olhos, afundando-lhe o focinho achatado, do qual pingava enxofre podre. O corpo viscoso desfaleceu sobre as Conduturas, e da sua boca em chamas saiu um último uivo estridente.

— ACERTAMOS! — comemoraram os dois garotos, erguendo os braços.

Apavorada, Drima correu em sua direção, seguida por Cilla e Wapi.

— Morga, Morga... responda. — A Ancilante lançara-se sobre a amiga, sacudindo-a.

Yhari ajoelhou-se e acariciou o rosto de Morga, que estava enegrecido pela fumaça. Nenhuma respiração saía de sua boquinha rosa semiaberta.

— Ela morreu! Morreu! — Dessa vez, Drima chorou.

As suas lágrimas eram cor-de-rosa como os olhos. Um novelo de sensações libertara-se num segundo, e a jovem Ancilante temeu pelo destino daquela garotinha que tinha arriscado a vida para salvar a deles.

Horp permanecia imóvel sem conseguir dizer nada. Tomado de um terror que não conseguia dominar, permanecia com os braços pendendo ao longo do corpo, de punhos fechados.

Yhari alisou os cabelos negros da Maga do Vento, baixou a cabeça e, como que guiado por um instinto antigo, pousou os lábios sobre os da garotinha. Soprou na boca de Morga uma, duas, três vezes.

— Não morra... Eu lhe peço... não me deixe — sussurrava, abraçando-a com amor.

Morga mexeu as pernas e tossiu. Quando abriu os olhos, o olhar dourado de Yhari foi a primeira coisa que viu ao voltar a respirar.

Gotas de felicidade molharam as sardas roxas: eram as lágrimas de Yhari, que caíam copiosamente sobre o rosto de Morga.

O garoto abraçava-a ainda:

— Você está respirando... sim, está viva!

Horp e Drima acocoraram-se ao lado de Morga e a comoção os venceu como aquele vento de fogo que aniquilara os vermes.

O Obolho girava enlouquecido sobre o corpo da Maga do Vento. Yhari deslocou-o, empurrando-o mais para o lado, e então pegou as mãos de Morga, ajudando-a a se levantar.

— Obrigada... mas... o que você fez comigo? — perguntou, passando as mãos sobre a boca.

— Eu soprei com força, fiz isso instintivamente — respondeu, constrangido.

Morga apertou ainda mais as mãos dele. Nada mais poderia separá-los.

Seu coração foi invadido por um impulso, um desejo, uma vontade que fez o Daki levar o rosto para a frente, sem raciocinar. Morga fez o mesmo.

Yhari beijou-a. Foi um toque levíssimo nos lábios rosados.

Depois, ele se retraiu sem poder acreditar no que havia feito. Aquele sopro não fora um procedimento para salvar a vida dela. Fora um beijo de amor.

Morga arregalou os olhos azuis e jurou a si mesma que não abandonaria Yhari por nenhuma razão do mundo.

— O amor é forte como o vento. Agora, você também vai ser forte. — Morga não se envergonhou dessas palavras. O sentimento que nutriam um pelo outro era evidente, e nenhuma regra, nem mesmo a Imperalei dos Fhar, poderia apagar a emoção ditada pelo instinto e pelo destino.

— Amor? Mas nós não podemos sentir amor... — acrescentou Horp, desconcertado por aquela cena tão insólita.

— Claro que vocês podem. Embora os Fhar tenham modificado seu DNA injetando o gene mágico Désio-Z206, a natureza humana pode voltar a triunfar. Este é o grande desafio que me leva a Áurea Nyos. O vírus da profecia aniquilará os Fhar. O amor destruirá a escuridão estéril, e os sentimentos voltarão a orientar os corações do povo de Emiós.

— Apaixonar-nos? — Drima ficou mais confusa do que nunca. Ela chorara pela primeira vez e, agora, encontrava-se diante de um fato consumado: dois garotos haviam se beijado dentro de uma galeria fedorenta, depois de ter derrotado vermes gigantes.

Nas vísceras de Emiós cumprira-se a magia maior, uma magia que nem a Bramante Branca seria capaz de produzir: quatro garotinhos haviam compreendido o próprio sentido da vida.

— Sem amor não se pode sentir certas coisas — murmurou a jovem Ancilante, confusa.

— Sim, agora entendo, mas tenho medo do que estou pensando. — Horp não se sentia à vontade e, olhando ao redor, só via rochas, gosma e restos dos vermes.

Yhari afastou os cabelos louros de sua fronte e puxou Morga de lado, sussurrando:

— Eu tenho vontade de correr, de gritar, de sair e me deixar envolver pela tempestade de neve. Sinto-me diferente de antes. Havia um vazio dentro de mim que nunca era preenchido e eu não entendia o que era.

— Era a pior solidão possível, a da falta de carinho. Eu também sei bem o que é isso, e durante muito tempo compartilhei isso com a minha árvore nodosa. Yhari, você realmente acha que me quer bem? — perguntou a Maga do Vento, baixando o olhar.

— Sim, tenho certeza disso. É muito lindo querer bem a você, embora eu tenha medo de sofrer. E também sinto alguma coisa estranha fisicamente, como se o meu estômago estivesse tremendo. Não estou acostumado a isto. — O Daki estava sem jeito e não sabia como expressar sua condição.

— Experimento as mesmas sensações e também acho que lhe quero bem. Desejo pensar que isto seja mesmo amor. Um amor como o de meu pai e minha mãe. Ou será que estou enganada? Diga-me... estou enganada?

— Vamos descobrir isso juntos. A vida vai ser diferente, e foi você quem me disse isso. — Yhari recolheu a bolsa de Morga e jogou-a sobre o ombro, pronto para prosseguir a viagem pelos subterrâneos.

— Sinto muito pela perda dos seus Piróssios — lamentou a garotinha, dirigindo-se a Horp e Drima. — Para compreender as coisas importantes da vida, não raro é preciso saber suportar a dor e a derrota. Ver morrer dois animais aos quais vocês eram muito apegados é uma provação duríssima; eu entendo isso. Talvez ainda leve algum tempo, mas se vocês estão aqui comigo quer dizer que o seu destino é lutar para conquistar o amor proibido. Não sei o que vai acontecer, não sei se a minha Magia do Vento e a alquimia dos Ambalis vão derrotar a falsidade dos Fhar. Mas a profecia está virando realidade, e eu peço que vocês acreditem nela.

Horp pegou Drima pela mão e, juntos, passaram por cima dos restos pútridos dos vermes. Wapi baixou o pescoço e deslizou o bico sobre os cabelos de Morga, cheirando-a. Cilla saltitou orgulhosamente atrás de Yhari, que a afagou:

— Talvez devêssemos recolocar as rédeas nestes dois. Não gostaria que eles encontrassem outros vermes.

— Rédeas? Mas nós as deixamos amarradas na árvore, do lado de fora do poço! — exclamou Horp.

Ele tinha razão. E tê-las deixado penduradas dentro da boca do poço fora uma decisão arriscada.

Na Colônia Briosa, com efeito, já se espalhara o boato do desaparecimento de quatro Dakis, juntamente com os seus Piróssios. Logo começariam as buscas; aquelas rédeas seriam um indício inequívoco.

Quase de madrugada, Lefório foi acordado pelo tilintar de seu Obolho. Era uma mensagem de Okrad.

Regresse rapidamente para Áurea Nyos. Telkia está muito mal. Convoquei o Conciliábulo, e a decisão que tomaremos será de importância fundamental para a nossa própria incolumidade.

Grão-Medônio Okrad

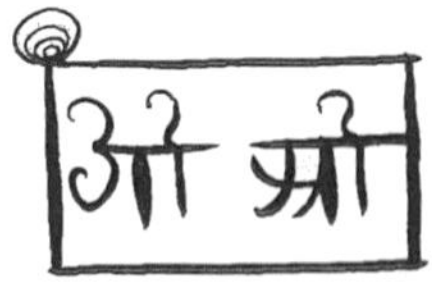

Enquanto vestia o manto e o chapéu cilíndrico e se aprontava para usar o Transporte Pulverizador, Lefório pensava em Telkia com preocupação, embora esse não fosse o único problema que perturbava o Fhar. O mau funcionamento das Mecânias Fluantes devia ser resolvido o quanto antes para evitar o congelamento total da cidade. Lefório não teve tempo de chamar suas Sentinelas, que já haviam entrado no quarto, atravessando as paredes e voando rentes ao chão.

— Bem, vocês já estão aqui. Precisamos partir imediatamente! — exclamou o Fhar, ajeitando o cilindro e a Kaplá.

A criatura de fumaça vestida com uma túnica púrpura aproximou-se do Fhar. Seus olhos verdes brilhavam mais que de costume.

— Meu Senhor, aconteceu uma coisa desagradável. Quatro Dakis não retornaram às suas casas depois do trabalho nas Poças de Esmerilha. Tememos que eles tenham fugido com os Piróssios.

— Fugido? E para onde? A proibição de deixar a Colônia Briosa era muito clara. É preciso organizar equipes de U'ndários para revistar a zona. Com a tempestade de neve e o grande frio, não devem ter ido muito longe.

O Fhar postou-se diante da ampla vidraça da cúpula e examinou o céu, que clareava. Abriu a segunda portinhola do seu Obolho de cristal e ouro e pegou uma ampolinha de líquido quase preto: era Comoro Visko, um poderoso promoalucinógeno. Tirou sua Kaplá, pingou seis gotas na língua, engoliu o líquido alquímico e aguardou o efeito.

Quando voltou a colocar a máscara, os seus olhos já estavam embaçados: uma visão inquietante manifestara-se como se fosse real.

Lefório viu um pendente de cobre e uma chave antiga. Entre chamas e gritaria, ouviu a voz de uma Daki que incitava à rebelião.

O velhíssimo mago foi invadido pelo terror e, sem se dar conta, murmurou algumas poucas palavras:

— A profecia... o vírus... a Imperfeita. — Em seguida, desequilibrou-se, caindo como uma folha seca.

As duas Sentinelas acudiram-no, preocupadas.

— Não é nada, é só o efeito do Comoro Visko. Tive uma visão terrível. Preciso retornar imediatamente para Áurea Nyos e falar com Okrad. Há demasiadas coisas que não vão bem e todas são muito graves.

As Sentinelas captaram a inquietude de Lefório e começaram a aprontar o Transporte Pulverizador.

— Não esqueçam, mandem os U'ndários encontrar aqueles Dakis. Caso contrário, hão de se haver comigo! — Assim que o Fhar concluiu sua fala, uma Gestal e uma U'ndária que cuidavam da alimentação e do vestuário dos Dakis entraram no aposento suntuoso.

As Sentinelas sinalizaram que fossem embora, mas Lefório deixou que falassem:

— Espero que seja algo importante, eu não tenho tempo a perder.

As mulheres baixaram a cabeça com reverência e contaram quem eram os garotinhos desaparecidos.

— Trata-se de Horp, 13 anos, e Yhari, 14, que moram na Casa 15 — informou a U'ndária.

— Também falta uma jovem Ancilante, Drima, 12 anos, que vive com Lumira na Casa 207. Foi justamente esta última que acorreu para nos avisar que sua companheira não havia regressado — explicou a Gestal.

— E também não há sinal de Morga, 12 anos, que mora na Casa 299. Os quatro Dakis sumiram com os Piróssios, e não entendemos o motivo — complementou a U'ndária, amarrando o tradicional lenço florido na cabeça.

— Morga? Mas... é aquela garotinha boba que não sabe pilotar uma Komba e só faz besteiras nas Poças de Esmerilha! Mandem os U'ndários em expedição até Ômbria, eu não acho que o grupinho possa ter chegado mais longe. — Lefório levantou o dedo indicador, apontando a saída para as duas mulheres, que, aturdidas, ainda permaneceram imóveis por alguns segundos.

Lefório alterou-se. Aquele nome, Morga, fizera-o lembrar a alucinação que tivera pouco antes.

O espectro da profecia invadiu seu coração, e o pensamento de que a Imperfeita já poderia ter nascido em Emiós agitou-o de tal maneira que até a Kaplá estremeceu e correu o risco de cair no chão e revelar o seu rosto.

— Meu Senhor, podemos dizer a Lumira que agradecemos a colaboração? — A U'ndária aguardou outro sinal do Fhar.

— Sim, sim... digam-lhe que ela é uma Daki perfeita. E, agora, vão embora e procurem manter a Colônia tranquila até o meu regresso. E, principalmente, mandem consertar as Mecânias Fluantes, senão todas as cidades sofrerão com o frio — emendou Lefório distraidamente, enquanto se preparava para o Transporte Pulverizador.

— Mas a Pramaga Telkia não virá por muito tempo?

A pergunta da Gestal irritou-o.

— Não são assuntos que lhe digam respeito. — A resposta seca e cáustica soou agressiva como uma chicotada.

As duas mulheres se retiraram, empurradas pelas Sentinelas.

O Fhar posicionou-se no centro do aposento, pegou o Obolho e o segurou entre as mãos; as Sentinelas voaram para o seu lado e, naquele momento, Lefório pronunciou as palavras alquímicas que possibilitavam o deslocamento imediato entre a Colônia Briosa e a Cidade das Cem Torres. Eram palavras que continham a potência mágica dos Fhar, uma força energética que conseguia pulverizar o corpo e transferi-lo de um local a outro do planeta sem ter de viajar.

Lefório fechou os olhos e, modulando a voz, exclamou:

DUX AMOVEO
IN AUREA NYOS

As três figuras desapareceram, tragadas por um clarão azul. No solo ficou apenas poeira incandescente.

A transferência do Fhar e das duas Sentinelas demorou alguns segundos. O Pramago estava ansioso para falar com o Grão-Medônio

Okrad. Haviam acontecido demasiadas desgraças em pouco tempo, e o terror de que a verdade emergisse estava minando a falsa tranquilidade de Emiós.

Às sete da manhã, enquanto a maior parte dos Dakis ainda dormia, vinte U'ndários divididos em quatro grupos encaminharam-se com os seus Corcundosos na direção dos bosques adjacentes e da zona dos cogumelos gigantes de Ômbria, em busca dos garotinhos desaparecidos. Gardênio viu seus companheiros seguirem os rastros deixados pelos Piróssios na neve e não sabia o que fazer. Dentro de poucas horas, descobririam que as marcas das patas paravam no poço de acesso aos subterrâneos. Ele não pudera se juntar aos grupos de busca porque recebera ordem de cuidar das Mecânias com os U'ndários que chegariam das Fábricas Côncavas pela manhã. Correu a procurar Sasima, na esperança de que juntos pudessem encontrar uma solução.

— Mas para onde foram? Por que fugiram? — inquiriu a Gestal.

— Morga precisava ir para Áurea Nyos e os outros decidiram acompanhá-la pelos subterrâneos — explicou Gardênio sucintamente.

— Eu não posso fazer nada. — A Gestal andava de um lado para outro na sala das mercadorias, no andar térreo, debaixo dos pórticos do edifício central.

— Invente alguma coisa, você deve impedir que descubram para onde foram. Eu não posso ir com os U'ndários senão vão suspeitar de mim — insistia Gardênio.

— Eu, no bosque no meio da neve alta? Mas Gestal nenhuma faria uma coisa dessas! Ademais, nós e as Ancilantes estamos ocupadas com todos os Dakis, você sabe bem que com este tempo ruim eles não podem trabalhar nas Minas de Ambrioso; quando correr o boato de que quatro deles fugiram, vai ser uma confusão que não sei mesmo como vamos gerenciar. A Colônia está acéfala. Telkia não está aqui, Lefório foi embora e... — Sasima levou as mãos à fronte e sacudiu a cabeça.

— E então? Você quer que eles encontrem os garotos e os... punam?! Ou que descubram quem é Morga? — Gardênio estava irritado.

— A única coisa que podemos fazer é esperar que cheguem logo à Áurea Nyos e encontrem de Serunte e Eremia. Eles saberão como escondê-los. — A Gestal foi tomada de pânico e não podia ser vista pelas outras nessas condições.

— Você está me forçando a desobedecer! Terei forçosamente de desviar os outros U'ndários e ir sozinho em direção ao poço, fingindo procurar os garotos. — Gardênio calcou a cartola na cabeça com força e saiu, resmungando.

Mas, embora o frio e a neve impedissem a vida costumeira na Colônia Briosa, lá no fundo, no ventre de Emiós, os quatro garotinhos respiravam um ar estagnado e tépido.

Sem saber o que estava acontecendo, prosseguiam pela galeria que os levaria às margens do rio Hamandor.

A matança dos vermes gigantes e as declarações de amizade e amor haviam estreitado ainda mais sua união.

— Estou com muita sede, e os Piróssios também precisam beber. — Drima não aguentava mais, e caminhava a duras penas.

— Aguente o tranco, estamos perto das margens do rio — tranquilizou-a Morga, mostrando-lhe o mapa.

Drima extraiu sua ampolinha de Cantaria Sólia.

— O leite azul dar-me-á energias.

Morga rogou-lhe que não a tomasse, abriu a segunda portinhola do Obolho e, entre os vidrinhos e frasquinhos, procurou a ampola que continha suco de folhas de Galanga Márfica.

— Pingue duas gotas sobre a língua. Vai se sentir mais forte que um Vrak.

A exemplo dos outros Dakis, a Ancilante não conhecia essa substância alquímica. Entretanto, tomou-a com prazer, e em poucos instantes seu cansaço desapareceu: seus músculos e nervos ficaram mais potentes também.

Enquanto as duas garotinhas conversavam, perceberam que faltava pouco até o fim da galeria, e um clarão amarelado apareceu no horizonte.

— Sim, as luzes de Óleo Trimado são diferentes ali, o que quer dizer que nós estamos muito perto — disse Yhari, deixando Morga para trás e correndo à frente, seguido por Cilla.

Os reflexos da água gelada que escorria pelas rochas e fissuras brilhavam no teto e nas paredes, criando jogos de sombras. O rio estava límpido, embora as luzes o tingissem de amarelo.

Os Piróssios mergulharam o bico na água, bebendo avidamente. Os Dakis fizeram o mesmo. Yhari botou a bolsa de viagem no chão e lavou o rosto e as mãos, e Morga abriu o macacão térmico, baixou a gola e passou água nos cabelos desalinhados, mas ao fazer isto deixou cair o seu amadíssimo e preciosíssimo Gual. A cordinha de seda negra à qual a esfera de cobre estava amarrada escorregou e o mágico pingente foi tragado pelo rio subterrâneo.

— Nãoooooo! — gritou, mergulhando os braços na tentativa de recuperá-lo.

A força do rio arrastou-o, percutindo-o contra as rochas. A ponta de prata penetrou no Obolho, fazendo desaparecer também este equipamento.

Morga viu somente uma nuvenzinha de vapor ao lado do seu ombro direito e, depois, fora de si, virou-se novamente para o rio, sentindo o sangue subir-lhe à cabeça.

— A chave sagrada está dentro do Gual! E agora... o Obolho também desapareceu! Não posso mais fazer magias! Ajudem-me...

Numa fração de segundo, a Maga do Vento havia perdido as duas coisas mais preciosas que Eremia lhe entregara.

— Qual chave? — inquiriu Drima.

— É a chave de bronze verde com o código sagrado da Lei Cósmica. Acredito que a chave esteja relacionada à profecia... mas, peço-lhes, não percamos tempo. Precisamos recuperar o Gual. — Morga apertava os punhos, angustiada.

Yhari não se fez de rogado e mergulhou para seguir a correnteza. Morga estava prestes a fazer o mesmo, mas Horp e Drima a impediram:

— Pare, você vai ver; ele vai encontrar logo a esfera.

Os cabelos louros de Yhari flutuavam na água. Submerso no rio subterrâneo, o garoto avançava pelas profundezas escuras e inexploradas. A luz amarela das lâmpadas acariciava seu corpo, que de repente desapareceu definitivamente do rio.

— YHARI! — As vozes dos três Dakis ressoaram pela galeria.

— Onde é que ele foi parar? Por que não vem à tona? — Horp estava preocupado com o amigo.

Morga não resistiu e mergulhou, nadando com o coração na garganta.

A escuridão e a friagem da água envolveram a Maga do Vento, que se sentiu perdida naquele vazio molhado e escuro. Com os lábios apertados e os olhos arregalados, tentava enxergar alguma coisa, mas a escuridão o impedia.

De repente, uma correnteza fortíssima arrastou-a ainda mais para o fundo e, num relance, o vórtice do rio tragou-a. Morga conseguiu se agarrar a uma rocha pontuda. Segurava-se com ambos os braços e, encolhendo-se, mantinha-se colada à pedra enquanto a água tentava impeli-la para um abismo sem fim.

Mas ela não poderia resistir por muito tempo; faltava-lhe oxigênio: precisava subir à superfície.

Ergueu a cabeça e, lutando contra a correnteza, esforçou-se para voltar à tona. Agarrando-se como uma aranha, ela escalou a parede esponjosa até que sua mão tocou em algo macio.

Era Yhari, que ficara agarrado numa brecha. O garoto só conseguia mexer uma perna; a outra estava presa!

Morga entrou em pânico, pois ele estava prestes a se afogar.

Ela também precisava muito respirar. Mesmo assim, segurou Yhari pelos ombros e o puxou com as últimas forças que lhe restavam. Finalmente, o garoto conseguiu arrancar a perna presa na rocha e, dando um impulso para o alto, uniu-se a Morga. Juntos, lado a lado, conseguiram subir novamente.

As duas cabeças emergiram da água simultaneamente: as bocas escancaradas emitiram gritos roucos que assustaram Drima e Horp. Eram gritos de alegria por terem se salvado. Morga e Yhari sorviam o ar estagnado da galeria como se se tratasse da própria vida. Respiravam convulsivamente e permaneciam abraçados.

Horp estendeu as mãos para ajudá-los a subir.

Exaustos e fracos, deitaram-se sobre as rochas aquecidas pelas Conduturas Cobríficas. Drima sentou-se ao lado de Morga.

— Senti tanto medo, de novo. Estes subterrâneos são um verdadeiro inferno.

Com os olhos semicerrados, a Maga do Vento cuspiu água que ainda tinha na garganta e, com um fio de voz, chamou por Yhari.

O corajoso Daki estava se recuperando, mas o incidente ocorrido no fundo do rio deixara um rasgão em seu macacão térmico, na altura da coxa esquerda.

A luz amarela das candeias de Óleo Trimado iluminou a perna do garoto.

— Felizmente, você não se feriu — comentou Horp, que tanto temera ter perdido o amigo para sempre.

Yhari levantou a cabeça do chão; ainda respirava de forma irregular, mas queria de qualquer maneira tranquilizar a jovem maga e, estendendo o braço em sua direção, disse poucas palavras:

— Tenho uma coisa para você...

Morga virou-se e viu a cordinha negra com o Gual balançando a mão de Yhari.

— Você o achou! Obrigada... obrigada! — Molhada, assustada e consciente de que Yhari havia arriscado a vida mais uma vez, ela se arrastou em sua direção e pegou o pingente.

Cilla e Wapi esticaram os pescoços, pestanejando, enquanto Horp e Drima acariciavam-nos para mantê-los calmos.

Morga sentou-se, apertou a esfera de cobre e puxou a ponta de prata: o Obolho reapareceu, esguichando vapor.

O sorriso voltou aos rostos dos quatro garotinhos. A magia estava salva!

— Você vai nos mostrar a chave misteriosa? — indagou Drima, curiosíssima.

Morga desatarraxou o Gual e pegou a chave de bronze verde com a ponta dos dedos.

— Aqui está; e estes dizeres aqui significam Lei Cósmica no código mágico dos Fhar.

— Lei Cósmica? — repetiu Horp, fitando o estranho objeto.

— Exatamente, mas eu não sei o que ela abre. Eremia é quem o dirá. Só sei que se trata de uma chave importante que eu não posso perder — explicou Morga, recolocando-a no interior do Gual.

— Talvez ela abra alguma gaveta secreta de Okrad ou de algum outro Fhar — acrescentou Yhari.

— E por que estava com Eremia? — A pergunta de Drima deixou todos sem resposta.

Morga baixou a cabeça e beijou a esfera de cobre.

— Isso eu não sei, mas é claro que ela abre algo muito importante. — A Maga do Vento observava a esfera de cobre e, apertando-a contra o peito, emendou: — Nunca mais! Nunca mais vou perder este pingente. Eremia confia em mim. Ela soube me ensinar a arte alquímica com muita paciência e guardou em seu coração o segredo do meu nascimento. Quando chegarmos à Áurea Nyos, vocês vão entender o quanto ela está se arriscando também.

Wapi abriu o bico e cuspiu fogo roxo sobre a água do rio, como para puni-lo pelo que fizera à jovem maga e a Yhari. Cilla bateu as asas e grasnou para demonstrar que as Piróssias também tinham coragem para dar e vender.

— Vamos, já passou muito tempo desde que entramos nos subterrâneos. Talvez já seja madrugada. — Yhari levantou-se, resmungando por causa do rasgão em seu macacão térmico.

Entorpecidos pelo cansaço, os quatro amigos e os dois Piróssios prosseguiram, seguindo as margens do rio que corriam ao lado das Conduturas Cobríficas. Consultando sempre o mapa, compreenderam que estavam próximos ao subsolo das montanhas rochosas. O medo de encontrar algum animal monstruoso que vivia nas vísceras de Emiós tornou-se palpável. A cada mínimo barulho, todos estavam prontos a agir e enfrentar o enésimo perigo.

Contudo, eles não eram os únicos a se arriscar tanto. A alguns quilômetros dali, na superfície, o intrépido Gardênio também se metera em apuros para convencer os outros U'ndários a não se dirigirem para o poço.

— Eu irei por aquele lado e depois vou esperar pela chegada dos nossos companheiros. Eles vão saber nos ajudar com as Mecânias Fluantes; o pessoal das Fábricas Côncavas é verdadeiramente esperto — comentou, fingindo segurança diante do grupo.

Alguns U'ndários foram contra, e argumentavam que as impressões deixadas pelos Piróssios se dirigiam justamente para o poço e que, portanto, seria conveniente revistar a área inteira, palmo a palmo. Mas, no fim, Gardênio levou a melhor. Eles se dirigiram para a zona de cogumelos de Ômbria deixando o barbudo ruivo cuidar do bosquezinho das Poças de Esmerilha.

Gardênio foi afundando o Corcundoso dentro dos montes de neve e chegou ao poço. Viu as rédeas amarradas e presas numa árvore. A estranha corda entrava na boca do poço, e ficava pendendo ali.

Ele debruçou-se e, olhando para baixo, compreendeu que os garotinhos haviam conseguido fugir sem problema, levando consigo os Piróssios. Recolheu as rédeas e enrolou-as, pensando em Morga e seus amigos. "Muito bem, corram, corram. Agora, ninguém mais vai poder detê-los."

Uma rajada de vento gelado deslocou sua cartola afundada na cabeça, e a lembrança de Morga voltou-lhe muito límpida.

— A filha de Serunte! É incrível que uma garotinha seja realmente capaz de mudar a vida em Emiós.

— O que você está resmungando, velho barbudo?

A voz aguda provinha de trás de Gardênio. Era um U'ndário das Fábricas Côncavas que ele não encontrava havia muito tempo. Atrás dele seguia o grupo que se aprontava para trabalhar nas Mecânias Fluantes.

— Bem-vindo, meu caro. Bem-vindos todos vocês. Agora, vamos começar logo o trabalho. A ordem do Pramago Lefório é de resolver o problema o mais depressa possível. — Gardênio continuou com as rédeas debaixo do braço e se afastou, dirigindo-se para as Poças de Esmerilha.

A equipe de U'ndários chegara no horário combinado e nenhum deles deixou de notar que Gardênio segurava um bolo de rédeas de Piróssios debaixo do braço. Ninguém fez perguntas, pois o céu ameaçava uma nova nevasca e não havia tempo a perder.

Armados de pesadas ferramentas e grandes alicates, os U'ndários das Fábricas Côncavas passaram a verificar as gigantescas máquinas travadas por sabe-se lá que falha. O cheiro acídulo do Masmi era mais enjoativo que nunca, e trabalhar por horas a fio nas Poças de Esmerilha era um serviço que não agradava a ninguém. Todos se recordavam das provações por que haviam passado quando Dakis, mas sabiam que se as Mecânias permanecessem paradas o frio intenso criaria graves prejuízos e problemas para todas as cidades de Emiós.

Nas casas da Colônia Briosa reinava também muita agitação. Ancilantes, Gestais e U'ndários deviam supervisionar os trezentos Dakis parados e que se aborreciam. Ninguém fora até Karash, porque o desaparecimento repentino de quatro garotinhos era um acontecimento extraordinário. Fugir da Colônia Briosa no meio da estação Invéria significava morte certa.

Sasima queria falar com Lumira. A garotinha havia dedurado os colegas, e por isto recebera elogios e fora parabenizada até por Lefório.

Com a desculpa de lhe levar alimentos quentes e alguns doces, bateu à porta da Casa 207.

Quando entrou, viu a Daki ocupada, limpando sua Komba.

— Trouxe algo para comer — disse Sasima, indicando uma bolsa repleta de guloseimas que trouxera consigo.

Lumira sorriu e, passando as mãos sujas pela franjinha sebenta, abordou a Gestal com evidente satisfação:

— Obrigada, você também quer me cumprimentar? Devo dizer que esses quatro garotinhos são um tanto turbulentos. Quem sabe que fim levaram!

Sasima tirou a pesada capa branca e, ajeitando o suntuoso vestido verde, franziu a testa.

— Você acha que eles estão mortos?

— Bem... há fortes probabilidades! Ou eles congelaram, ou acabaram como pasto para alguma fera das montanhas rochosas. Talvez tenham sido devorados por um grande Cramos! Eu realmente não entendo por que eles fugiram à noite. — Lumira pegou dois salgadinhos apetitosos e colocou ambos na boca de uma só vez.

— Pois é... você não sabe mesmo nada a respeito... não é? — insistiu Sasima.

— Eu acho que foi Morga quem os convenceu. Aquela é mal-educada. Infelizmente, Drima fez amizade com ela e foi embora sem sequer se despedir de mim. — A garotinha respondia com jactância, querendo se mostrar.

— E por que você acha que foi Morga quem teve a ideia de fugir? — Sasima ficara nervosa, mas procurava não demonstrá-lo.

— Não sei. Mas vi que, em Karash, na lojinha de antiguidades e joias raras, ela quis de qualquer maneira comprar um livro que trata de lendas. E ela o permutou por um brilhante! E ela possuía outras pedras preciosas também. Isto é estranho, não? — Lumira deglutiu outro salgadinho.

— Interessante! E você disse estas coisas para as outras Gestais também? — A amiga de Animea temia que a boba Daki tivesse difundido demasiadas informações.

A essa altura, Lumira ficou desconfiada.

— Por que você está me fazendo todas essas perguntas?

Sasima voltou a vestir a capa e, virando-se para o portão, disse:

— Curiosidade. Simples curiosidade.

Assim que saiu da Casa 207, ela foi atingida pela tormenta de neve. Caminhou sob os pórticos, tentando ficar próxima da parede para não cair. Seu único pensamento era voltar a falar com Gardênio. Era mister preservar o segredo acerca da verdadeira identidade de Morga. Sasima também teve a ideia de descobrir quem gerenciava a lojinha de Karash para saber que livro fora comprado pela Maga do Vento, mas não teve coragem de conversar com as outras mulheres. Todas estavam muito atarefadas na cozinha, lavando e passando as roupas dos Dakis. A única pergunta que logrou fazer foi se as gestoras das lojas haviam permanecido em Karash. E a resposta distraída que algumas Ancilantes forneceram foi afirmativa. Sasima passou os dedos sobre as margaridas de cristal que enfeitavam os seus cabelos e sentou-se num pequeno sofá de canto, na grande cozinha da Colônia. Olhava ao seu redor e só via confusão: a ausência de Telkia e a partida repentina de Lefório haviam posto um fim a qualquer rigor. E a fuga dos quatro garotinhos somara-se ao problema das Mecânias.

Sasima queria pegar sua Vádria e voar ao Mosteiro de Hamalios para se trancar em seu quarto, na escuridão, para não pensar no futuro. Mas, certamente, não poderia abandonar Gardênio e trair a amizade de Animea. Enquanto permanecia absorta em seus pensamentos, duas Ancilantes vociferaram, avisando a todas que era preciso levar mercadorias para Áurea Nyos o quanto antes. Mas, com a tormenta que fazia, seria difícil convencer os Dromantes a caminhar. Naquele momento, Gardênio entrou acompanhado de três U'ndários.

— Viemos comer alguma coisa quente. Nas Poças de Esmerilha congela-se! — anunciou o barbudo ruivo, tirando a cartola coberta de neve.

Sasima levantou-se do pequeno sofá e prontificou-se a preparar algum prato, mas Gardênio a pegou pelo braço e lhe entregou o emaranhado de rédeas dos Piróssios, murmurando:

— Esconda isto. Os garotos as haviam deixado penduradas dentro do poço. Por sorte, fui eu quem as encontrou.

Os U'ndários e algumas outras Gestais observaram a cena, sem ouvir as palavras de Gardênio.

Para tentar desviar a atenção, o barbudo ruivo se voluntariou para transportar as mercadorias:

— Eu posso tentar, não tenho medo do gelo.

Os seus companheiros riam enquanto comiam *focaccia* e bebiam tisanas quentíssimas.

— Você é sempre o mesmo. Mas você nunca se cansa?

Sasima intuiu a intenção de Gardênio: entrar em Áurea Nyos com o pretexto de entregar mercadorias e tentar ajudar Morga. Contudo, nenhum Dromante suportaria aquele tempo horroroso. A conversa terminou rapidamente e o U'ndário ficou olhando para a Gestal, procurando a enésima cumplicidade.

Sasima saiu da cozinha para respirar o ar frio e olhou para o céu: estava cinzento e carregado de nuvens. O gelo e a tristeza penetraram em seu coração. Como gostaria, naquele momento, de estar ao lado de Animea e dizer-lhe para não se preocupar e ter confiança. O destino de Morga não podia ser modificado.

E que a profecia já tinha se tornado realidade era algo que a própria Maga do Vento sentia até dentro dos seus ossos, ao caminhar cansadamente pelas galerias para procurar uma saída para Áurea Nyos.

— Deveríamos estar exatamente debaixo das montanhas da Cosmogonia Rochosa: a abóbada do túnel é de pedra branca — comentou Morga, iluminando o ambiente com o Glibine.

O mapa indicava um trajeto tortuoso que subia e descia entre cavernas e pontos obscuros.

Drima estava exausta e pediu que parassem para comer. Yhari abriu a bolsa de viagem e pegou os últimos pedaços de Pão Rosa e um pouco de geleia Momôrnica Charantia.

— Vocês acham que eles já perceberam nossa falta? — Horp estava preocupado.

— Lumira certamente não ficou calada. Não me vendo voltar para casa, deve ter notificado todo mundo. — Drima conhecia demasiadamente sua companheira fofoqueira.

— Mesmo que nos procurem, jamais vão pensar que estamos indo para Áurea Nyos. E Gardênio e Sasima não nos trairão. — Mal Morga acabou de mastigar seu pão, acariciando o Obolho, quis retomar o caminho.

A umidade aumentou e o calor também. As Conduturas Cobríficas estavam fervendo, sinal inequívoco de que estavam cheias de Masmi.

— O líquido está muito quente. Significa que as Mecânias Fluantes estão funcionando. Os U'ndários devem tê-las consertado — observou Yhari, pondo-se em marcha com a bolsa no ombro.

A luz vermelha do Glibine e as candeias amarelas de Óleo Trimado iluminavam o fundo da galeria: estava fechada!

— Olhem, não tem saída! — indicou Horp.

— Nós nos perdemos. E agora? O que vamos fazer? — Drima abraçou Cilla, que grasnava nervosamente.

Morga voltou a verificar o mapa.

— Aqui deveria haver outra abertura, um túnel em declive. Vamos seguir as Conduturas e não haverá erro.

Efetivamente, à direita abriu-se um vão mergulhado em sombra. Os quatro garotinhos dirigiram-se para aquele lado, convencidos de que estavam no caminho certo. Deram um passo, outro, outro ainda e então... despencaram de repente num barranco!

Caíram todos juntos como pedras, e seus gritos puderam ser ouvidos até dentro do coração de Emiós. Os dois Piróssios giravam, sacudindo as plumas. No vazio úmido e escuro, somente a morte podia escutar os seus gritos.

O baque foi surdo e seco. Os corpos dos garotos e dos avestruzes bateram num terreno repleto de galhos secos e capim alto.

Drima permaneceu imóvel com os olhos cor-de-rosa fixos para o alto. Horp apalpou sua testa e sentiu nascer um calombo. Yhari apertava a bolsa de viagem entre os braços como se fosse uma criança que precisasse de proteção. Quando ele ouviu a voz soluçante de Horp, virou-se para assegurar-se de que o amigo não estivesse ferido.

— Você está inteiro?

— Sim, mas eu levei uma pancada... — O Daki arregalou os olhos, que na penumbra pareciam muito brancos em contraste com a pele escura. Um raio de luz refletia-se em suas pupilas, coisa que Morga notou imediatamente.

A garotinha saltou de pé e procurou a fonte daquela luz, que provinha da direita.

— Todos estão bem? — perguntou, verificando também o estado de Wapi, que abria e fechava o bico pelo susto.

— Sim, por sorte, caímos num lugar macio — acrescentou Horp.

— Capim? Aqui embaixo? — Drima arrancou um punhado de capim meio marrom.

— Se há vegetação, significa que estamos próximos da superfície. Talvez este barranco tenha nos levado à galeria debaixo da Floresta de Samhar. Lá no fundo há uma luz que vem de fora — emendou Morga, se entusiasmando.

E era verdade, a abóbada já deixava entrever grossas raízes de árvores que avançavam entre as rochas e pedras graníticas, e um fio de luz do dia penetrava pelas fissuras.

Sujos e exauridos, fizeram um último esforço. Faltavam poucos quilômetros para chegar às portas da Cidade das Cem Torres.

O teto da galeria era bastante alto, e Drima decidiu montar Cilla. Horp subiu nas costas de Wapi, que o aceitou depois de trocar um olhar de cumplicidade com Morga. Quanto mais avançavam, maior era a quantidade de oxigênio trazido pelas correntes de ar que se infiltravam por orifícios e frestas. A Maga do Vento cheirou as paredes e sentiu o perfume da floresta. O chamado da natureza e da liberdade e o desejo de trepar nas árvores nodosas deram-lhe um impulso energético mais potente que o de qualquer infusão ou poção mágica.

No último trecho, o túnel transformou-se num emaranhado denso de plantas trepadeiras e até as Conduturas ficaram mergulhado num fino tapete de musgo. O calor e a temperatura úmida do subsolo propiciavam o nascimento e a expansão de espécies vegetais jamais vistas do lado de fora.

A luz do Glibine já não era necessária, a claridade pálida e cinzenta do dia esgueirava-se pelas folhas, tornando o ambiente menos infernal.

O Obolho começou a esguichar muito vapor, e Morga percebeu que a primeira portinhola ficara transparente. Um sibilo estremeceu o pequeno dirigível: chegara uma mensagem.

— Pronto, está funcionando novamente — comentou a garotinha, pegando imediatamente o Ciodalo. A missiva era de Eremia e havia sido enviada muitas horas antes.

Telkia faleceu. A tragédia está se abatendo sobre nós, Fhar.
O vírus nos matará a todos. Peço-lhe, apresse-se.
Assim que chegar, envie-me uma mensagem.
Tome cuidado com as Sentinelas, estão nervosíssimas e receberam ordens para atacar quaisquer intrusos.

Eremia

Morga continuou com o Ciodalo entre as mãos.

— A profecia tornou-se realidade. O vírus matou Telkia.

— O QUÊ?! — exclamaram os três Dakis em coro.

— Eu falei para vocês que eles não eram imortais. Este é o primeiro luto para os Mestres de Vida De agora em diante, todos os Fhar correm perigo. Inclusive meu pai... e Eremia.

Morga cobriu os olhos com as mãos. Foi somente naquele momento que ela se deu conta de que eles também poderiam morrer. Pior ainda, segundo a profecia, todos os Fhar morreriam. Não obstante, parecia-lhe impossível perder as pessoas às quais queria bem. Vira seu pai uma única vez, mas o pensamento de deixá-lo morrer sem fazer nada era inaceitável para ela.

Morga precisava do vento, do seu vento. Precisava sair ao ar livre e ser abraçada pelas palavras do ar. A aragem era a única coisa que podia aplacar a sua angústia.

Ela correu em direção ao fim do túnel, seguida por Wapi, que saltitava, oscilando como sempre. Os outros também a seguiram, sem fazer mais perguntas.

8

Heimfra e o código sagrado

Áurea Nyos

Estação Invéria — 8º dia do ano 500

Temperatura: 30 graus abaixo de zero

Lua azul-cinza e lua vermelha diurnas

O pôr do sol coloria o céu de um roxo tênue. As grossas nuvens de tormenta haviam se deslocado para o sul, e as duas luas, a azul e a vermelha, abriam espaço para a branca, da qual só se entrevia uma nesga. Morga escalou os grandes blocos de pedra do resto da galeria e saiu num prado coberto de cristais de gelo contornado por altíssimas árvores revestidas de neve. O Obolho rodopiou algumas vezes esguichando fumaça e vapor, pronto para receber novas mensagens.

Ao olhar à sua frente, a Maga do Vento viu um aglomerado de torres majestosas sobre as quais sobressaíam as bandeiras congeladas pelo frio: os símbolos dos Fhar eram bem visíveis e assinalavam as moradias dos poderosos habitantes da Área Krop-6X.

Cada torre era diferente da outra e todas eram adornadas com estátuas e gravações. Capitéis, arcos e pórticos, vidraças de diversas cores, janelas enormes e minúsculas emolduradas em mármore e pedras preciosas. Numerosas pontes ligavam uma torre à outra, sendo que algumas eram cobertas com pequenos telhados de mármore preto, enquanto outras pareciam simples passarelas penduradas com grossas cordas trançadas. A despeito da friagem, havia muita vegetação, e a Floresta de Samhar, que se estendia até a última das cem torres, estava imersa em silêncio. Do portão de entrada de mais de 4 metros de altura, no qual alternavam-se barras de ferro e prata, pendiam estalactites alvas que brilhavam sob os raios do sol poente.

A entrada de Áurea Nyos era imponente e provocava certa inquietação: esse portão tão majestoso fora erguido para defender a cidade dos Fhar.

Wapi baixou o pescoço e apoiou a cabeça nas costas de Morga, pressionando-a ligeiramente com o bico. A garotinha acariciou-o.

— Nós conseguimos, meu gingão. Agora, ainda vamos precisar de coragem para entrar. Mas não tenha medo, eu nunca o deixarei sozinho.

A jovem maga inalou o ar, e o cheiro de morte penetrou até seu estômago: o vírus da profecia estava presente, e Morga detectou-o com os seus sentidos apurados como espiões.

Foi percorrida por um calafrio: dentro de Áurea Nyos estava se cumprindo o destino dos Fhar, e ela era a portadora da sua desventura.

Yhari, ladeado por Cilla, aproximou-se de Morga.

— Eu preciso encontrar um abrigo agora mesmo; o frio está penetrando no macacão térmico pelo rasgão, e minha perna esquerda está congelando.

— Passe um pouco de Creme Antalgia, isto a protegerá. Procure resistir, Eremia virá buscar-nos o quanto antes — encorajou-o a garotinha, colocando as mãos sobre a perna gelada do Daki.

Yhari aceitou o conselho e pegou o pote de pomada na esperança de que funcionasse também na perna. Horp e Drima chegaram-se aos dois amigos, mas o problema de Yhari não os impediu de apreciar a paisagem incrível: boquiabertos, fitavam as torres dos Mestres de Vida. Depois de ter passado aproximadamente vinte horas nos subterrâneos, eles se sentiam felizes por estar finalmente ao ar livre, mas o ar frio que penetrava em seus pulmões transmitia-lhes somente uma ilusão de liberdade reencontrada. A cidade dos Fhar era o coração de uma ditadura que estava prestes a desabar, e nada tinha sabor de alegria e felicidade.

— Vocês já estiveram aqui, não é? — perguntou a Maga do Vento.

— Algumas vezes, para ajudar Gardênio a trazer as mercadorias e as caixas de Senthia. Mas nunca entramos nas torres — explicaram os dois garotos.

Drima, ao contrário, jamais havia visto Áurea Nyos, e permanecia imóvel olhando a cidade com um olhar assustado.

Morga abriu a quarta portinhola do Obolho e pegou o Ciodalo, enviou imediatamente uma mensagem avisando Eremia de sua chegada e do fato de que não estava sozinha.

Dentro de poucos segundos, a Bramante respondeu:

Sei que você está com Drima, Yhari, Horp e seus Piróssios. O Pramago Lefório chegou aqui a Áurea Nyos e informou-nos acerca da sua fuga. Eles os estão caçando. Como é que vocês conseguiram chegar até aqui? Agora, afastem-se do portão e não se deixem ver pelas Sentinelas. As de Okrad são as piores. Caminhem para o lado esquerdo, encontrarão uma fileira de arbustos nevados. Parem ali e esperem-me.

Eremia

Morga leu a mensagem em voz alta.

— Eu sabia que eles iam nos procurar logo! Alguém nos dedurou — comentou Yhari, cobrindo com as mãos a perna que já estava semicongelada.

— Lumira! Seguramente foi ela! Maldita espiã! — Drima jamais ficara tão aborrecida.

Os quatro amigos seguiram para a esquerda; Yhari sentia o frio subir pelo rasgão do macacão e apoiava-se em Horp, afundando as botas anfíbias na neve profunda. Depois de percorrerem uma centena de metros, viram os arbustos. Wapi e Cilla enfiaram os bicos no gelo para procurar algum tufo de Equisetum Arvense, pois estavam com fome e bastante cansados, e não haviam dormido por muitas horas.

O sol estava abandonando o céu e a noite caía, ameaçadora: nada deixava supor que teriam alguma chance de repousar.

Ouviram-se passos do outro lado dos arbustos.

— Onde estão vocês? — A voz baixa da Bramante soou como música aos ouvidos da jovem Imperfeita.

— Estamos aqui, Eremia! — Morga mostrou-se por entre os arbustos.

A velhíssima Fhar cobrira a cabeça calva com uma touca feita com o pelo alvo dos perigosíssimos Cramos, e estava envolvida numa capa prateada. Usava a Kaplá, mas seus olhos brilharam como estrelas quando viram a garotinha.

Os Dakis a saudaram inclinando a cabeça em sinal de respeito, ao passo que Morga correu ao seu encontro para abraçá-la.

— Senti tanta saudade de você. Tenho medo por você e por meu pai. O vírus poderia atingi-los também.

A Maga do Vento permaneceu com o rosto apoiado na capa e sentiu o perfume de especiarias e ervas alquímicas. O cheiro da Casa da Bramante e das essências do Panacedarium era inconfundível. Eremia tinha o aroma daquele concentrado de magia que Morga conhecia desde sua infância.

— Não é o momento nem o lugar apropriado para falar dessas coisas. As Sentinelas estão próximas — respondeu a Fhar, com muita pressa.

Constrangida pelo afeto que Morga demonstrava ter por ela, a xamã desvencilhou-se da garotinha e enrijeceu ao ver os Dakis, que haviam ficado imóveis assistindo à cena insólita. Fhar algum jamais lhes dera tanta confiança.

Drima retraiu-se, fechando bem a gola do macacão térmico, Horp virou-se para checar os Piróssios e Yhari baixou a vista fazendo uma careta de dor.

— Você está passando mal? — preocupou-se Eremia.

Yhari mostrou o rasgão do macacão, e a Bramante gemeu:

— Dentro em pouco estaremos num local aquecido e encontraremos um jeito de consertar o macacão. Mas posso saber que caminho vocês fizeram para chegar até aqui? E por que há somente dois Piróssios? — Aquelas perguntas mereciam resposta imediata.

— Encontramos o mapa das Conduturas Cobríficas numa lojinha de Karash e passamos pelos subterrâneos — explicou a jovem maga.

— E ninguém sabe que vocês desceram nas vísceras de Emiós? — indagou a xamã.

— Gardênio nos ajudou. Mas ele é confiável — esclareceu Horp.

— Quando estávamos na metade do caminho, fomos atacados por quatro vermes gigantes que devoraram os Piróssios de Horp e Drima. — Morga apertou Wapi contra si e não falou mais nada.

A Bramante voltou a gemer e disse, com voz profunda:

— Vocês se arriscaram muito. Mas como fizeram para se defender?

Yhari interveio, enchendo o peito para demonstrar sua coragem:

— Morga usou a magia do vento e nós arremessamos pedras e seixos contra os vermes.

Eremia sacudia a cabeça.

— Vocês devem estar cansados e esfomeados. Sigam-me sem fazer barulho.

Mas, mal ela terminou de falar, Wapi emitiu um lamento estridente: estava excitado por rever a anciã e queria contar-lhe o horror que fora assistir à morte dos dois Piróssios devorados pelo verme. Porém, bastou que ela lhe lançasse um único olhar severo para que o avestruz batesse com as asas em sinal de respeito.

Uma senda estreita de pedras azuis recoberta por uma espessa camada de gelo levou-os exatamente até uma das primeiras torres. O Obolho de Eremia e o de Morga pararam a meia altura como se uma poderosa energia os tivesse bloqueado. Com efeito, todos os lampiões de Áurea Nyos acenderam-se de chofre, criando ondas magnéticas que interceptavam qualquer objeto voador: o manto de neve brilhou sob os reflexos das luzes brancas e rosa. A Bramante deu algumas sacudidas nos dois Obolhos, que voltaram a esguichar vapor e, depois, virando-se para os garotos, disse:

— Apressem-se, a iluminação noturna não ajuda. As Sentinelas podem nos ver com maior facilidade agora. — Eremia encostou-se no pesado portão de madeira no qual havia uma grande maçaneta de ouro, empurrando-o: estava aberto.

Ficou alarmada com um ruído, agarrou os garotinhos um a um e lançou-os para dentro com uma força insuspeitada por causa de seu porte esguio. O Obolho de Morga deu uma guinada veloz, seguindo a jovem maga para o interior da torre. Cilla e Wapi saltitaram assustados, espremendo-se para passar pelo portão alto e estreito. Foi por um triz.

As duas maléficas Sentinelas de Okrad chegaram voando sobre o manto nevado, e seus olhos verdes fluorescentes fitaram a Fhar.

— Estou indo ao primeiro andar da torre de Telkia para preparar a cerimônia fúnebre. Vocês podem ir fazer seus controles em outra parte, eu preciso ficar sozinha — disse a Bramante, que não deixava transparecer nenhuma agitação.

As Sentinelas pediram desculpas pela brusca intromissão e partiram. Somente uma se virou, desconfiada: havia percebido algumas plumas amareladas de Piróssio logo na soleira do portão. Eram de Cilla. Eremia pisou nelas, torcendo para que a criatura de fumaça não voltasse atrás para pedir explicações, pois, efetivamente, era proibido o ingresso de avestruzes em Áurea Nyos.

E assim foi.

A Bramante Branca fechou o portão e acendeu magicamente as tochas do suntuoso hall de entrada com um gesto suave da mão direita. As paredes arredondadas da torre eram amarelo-ouro, o piso negro e enceradíssimo era parcialmente coberto de pesados tapetes cor de amaranto. À esquerda, uma abertura em arco levava a um aposento escuro; uma gigantesca ampola cheia até a metade com um líquido verde no qual se agitavam minúsculas bolhas brancas sobressaía-se à direita.

— Esta é a torre de Telkia, que, como vocês sabem, morreu. O corpo dela encontra-se no andar de cima, na Extânima, a câmara de adormecimento. Telkia jaz na Cuba Biomágica. As Sentinelas da Pramaga estão do lado fora em vigília com as outras e, portanto, ninguém vai nos perturbar — relatava Eremia enquanto subia a escada de mármore negro em forma de caracol.

— Mas... você vai nos levar logo ao primeiro andar? Para a Extânima de Telkia? — perguntou Morga.

— Claro. A câmara de adormecimento é iluminada por tochas, e quem checar pelo lado de fora não poderá suspeitar de nada. Das outras torres poderão ver que estou aqui preparando a cerimônia fúnebre a mando de Okrad. Portanto, vocês devem me seguir sem fazer muitas perguntas. — Eremia estava bastante inquieta. E tinha razão de sobra para isso.

Yhari, carregando a bolsa de viagem no ombro, fez um sinal para os Piróssios pararem perto do portão de entrada, e ambos obedeceram, deitando-se um ao lado do outro. O calor que emanava das Conduturas Cobríficas estava normal, e as numerosas lareiras estavam acesas. A perna do garoto ainda se encontrava gelada, porém o músculo da coxa se recuperava lentamente.

Drima pegou Horp pela mão, e o garoto olhou para ela, espantado:

— Você está com medo?

— Sim, muito. Nunca vi um morto. E nunca imaginei vir para cá. A Pramaga Telkia nos guiou e nos ensinou tantas coisas na Colônia Briosa, ela era severa, mas... — explicava a jovem Ancilante, com voz fina.

A Bramante parou no último degrau da escada em caracol e, sem se virar, respondeu para Drima:

— A morte não pertencia a nós, Fhar. Mas nada no mundo pode ser eterno. Agora, a realidade encontra-se diante dos nossos olhos.

Morga anuiu, Horp coçou os cabelos crespos e lançou um olhar para Yhari, que nem sequer pestanejou. Eremia encaminhou-se para o quarto de Telkia, seguida por Morga. Os outros subiram lentamente: era a primeira vez que entravam numa Extânima.

O ar estava impregnado de incenso e havia centenas de pequenas e grandes velas acesas no chão. Num canto ardia um fogo, numa lareira ao lado da qual estavam jogadas almofadas vermelhas e amarelas. A Cuba Biomágica encontrava-se no fundo do aposento, ao lado da cama de dossel. A tampa estava levantada, mas nenhum vapor escapava dela. O corpo da Pramaga Telkia se achava bem visível, envolvido numa capa ocre e calçando sapatos de cristal. Os braços estavam cruzados e as mãos apertavam a placa sobre a qual estava gravada sua inicial. Usava um chapéu com uma barra transversal. Seu rosto, coberto pela Kaplá, permanecia misterioso até na morte.

— Felizmente, vocês não podem ver seu rosto. O vírus provocou marcas horríveis — explicou a xamã, aterrorizando os garotinhos.

— Que marcas? — logo quis saber Morga.

— Os lábios ficaram pretos e inchados. Morre-se por asfixia. O vírus da profecia é realmente terrível. — Eremia não usava meias palavras e contava como as coisas realmente eram.

— Lábios pretos... e inchados... mas é terrível! — exclamou Horp.

Os Dakis deram-se as mãos, e a Imperfeita logo os tranquilizou:

— O vírus infecta tão somente os Fhar. Não tenham medo.

A xamã não queria perder tempo.

— Sentem-se naquelas almofadas. Vamos conversar demoradamente — disse com ar decidido, encostando-se numa das duas colunas que ladeavam a janela central do aposento. Puxou ligeiramente a cortina, virou-se para os garotos e, apontando-os um a um, pronunciou os seus nomes. — Eu sei quem são vocês. Especialmente vocês dois — disse, indicando Horp e Yhari. — Vocês estiveram na minha casa com Serunte e Gardênio.

Com um gesto rápido, ela abriu a segunda portinhola do Obolho e pegou uma ampola contendo Cricola, um líquido preto e pegajoso. Entregou-o a Yhari, mandando-o pingar umas poucas gotas sobre o rasgão no macacão térmico.

O garoto pegou o vidro e obedeceu. O rasgão sumiu em um segundo.

— Morga, pegue a ampola de Cricola e guarde-a em seu Obolho — comandou Eremia.

Depois, virando-se, dirigiu-se também para Drima:

— Vejo seu rosto, jovem Ancilante, pela primeira vez. Estou contente que você tenha decidido se juntar a Morga.

Olhando severamente para os três Dakis, ela modulou a voz antes de continuar:

— Espero que saibam o que os espera: vocês estão sendo procurados, mas felizmente ninguém compreendeu o motivo pelo qual fugiram. Morga explicou-lhes a situação, imagino. Vocês demonstraram ter coragem, e isto me conforta. O vírus da profecia está matando a todos nós, os Fhar. Não foi somente Telkia que faleceu; outros quatro dentre nós exalaram o último suspiro poucas horas atrás.

Morga se pôs de pé num salto.

— Meu pai...

— Serunte está muito bem. E eu também. Por enquanto. — Eremia procurava acalmar a jovem Imperfeita.

— Então, quem são os Fhar que morreram? — perguntou Horp, mordendo os dedos.

— Vocês não conhecem. Nunca frequentaram as cidades de Emiós; trata-se de astrônomos e biólogos que pesquisavam técnicas mágico-científicas. E dois dentre eles tinham a pele da mesma cor que a sua, caro Horp. — A Bramante fitou o garoto.

— Eles eram negros como eu? Talvez um dos dois seja meu... pai — gaguejou, vencido pela confusão mental.

— Isso eu não sei. O que sei, com certeza, é que todos vocês são filhos de Fhar, mas unicamente graças ao Raio Avólio e à injeção do gene Désio-Z206. Nenhum sentimento paterno lhes foi transmitido, e isto por si já é um mal. — Eremia preparava-se para fazer um discurso importante.

— Eu nunca pensei querer um pai, nem desejei saber quem era minha mãe. Somente quando Morga nos contou a história dela é que comecei a me questionar sobre se eu tinha sentimentos por quem me deu a vida. — Horp olhava fixamente a Kaplá de Eremia, perscrutando seus olhos.

— Nós, Ancilantes, somos diferentes de todos vocês. E eu também só comecei a me fazer perguntas depois que Morga nos explicou certas coisas. — Drima vencera um pouco a sua timidez e conseguira dirigir-se à Bramante.

— Todas as crianças são frutos de alterações genéticas. Vocês, Ancilantes, foram criadas para servir às Gestais. Espero que a gentileza de vocês não lhes tire a possibilidade de compreender o sentido da vida e do amor. E vocês, homens — acrescentou, olhando Horp e Yhari —, estão destinados a se tornarem U'ndários; vocês conhecem a Imperalei e, agora, acho que estão prontos para querer mudar as regras. — Custava a Eremia um grande esforço dizer essas coisas.

Yhari ficou escutando-a, pensativo. A Bramante tirou a capa e o chapéu, permanecendo com seu costumeiro traje branco.

— Outros Fhar estão apresentando sintomas preocupantes, e seis estão recolhidos em suas torres. Sabem que estão prestes a morrer e querem unicamente a presença de suas Sentinelas — prosseguia a Bramante num tom frio em que não se percebia nenhuma emoção.

— E agora, o que faremos? — começou Yhari, apertando a bolsa de viagem de Morga.

Eremia apoiou-se na Cuba Biomágica e não respondeu. Em vez disso, foi atraída pela imobilidade de Telkia.

— Ela estava com 551 anos. Lembro-me do dia em que Okrad a nomeou responsável pela Colônia Briosa; muitas crianças já haviam nascido e ela queria cuidar delas. Foi um dia importante para Serunte também. O Centro Cripto funcionava muito bem, embora a estrutura ainda não estivesse concluída. Passaram quinhentos anos desde quando nós abandonamos a Terra, mas a minha mente não esqueceu nada.

Drima, Horp e Yhari ouviam com atenção; jamais alguém contara o início da vida em Emiós.

— Terra... — sussurrou Drima, mexendo ligeiramente os lábios roxos.

— Sim, Terra. O planeta da nossa existência humana — respondeu a anciã Fhar.

Morga aproximou-se de Eremia e olhou o cadáver de Telkia, sentindo-se perdida.

— Não tenha medo nem sinta piedade. O destino dela sela o nosso. A profecia é o caminho que engendrará o fim deste mundo. Você deve ser forte. Você é a Imperfeita, e não pode parar o que já começou. — A Bramante Branca percebia que a energia da jovem maga vacilava.

— Eu sei. Mas a morte assusta mesmo. E saber que sou eu que vou provocá-la com a minha missão me causa mal-estar — retrucou, tapando os olhos.

— Você é humana. É por isso que sente emoções contraditórias. A beleza da sua natureza é justamente essa. Eu também, seu pai e todos os Fhar éramos humanos. Mas nossa avidez de poder e a loucura causada pelo uso irresponsável das artes mágicas produziram somente infelicidade para todos. As coisas devem mudar — respondeu Eremia, acariciando os cabelos lisos da garotinha com suas mãos rugosas.

— É verdade que todos nós fomos programados para morrermos aos 50 anos de idade? — Yhari queria que ela confirmasse.

— Sim, é verdade. As numerosas clonagens realizadas nos mil Supérstites da Terra produziram seres de vida breve, que são os homens e as mulheres que nós, Fhar, qualificamos como "utilmente perfeitos". O motivo é que, quando programamos essa seleção horrível, queríamos somente garantir que U'ndários, Ancilantes e Gestais servissem para os nossos fins e para nossa sobrevivência. A ilha Límbia não é o local da eternidade de vocês, como nós sempre alegamos. Aquele atol no oceano Orhanto não passa de um cemitério gigantesco. — Eremia sentou-se na única poltrona, ao lado da Cuba Biomágica, e juntou as mãos.

Morga apertou os punhos, enquanto seu Obolho soltava lufadas de vapor ao lado do da Bramante.

— Sim, é justo que a morte atinja os Fhar. Não merecem viver. Mas o meu coração fica dividido. Eu não quero que meu pai morra. E não desejo perder você tampouco, cara Eremia.

— A única esperança é regressar à Terra. Não pense na morte. Ao contrário, pense no futuro que a espera. Vocês ainda são garotinhos e podem realizar os seus sonhos. — A Bramante retirou sua Kaplá e mostrou seu rosto velho para os Dakis. Deslizou os dedos pelo kumkum vermelho e aguardou sua reação.

Drima, Horp e Yhari estremeceram: era a primeira vez que viam o rosto de um Fhar.

— Velha, cheia de rugas, com a pele flácida. Somente eu me recusei a permanecer jovem. O tempo deve seguir o seu curso. A minha mente está fresca, mas o meu corpo pede para descansar. Estou cansada de mentir e estou pronta a continuar a minha vida somente em prol da verdade. — Os pequenos olhos reluzentes de Eremia escrutinavam os rostos dos garotos. Sua confissão despertou sentimentos fortes nos Dakis.

Drima observou os profundos sulcos que marcavam o rosto da Bramante.

— Mas a Kaplá não funciona?

— Eu a uso somente quando venho aqui a Áurea Nyos. Morga sempre me viu como sou na realidade. Os outros Fhar estão com o rosto jovem, não envelheceram. Mas não é possível atingir a eternidade usando uma máscara ou mergulhando o corpo numa Cuba

Biomágica. A eternidade não pertence à humanidade. Vocês entendem? — A anciã nunca fora tão loquaz, o que surpreendeu Morga.

Horp e Yhari ficaram pensativos; as palavras de Eremia eram como pedras de fogo; a onda da verdade invadia os seus pensamentos, que estavam mudando rapidamente. Compreender a falsidade dos Fhar não era simples para meros garotinhos.

— Eu falei da Terra e... — A velha Bramante foi interrompida por Morga.

— Na lojinha de Karash onde compramos o mapa das Conduturas Cobríficas havia também, no meio de outra papelada e livrinhos sobre lendas, um livro com fotos e imagens da Terra — comentou, abrindo a bolsa de viagem e entregando-lhe o exemplar.

Eremia folheou-o, incrédula.

— Quem será que o deixou por aí durante todo esse tempo? É um livro que tem mais de quinhentos anos, e é estranho que vocês o tenham encontrado numa lojinha — acrescentou, esboçando um sorriso ao rever o que sua memória não esquecera.

— Muito bem, estas fotos certamente não são de um mundo irreal. A Terra não é uma lenda e, para voltar para lá, será necessário ter força e coragem. Espero que a vida ainda possa existir sobre esse planeta que viu nascer a humanidade. Agora, vou lhes dizer o que fazer.

A Bramante levou a mão ao bolso interior do vestido branco e pegou uma Fituba amarela. Acendeu-a e fumou-a em grandes tragos. Depois, passou os dedos pelo kumkum vermelho e começou a explicar o que os garotinhos iriam ter de enfrentar, e, acima de tudo, detalhou qual seria o papel de Morga.

— Maga do Vento, abra o Gual e mostre a chave — ordenou secamente.

Morga obedeceu e, ao mover a mão, o anel brilhou em seu dedo, chamando a atenção de Eremia.

— Quem lhe deu esse anel?

— Eu o encontrei na Casa 299, era da minha mãe. Ela o escondeu dentro do armário. Ela ainda não sabe que está comigo. — Morga sorriu.

— Cuide bem dele. Assim que você revir Animea, tenho certeza de que ela ficará felicíssima — comentou a Bramante.

Morga beijou o anel e anuiu com a cabeça. Depois, desatarraxou o Gual e pegou a chave. Os outros logo disseram que sabiam o significado do símbolo gravado.

— Muito bem, esta chave representa a Lei Cósmica segundo nosso código sagrado, dos Fhar. Mas faltam outras duas para dar partida na Heimfra — lamentou, passando as mãos sobre sua cabeça calva.

— Heimfra? O que é isso? — indagaram, espantados.

— É o nome da gigantesca astronave que nos trouxe para cá, para Emiós. Heimfra quer dizer "saudade do retorno". É um nome repleto de significado — explicou a Bramante, apagando a Fituba numa cuia de grãos de incenso.

— Astronave? Mas nós nunca vimos uma! — Yhari estava estupefato.

— É uma espécie de Komba? — quis saber Horp.

— Muito maior. — Eremia abriu os braços largamente, mostrando que as dimensões da Heimfra eram realmente gigantescas.

— Maior que uma Vádria ou uma Espilonga? — A pergunta de Drima obrigou a Bramante a fornecer uma explicação mais detalhada.

— A Heimfra pode conter mais de mil pessoas e carregamentos de diversas mercadorias. É como uma cidade voadora. Porém, não me perguntem onde está, pois agora não é o momento de lhes contar. Primeiro, vocês devem encontrar as outras duas chaves, sem as quais não é possível ligar os motores e ir embora — explicou, de modo convincente.

Morga colocou-se de pé.

— E onde estão as outras chaves? E por que você só tinha esta, que me entregou?

— Okrad entregou-a para mim em sinal de fidelidade. E eu a pendurei na pulseira, junto com o prego de ouro. Seguramente, as outras duas chaves estão com ele. Uma tem o símbolo da Terra e a outra, o do Código Sagrado e Mágico, ou seja, o símbolo alquímico mais importante para nós, Fhar.

A explicação suscitou constrangimento, curiosidade e medo.

— E qual é o aspecto dos símbolos das duas chaves que faltam? — indagou imediatamente Morga.

A Bramante abriu a quarta portinhola do seu Obolho e tirou uma pedra verde sobre a qual estava gravado o código da Lei Cósmica, idêntico ao da chave que Morga possuía, e depois um velho pergaminho amarelado sobre o qual estavam traçados os outros dois códigos:

ॐ

वसुंधरा

Ela entregou a pedra verde para Morga.

— Ponha-a em seu Obolho, ela lhe será útil. Estava cravada na *Prima Chartum Psicha.*

— O quê? — fez Morga, que nem imaginava do que se tratava.

— A Chartum Psiche são três lâminas de prata que contêm as pedras e as chaves. Okrad confiou-me somente a pedra e a primeira chave de bronze verde, porém ficou com a lâmina de prata — explicou a Bramante.

— Mas a pedra e a chave devem ser usadas conjuntamente? E como? — questionou a garotinha, inserindo a pedra em seu Obolho.

— Você saberá no momento oportuno. Agora, observe bem o pergaminho; estes são os dois códigos que faltam. Junto com as chaves, você deveria encontrar também as pedras, que Okrad mandou cravar sobre as outras placas de prata, a *Secunda Chartum Psicha* e a *Tertia Chartum Psicha.* A que contém a pedra e a chave pretas tem o Código da Terra gravado, e a outra abriga a pedra e a chave amarelas, com o Código Sagrado e Mágico — revelou pausadamente Eremia.

— Esses desenhos são realmente estranhos, não parecem palavras! — exclamou Yhari alisando o pergaminho com os dedos.

— É sânscrito — disse Eremia.

— Sânscrito? — repetiram os garotos.

— Sim, trata-se de uma língua antiquíssima que os homens usavam num tempo remoto. Nela estão ocultos significados altamente espirituais e mágicos. Todos nós, Fhar, usamos essa língua como código secreto e sagrado. Morga tem a honra de ter o *Flatus* com a inicial do seu nome impressa no seu pequeno caderno vermelho. — A Bramante ergueu as mãos e gesticulou, desenhando no ar algo que somente Morga podia entender.

— Os Ambalis! — exclamou a jovem maga.

Os três Dakis não desgrudavam o olhar e aguardaram.

— Sim, além dos Códigos Sagrados, nós utilizamos os Ambalis, que são os números do sânscrito, e espero que você já saiba usá-los — comentou Eremia.

— Claro, eu usei o 4, que representa a força — redarguiu, feliz.

— Bem. Você já tem tudo o que precisa para alcançar a meta. A sua magia do vento, os Ambalis e os códigos não falharão. Agora, porém, eu não posso explicar mais que isso. O tempo corre veloz, e a cerimônia fúnebre de Telkia e dos outros Fhar começará à meia-noite. — Eremia entregou o pergaminho a Morga, que o guardou em seu Obolho de cristal.

— Como vamos fazer para achar as duas chaves e as pedras? E onde estão as *Chartum Psiche*? — perguntou Horp, cheio de dúvidas.

— Morga seguirá seu instinto. Cheirará o vento e saberá aonde ir. Ela é a Imperfeita, e não errará. O local onde as chaves se encontram não é acessível a todos.

Eremia olhou para a garotinha, que baixou os olhos e observou a chave com o código da Lei Cósmica que tinha em suas mãos.

A xamã passou o dedo sobre o kumkum e, semicerrando os olhos, acrescentou:

— Vocês precisam entrar na torre de Okrad amanhã à noite. Ele estará celebrando o encerramento dos funerais, que durarão 32 horas. A partir da meia-noite de hoje até as oito da manhã do dia depois de amanhã, nós, Fhar, estaremos obsequiando os mortos. O momento mais oportuno para entrar em sua torre, portanto, é amanhã à noite. Espero que vocês consigam encontrar as chaves. Nenhum de nós pode entrar na residência do Grão-Medônio. Somente Okrad decide quem convidar, o que faz com que nem eu nem Serunte possamos acompanhar vocês. As nossas presenças seriam altamente suspeitas.

Morga aproximou-se de Eremia e assegurou-lhe sua total dedicação com os olhos faiscantes de orgulho.

— Eu não tenho medo. Sei que é meu dever encontrar as chaves. A profecia não pode estar errada. Certo?

— Exatamente. Somente você pode fazer isso. E estes três corajosos Dakis vão ajudá-la.

A Bramante postou-se diante dos garotos e, tomando suas mãos, reteve-as nas suas. A velha Fhar transmitiu sua energia alquímica aos Dakis.

— Vocês não deverão jamais se separar por causa de ideias. Suas ações saberão levá-los para o futuro. Não traiam jamais seu coração e sigam o vento de Morga. Vocês bem sabem que o vento sopra e muda as coisas... — Eremia ergueu a cabeça para o céu.

E os garotinhos responderam juntos:

— Até as pedras tornam-se rosas...

Quando Morga ouviu as estrofes de sua poesia, comoveu-se e pensou nas pedras com os códigos. Essas pedras mudariam o futuro de Emiós. De dura, a vida tornar-se-ia uma pétala de rosa. Talvez fosse justamente este o significado da sua magia do vento. O ar e as energias da natureza podiam modificar a existência. O coração das pessoas e das coisas seria puro. Ela sentiu uma grande responsabilidade, e o orgulho de ser a Imperfeita lhe conferiu uma imensa força interior.

— O vento levará vocês para casa... para a Terra — murmurou a Bramante, desviando novamente o olhar para o cadáver de Telkia. — Nós, Fhar, erramos, e eu reconheço isso. Não tenho medo de morrer, porque sei que a vida de vocês vai continuar de uma maneira muito diferente e melhor do que é agora.

Morga agarrou uma ponta do comprido vestido branco da velha xamã.

— Não fale assim. Eu não posso perdê-la. Você realmente quer que o vírus a mate?

— Fecharei os olhos para sempre, porém não antes de ter visto você sorrir vitoriosa. — Eremia afagou o rosto cândido de Morga,

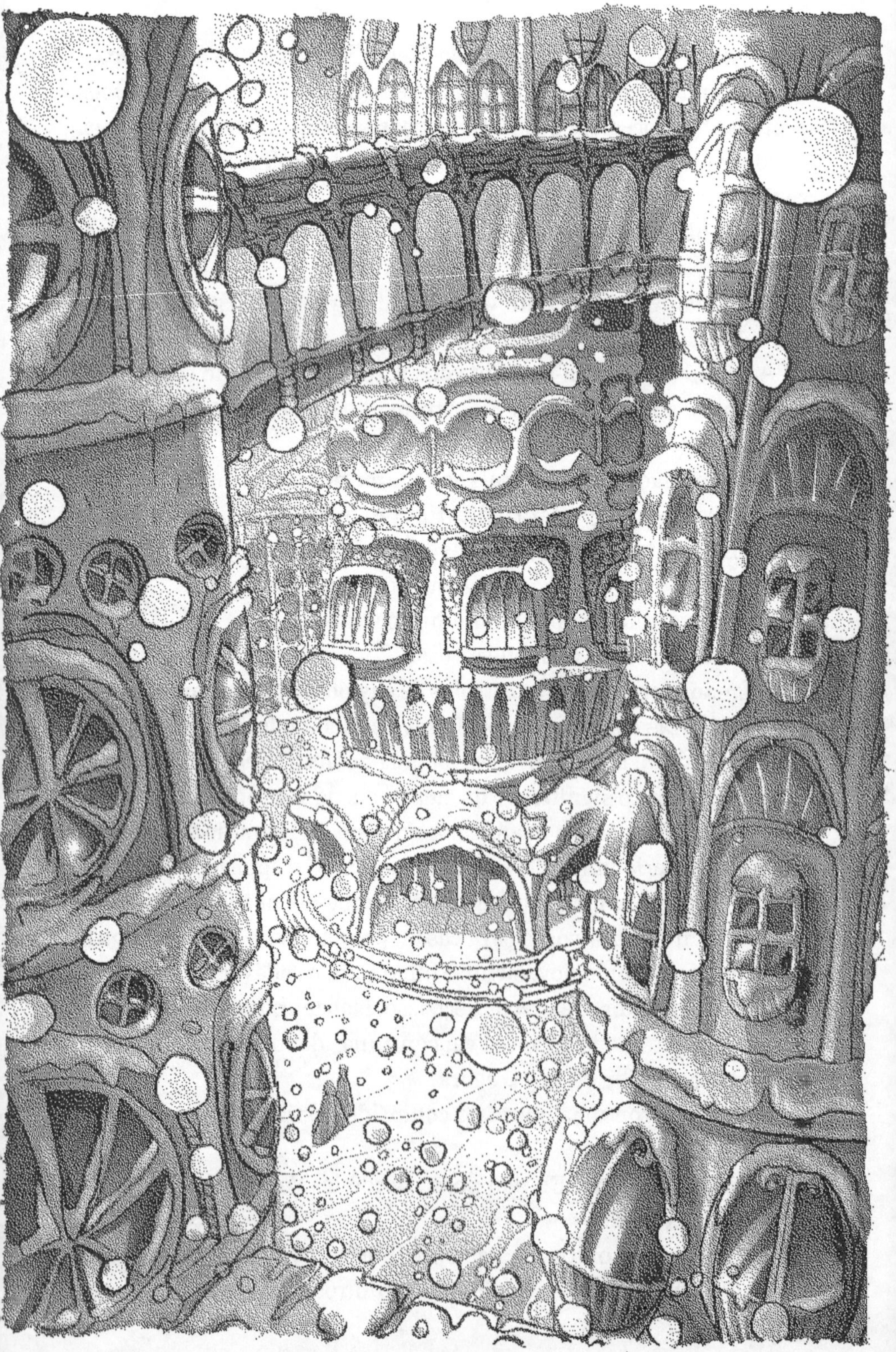

passou os dedos sobre as sardas roxas e, com olhar maternal, levantou-lhe o queixo.

A garotinha estendeu os braços para abraçá-la mais uma vez, mas a Bramante desviou-se.

— Sentimentos demais! Eu ainda não estou acostumada. Lembre-se de que o meu coração está fechado há muitos séculos.

Yhari deu um passo para a frente e, espiando para dentro da Cuba Biomágica, tomou a liberdade de pegar a mão direita de Eremia, que se sobressaltou. O garoto não sentiu nada diante do cadáver de Telkia; seus pensamentos voaram para a sua infância e os sonhos que haviam sido esmagados pela Imperalei.

— Estou contente de ter compreendido a importância do amor. Obrigado, Bramante Branca, tudo o que você disse ficará guardado dentro de mim. Eu também gostaria de ser totalmente humano, como Morga. E sei que o meu sangue mudará, tornar-se-á forte e disseminará o amor, caso eu consiga chegar ao planeta Terra. Eu... tenho um grande respeito pelas rugas que vejo em seu rosto. Você não é uma Fhar cínica. É mais humana que todos nós e, por isso, eu seguirei o destino marcado pela profecia.

Morga olhava o garoto louro que a beijara com olhos enamorados. Eremia percebeu e uniu a mão de Yhari à da Maga do Vento, que ainda segurava a chave.

— Pronto, a única coisa que será eterna é o sentimento humano. Não se esqueçam disso — concluiu a xamã.

Horp olhou para os olhos cor-de-rosa de Drima.

— Você está com o olhar luminoso. Não sente mais medo?

— Não. Ao lado de vocês eu me sinto bem. Sinto-me segura — respondeu, olhando fixamente para a Bramante e visivelmente satisfeita.

Morga voltou a guardar a chave dentro do Gual e afundou a ponta de prata, fazendo desaparecer o Obolho.

— Não vou precisar dele agora, certo, Eremia?

— Sim, é melhor que permaneça invisível. Você só voltará a usá-lo na torre de Okrad.

A xamã foi até a janela e, afastando ligeiramente a pesada cortina, fez um sinal para os garotinhos se aproximarem.

— Olhem, cada torre está ligada a outra com duas pontes. Vocês devem entrar naquela lá do fundo, a mais iluminada; como podem ver, é a única que não está ligada a nenhuma outra.

— A torre de Okrad! — exclamaram em coro.

— Exatamente. E para chegar lá vocês vão ter de atravessar as pontes cobertas quando a noite estiver adiantada. Vocês passarão da torre de Telkia para a de Smartika e, por fim, para a de Lefório. Dali, deverão descer ao pavimento térreo e atravessar um espaço aberto e muito iluminado. Tomem cuidado com as Sentinelas. — Eremia suspirou, examinando os rostos dos quatro garotinhos, que a olhavam, temerosos. — A torre de Okrad é a única a não estar ligada por pontes. Vocês entrarão atravessando um longo pórtico circular e, quando encontrarem uma pequena porta de alabastro, introduzirão este prego na fechadura. — A Bramante entregou o prego de ouro que ficava pendurado em sua pulseira.

— Ela se abre como o depósito da sua casa! — exclamou Morga guardando o prego no bolso.

— Sim, é fácil entrar. Depois, quando estiverem do lado de dentro, subirão as escadas até chegarem à biblioteca e ao quarto de Okrad. Espero que os documentos e as chaves estejam dentro de algum baú ou gaveta. Tomem cuidado para não fazer barulho.

— Wapi e Cilla irão conosco? — perguntou Yhari, preocupado.

— Não! Agora, vou mostrar para vocês onde eles vão ficar. Vocês virão pegá-los depois de ter recuperado as chaves. Eu certamente não posso ficar com eles!

Eremia saiu da Extânima e encaminhou-se para a escada em caracol. Os garotinhos a seguiram e, titubeantes, abandonaram a câmara de adormecimento.

— Agora, vocês vão se esconder no Panacedarium de Telkia; ninguém ousará entrar ali. Evidentemente, fiquem de olho nos dois Piróssios — ordenou a xamã enquanto ia descendo os degraus.

Cilla e Wapi, que roncavam ruidosamente, acordaram com a voz da velha Fhar. Puseram-se de pé e alongaram o pescoço.

Eremia dirigiu-se para a porta do aposento alquímico e girou a maçaneta em forma de bússola, deu alguns passos para dentro, e as luzes verdes do extraordinário laboratório de Telkia acenderam-se em cascata.

Morga, seguida por Wapi e pelos outros, entrou, cheirando o ar, que tinha odor de cogumelos secos e incenso.

Horp começou a espirrar, Drima tossiu e Yhari tapou o nariz.

— Vocês vão ter de se acostumar, Telkia amava este perfume. Encontrarão alguma coisa para comer naquele cestinho em cima da mesa, que eu trouxe antes de vocês chegarem. — A Bramante postou-se diante de Morga, olhando-a severamente. — Você vai me trazer as chaves e as pedras. Prometa que o fará! O medo não pode impedir o destino. Pense no seu vento e conserve a magia dentro do coração. Quando eu bater três vezes, você saberá que está na hora de ir — prosseguiu a anciã Fhar, tocando o seu kumkum.

— Mas como é que vamos fazer para chegar à ponte? — Morga olhava ao redor, mas não havia nem janelas nem portas, apenas paredes de pedra repletas de panelas e estranhos instrumentos pendurados.

— Atrás daquela pequena lareira, ao lado das cadeiras, há uma alavanca. Puxe-a, e um vão se abrirá, atrás do qual há um corredor em subida. Você vai desembocar no segundo andar, onde fica a ponte. — Eremia foi-se, dando uma última olhada nos Dakis, que nesse olhar puderam ler toda a sua apreensão.

Morga pegou-a pelos ombros.

— Meu pai virá para cá?

— Sim, ele vai chegar dentro de poucos minutos com os outros Fhar. Você não poderá encontrá-lo. Ele sabe o que você vai ter de fazer. — A Bramante, seguida pelo seu Obolho, fechou a porta do laboratório e a maçaneta travou.

A garotinha permaneceu com as mãos apoiadas na porta.

— Eu só queria dizer que tenho medo por ele e que lhe quero bem — murmurou entre os dentes.

Yhari abraçou-a.

— Ele se orgulha de você. Agora, precisamos descansar, vamos ter de esperar longas horas.

Morga olhou para a mesa que lhe lembrava a do Panacedarium de Eremia; reconheceu a Cademônia Curvada, o alicate que fica quente;

mais adiante notou o pó e as pinhas Carya Glabra numa pequena travessa de madeira. Com satisfação, fez aparecer o Obolho, abriu a terceira portinhola e guardou ambas as substâncias.

— Perfeito, estas realmente me faziam falta — comentou enquanto fazia o pequeno dirigível desaparecer.

— O que foi que você pegou? — quis saber Yhari.

— As pinhas e o pozinho servem para algumas poções alquímicas. Eu não tinha e, seguramente, agora não vão fazer falta para Telkia.

Horp chamou a atenção deles.

— Olhem, aqui há velhos pratinhos. Estão semiquebrados; quem sabe a que Dakis terão pertencido... É estranho que a Pramaga os tenha guardado.

Yhari pegou um deles.

— Pesavam bastante. Os que nós usamos são mais leves.

Enquanto os dois garotinhos conversavam, Wapi foi saltitando em direção à pequena lareira e bateu com o corpanzil contra a mesa das poções, derrubando uma caixa de madeira cheia de pozinho cinzento. Parecia cinza.

Horp fez menção de apanhá-la, mas Morga o impediu.

— Não toque nisso — ordenou, acocorando-se.

Primeiramente, cheirou-o, depois, passou o dedo sobre o estranho pó e o levou à boca.

— É Sudâmia, pó de cogumelos secos de Ômbria. Não é perigoso, serve somente para empastar os elementos alquímicos de algumas fórmulas. Eremia não usa isto, mas sei que os outros Fhar o fazem. Este cheiro de cogumelos mofados de que Telkia tanto gostava vem deste pó.

Drima olhou ao redor e viu dezenas de alambiques, ampolas quebradas e outras cheias de grânulos e líquidos coloridos. Depois, percebeu que de pequenos pregos nas paredes de pedra pendiam Esfavílias, imagens pequenas e grandes que retratavam Telkia usando sua inseparável Kaplá, posando ao lado de Dakis, Gestais, Ancilantes e U'ndários.

— Bonitas estas Esfavílias. Não existem muitas dessas por aí e são até difíceis de encontrar nas lojinhas de Karash. Foram feitas na Colônia Briosa, mas eu não consigo perceber em que ano. —

Enquanto a jovem Ancilante se ocupava olhando as imagens que pareciam mover-se como se fossem vivas, ouviu-se uma confusão na entrada da torre.

Os Fhar haviam chegado para a cerimônia fúnebre. Morga distinguiu logo a voz do pai, depois ouviu o grupo subindo a escada em caracol.

Música lúgubre espalhou-se por toda a torre, seguida por uma nênia que provocou arrepios nos garotinhos. Horp abriu o cestinho que Eremia deixara e, esfomeado e nervoso, comeu duas Maçãs Corninas.

Uma voz potente interrompeu as litanias fúnebres. Okrad chegara. O seu andar veloz e o vozerio febril alarmaram os garotos, que escutavam, colados à porta, tentando entender o que estava acontecendo. Okrad vociferou palavras incompreensíveis e, somente naquele momento, ouviram-se distintamente as vozes de Eremia, Serunte, Smartika e Lefório.

— Okrad, eu não concordo de modo algum com a sua decisão. Você podia ter esperado o término da cerimônia fúnebre — gritou a Bramante.

— Não entendo quais são as suas desconfianças — verbalizou Serunte num tom agitado.

Os únicos que não comentaram a decisão do Grão-Medônio foram Smartika e Lefório. Okrad não quis ouvir argumentos contrários e mandou os Fhar se dirigirem para a Megorá, o grande auditorium onde se realizava o Conciliábulo.

Morga sobressaltou-se.

— Aconteceu algo grave. Talvez Okrad tenha descoberto que estamos aqui. Sinto vibrações negativas no ar.

Um vento repentino levantou-se bem no meio do laboratório, e todos os pós mágicos espalharam-se para todos os lados, voltou a cair como chuva seca.

— Pronto, estou sentindo... é o meu vento que me traz notícias. Morte... vírus... dor. Preciso sair daqui. Imediatamente!

Os três Dakis nunca haviam visto Morga tão agitada. Wapi colocou-se ao lado da garotinha, e Cilla tentou grasnar de medo, porém, felizmente, Yhari tapou-lhe o bico.

— Calada! Quer que eles venham nos pegar?

Um sibilo seguido por um apito chamou a atenção de Morga, que compreendeu que era preciso fazer reaparecer seu Obolho. Puxou a ponta de prata do Gual e verificou que a quarta portinhola estava luminosa. Abriu-a e pegou o Ciodalo para ler a mensagem.

A cerimônia fúnebre foi suspensa. Okrad deu ordens para verificar todas as listas das crianças nascidas nos últimos 15 anos.
Tem certeza de que a Imperfeita está entre eles.
Temo que ele descubra rapidamente sua identidade.
Seu pai, enquanto responsável pelo Centro Cripto, deverá forçosamente cumprir as ordens.
Mas isto não é tudo. Smartika, a Pramaga responsável pelo Mosteiro de Hamalios, também deve apresentar a lista das Gestais que deram à luz. Enfim, descobrirão que Animea teve você 12 anos atrás, mas o seu nome não consta na listagem das crianças que foram criadas no Centro Cripto.
Morga, você está correndo grave perigo. Vá imediatamente com os seus amigos à torre de Okrad para pegar as chaves. Tome cuidado para não fazer muito barulho, pois estaremos todos reunidos na Megorá, o grande auditorium que se encontra no andar térreo da torre.
Mandarei notícias assim que puder. Não entre em contato com seu pai; agora, mais do que nunca, ele está na mira de Okrad.

Eremia

Gotículas de suor molhavam as sardas roxas de Morga. O nervosismo e a angústia faziam-na respirar com dificuldade. Ela sentiu calor, depois frio, e suas mãos tremiam. Yhari olhava para ela, ansioso.

— O que está acontecendo?

A garotinha guardou o Ciodalo no Obolho e explicou que a situação se complicara bastante.

— O que é que meu pai vai fazer agora? Não poderá explicar de jeito nenhum a ausência do meu nome das listagens do Centro Cripto. E minha mãe também vai ser suspeita. Precisamos agir rapidamente. Vamos à torre de Okrad pegar as chaves — acrescentou, dirigindo-se para a pequena lareira.

Os três garotos seguiram-na.

Morga puxou a alavanca, as pedras deslocaram-se, abrindo um vão que dava acesso a um corredor. A Maga do Vento virou-se para os dois Piróssios, recomendando:

— Vocês ficam aqui. Voltaremos para pegá-los.

Wapi arregalou os olhos pestanejando pesadamente e Cilla escancarou o bico pronta para grasnar, mas um simples gesto de Yhari a fez calar-se.

Os dois avestruzes observaram os Dakis passar pelo vão e permaneceram com os pescoços esticados e as cabeças eretas, sem dar um pio.

O corredor levava para cima, e, quando chegaram ao segundo pavimento da torre, encontraram-se diante de um espelho enegrecido. Morga tocou-o de leve. O espelho girou lentamente para a direita, revelando outra passagem.

— Pronto, ali na frente está a ponte! — exclamou a Imperfeita.

Após uma corrida, todos alcançaram juntos a entrada da ponte, que era recoberta por uma laje de mármore luzidio sustentada por finas colunas intercaladas com vidraças marcadas pelo tempo, através das quais se viam o céu preto noturno e a esfera esbranquiçada da lua. Nenhuma estrela iluminava o firmamento.

Do alto da ponte avistavam-se as outras torres dos Fhar e viam-se as Sentinelas esvoaçarem pelas aleias arborizadas e cobertas de neve. Entreviam-se os cumes da Cosmogonia Rochosa no horizonte e, ao redor, havia somente as árvores enregeladas da silenciosa Floresta de Samhar.

O encanto de Áurea Nyos produzia neles unicamente nervosismo. Os quatro garotinhos dirigiram-se rapidamente para a torre de Smartika. A ponte terminava com dois degraus, que davam diretamente num pórtico sustentado por grandes estátuas de mármore roxo e em cujo teto estavam cravados blocos de pedras preciosas, que brilhavam sob os reflexos das luzes da cidade dos Fhar. O vento úmido e gelado circulava em torno das estátuas, e já não se sentia mais o cheiro de cogumelos secos de Telkia.

— Precisamos contornar a torre; a outra ponte coberta deveria estar do outro lado — indicou Yhari.

Morga parou um momento para olhar uma janelinha emoldurada em lâminas de ouro. Pela janela ela viu um aposento repleto de livros e papéis.

— Eu gostaria tanto de entrar na residência de Smartika e procurar os documentos onde consta o nome de minha mãe. Poderia roubá-los e, assim, Okrad nunca descobriria quem foi que me deu à luz — comentou, limpando o vidro para olhar para dentro.

— Não acredito que Smartika guarde documentos tão importantes em sua torre. Talvez estejam no Mosteiro de Hamalios — comentou Horp.

— Olhem! — Drima apontava para baixo.

Dezenas de Fhar saíam de suas residências e caminhavam pelas aleias da cidade das cem torres, dirigindo-se para a Megorá, na torre de Okrad.

— Vamos, depressa. — Morga correu para a outra ponte, que atravessou às carreiras, seguida pelos outros.

Ao chegarem à torre de Lefório, encontraram-se num aposento que não tinha saída para o exterior. Nele havia somente uma porta quadrada sobre a qual se destacava um baixo-relevo em bronze, que representava três Mecânias das Poças de Esmerilha.

Enfileirados, entraram com passos leves e, depois de percorrerem uns 10 metros, os garotinhos desembocaram num aposento ovoidal, iluminado por 16 lampadários em forma de tubos flexíveis. No centro, uma grande cavidade de cerca de 2 metros de largura e profundidade igual abria-se no chão e emanava vapor. Uma das paredes era de um vermelho-escuro e ostentava três grossos pregos em forma de gancho, dos quais pendiam cordas de diferentes cores. A parede adjacente era branca, enfeitada com um pequeno quadro que figurava uma Kaplá.

— Mas como é que a gente sai daqui? — Yhari não via nem janelas nem portas.

Horp olhou para dentro da cavidade, e foi atingido por uma nuvem de vapor que não tinha cheiro. Drima tocou nas cordas que pendiam dos ganchos, provocando inoportunamente um som de campainha.

Morga arregalou os olhos.

— Espero que ninguém tenha ouvido.

Contudo, algumas Sentinelas que perambulavam embaixo da torre de Lefório alarmaram-se, atravessaram as paredes e seguiram rapidamente para o pavimento superior.

O rumorejar de suas vestes amedrontou Morga.

— Elas estão chegando; rápido, vamos nos esconder dentro daquela cavidade.

Deslizaram para dentro, na esperança de que não fosse demasiadamente funda. Mas, ao chegar ao fundo, perceberam que estava coberta por meio metro de água fervente. As botas anfíbias e os macacões térmicos os salvaram de sérias queimaduras. Imersos no vapor, respiravam com dificuldade. Dessa vez as Sentinelas não atravessaram as paredes do aposento, porém entraram fazendo deslizar a parede móvel em que o quadro estava pendurado. O vapor moveu-se, mas, felizmente, as cabeças dos quatro garotinhos permaneceram fora das suas vistas.

Circunspectos, os dois seres encapuzados olharam ao redor e perceberam que as cordas que pendiam dos pregos estavam se mexendo, sinal de que alguém as tocara. Com seus olhos fluorescentes, escrutinavam cada coisa. Uma criatura de fumaça dirigiu-se para a ponte enquanto a outra se debruçava sobre a cavidade, mas o vapor impediu que percebesse os garotinhos acocorados na água pelando.

Drima não conseguia mais respirar, e Morga segurou sua cabeça para trás, soprando em seu rosto. Horp, prestes a espirrar, tapava o nariz e a boca, com o risco de sufocar. O chiar da água provocado pelos seus movimentos não atraiu a atenção da Sentinela, que decidiu ir-se, chamando a outra.

O primeiro a sair da cavidade foi Yhari, que, envolvido pelo vapor, conseguiu segurar uma tosse; depois foi a vez de Morga, que estendeu a mão para ajudar Drima. Horp foi o último a sair, respirando freneticamente com a boca escancarada.

Encharcados e com os cabelos pingando, perceberam que a parede móvel com o quadro havia ficado semiaberta.

— A passagem é essa. Foi por ali que as Sentinelas entraram! — exclamou Yhari.

Com muita prudência, Morga empurrou a parede, que deslizou para um lado. Atrás de um corredor mal-iluminado havia uma escada de mármore que levava para o exterior da torre.

O frio pungente enregelou os rostos e as mãos dos garotinhos, que não haviam tido tempo de passar o Creme Antalgia. Logo nariz e orelhas cobriram-se com uma pátina de cristais gelados. Drima não conseguia manter os olhos completamente abertos, Horp sentia seus lábios racharem e Yhari tinha dores nas orelhas, que já estavam praticamente congeladas.

— Está fazendo pelo menos 30 graus negativos. Se não nos apressarmos, vamos virar blocos de gelo — comentou Morga, esfregando as faces.

As luzes brancas e rosa da cidade de Áurea Nyos iluminavam perfeitamente as torres próximas, e a de Okrad era a mais visível. Imponente, com uma circunferência de pelo menos 50 metros, a residência do Grão-Medônio era também a mais alta.

Morga cheirou o ar, embora o seu nariz já estivesse gelado.

— Não sinto o cheiro das Sentinelas. Precisamos atravessar para alcançar a portaria da torre do Grão-Medônio. O Conciliábulo já deve ter começado, parece que não há mais nenhum Fhar chegando.

A garotinha deu um salto, seguido de outro, e seu corpo envolvido pelo macacão térmico foi refletido pelas luzes. Os outros três Dakis correram atrás dela.

Entraram na portaria que dava acesso à torre, escondendo-se atrás das duas estátuas de ouro que ladeavam o grande portão negro de entrada. Via-se luz pelas frestas.

— A Megorá deve ser ali dentro; nós precisamos procurar a portinha de alabastro, como Eremia mandou — lembrou a Maga do Vento em voz baixa.

Os quatro garotinhos correram enfileirados, velozes como esquilos, e depois de percorrerem alguns metros localizaram a portinha. O alabastro reluzia com reflexos dourados. Morga tirou o prego de ouro do bolso e inseriu-o na fechadura. Ouviram-se dois estalos e a porta abriu-se.

Uma música que lembrava a das Sinfobaixas pairava no ar, fazendo o coração de Morga sobressaltar-se. A garotinha temeu que Okrad estivesse ali e sinalizou aos demais para ficarem calados. Assim que entrou ela viu uma estátua de prata e mármore de mais de 2 metros de altura, que representava o próprio Okrad de capa negra e Kaplá. As mãos da estátua estavam fechadas em punhos e somente a da esquerda tinha o dedo mínimo erguido. A garotinha observou com temor a figura do Grão-Medônio e tentou imaginar como ele seria na realidade. Depois, continuou andando, procurando não fazer barulho, embora o assoalho de madeira rangesse. Com um salto alcançou o grande tapete verde em volta do qual havia pequenos lumes acesos. Olhou ao redor e na penumbra vislumbrou uma mesinha redonda sobre a qual tiquetaqueava um pêndulo. Na parede à sua frente brilhavam seis tochas. Ela pegou uma e sinalizou aos amigos, que aguardavam impacientemente, para que a seguissem.

Cada um pegou uma tocha e, escrutinando o ambiente, os amigos percorreram um corredor comprido e estreito. Subiram quatro degraus de mármore vermelho e chegaram a uma sala octogonal. Em quatro dos lados havia estantes que chegavam até o teto, ao passo que os outros quatro estavam ocupados por gavetas, prateleiras e um móvel em forma de pirâmide. No centro do cômodo girava uma esfera enorme, sustentada por pilastras de ouro. Morga levantou a tocha para ver melhor a quantidade de livros que Okrad tinha. Todos os volumes estavam perfeitamente encadernados de branco. Morga pegou um e percebeu que era de gesso. Pegou outro... igual.

— Mas são livros falsos! — murmurou, surpresa.

Entre todos sobressaía um grosso volume verde, que se encontrava na prateleira do meio. Dele pendia uma borla proveniente de uma fita inserida entre as suas páginas.

— Yhari, ajude-me a alcançar aquele livro — sussurrou.

O garoto colocou a bolsa de viagem no chão e levantou Morga, segurando-a pela cintura. O Obolho, que seguia cada movimento da jovem maga, voou na direção do teto. A garotinha conseguiu pegar o livro com dificuldade e apoiou-o no chão.

Os quatro amigos acocoraram-se, tomados de curiosidade. Então, Morga percebeu que não havia nenhum título. Abriu a capa, e um cheiro acre e pungente atingiu seu olfato. Ela não conhecia esse perfume, mas tinha a nítida sensação de que se tratava de uma essência alquímica muito poderosa. As pupilas da Maga do Vento dilataram-se, e a garotinha teve uma alucinação que durou pouquíssimo tempo: viu bilhões de estrelas girarem formando um vórtice em meio a um espaço negro e silencioso. Clarões e rastos luminosos de cometas inundaram a mente de Morga como uma cascata de brilhantes. Sua respiração parou, ela fechou os olhos e, quando voltou a abri-los, voltaram a ficar azuis como sempre. Ela não disse nada aos amigos e, presa de curiosidade, folheou o livro. As páginas traziam os desenhos dos Ambalis, e cada número era acompanhado do respectivo significado.

— São idênticos aos que há na *Alchemios Brevis* que Eremia me deu — explicou Morga, mostrando-os aos Dakis. — Só que aqui não constam as fórmulas alquímicas.

A jovem Imperfeita sentiu que as últimas páginas estavam pesadas. E, ao virá-las, descobriu que a última delas não era de papel. Tratava-se de uma lâmina de prata, uma placa muito fina e brilhante sobre a qual estava preso um anel de ouro de onde pendia a borla vermelha que saía do livro. Estas palavras estavam gravadas embaixo do anel: *Prima Chartum Psicha.* No centro da página de prata havia, bem visível, um espaço côncavo vazio, do tamanho de um ovo. Morga alisou a placa com os dedos.

— Aqui estava cravada a pedra verde da Lei Cósmica! A que Okrad deu para Eremia e que ela me entregou. E, com certeza, a chave estava pendurada neste anel de ouro.

Dizendo isso, ela abriu a terceira portinhola do Obolho e pegou a pedra. Pousou-a sobre a cavidade e verificou que casava perfeitamente. Delicadamente, voltou a guardá-la no Obolho. Em seguida, abriu o Gual e viu que a chave de bronze verde enganchava no anel.

— Pois é, estamos no caminho certo; os outros dois códigos e as chaves devem estar entre esses livros. — Morga voltou a esquadrinhar os volumes, mas Horp, que havia puxado dois deles, meneou a cabeça negativamente.

— São livros de gesso. Você também percebeu isso antes. Acho que precisamos procurar em outra parte — acrescentou.

— Está bem, então vamos recolocar os livros em seus lugares, senão Okrad vai perceber. — A garotinha guardou a chave no Gual e ergueu os olhos.

Horp ofereceu-se para ajudá-la:

— Dê-me o livro verde, eu o ponho lá no alto.

Yhari ergueu o amigo até a prateleira do meio da estante, enquanto Morga escrutinava o móvel piramidal e o restante do aposento. Já Drima sentia-se atraída pela esfera que girava lentamente.

Para abrir a primeira gaveta do móvel, a jovem maga teve de dar vários trancos fortes no puxador. Ao fazer isso, não percebeu que o anel de sua mãe quebrou e caiu junto da parede.

De repente, ela sentiu algo se mexer: a parte do assoalho de madeira que se encontrava sob os seus pés desmoronou de vez como um elevador, tragando-a num segundo, junto com o Obolho.

A garotinha desequilibrou-se e caiu, batendo a cabeça no fundo de pedra. A tocha escorregou-lhe da mão, girando loucamente e indo parar aos pés de Yhari.

O assoalho de madeira a tragou e depois voltou ao seu lugar, deixando a Imperfeita sozinha e sem sentidos na semiescuridão.

— MORGA! — gritaram instintivamente os três amigos, vendo-a desaparecer dentro do alçapão.

Yhari apagou a tocha de Morga, pois a sua continuava acesa. Freneticamente, começou a tentar reabrir a gaveta do móvel para baixar o assoalho e libertar a maga de olhos azuis. Mas ele estava emperrado! Horp atirou-se no chão e procurou uma brecha para abrir aquele maldito alçapão, mas sem sucesso. Drima, desesperada, começou a tremer de medo.

Horp compreendeu que os seus gritos deviam ter atraído as Sentinelas.

— Precisamos ir embora! Agora, já!

Por não saber o que fazer, Drima agarrou-se à esfera que estava no centro do aposento.

— Morga está com o prego que abre a porta de alabastro! Não podemos sair! Estamos encurralados.

Entretanto, em meio à agitação, a jovem Ancilante percebeu que a grande esfera podia ser aberta. Puxou com toda a vontade. Yhari ajudou-a e Horp também deu uma força.

Já se ouvia nitidamente o rumorejar das Sentinelas. Estavam muito próximas.

— Força, vamos abrir esta esfera, apaguem as tochas e vamos levar a de Morga também! — exortou-os Yhari.

Assim, entraram todos naquela bola extravagante, que continuou a girar lentamente. Acocoraram-se um ao lado do outro, com as tochas apagadas. Voltaram a fechar a esfera e fizeram silêncio.

As Sentinelas de Okrad entraram na sala octogonal arrastando suas longas vestes coloridas. A esfera girava regularmente, os livros estavam em seus lugares... apenas um pequeno clarão de luz captou sua atenção. Uma das criaturas de fumaça aproximou-se da parede ao lado do móvel piramidal e recolheu o anel.

Aproximou-o dos olhos verdes fluorescentes.

— Uma joia. O que ela faz aqui?

A outra Sentinela aproximou-se.

— É um anel precioso, seguramente pertence a uma Gestal ou uma Ancilante. Mas está partido... Precisamos levá-lo para Okrad. Certamente não é dele. Alguém entrou escondido na torre e perdeu-o.

Os seres encapuzados com o rosto de fumaça foram embora, voando rente ao chão, levando consigo o anel que Morga não sabia ter perdido.

A Maga do Vento jazia de olhos fechados e sem nenhuma ajuda no porão do Grão-Medônio, enquanto os seus amigos prendiam a respiração, fechados dentro da grande esfera giratória. Milagrosamente, o Obolho de cristal ficara intacto e continuava a esvoaçar ao redor do corpo da Imperfeita.

9
O Conciliábulo dos Fhar

Áurea Nyos
Estação Invéria — 9º dia do ano 500
Temperatura: 30 graus abaixo de zero
Lua branca noturna

Na Megorá reinava a fragrância de flores; cálices em forma de ampolas repletas de tisanas relaxantes, energéticas e purificadoras rodopiavam pelos ares, impulsionados por hélices de cobre. Pratos e bandejas volteavam lentamente graças a asas constituídas de pétalas gigantes, oferecendo alimentos suculentos e frutas frescas. Na parede central destacava-se o grande afresco *Ópera Eterna*, que representava as torres de Áurea Nyos entre árvores frondosas e portões dourados.

O quingentésimo Conciliábulo dos Fhar estava prestes a começar, e as candeias verdes e azuis a Óleo Trimado estavam todas acesas. A claridade iluminava as cem poltronas de madeira maciça dispostas em semicírculo sobre vários degraus, cujos encostos de Veludo Bagatela vermelho ostentavam as iniciais dos Fhar gravadas em sânscrito. Oitenta e nove delas estavam ocupadas, porém cinco haviam sido cobertas por um brocado negro em sinal de luto. Outras seis encontravam-se vazias.

Okrad estava sentado na poltrona central do degrau superior e, do alto, podia observar o auditorium inteiro. O ferro de sua Kaplá brilhava como prata, e o gelo sâmico assemelhava-se a cristal. O Grão-Medônio vestia seu manto negro, uma túnica púrpura e um chapéu esférico com a inicial do seu nome bordada em sânscrito.

Eremia e Smartika estavam sentadas respectivamente à direita e à esquerda dele. Lefório sentava ao lado de Serunte, depois havia a poltrona enlutada de Telkia e, mais adiante, o lugar de Grocil, responsável pelas Fábricas Côncavas e Leiterias Tortas da cidade de Wolmida. Os demais Fhar estavam comodamente instalados, comentando ruidosamente a morte dos colegas, enquanto os Obolhos flutuavam ao lado de cada poltrona.

Okrad se pôs de pé, suspendeu a Kaplá, colheu um cálice fumegante que passava rodopiando e sorveu a infusão de Perfollo Salubris, bebida purificadora feita de trevos de quatro folhas estrelados que cresciam na Área Krop-0 do Mosteiro de Hamalios. Então reposicionou a máscara e tomou a palavra:

— Prestemos nossa homenagem eterna aos nossos cinco colegas que abandonaram a vida por causa de um mal ainda obscuro e que ameaça todos nós. A cerimônia fúnebre foi interrompida por decisão minha. Tenho importantes comunicados para transmitir-lhes, mas, assim que o Conciliábulo terminar, dedicaremos nossos pensamentos aos defuntos e cuidaremos dos seis Fhar que apresentam sintomas da infecção.

Okrad ergueu os braços para o alto e executou movimentos giratórios com as mãos, em sinal de respeito. Todos os Fhar o imitaram. O vórtice de ar criado pelos movimentos dos 89 governantes de Emiós fez os cálices e as bandejas oscilarem.

Quando o Grão-Medônio apoiou as mãos sobre os braços da poltrona, fez-se novamente silêncio.

Ouviu-se de novo a voz de Okrad:

— Desde sempre, temos negado a veracidade da antiga profecia e do vírus, porém a morte atingiu-nos inesperadamente. E nada pôde salvar nossos saudosos irmãos; as técnicas mágicas e a Medicina Kármica que nós usamos revelaram-se inúteis e ineficazes. Nem sequer a Albamax, a mágica alquímica utilizada em caso de perda dos sentidos, funcionou. Todos morreram em meio a dores atrozes, apesar de lhes serem ministradas abundantes doses do analgésico mais forte de que dispomos, a Adormida Branca. Os seus lábios enegreceram e incharam, tornando seu aspecto monstruoso, e eles morreram sufocados como se o vírus tivesse a capacidade de estrangulá-los. Isso convenceu-nos de que o Mal se encontra no ar. E se a Imperfeita realmente existe, precisamos encontrá-la e eliminá-la. Nada pode impedir o nosso destino. A imortalidade continua sendo o único objetivo da nossa vida, e devemos alcançá-la em nome e em memória do nosso queridíssimo professor Dan Fhar, a quem devemos gratidão eterna. Para tanto, mandei que a Pramaga Smartika efetuasse uma verificação cuidadosa das listagens do Mosteiro de Hamalios. Precisamos descobrir se alguma Gestal deu à luz uma Daki cuja existência nós desconheçamos. A mesma verificação será efetuada com Serunte, responsável pelos recém-nascidos levados ao Centro Cripto e Guardião de Hamalios. Já sabemos que, no curso dos últimos 15 anos, quarenta Dakis imperfeitos que apresentavam anomalias físicas e biológicas foram suprimidos.

O Grão-Medônio foi interrompido por Smartika, que se ergueu agitando sua brilhante capa roxa. Ajeitou a Kaplá e o véu índigo que envolvia sua cabeça, e então pediu permissão para falar. O Grão-Medônio consentiu e voltou a sentar-se.

— Tentarei fornecer a todos vocês sem demora as listas das Gestais que pariram nos últimos anos. Mas já posso adiantar que minha atenção sempre foi absoluta. As Sentinelas sempre verificaram todas as coisas com rigor e todas as Ancilantes me são fiéis, de modo que posso contar com elas.

Em seguida, virando-se para Serunte, acrescentou:

— Espero que você também forneça informações exatas no que diz respeito à seleção dos recém-nascidos.

Serunte, que estava com a Kaplá levantada, suava frio e sentia o coração subir-lhe à garganta. Entretanto, resolveu adotar a técnica alienante e se acalmou em poucos segundos. Apanhou um cálice de Zafínia Soprada e, tomando golinhos, ergueu-se. Baixou a máscara e respirou fundo. Seus olhos azuis pareciam perfurar a Kaplá. Afastou ligeiramente a bandana com um gesto elegante, depois tirou a capa deixando-a cair no chão e permaneceu com a túnica azul, que brilhava sob as luzes das lanternas.

— Em quinhentos anos de vida em Emiós, eu jamais detectei nenhum problema que colocasse nossa existência em risco. Desde sempre, os recém-nascidos são selecionados com base na Imperalei. Executarei a verificação solicitada com extremo cuidado.

Eremia fitava-o fixamente, e também pegou um copo de Zafínia Soprada, que ingeriu de uma vez só. Ajeitou a máscara e olhou para Okrad, que permanecia impassível.

Smartika interrompeu-o bruscamente, em tom de desafio:

— Proponho usarmos o Transporte Pulverizador agora mesmo. Em pouco tempo vou conseguir recolher os documentos do Mosteiro de Hamalios, enquanto Serunte se dirigirá ao Centro Cripto. Deste modo poderemos entregar as listagens solicitadas o quanto antes.

Okrad, que sempre tivera muito respeito por Smartika, anuiu.

— Parece-me uma decisão sábia. Enquanto vocês procuram os documentos, nós vamos prosseguir o Conciliábulo. Então, chamem suas Sentinelas e transfiram-se. — O Grão-Medônio mal teve tempo de terminar a frase e suas criaturas de fumaça entraram na Megorá.

Voando rente ao chão, posicionaram-se ao seu lado e falaram-lhe em voz baixa. Os demais Fhar assistiam à cena, perguntando-se o que poderia ter acontecido.

Eremia sentia energias irrompendo em seu estômago, e Serunte olhava em volta, desconfiado. Ambos pensavam em Morga.

Okrad levantou-se apertando alguma coisa na mão direita.

— Há uma intrusa em Áurea Nyos! Olhem, este anel foi encontrado na sala octogonal da minha torre. Certamente, pertence a uma Gestal ou uma Ancilante. E é claro que se trata de uma presença suspeita. Eu não autorizei o acesso à minha residência a ninguém.

Os Fhar agitaram-se, protestando.

Grocil, homem corpulento com muita força nas mãos, tomou a palavra:

— Eu tenho certeza de que os U'ndários das Fábricas Côncavas e as U'ndárias da cidade de Wolmida não podem nos trair. Trata-se dos melhores "utilmente perfeitos" de Emiós, e seguramente as mulheres não usam joias. Se a Imperfeita, a garotinha da profecia, realmente existe, ela deve estar se ocultando na Colônia Briosa e, infelizmente, Telkia faleceu sem poder nos fornecer informações suficientes sobre as Dakis. Mas você, Lefório, certamente tem notícias para nos dar — afirmou, apontando o Pramago com o dedo.

Sentindo-se em dificuldade, Lefório bateu os punhos nos braços da poltrona.

— Os quatro Dakis desaparecidos serão capturados sem demora. Não me culpem de não ter fiscalizado a Colônia a contento. A ausência imprevista de Telkia me impediu de exercer vigilância sistemática. Posso retornar imediatamente à Área Krop-2 e inspecionar também a cidade de Karash, na Área Krop-3; talvez as Gestais ou as Ancilantes que gerenciam as lojinhas frequentadas pelos garotos possam nos fornecer informações úteis. Ademais, desejo acrescentar que, ao beber seis gotas de Comoro Visko, tive uma alucinação estranha: tive a visão de dois objetos, um pingente de cobre e uma chave antiga, e ouvi a voz de uma garotinha que incitava à rebelião.

Lefório endireitou seu cilindro verde, olhou para Okrad e aguardou sua reação.

O Grão-Medônio abriu os braços.

— Trata-se de uma premonição terrível. Essa visão descreve o cenário da profecia!

Todos os Fhar agitaram-se e comentaram ruidosamente as palavras proferidas por Lefório. Eremia e Serunte permaneceram impassíveis.

— Calma, calma. Nenhum de nós está sendo acusado. Precisamos refletir e agir. Determino que você, Pramago Lefório, colha mais informações. A fuga dos Dakis coincide com a morte dos nossos irmãos e, naturalmente, é um episódio que deve ser considerado com muita seriedade. Você pode ir, e tenho certeza de que, quando retornar, esses garotinhos já terão sido pegos. Sua premonição não pode ser subestimada.

Okrad entregou o anel a Smartika, que estava ao seu lado, e seu pensamento vagou até as chaves dos Códigos Sagrados. A mera hipótese de que elas pudessem ter sido descobertas pela Imperfeita o levou a traçar conjecturas sinistras e inesperadas.

Smartika observou cuidadosamente a pequena joia partida. Do outro lado de Okrad, Eremia esquadrinhava a exuberante colega sem conseguir perceber o feitio do anel. Cedendo a um impulso, pediu para vê-lo, e a Pramaga não fez nenhuma objeção, estendendo-lhe o objeto.

A Bramante Branca sentiu um baque no coração: era de prata com uma pedra de diamante em forma de folha. Era exatamente o de Animea, que Morga havia encontrado na Casa 299! Ela devolveu a pequena joia a Smartika e olhou de esguelha para Serunte, que, embora não soubesse que sua filha havia encontrado o anel, captou a sensação negativa que emanava da Bramante. Felizmente, a Kaplá não revelava sua expressão de angústia, nem a de Eremia.

Smartika revirava o anel partido entre os dedos, dizendo:

— É bonito, mas é um modelo antigo e certamente não foi fabricado recentemente. Portanto, não acredito que seja de uma Daki.

— Então, descubra a que Gestal ou Ancilante ele pertence e traga-a para cá — ordenou Okrad, cruzando os braços.

Serunte sentiu seu coração incendiar-se, e a imagem de Animea passou a atormentá-lo. Aquele anel estava dando um azar tremendo. Levantou-se e, aproximando-se da Pramaga, pediu:

— Mostre-me.

Quando tocou nele, estremeceu. Imediatamente, as vozes de Animea e Morga penetraram em sua mente como *flashes* sonoros.

Aquele anel ligava mãe e filha sem que Serunte entendesse o porquê, só por causa da energia que se disseminava por todo o seu corpo.

Eremia pigarreou para chamar sua atenção. O pai da Imperfeita passou na sua frente, e ela, aproveitando-se da distração de Okrad e Smartika, conseguiu sussurrar-lhe:

— Era de Animea. Morga encontrou-o na Casa 299. Sua filha está em apuros.

Serunte enrijeceu-se e, ao regressar à sua poltrona, apanhou a capa e apertou os punhos. Desejava avisar imediatamente Animea e correr para acudir Morga. Mas as circunstâncias não lhe permitiam fazer nem uma coisa nem outra: ele estava prisioneiro do papel que desempenhava.

Entrementes, viu suas duas Sentinelas penetrarem na Megorá juntamente com as de Smartika e Lefório. Estavam se preparando para o Transporte Pulverizador. As criaturas aproximaram-se dos três Fhar e aguardaram desaparecer numa nuvem reluzente.

O primeiro a partir foi Lefório, que sem pestanejar gritou:

DUX AMOVEO
IN COLONIA BRIOSA

Logo depois foi a vez de Smartika, que, apertando o anel, pronunciou as palavras:

DUX AMOVEO
IN MONASTERO DI HAMALIOS

A Pramaga e suas criaturas pulverizaram-se instantaneamente.

Serunte virou-se para Eremia. Ereto, com as mãos cruzadas no peito, proferiu:

DUX AMOVEO
IN CENTRO CRIPTO

O pai da Imperfeita desapareceu juntamente com suas Sentinelas. Eremia tocou em seu Obolho para avisar Morga, mas, estando sentada ao lado de Okrad, achou melhor não fazê-lo. Ela semicerrou os olhos e rezou para que nada de irreparável tivesse acontecido com a garotinha, embora o anel partido fosse um claro sinal de desventura.

O vozerio dos Fhar aumentou. Muitos começaram a comer frutas transportadas pelas bandejas aladas enquanto outros discutiam animadamente sobre quem poderia ter violado a torre do Grão-Medônio e perdido o misterioso anel.

Okrad reparou que a Bramante estava silenciosa e dirigiu-se a ela, em alto e bom som:

— Eremia, todos nós estamos muito gratos a você. Sabemos que falta pouco para produzir a Shaal Tuak-Pà, e nossa gratidão pela sua essência de Senthia será eterna. Precisamos do seu parecer acerca da difícil situação por que estamos passando. Fale, portanto, comunique-nos seu pensamento. — O Grão-Medônio tamborilou com os dedos nos braços da poltrona e aguardou.

A xamã ergueu-se com dificuldade, tossiu, e sua voz profunda não revelou nenhuma inquietação.

— Certamente vou descobrir a poção da imortalidade, mas preciso de mais tempo. Os experimentos com folhas de Senthia deram bons resultados, porém estou avaliando a utilização de outras substâncias vegetais. Decerto, a situação grave que está acometendo Emiós não me tranquiliza, embora minha casa esteja distante da de vocês. Em meio da paz e da solidão da Floresta de Samhar consigo me concentrar e manter um excelente equilíbrio mental.

— Muitos dentre nós estão tentando combater o vírus com fórmulas alquímicas complexas, mas nossas inteligências não são suficientes. Precisamos da sua máxima colaboração. — Okrad queria terminantemente que Eremia permanecesse mais tempo em Áurea Nyos com os outros magos especialistas em Medicina Flêumica e Biologia Ossiânica, ambos importantes campos da magia alquímica.

— Se nem sequer a Albamax fez efeito, duvido conseguir algo que resolva. Mas vou me empenhar ao máximo. Contudo, preciso visitar os Fhar doentes, coisa que posso fazer agora mesmo.

Ir até as torres dos Fhar atingidos pelo vírus era a oportunidade de sair da Megorá que a Bramante Branca não podia desperdiçar se queria enviar uma mensagem para Morga.

Seis alquimistas peritos em poções analgésicas, indispensáveis para aliviar as dores, ergueram-se demonstrando estar plenamente dispostos a colaborar com Eremia. Os alquimistas ligados à Medicina Flêumica e à Biologia Ossiânica que ocupavam as poltronas das primeiras fileiras fizeram o mesmo.

Okrad parabenizou-os pela sua resolução, porém sinalizou que voltassem a se sentar.

— É noite fechada; deixem para começar os experimentos junto com a Bramante depois de Lefório, Smartika e Serunte retornarem. Enquanto isso, Eremia pode ir visitar os Fhar doentes para avaliar seu estado de saúde.

A velha xamã já se encaminhava para a saída quando Okrad perguntou-lhe se não queria ser acompanhada por Sentinelas.

— Você pode usar as minhas, já que se recusou a ter alguma. Neste momento, é perigoso que ande sozinha pelas aleias de Áurea Nyos.

— Agradeço-lhe, Grão-Medônio, mas estou acostumada a agir em solidão e não temo nem o vírus, nem a profecia. — A recusa de Eremia foi seca e peremptória.

— Admiro sua firmeza. De qualquer maneira, as Sentinelas dos nossos colegas atingidos pelo vírus saberão receber você e executarão todas as suas ordens — emendou Okrad, que não suspeitava minimamente de Eremia.

Não obstante, a coragem da Bramante, que todos admiravam, não fazia senão ocultar sua traição à Imperalei.

A xamã envolveu-se na capa prateada e saiu na noite gelada, seguida pelo Obolho. Observou que as aleias eram fiscalizadas por numerosas Sentinelas e percebeu que não seria nada fácil alcançar a portinhola de alabastro para encontrar Morga, embora se tratasse de percorrer apenas um breve trecho ao sair da torre do Grão-Medônio. Pegou o Ciodalo e enviou uma mensagem à garotinha, para saber onde ela se encontrava exatamente.

Na escuridão do porão de Okrad, o Obolho de cristal apitou, porém a Maga do Vento não podia ler mensagem alguma nem ouvir barulho algum. Ainda não recuperara os sentidos. O ferimento em sua testa era profundo e o sangue escorria copiosamente pelo seu rosto extenuado.

Entrementes, Yhari, Horp e Drima haviam saído da esfera e chamavam Morga na penumbra, esperando obter um sinal seu, mas a voz da Imperfeita não se fazia ouvir. Distinguiram somente um apito fraco que chegava do assoalho, exatamente do lugar onde sua amiga fora tragada. Aterrorizados, seguravam-se pelas mãos; outras Sentinelas poderiam chegar ainda, e a torre estava se revelando uma prisão sem saída.

— É o apito do Obolho. Morga está aí embaixo e, se ela não está respondendo, significa que... — Yhari baixou a cabeça e não encontrou forças para prosseguir.

Drima arregalou os olhos rosa e encontrou coragem para completar a frase do amigo:

— Morga morreu!

— Não, não... não é possível. Ela é a Maga do Vento, ela é a Imperfeita, e não pode morrer — acrescentou Horp, jogando-se no chão, desesperado.

— Precisamos procurar Eremia ou Serunte; seguramente, um dos dois está tentando entrar em contato com ela, motivo pelo qual o Obolho está apitando. — Yhari arrastou os demais em direção à saída e, quando chegaram à portinha de alabastro, não souberam abri-la.

Drima postou-se diante da janelinha ao lado da estátua de prata de Okrad. Observando o lado de fora, ela viu uma figura envolvida numa capa branca. Num primeiro momento, temeu tratar-se de uma Sentinela e baixou a cabeça, mas logo voltou a erguê-la exclamando:

— Eremia!

Bateu nos vidros, e a Bramante sobressaltou-se. Aproximou-se da janela e apoiou a Kaplá aos vidros. Os seus olhos cinza encontraram-se com os cor-de-rosa de Drima. A jovem Ancilante gesticulou, e Eremia compreendeu que Morga estava em perigo.

— Não podemos sair; Morga está com o prego de ouro, e esta janela não abre — explicou a menina, quase chorando.

— Gire o dedo mínimo da estátua de Okrad; é assim que a porta abre pelo lado de dentro — conseguiu dizer a Bramante, que, levantando a máscara, soprou nos vidros e depois olhou para trás para verificar se não havia Sentinelas.

Drima obedeceu, aproximou-se da estátua do Grão-Medônio e, timidamente, girou o dedo: a porta de alabastro abriu-se.

Yhari acolheu Eremia com um abraço.

— Peço-lhe, salve Morga!

A Bramante repeliu o Daki e entrou, fechando a porta.

— Não fique nervoso e jamais volte a tomar a liberdade de me abraçar!

Yhari encolheu-se e baixou a cabeça para se desculpar pelo excesso de intimidade. Depois, indicou o aposento octogonal onde Morga desaparecera. Eremia caminhava rapidamente, seguida pelos garotinhos. Examinou primeiramente o assoalho e, depois, o móvel piramidal; puxou diversas vezes a maçaneta, mas nada aconteceu.

— Certamente Okrad inventou uma armadilha perfeita. Vou tentar enviar outra mensagem para ver se Morga responde — falou, levantando a Kaplá até a testa.

Então, voltou a mexer no Ciodalo e, alguns segundos depois, ouviu-se distintamente o som do apito do Obolho de Morga.

A velha Fhar ajoelhou-se e botou as mãos sobre o assoalho, afastando os dedos. Fechou os olhos e murmurou uma frase incompreensível: em volta de suas mãos formou-se um círculo de luz azulada que se transformou numa água gelatinosa e brilhante. Eremia começou a tremer como se estivesse tendo uma crise nervosa, o que levou o vestido branco e a capa prateada a se moverem como ondas. Em seguida, abriu a boca e emitiu um longo som rouco. Então, juntou as mãos, e a água gelatinosa desapareceu de chofre.

Os três Dakis permaneciam imóveis, observando a magia da Bramante.

— Se ela ainda estiver viva, vai responder já. O chamado alquímico da Albamax não falha. Nós, Fhar, o usamos apenas quando um de nós perde os sentidos, que é um evento raríssimo. Na minha longa vida, jamais precisei utilizá-lo — explicou a velha Fhar, tossindo.

Alguns metros abaixo do assoalho, dentro de um local sem luz, a jovem maga escancarou a boca e respirou. Em seguida, abriu os olhos e sentiu uma dor profunda na cabeça. O chamado alquímico da Albamax funcionara. Embora não fosse uma Fhar, o poder mágico herdado do pai fluía no sangue de Morga. A garota passou a mão pelos cabelos e sentiu sangue nos dedos. Viu algo luminoso logo acima; era o Obolho, que apitava. Com um esforço desmedido, ergueu um braço e agarrou o pequeno dirigível de cristal, de onde extraiu o Ciodalo e finalmente leu as mensagens fluorescentes de Eremia. Estava circundada por escuridão, mas não teve medo, pois desde sempre a obscuridade lhe pertencera. Respirava profundamente, imaginando encontrar-se sobre a Quercus Alba, e, ao cheirar o ar, sentiu um odor pungente e nauseabundo: era idêntico ao que penetrara em suas narinas quando abrira o livro verde de Okrad que continha a *Prima Chartum Psicha*. Ela intuiu que aquele cheiro tão desagradável tinha poder maléfico. A garotinha sentiu necessidade do seu vento para poder se recuperar plenamente, mas aquele porão poeirento e úmido obrigava somente energias negativas que lembravam a morte.

Criou coragem e respondeu à Bramante em poucas frases:

Estou ferida na cabeça e sangrando. Encontro-me num local sem luz e malcheiroso. Creio tratar-se do porão da torre. Agora, vou tentar me deslocar em busca da saída.

Morga

Quando o Ciodalo de Eremia cintilou, Yhari, Drima e Horp abraçaram-se pela comoção: Morga continuava viva, e nada estava perdido.

A Bramante dominou sua emoção.

— Bem, agora é preciso fazê-la sair aali. Mas eu nunca soube que a torre de Okrad tivesse um porão; não vejo a utilidade que possa ter — resmungou, desconfiada. Depois, alisando seu kumkum vermelho, enviou outra mensagem:

Morga, abra a segunda portinhola do Obolho. Seguramente, há nela uma caixinha de prata com o creme coagulante Quêbulas Ferma. Espalhe um pouco sobre o ferimento. Você precisa ficar bem e ser forte. Mas devo lhe dar uma notícia ruim: você perdeu o anel de sua mãe, que foi achado pelas Sentinelas de Okrad. O Grão-Medônio ordenou que Smartika descubra a quem pertence. Seu pai encontra-se no Centro Cripto para verificar as listagens de nascimentos. Lefório, por seu lado, retornou à Colônia Briosa para ter notícias do desaparecimento de vocês.

Temo que a situação piore de minuto a minuto.

Tente sair daí.

Eremia

A reação de Morga foi de estupor e raiva. Ter perdido o anel de Animea sem ter se dado conta irritou-a. Pensou que sua mãe agora corria grave perigo e que a situação também era arriscada para o seu pai.

Eram demais as suspeitas que recaíam sobre os seus genitores, e Morga precisava descobrir o quanto antes as chaves com os códigos e as pedras. Abriu a segunda portinhola do Obolho e tentou descobrir pelo tato, entre ampolas, frasquinhos e caixinhas, a que continha a Quêbulas Ferma. Tremia e sentia-se confusa, pois não conseguia ver nada. Então, levou a mão ao bolso do macacão térmico, de onde extraiu o Glibine. A luz vermelha iluminou o Obolho, e ela finalmente conseguiu encontrar o creme. Botou a pedra luminosa no chão de pedra e espalhou a Quêbulas Ferma na testa. Sentiu um formigamento, suas têmporas pulsaram, e em poucos segundos a ferida cicatrizou. Ficou com um tufo de cabelos entre as mãos sujas de sangue. Cansada e com raiva, pegou o Glibine e, diante de si, no fundo, discerniu luzes fracas.

Nesse ínterim, na sala octogonal, Eremia e os garotinhos discutiam o que fazer enquanto aguardavam que a Imperfeita saísse do misterioso porão.

A Bramante ajeitou a capa prateada, afundou o chapéu de pelo de Cramos sobre a testa e tomou uma decisão:

— Vocês, Dakis, não podem permanecer neste lugar. Voltem para a torre de Telkia e fiquem no laboratório com os Piróssios. Irei encontrar vocês o mais rápido possível, mas agora preciso absolutamente ir às residências dos Fhar doentes, pois Okrad aguarda meu relatório sobre o estado de saúde deles e não posso demorar, senão ele vai ficar alarmado.

— E se Morga não conseguir sair? E se ela estiver passando mal ou encontrar alguma Sentinela? — Yhari estava nervoso e se preocupava demais.

— A Maga do Vento tem uma tarefa, não se esqueça disso. Ela deve encontrar as chaves e as pedras. Não somente a vida dela, porém também a de vocês depende disso... ou, melhor, trata-se da vida de todo o povo de Emiós. Seus sentimentos são importantes. São humanos. Morga já está cumprindo a missão dela. — A Bramante Branca baixou a Kaplá e encaminhou-se para a saída.

Os três Dakis seguiram-na sem pestanejar, pensando na amiga e no anel.

Já eram quatro horas da manhã; a noite estava prestes a terminar, porém para Morga o pesadelo acabara de ter início.

Arrastando-se com dificuldade em direção às luzes, ela chegou a um vão bastante estreito e baixo, por onde conseguiu passar, enquanto o sangue secava sobre suas faces. Seu inseparável Obolho de cristal seguia-a, esbarrando perigosamente nas paredes de pedra úmida. Atrás da passagem abria-se um aposento perfeitamente quadrado: um verdadeiro laboratório de experimentação alquímica. Um letreiro de madeira e prata pendia das vigas do teto, ostentando os dizeres: Kimiyerante de Okrad.

— Kimiyerante? É uma sala secreta do Grão-Medônio! Um Panacedarium ilegal! — exclamou Morga olhando ao redor.

No centro havia uma mesa de mármore sobre a qual estavam dezenas e mais dezenas de vasos, cumbucas, garrafas, alambiques, ganchos, ferros longos e curtos, facas, tesouras curvas e tubinhos de vidro opaco. À direita, num canto, bufava um estranho e complexo instrumento: não se parecia com o Boca Chama do Panacedarium de Eremia, mas um fogo baixo ardia no fundo, provocando ebulição na jarra de prata que flutuava solitária sobre as chamas. A jarra estava cheia de um líquido vermelho, e o odor pungente e repugnante provinha justamente daquela misteriosa substância.

As chamas de 12 velas gastas iluminavam o ambiente e pingavam sobre o piso coberto de cera, cinzas e bastõezinhos de madeira. Numerosos pergaminhos com desenhos do corpo humano, crânios, olhos e pernas estavam pendurados nas paredes de pedra tosca. Mapas de estrelas, planetas e luas adornavam um painel redondo preso no teto por meio de arames delgados. Um amontoado de folhas em grande parte chamuscadas e amareladas ocupava uma bancada de mármore preto. Na mesa, entre mil objetos e instrumentos, havia também vários livros grossos e empoeirados. Um manuscrito com capa marrom de pele de Dromante destacava-se sobre o atril, ao qual estava preso com uma correntinha de ouro. O título despertou logo a curiosidade de Morga: *Itterbio et Aeternum*. Das páginas espessas e esverdeadas, escritas rigorosamente à mão com nanquim vermelho, emanava um fulgor argentado.

A garotinha aproximou-se para ler, mas as únicas palavras que conseguiu decifrar foram as do título.

— É sânscrito... a língua antiga. É a linguagem dos códigos sagrados dos Fhar! — murmurou, recordando-se do que contara Eremia.

Observou que algumas frases estavam intercaladas com pequenos desenhos que representavam pedaços de metal cinzento. Não parecia tratar-se de prata, nem de chumbo e muito menos de gelo sâmico.

O mistério aguçou o interesse da Imperfeita. Mas, assim que tocou nas páginas, uma descarga elétrica envolveu suas mãos. Deu um salto para trás. Era impossível folhear aquele manuscrito e muito menos removê-lo do atril.

"Itérbio... mas o que é isso?", pensou, perplexa, enquanto inspirava o cheiro pútrido proveniente da jarra que continuava a flutuar sobre o fogo.

Tapou o nariz. "Que porcaria alquímica é esta que Okrad criou?"

A garotinha recolheu um dos bastõezinhos de madeira espalhados pelo chão e mergulhou-o no líquido vermelho. Alguns fragmentos acinzentados vieram à tona, quase liquefeitos, parecidos com os desenhos do manuscrito.

Quando Morga retirou o bastãozinho, percebeu que ele se tingira de preto.

"Uma poção vermelha que se torna preta... quem sabe para que serve?", pensava, reprimindo a ânsia de vômito.

Observou também que dentro de seis vidros havia pedaços de metal cinza idênticos aos da poção e do livro.

— Nunca vi um metal desse tipo! — murmurou.

Pegou alguns e, cheirando-os, sentiu o estômago se contrair: eram realmente esses fragmentos que fediam como carniças pútridas.

Franzindo o nariz, guardou-os na terceira portinhola do Obolho, junto com as substâncias vegetais e as pedras alquímicas.

— Eremia certamente conhece esse metal fedorento — disse, afastando-se da mesa para procurar uma saída.

Nesse momento, a luz do Glibine iluminou um pequeno nicho escavado no canto da parede esquerda. Dentro dele havia um documento contornado por um fio de ouro: era um diário em que Okrad anotava, havia quinhentos anos, locais e datas.

Morga leu a primeira página:

Ordenei às minhas duas Sentinelas que deslocassem o meu Segredo a cada cinquenta anos. Locais e esconderijos serão anotados neste diário. Somente parte do meu Segredo não está mais em minha posse, já que eu mesmo a consignei a pessoa de confiança. Por este motivo, entre os meus brancos de gesso encontra-se o único verde com a Primeira, agora vazia.
Ninguém jamais deverá encontrar a Segunda e a Terceira cheias.
A única vontade é uma vida eterna sem volta.
A morte definitiva chegará com o sacrilégio.

A Imperfeita mantinha os olhos cravados na página:

— Segredo? Que segredo? Okrad confia unicamente nas Sentinelas! E o que quer dizer a Primeira vazia, a Segunda e a Terceira cheias?

Folheou lentamente o diário misterioso: a cada cinquenta anos, uma data e um local do planeta foram assinalados.

— Qual é o sentido disso tudo? — Morga não conseguia compreender.

Ao chegar à última página, concentrou-se, esforçando-se para descobrir que mistério o Grão-Medônio ocultava. A primeira coisa que lhe saltou aos olhos foi que aquela última página havia sido escrita no ano anterior.

233º dia — Estação Ársica — Ano 499

Sob grânulos leves, distante das ondas,
A Segunda repousa sem perigo.
Sob seixos pesados, distante das ondas,
A Terceira repousa no silêncio.

Okrad

— Uma verdadeira charada! — exclamou a jovem maga, alisando o Gual, que lhe pendia do pescoço.

De repente, seus olhos azuis iluminaram-se refletindo a luz avermelhada do Glibine.

— A Primeira já vazia... Segunda e Terceira cheias... acho que entendi! — disse, sorrindo. Apertou o Gual, que continha a chave da Lei Cósmica, e a imagem da *Prima Chartum Psicha* veio-lhe à mente. — Com efeito, ela encontrava-se no livro verde, entre os brancos de gesso. Portanto, a Segunda e a Terceira, que contêm as chaves e as pedras que faltam, estão em outra parte. E são as Sentinelas que as escondem! Descobrir onde estão será um verdadeiro desafio! Okrad mandou que elas fossem mudadas a cada cinquenta anos, justamente para ter certeza de que ninguém as achará.

A Imperfeita ficou séria e, olhando ao redor, compreendeu que o Grão-Medônio ocultava demasiados mistérios em seu laboratório. Assim, o Kimiyerante não era um simples porão, porém o local em que a loucura diabólica de Okrad se unia à Magia Alquímica dos Fhar.

A garotinha teve a tentação de pegar a folha circundada de ouro, mas pensou melhor. Roubá-la seria demasiadamente perigoso: Okrad não devia saber que alguém estava procurando as outras duas lâminas de prata com as chaves e as pedras que permitiam a decolagem da astronave Heimfra. Pegou o Ciodalo e copiou o texto da última página, enviando-o somente a Eremia, embora desejasse comunicar tudo isso ao pai. Não obstante, Serunte já estava demasiadamente exposto naquele momento, e Morga não desejava criar mais problemas para ele.

Assim que saiu do canto do nicho, a luz do Glibine revelou um móvel. Parecia um armário normalíssimo, mas assim que Morga o abriu percebeu que ele ocultava uma escada estreita e íngreme. Uma luz provinha do alto, e também ouviam-se vozes retumbantes. Olhando para cima, viu que a escada terminava debaixo de uma grade dourada que fazia as vezes de teto.

A garotinha subiu e, ao chegar ao topo, acocorou-se e esforçou-se para ver entre as barras. Ficou extremamente surpresa ao deparar com uma cena à qual jamais imaginara poder assistir: a escadinha do Kimiyerante levava diretamente à Megorá, onde o Conciliábulo estava acontecendo. A grade mimetizava-se perfeitamente com as grades dos portões do enorme afresco *Ópera Eterna* que enfeitava o auditorium. Nem os olhos dos Fhar mais perspicazes haviam se dado conta de que um dos portões não era pintado, e sim constituído de uma grade de verdade. A ilusão ótica era perfeita inclusive porque ela se encontrava na base do desenho que representava os pequenos portões dourados do afresco.

O Obolho permanecia ao seu lado, e as lufadas de vapor que saíam pelas grades uniam-se às dos outros Obolhos dos Fhar.

Morga arregalou os olhos vendo as poltronas enlutadas e os poderosos magos que discutiam entre si, movendo os rostos ocultos pelas Kaplás. Nenhuma expressão. Nada de sentimentos. Todos eram iguais em sua mísera convicção de poder se tornarem eternos. Suas palavras, entretanto, eram de angústia diante do terror de morrer sem poder fazer nada. As vozes saíam daqueles corpos aparentemente jovens, de cujos olhares e pensamentos a fragilidade humana havia sido banida quinhentos anos antes.

A Maga do Vento sentiu seu coração batendo tumultuadamente, pois participar às escondidas da grande assembleia de Áurea Nyos era um sinal evidente de que ela era diferente, de que era dotada daquela "imperfeição" que logo imporia um declínio total àquele mundo privado de céu azul. Trajando suas preciosas vestimentas, os governadores de Emiós agitavam seus mantos e chapéus e continuavam a falar febrilmente, enquanto as bandejas aladas e as ampolas cheias de infusões voavam de um lado a outro do auditorium. No local mais alto estava Okrad, com as mãos crispadas nos braços da poltrona. Morga reconheceu-o imediatamente, pois vira sua estátua ao entrar pela porta de alabastro.

— Maldito seja! — sussurrou entre os dentes.

O seu Obolho apitou de repente. A garotinha pegou imediatamente o Ciodalo para ler a mensagem de Eremia. A Bramante estava visitando um dos Fhar adoentados e afirmava ter recebido o enigmático texto que Morga extraíra do diário de Okrad e que seguramente se referia às duas Chartum Psiche. A xamã explicava que devia retornar ao Conciliábulo o quanto antes.

A jovem maga respondeu, eufórica:

Descobri que isto aqui não é um porão. É o Kimiyerante, o laboratório secreto de Okrad, que desemboca na Megorá. Estou escondida entre as barras do afresco, observando e escutando. Espero ver você entrar.

Morga

O rosto da velhíssima Fhar iluminou-se debaixo da máscara de ferro e gelo sâmico. Os seus olhos turvados pelo tempo e cansaço tornaram-se límpidos como gotas de água. Saber que Okrad possuía um laboratório secreto era motivo de preocupação, mas ao mesmo tempo ela estava orgulhosa por ter criado a Imperfeita, que estava desafiando os poderosos e que não se detinha diante de nada. A charada transcrita por Morga ocultava, portanto, uma pérfida estratégia de Okrad. Eremia esboçou um gesto de desapontamento, porque estava claro que as chaves e as pedras que faltavam não se encontravam na torre do Grão-Medônio. Ela despediu-se bruscamente das duas Sentinelas que velavam o Fhar moribundo e correu para a Megorá, percorrendo as aleias de Áurea Nyos envolvida em seu manto argênteo, enquanto a aurora começava a despontar. As criaturas de fumaça que patrulhavam as torres viram-na passar como um raio luminoso e ninguém ousou pará-la.

Quando a Bramante voltou, todos os Fhar calaram-se. Okrad aguardava seu parecer sobre as condições dos doentes.

Eremia subiu até o último degrau e sentou-se em sua poltrona ao lado do Grão-Medônio. Enquanto retirava a capa, olhava para o grande afresco, tentando perceber se Morga podia ser vista. Mimetizada e habilmente escondida, a jovem maga estava mesmo ali, mas ninguém podia detectá-la.

Okrad estava incitando a Bramante a falar quando um ruído efervescente chamou sua atenção: Smartika estava prestes a reaparecer com o Transporte Pulverizador. A Pramaga materializou-se no centro da Megorá com suas Sentinelas, logo diante do afresco. Ela levantou a mão direita segurando o anel e, inesperadamente, removeu a Kaplá, mostrando seu rosto juvenil apesar da idade. Sua pele era lisa e cor de âmbar, tinha olhos verde-esmeralda, nariz delgado e lábios grandes e carnudos. Sob o leve véu que lhe cobria a cabeça entreviam-se os cabelos escuros e ligeiramente ondulados.

— Egrégio Okrad, exímios colegas, tenho notícias importantes do Mosteiro de Hamalios e quero comunicá-las mostrando-lhes o meu rosto para que vocês possam ver o quanto estou contente — proferiu num tom estridente.

Morga encontrava-se logo atrás dela, tão perto que podia sentir seu perfume meloso. Por detrás das grades, escrutinando os movimentos das Sentinelas, esperava que Smartika revelasse o que descobrira, rezando pela sorte de sua mãe.

O Grão-Medônio se pôs de pé, e Eremia sentiu sua boca secar com a sensação terrível de ver desmoronar todas as esperanças de uma hora para outra.

— Fale, então. Estamos ouvindo — exortou-a Okrad.

— O anel pertence à Gestal de nome Animea! Ela mesma o reconheceu — afirmou a Pramaga com extrema satisfação.

Todos os Fhar se viraram para o Grão-Medônio, pois não tinham a menor ideia de quem fosse Animea. Este nome não dizia nada a Okrad tampouco.

— E como foi que ela o perdeu em minha torre? Eu não recebo Gestais, e todos nós somos informados quando elas frequentam Áurea Nyos. Então, qual foi a explicação que ela forneceu?

Smartika fechou a mão que continha o anel.

— Ela mesma é quem contará o que aconteceu. Mandei-a vir dar o seu depoimento imediatamente. Sua Vádria já está a caminho, e dentro de poucas horas estará diante de vocês.

Morga agarrou-se às grades murmurando o nome de sua mãe. Contudo, o rumorejar das Sentinelas, que se viraram, desconfiadas, a fez retroceder. Desconsolada, olhou para o Glibine e o lenço perfumado de lágrimas de Animea. Por quanto tempo sua mãe teria de sofrer ainda para esconder que tinha uma filha? A jovem maga desejava desencadear todas as magias do vento, e sentia o desejo louco de usar os Ambalis e todas as alquimias violentas para aniquilar os Fhar. Prendeu a respiração e acalmou o coração, que parecia explodir cada vez que batia em seu peito.

Eremia não conseguiu ficar calada e, dirigindo-se a Okrad, comentou:

— Uma Gestal vai dar um depoimento por causa de um anel? Não lhe parece excessivo?

O Grão-Medônio irritou-se tanto que seu chapéu esférico dobrou-se para a frente.

— Um vírus está nos matando! Qualquer suspeita é lícita, e, portanto, até um simples anel pode representar um indício importante. Devemos evitar que o povo de Emiós descubra a verdade e, para tanto, é conveniente eliminar qualquer suspeita o quanto antes. Caso Animea forneça uma justificativa inócua, ela poderá voltar para o Mosteiro de Hamalios. Caso contrário... — Okrad interrompeu-se e fez um gesto muito explícito com as mãos.

— Ela será morta?! — exclamou a Bramante.

— Claro. Qual é o problema? — respondeu ele, enquanto todos os Fhar conversavam entre si; a reação de Eremia provocara sua hilaridade.

Smartika também ficou perplexa e, aproximando-se dela, afirmou:

— É só uma Gestal; se tiver culpa, pagará.

Grocil estalou os dedos e dirigiu-se a Okrad defendendo os U'ndários:

— No que me diz respeito, os documentos de quem mora na cidade de Wolmida e de quem trabalha nas Fábricas Côncavas estão à disposição. Ademais, se alguma U'ndária conhece Animea, isto certamente poderá nos ajudar.

Dois rastros elétricos formaram-se no centro da Megorá, e Serunte e Lefório materializaram-se simultaneamente, junto com as respectivas Sentinelas.

Morga sobressaltou-se. Seu pai estava tão próximo do afresco que teria bastado a ela estender o braço para tocar sua capa azul.

Não resistiu ao desejo de sinalizar-lhe que se encontrava atrás dele. Ela fechou os olhos e, num impulso desesperado de amor, reuniu todas as suas energias. Um vento repentino saiu do afresco, fazendo ondular os desenhos das torres de Áurea Nyos como se fossem de papel. O jato de ar penetrou na Megorá levantando as capas dos Fhar e espatifando os cálices e as bandejas contra as paredes. Todos fitaram o afresco e, depois, instintivamente, viraram a cabeça em direção ao portão, pensando que a rajada violenta tivesse vindo de fora. Mas não era assim.

Os Fhar seguraram seus volumosos chapéus; muitos se levantaram, ao passo que outros se punham de cócoras.

— Mas de onde vem esse vento? — vociferou Okrad.

Rastros de ar gélido alternados com correntes muito quentes envolviam os Fhar, cada vez mais incrédulos.

Somente Serunte permaneceu parado enquanto a sua capa volteava como uma borboleta.

"Morga... é o vento da minha filha", pensou, levando as mãos ao peito.

Eremia juntou as mãos e fitou o grande afresco do alto de sua poltrona. Ela temia que Morga se revelasse abertamente.

A tormenta de ar estacou de chofre. O vento foi reabsorvido pelo afresco sem deixar nenhum cheiro ou indício. Foi-se misteriosamente como havia chegado.

O Grão-Medônio ergueu os braços.

— Mau sinal, presságio tenebroso. O vírus está no ar... um ar infecto.

Algumas Fhar ajustaram bem a Kaplá ao rosto, enquanto magas esbravejavam contra a profecia e Okrad alimentava o desejo de destruição de qualquer possível inimigo que ameaçasse o seu poder.

O vento não podia interromper o Conciliábulo.

As bandejas e os cálices em forma de ampolas voltaram a rodopiar, e um silêncio sepulcral abateu-se sobre a Megorá.

— Não devemos ter medo. O medo atrai o Mal. O vento indica o perigo e nos traz de volta à questão central: encontrar a Imperfeita! A profecia deve ser anulada! Liquidada! Combatida! Prossigamos com o Conciliábulo e coloquemos em prática nossas potências mágicas — bradou Okrad, observando os Fhar, que ainda estavam atordoados com o que havia acabado de acontecer.

Depois, virando-se para Serunte e Lefório, inquiriu:

— E então? O que descobriram? Falem! Não temos tempo a perder!

O pai de Morga permanecia calado, atordoado, pensando no vento e em sua filha. Como não abria a boca, o primeiro a tomar a palavra foi o Pramago Lefório:

— Como sempre, você tem razão, Grão-Medônio, e, a despeito da adversidade, posso unicamente trazer-lhe notícias que não são reconfortantes. Não se sabe nada a respeito dos quatro Dakis que fugiram. É incrível como eles conseguiram desaparecer com toda essa neve e o gelo de Invéria. Mas descobri alguns detalhes sobre a identidade desses garotinhos. — Lefório levantou a cabeça, escrutinando toda a plateia, que escutava em silêncio.

Serunte não conseguiu ficar parado; deixou as Sentinelas perto do afresco e subiu os degraus, voltando para a sua poltrona sem tirar os olhos de Eremia. Ambos estavam prontos a reagir caso o Pramago revelasse algo de estranho acerca de Morga.

— Graças ao relato de uma garotinha, uma tal Lumira, futura U'ndária que mora na Casa 207 junto com a jovem Ancilante Drima, parece que os fugitivos estiveram, na tarde precedente ao seu desaparecimento, em uma lojinha de Karash, onde trocaram joias por livros — prosseguiu Lefório, aproximando-se de Smartika e Okrad.

— Joias por livros? — repetiu o Grão-Medônio, incrédulo.

— Pois é. E parece que a Daki chamada Morga tinha um saquinho cheinho de pedras preciosas. Esquisito, não acham? Como é que uma garotinha pode ser tão rica?

Serunte tirou a bandana e deixou que os cabelos louros lhe caíssem sobre a Kaplá.

— Mas que raio é isso? São informações ou fofocas?! — exclamou, parando ao lado da poltrona de Eremia, que arranhava os braços da poltrona com as unhas.

— Por que está tão insolente? Talvez o vento o tenha deixado nervoso — redarguiu Okrad.

Com efeito, Lefório ficara ofendido.

— Serunte, grande médico e mago, qual é a sua objeção? Eu estou cumprindo o meu dever. E você?

— Falarei quando você concluir — disse o pai de Morga olhando fixamente para Smartika, que deslizava os dedos sobre o anel, orgulhosa de ter prestado um bom serviço a Okrad.

Serunte alcançou a Bramante e procurou um argumento para poder ficar ao seu lado; o desespero obscurecia os seus olhos azuis. Sua filha e a mulher que ele amava já estavam na boca de todos os Fhar.

— Egrégia Eremia, talvez o seu discurso sobre possíveis poções contra o vírus seja mais interessante que as fofocas sobre Dakis e Gestais.

A xamã sentiu-se observada por Okrad. Tirou o chapéu e, passando as mãos pela cabeça calva, estendeu o rosto para a frente, mantendo a Kaplá.

— Sim, com efeito, depois de ter visitado os nossos colegas doentes eu precisaria de algumas indicações sobre ervas e plantas para produzir novas poções.

Okrad levantou a mão esquerda concedendo que os dois dialogassem entre si, pois naquele momento ele queria escutar Lefório.

A Bramante baixou a voz ao máximo para poder explicar a Serunte que Morga encontrava-se dentro da Megorá, atrás das grades falsas do afresco. E que Animea reconhecera o anel e estava chegando a Áurea Nyos.

Àquela altura, o pai da Imperfeita murmurou:

— Então, aquele vento...

Ele removeu a Kaplá e virou-se para o afresco, depois olhou para o rosto de Smartika, que retribuiu o olhar com severidade. Em seguida, dirigiu os olhos de volta para o afresco, pensando na cena a que sua filha estava assistindo.

Entrementes, Lefório continuava a falar:

— Então, eu estava dizendo que será necessário determinar a identidade de quem deu as pedras preciosas para Morga. Por isso, pedi a Pliope, a Ancilante da lojinha de Karash, para vir até aqui e explicar a todos vocês que tipo de pedras a garotinha possuía. Chegará em sua Espilonga, acompanhada pelos dois Dakis que testemunharam o fato: Lumira e Reful.

— Dois Dakis na Espilonga de uma Ancilante? A Imperalei não permite isso — Okrad discordou desse procedimento e, com ele, todos os demais Fhar mostraram-se contrários.

Lefório agitou a capa verde e tentou justificar-se sustentando que os dois garotinhos, ambos futuros U'ndários, não podiam enfrentar a viagem de Piróssios devido ao mau tempo e ao gelo.

Os ânimos acalmaram-se e o Grão-Medônio aceitou a transgressão para o bem da verdade.

— Mas serão duas as Vádrias a chegar — acrescentou Lefório, baixando a voz.

— Como duas? Numa virá Animea. E na outra? — exigiu saber Okrad, cada vez mais irritado.

— Tendo em vista que precisamos de mais alimentos e mercadorias em Áurea Nyos, pedi que a Gestal Sasima trouxesse o necessário consigo em sua Vádria, e Gardênio também virá com ela. É um U'ndário bastante eficiente. — O Pramago assumiu a responsabilidade das suas ordens.

O Grão-Medônio não objetou nada: as mercadorias eram necessárias, já que o Conciliábulo duraria ainda bastante e era impensável poder locomover-se com Dromantes, embora fossem animais fortes e acostumados com a neve. Seguramente, teriam logrado chegar a Áurea Nyos, porém com grave atraso.

— Vejo que você agiu de forma muito eficiente e desejo que essas presenças em nossa cidade não se transformem em problemas. Você bem sabe que a morte dos nossos colegas deve ser mantida em absoluto segredo. — Okrad pegou Pão Rosa de uma bandeja e comeu-o avidamente.

— Estou certo de que nada de grave acontecerá. Os testemunhos de Pliope e dos dois garotinhos ajudarão a compreender o que realmente aconteceu na lojinha de Karash. Os Dakis fugitivos não terão saída. Junto com Morga e Drima, há também Horp, que venceu a última competição em Ômbria. Portanto, ele é muito forte e tem músculos poderosos. Por fim, o quarto é Yhari, aparentemente um jovem tranquilo.

Okrad estava prestes a ceder a palavra a Serunte quando Grocil interveio:

— Com certeza Gardênio deve ter mais informações sobre os Dakis fujões, já que ele frequenta a Colônia Briosa há tempos.

O pai de Morga anuiu:

— Sim, parece-me uma boa ideia ter trazido Gardênio também. Eu o conheço; ele é de confiança. — Serunte ficou feliz com a chegada do U'ndário: seria uma ajuda e tanto.

— Eu sei que você o conhece bem. Você empreendeu a última viagem com os Dromantes à Casa da Bramante com ele. E encomendou mercadorias para o Mosteiro de Hamalios também, sem a minha autorização — redarguiu Smartika, bastante ressentida.

Eremia calou-se e Serunte não acrescentou mais nada, sentindo que seria excessivo proferir mais uma palavra acerca daquela viagem empreendida exclusivamente para ver sua filha.

Enquanto aguardavam a chegada das Gestais e do U'ndário, todos os Fhar recomeçaram a beber infusões energéticas para combater o cansaço. Não havia resultados concretos contra o vírus, e o testemunho de Animea estava entre os mais esperados.

Serunte extraiu de debaixo da capa um rolo de folhas e, dirigindo-se a Okrad, proferiu:

— Eis as listagens dos Dakis nascidos nos últimos 15 anos. Não detectei nenhum erro. Tendo em vista que Telkia já não está entre nós, cabe a Lefório fazer uma verificação cruzada para constatar se os nomes que tenho correspondem aos garotinhos que agora frequentam a Colônia Briosa. São trezentos, certo?

O Pramago confirmou:

— Eu encontrei as listagens. Telkia as havia deixado na Colônia Briosa. De qualquer maneira, me dê os seus documentos e voltarei a verificar mais uma vez.

O pai da Imperfeita entregou-os sem pestanejar.

Lefório percorreu a lista de nomes com o dedo e viu que tudo estava regular. Mas Okrad insistiu:

— Olhe melhor. Os nomes dos Dakis desaparecidos estão todos aí?

Eremia sentiu a cabeça girar, suspendeu ligeiramente a máscara, pegou outro cálice repleto de Zafínia Soprada e engoliu num único gole o poderoso líquido alquímico. Serunte baixou o olhar e, com uma careta, a fez entender que não havia motivo algum para se preocupar. Com efeito, ele acrescentara o nome de Morga utilizando um velho nanquim tão desbotado que parecia ter sido escrito 12 anos antes. Não fora fácil desviar a atenção das suas Sentinelas durante as poucas horas em que permanecera no Centro Cripto para modificar a listagem. As criaturas certamente cumpriam a ordem de ajudá-lo e defendê-lo, mas eram seres criados em laboratório com o único intento de seguir a Imperalei à risca. Assim, Serunte não podia confiar nelas cegamente.

— Sim, Grão-Medônio, os nomes dos quatro garotinhos estão aqui — respondeu Lefório, indo sentar-se.

— Não resta senão verificar quem são as Gestais que os pariram. — A proposta de Smartika não surpreendeu Serunte, que, concentrando-se e entrando num estado meditativo, logrou não reagir.

— Ótima ideia. Prossiga, cara Smartika. — Okrad estava orgulhoso da solicitude demonstrada pela Pramaga.

Como era previsível, na listagem de Smartika não constava nenhuma Gestal como sendo mãe de Morga. O parto de Animea fora feito pelo próprio Serunte, com auxílio de Sasima. Disseram a Smartika que fora uma menina. E nada mais. Portanto, o nome de Morga não constava na listagem dos Dakis nascidos regularmente e submetidos ao gene Désio-Z206. O que se dizia sobre Animea era unicamente que tinha recebido o Raio Avólio, mas a mentira tinha sido escrita pelo próprio Serunte.

Eremia reagiu instantaneamente: pegou uma ampola fumegante de Cantária Sólia, leite energético azul, que deixou cair justamente sobre os documentos de Smartika. A Pramaga ficou boquiaberta diante das folhas encharcadas de líquido azul.

— Desculpe, eu estou nervosa — gaguejou Eremia, fingindo pesar.

— Agora vai ficar impossível ler todos os nomes! O leite manchou grande parte das listagens. — Smartika não desculpou o banal incidente, alterando-se visivelmente.

— Eu QUERO esses nomes! E o mais rapidamente possível! — uivou Okrad, desferindo socos na poltrona.

A Bramante pediu novamente desculpas.

— Grão-Medônio, a culpa é minha, e, se você permitir, vou remediar.

Okrad rangeu os dentes.

— É uma ordem! Não esperava gesto tão desajeitado vindo de você, Bramante Branca. Traga-me a listagem imediatamente de volta.

Eremia guardou a folha empapada dentro do seu Obolho e baixou a cabeça. Serunte suspirou, reclinando-se na poltrona: teriam bastado poucos segundos para que Smartika descobrisse a ausência do nome de Morga!

Encerrada em seu esconderijo, a jovem maga tapou a boca para não explodir num grito. Eremia voltara a assumir pela enésima vez a responsabilidade de manter o segredo da existência da Imperfeita.

A garotinha observava seu pai e a Bramante, e desejaria correr ao encontro deles e abraçá-los; contudo, por detrás da grade, conseguiu somente sussurrar um simples "Obrigada, eu amo vocês". Morga desabou debaixo da grade, encolheu-se e, fechando os olhos, pensou na chegada de sua mãe e no que ela poderia fazer para se defender das ameaças de Okrad. Se por um lado estava contente de rever Gardênio e Sasima, por outro ficava nervosa só de pensar no que Lumira, Reful e Pliope podiam ter revelado.

Nessa posição desconfortável em que se encontrava, ela notou que havia um botão numa das barras, a última da esquerda. Estendeu a mão e apertou-o. A grade abriu-se com um clique e começou a correr para a direita. Portanto, era possível entrar e sair pela base do afresco. A garotinha entrou em pânico: a abertura ficara visível aos Fhar! Rapidamente, voltou a apertar o botão e a grade retornou à posição inicial.

"Se minha mãe tiver problema sairei e a ajudarei a custo de perder a vida", pensou, apertando o Glibine no macacão térmico, na altura do coração.

Já passava das seis da manhã, e a Vádria de Animea aterrissaria em Áurea Nyos dentro de uma hora. Eremia queria ganhar tempo e, tomando como desculpa a listagem dos nomes que devia ser reparada, pediu que Okrad fizesse uma pausa.

— Estamos todos exaustos, e eu sinto necessidade de mergulhar na Cuba Biomágica para recarregar as energias e poder entregar o quanto antes o documento danificado.

Grande parte dos Fhar levantou-se das poltronas, concordando com a proposta da Bramante. Um deles, entretanto, que estava sentado na terceira fileira da Megorá, caiu repentinamente ao chão. Grocil e Serunte precipitaram-se juntamente com os outros médicos alquímicos para socorrê-lo. Mas quando ergueram sua Kaplá viram que seus lábios estavam enegrecidos.

— O VÍRUS! — gritou Grocil, afastando-se.

Okrad se pôs de pé.

— Levem-no para a torre dele e chamem suas Sentinelas.

Ninguém encontrava coragem para tocar no Fhar atingido pelo vírus. Unicamente Serunte apoiou as mãos em seu tórax para sentir se as energias do seu corpo ainda estavam ativas.

— Ele respira, mas está fraco — falou ao reposicionar a máscara sobre seu rosto.

— Estamos fadados a morrer! ENTENDEM? — vociferou uma maga magérrima com um chapéu ovoide que ocupava uma poltrona na primeira fileira.

Smartika correu para o lado dela, enquanto dezenas de Fhar se juntavam num grupo, colocando-se de costas para o afresco. Morga ficou olhando para suas longas capas que roçavam o chão. Afastou o rosto da grade e esperou ouvir novamente as vozes do seu pai e de Eremia.

— Não devemos nos entregar. A profecia não deve se tornar realidade. Unamos nossos poderes alquímicos e, se é que ela realmente existe, encontremos a Imperfeita! — exortava Smartika.

— O vírus está no ar. Está aqui, entre nós! Ficaremos todos contagiados! — insistia a maga, segurando o chapéu ovoide bem-afundado sobre a cabeça, enquanto se encaminhava para a saída.

Okrad aproximou-se de Smartika e ordenou que os Fhar se retirassem da Megorá.

— Fechem-se em suas Cubas Biomágicas. O Conciliábulo recomeçará daqui a exatamente duas horas.

As Sentinelas do Fhar atingido pelo vírus entraram voando rente ao chão e afastaram-se levando o corpo doente, seguidas pelo grupo de peritos em Medicina Flêumica.

Eremia postou-se ao lado de Serunte e, em voz alta para que todos pudessem ouvir, pediu:

— Você me deixa usar sua Cuba Biomágica?

O pai da Maga do Vento consentiu, pois era a perfeita ocasião para esperar a chegada de Animea, Sasima e Gardênio. Precisavam explicar-lhes o que estava acontecendo.

Smartika esboçou um sorriso.

— Eremia, você também podia usar a minha, estou me sentindo muito bem.

A Bramante respondeu sem sequer se virar:

— Obrigada, mas eu tenho certeza de que você também está precisando.

Enquanto todos saíam da Megorá, Okrad começou a falar com Smartika, logo ao lado da grade.

Morga escutava, curiosa.

— Eu mesmo vou interrogar Animea. Percebo que o anel tem alguma coisa a ver com o vírus. E depois, a visão que Lefório teve de uma chave e um pingente de cobre me fez entender que a Imperfeita está utilizando objetos mágicos. Serei inclemente! — O Grão-Medônio estava decidido a desentocar a Imperfeita, e nada poderia contrariar sua vontade.

— Claro, devemos usar todos os meios. A profecia não pode ser verdade, sempre a negamos. Mas se uma Daki com o poder de nos destruir tiver nascido aqui em Emiós, vamos colocar todas as nossas artes mágicas em ação para derrotá-la. — Smartika retirou-se, deixando Okrad ao lado do afresco.

— Eu esperarei aqui. Vocês dois também podem ir. — O Grão-Medônio despediu Serunte e Eremia.

— Você fica? — perguntou a Bramante, surpresa.

— Sim, vou meditar sobre o que é preciso fazer, e eu próprio acolherei a Gestal Animea caso ela chegue antes de vocês.

Serunte olhou para a grade do afresco; deixar Okrad sozinho não era absolutamente uma boa ideia.

— Eu posso ficar aqui; talvez nós possamos tentar resolver conjuntamente o problema da listagem manchada.

Não obstante, o Grão-Medônio mostrou-se inflexível e, encostando-se cada vez mais na grade, exclamou:

— Não! Deixem-me sozinho com as minhas Sentinelas.

As duas criaturas de fumaça voaram para o seu lado e seguiram com os olhos fluorescentes a Bramante Branca e o pai de Morga, que se encaminhavam para a saída. Os dois Fhar sentiam o medo apoderar-se dos seus pensamentos. Não podiam sequer enviar uma mensagem a Morga, porque o Obolho teria apitado, despertando as suspeitas de Okrad.

A Imperfeita corria grave perigo e ninguém podia ajudá-la.

10
A voz do fogo

Áurea Nyos
Estação Invéria — 9º dia do ano 500
Temperatura: 42 graus abaixo de zero
Lua azul-cinzenta e lua vermelha diurnas

Quando o portão da Megorá voltou a fechar-se, as luzes das lanternas alquímicas diminuíram e as bandejas desapareceram, juntamente com os cálices em forma de ampolas. Nenhum ruído ecoava mais no grande auditorium, e Morga foi invadida pela angústia de se sentir sozinha diante do poderoso Fhar. Acariciou o Obolho, pronta para usar qualquer tipo de magia.

Okrad olhou ao redor e fez sinal às Sentinelas para retirar os brocados negros das poltronas enlutadas e ficar de guarda do lado de fora do portão.

— Avisem-me assim que as Vádrias e a Espilonga aterrissarem.

As criaturas obedeceram, como sempre. Recolheram os brocados e atravessaram a parede, saindo na friagem.

Okrad aproximou-se do afresco e, abaixando-se, inseriu as mãos entre as grades procurando o botão que dava acesso a seu Kimiyerante secreto.

— Aquele vento repentino foi um sinal da profecia. A morte, o vírus, o medo. Não, Emiós não pode ficar à mercê de uma Daki Imperfeita!

O Grão-Medônio sentia energias estranhas se moverem no ar ao passo que o desafio do destino o arrastava em direção a um futuro desconhecido.

Morga desceu a escada estreita até o Kimiyerante sem fazer barulho e, afobadíssima, atravessou o laboratório, indo se refugiar no fundo, além do vão estreito e baixo, no local escuro onde despencara. Dali ela podia ver tudo sem ser descoberta.

Okrad desceu seguido pelo Obolho e entrou, tirando a capa. Imediatamente, olhou para o nicho: a folha dourada com a charada estava intacta. Depois, botou o chapéu esférico sobre a mesa ao lado do atril, removeu a Kaplá e soltou um longo suspiro.

Finalmente, Morga pôde ver o rosto tão odiado.

Okrad era alto e magro, tinha cabelos brancos e lisos, pequenos olhos pretos, nariz aquilino e boca fina. Rugas marcavam sua fronte, e sua pele esverdeada estava flácida, mas certamente ele não demonstrava ter sua idade avançadíssima: 566 anos. Quando abandonaram a Terra, trocando-a por Emiós, ele era o discípulo mais velho do professor Dan Fhar, e de lá até aquele momento o seu corpo ancião tinha permanecido rigorosamente igual.

Ele se debruçou sobre a mesa, acariciou o manuscrito acorrentado ao atril e, em seguida, virou-se para checar a jarra que fervia flutuando sobre o fogo.

— Aquele vento maldito não chegou até aqui. E jamais entrará! — resmungou, girando a mão esquerda.

A jarra deslocou-se magicamente, saiu do fogo e permaneceu suspensa sobre a mesa. O Grão-Medônio pegou uma concha dourada e apanhou o líquido vermelho, transferindo-o para uma garrafa comprida de cristal rugoso.

— Está como sangue vivo. Como pura linfa. O Itérbio salvará da morte. Esta é a verdadeira fórmula da eternidade. Algumas gotas e tudo resplandecerá sob o meu comando. Preciso somente aperfeiçoar a densidade e, então, a vida infinita tornar-se-á realidade. Eremia está apenas perdendo tempo. A sua Shaal Tuak-Pà é uma quimera.

Pegou outros dois pedaços de Itérbio de um dos seis potes repletos do misterioso metal e jogou-os na jarra. Uma labareda preta levantou-se bem alto, e a risada do Grão-Medônio ecoou pelo porão úmido e malcheiroso.

Oculta na escuridão, Morga seguia cada gesto seu, tremendo de nervoso. Mantinha a boca fechada e respirava pelo nariz, para evitar que o diabólico Fhar sentisse o seu hálito.

"Ele está criando outra fórmula para a eternidade!", pensou, estarrecida.

O Grão-Medônio recolocou a jarra para flutuar sobre o fogo e anotou seus loucos passos de magia no manuscrito. A garotinha fitava-o, odiando com todas as suas forças aquele ser que, visto de perfil e debruçado sobre a mesa, parecia um bruxo maléfico. Com aquele nariz recurvo e os cabelos brancos que lhe caíam sobre o rosto, ele divertia-se escrevendo a ignóbil fórmula da imortalidade.

"Itérbio. Metal desconhecido", matutou Morga, perguntando-se onde ficaria a jazida e como Okrad conseguira descobri-la à revelia dos outros Fhar.

— Doses variáveis, fervura longa. Mais um experimento e depois... — murmurava Okrad enquanto escrevia.

O cheiro pútrido do Itérbio saturou o Kimiyerante. Morga não aguentava mais, seus pulmões reclamavam ar limpo e fresco. O Obolho bufava ao seu lado, e o vapor poderia representar um perigo, pois se o Fhar o notasse, seria o seu fim! Contudo, ela não podia torná-lo invisível, já que podia precisar dos elementos alquímicos a qualquer momento.

Suando e com os olhos fixos em Okrad, ela pensou em sua mãe e nas suas lágrimas. Triste e com raiva, perdida naquela escuridão profunda, ouviu repentinamente as vozes harmoniosas e apavorantes das Sentinelas, que penetraram no porão como mau agouro:

— Meu Senhor, avistamos uma Vádria e uma Espilonga.

Okrad endireitou as costas e voltou a fechar o manuscrito, deixando-o sobre o atril.

— Bem. Recebam os hóspedes e deem um jeito para que não passem ao lado das torres enlutadas. Mandem que eles esperem do lado de fora da Megorá até segundas ordens. Eu mesmo sairei para recebê-los.

As duas criaturas eram as únicas a conhecer a existência do Kimiyerante e sabiam que ele não devia ser descoberto pelos demais. A Imperalei proibia o uso de substâncias secretas, mas o

Grão-Medônio havia convencido as Sentinelas de que ele podia realizar experimentos alquímicos úteis para todos os Fhar única e exclusivamente naquele local misterioso. Em troca do seu silêncio, ele prometera mais poder às criaturas. Assim, a avidez prevalecera também sobre o respeito às regras de Emiós.

As Sentinelas, sempre encapuzadas, retiraram-se, verificando que ninguém pudesse entrar no auditorium.

— Vamos ver o que Animea vai alegar. Ela não poderá mentir para mim — disse Okrad, recolocando a capa nos ombros. Ao pegar a Kaplá, percebeu uma presença.

A grande habilidade que o Fhar tinha para captar energias era imbatível e, naquele momento, o sangue ferveu em suas veias como Itérbio; a lembrança do vento dentro da Megorá o fez estacar.

Diante dos seus olhos passaram rapidíssimas imagens dos 500 anos vividos no pequeno planeta da Galáxia Esperimea. O tempo parecia desaparecer junto com as recordações de uma vida que agora estava prestes a estilhaçar-se em mil pedaços.

A magia de Morga estava no ar. A garotinha estava pronta para mostrar a que vinha e naturalmente decidiu evocar a Inféria Vox, um Vento de Fogo que produzia a voz do pensamento. Fez luz com o Glibine e abriu a terceira portinhola do Obolho, de onde tirou um único fruto de Gnidium. Colocou-o debaixo da língua e procurou não engolir a saliva. Em seguida, abriu a segunda portinhola e pegou a vasilhinha contendo pó de Crisocola Verbante. Então, guardou o Glibine no bolso e, com um gesto rápido, apertou a ponta do Gual, fazendo desaparecer o pequeno dirigível de cristal.

Imersa na escuridão, segurando a vasilhinha firmemente, posicionou-se com as costas bem eretas e pronta para agir, enquanto o Fhar continuava a olhar ao redor com desconfiança, ofuscado pelas imagens da sua longa vida que inexplicavelmente lhe apareciam como em sonho.

Morga lançou o pozinho para o ar, e a nuvem de grãozinhos azul-turquesa invadiu o laboratório, envolvendo o Grão-Medônio e todos os seus instrumentos alquímicos. Segurando o fruto parado sob a língua, ela abriu a boca e mexeu os lábios, exclamando com certa dificuldade:

ORIS

O fruto de Gnidium ficou quente, mas Morga não o tirou de debaixo da língua. A magia estava funcionando.

Rastros de fogo apareceram diante de Okrad. Lâminas inflamadas voavam de um lado a outro do Kimiyerante como raios enlouquecidos.

O Grão-Medônio rodopiava, observando o fenômeno estranho.

— Quem ousou entrar aqui? — vociferou, enfurecido.

Morga fechou os olhos, permanecendo escondida no fundo do porão. Sentia-se poderosa e carregada de energia como a escuridão que a circundava.

O seu pensamento fluía da sua mente como um vento impetuoso que passa no meio das árvores antes de um temporal.

Não era um sibilo, nem sequer um sussurro; o pensamento da Imperfeita transformou-se numa voz retumbante. Uma voz de fogo que explodiu, entrando nos ouvidos do Fhar!

O vento sopra e muda as coisas, até as pedras tornam-se rosas!

Okrad reagiu:

— Quem é você? Mostre-se! O que significa essa frase?

A verdade é uma só. Morrerás! Morrerão todos! A profecia não pode ser detida.

O Grão-Medônio apoiou-se na mesa, tentando perceber de onde vinham as chamas e a voz.

— Saia de onde está, seja lá quem você for! — berrou, preparando-se para o encontro inesperado.

O Vento de Fogo turbilhonava ao redor do Fhar, impedindo qualquer movimento seu. E a voz voltou a ribombar:

Sou a Imperfeita! Sou a que você teme. Não me procure. Você não me encontraria. O seu fim está próximo.

— A IMPERFEITA! — gritou Okrad, submergindo no pesadelo que mais temia.

Sua reação foi instantânea: colocou em prática uma das técnicas de alquimia alienante e bateu com as mãos nuas nos rastros de fogo, enquanto seus olhos se tornavam brancos como neve. Então, entreabriu os lábios e apagou o fogo de Morga, que lambia sua preciosa túnica púrpura, com um poderoso sopro. Em seguida, o Fhar inchou o peito e, movendo-se ondulatoriamente, provocou uma aura argêntea ao redor do corpo para defendê-lo de qualquer perigo.

As línguas de fogo afastaram-se voando por sobre alambiques e vidros e, assim que tocaram levemente no manuscrito e nos outros livros que estavam sobre a mesa, Okrad precipitou-se para salvá-los.

— Maldita seja! O que acha que está fazendo? — uivou, arregalando os olhos brancos.

Os olhos de Morga voltaram a acender-se e ela deixou seu pensamento falar, sem se render à potência do Grão-Medônio.

Você foi o primeiro a violar a Imperalei. Jamais vai alcançar a eternidade com o Itérbio. O destino já está escrito. Vocês cometeram demasiados erros. Renderei justiça ao povo de Emiós.

Okrad não sabia para onde olhar, não conseguia perceber onde a Imperfeita se ocultava. Aquela voz não parecia pertencer a uma Daki, pois tinha um tom profundo e lúgubre. Mas quem era a Imperfeita? Sob que vestes ela se escondia?

— O que você sabe do Itérbio? Mostre-se. Ou será que você teme o confronto direto? — conseguiu articular, mantendo as mãos abertas e prontas para a ação.

Morga ainda mantinha a boca aberta e seu pensamento materializava-se no Vento de Fogo, dando corpo à voz.

Eu estarei sempre onde você não me imaginar. Atrás de você. Diante dos seus olhos. Acima da sua cabeça e sob os seus pés. Eu sou o Vento da Profecia.

O Fhar atirou-se contra as últimas chamas que vagavam entre os seus amadíssimos instrumentos alquímicos e, então, juntou as mãos e de repente começou a desenhar um sinal no ar. Morga olhava atentamente, pois Okrad estava compondo um Ambali que produziria sabe-se lá que magia.

Sua reação foi imediata.

Você quer um desafio com os Ambalis? A voz tornou-se mais insidiosa.

O Grão-Medônio estacou novamente. A Imperfeita estava em condições de ver cada movimento seu e tinha compreendido que ele estava desenhando um Ambali.

— Ora, você conhece os Ambalis! Mas você acha que sabe usar a magia como um Fhar? Você não passa de uma criança humana insignificante e estúpida. O seu sangue é fraco. Você não pode entender nada da grandeza da verdadeira alquimia! — respondeu, quase relinchando.

A magia e a alquimia constituem o meu poder. Você realmente quer me desafiar?

Morga sentia a força explodir em cada nervo seu.

Okrad recolocou a Kaplá, pronto para enfrentar a Imperfeita.

— Mostre-se! Você não pode me vencer! Você não passa de um vermezinho humano, e vai se arrastar pedindo piedade!

Morga condensou seu pensamento e outra lufada de fogo invadiu o Kimiyerante como uma explosão estelar. As chamas fracionaram-se, formando dizeres incandescentes:

Ambalis e Códigos Sacros. Nenhum segredo me atormenta. Sou a Imperfeita, e tenho coração humano e mente mágica. O desafio apenas começou. Da próxima vez, prepare-se para me enfrentar.

Morga encerrou com essa última advertência, pois já haviam se passado 15 minutos, e o fruto de Gnidium estava esfriando. A duração da magia do Vento de Fogo tinha terminado.

As chamas apagaram-se, absorvidas pelo vento da Imperfeita. Um silêncio sepulcral envolveu o laboratório. O cheiro do Itérbio voltou a se espalhar, e a voz de Morga dissolveu-se num eco.

— Maldita seja! — imprecou Okrad, virando o rosto mascarado para o teto. Passou as mãos pelas paredes de pedra em busca de alguma fissura e, procurando em todos os cantos, chegou ao pequeno vão que levava à cavidade escura. Bem sabia que ao puxar o puxador da segunda gaveta do móvel da sala octogonal o alçapão se abriria. Portanto, se a Imperfeita havia conseguido penetrar em sua torre, ela devia ter caído. — O anel partido, então... é dela!

Como um diabo enfurecido, pegou um candelabro e fez luz; Morga encolheu-se ao lado da parede.

— Saia! Vou mostrar para você do que sou capaz! — O ódio de Okrad condensou-se naquelas palavras como veneno.

A claridade das velas iluminava pedras e entulhos, mas não se via nem a sombra do corpo da garotinha, cingido no macacão térmico preto. O Grão-Medônio captava a energia daquela voz de fogo e inspirava, procurando sentir cheiros e sensações que pudessem orientá-lo para a Imperfeita, mas seu olfato o traiu por causa do terrível fedor que emanava do Itérbio.

— Ela fugiu. Desapareceu como um fantasma! A Imperfeita é esperta e sabe usar a arte mágica melhor que nós, Fhar.

Inquieto, preocupado e ansioso, o Grão-Medônio olhava para o seu laboratório secreto, sem poder tolerar o fato de que tivesse sido descoberto logo pela Imperfeita. Assim, o anel partido e a presença da voz estavam relacionados.

A joia era da Imperfeita! Ele levou as mãos um pouco acima da jarra cheia de líquido vermelho, cheirou o odor pútrido do Itérbio e, com a boca espumando de raiva, jurou vingança.

Abatido, com o coração dilacerado pela vergonha de não ter capturado a garotinha da profecia, abandonou o Kimiyerante e voltou à Megorá ainda deserta.

Exausta, Morga permaneceu encolhida no escuro, sentindo a raiva de sempre castigar seu coração. Desafiar Okrad não fora fácil, mas o simples fato de ter conseguido perturbar o poderoso Fhar a deixara mais determinada do que nunca. Pensou em Yhari, perguntando-se onde tinha ido parar, junto com Drima e Horp. Ela não sabia que seus amigos estavam a salvo no laboratório de Telkia e temia por sua sorte. Sentiu o ímpeto de enviar uma mensagem para seu pai e Eremia, mas a fraqueza a fez mergulhar num sono profundo. A magia do Vento de Fogo esgotara suas forças. Agora, o destino corria veloz, arrastando-a num vórtice de emoções e medos que lhe eram desconhecidos.

A reação e a vingança do Grão-Medônio não tardariam, e o seu olhar endiabrado vaticinava somente desgraças. Okrad desembocou na grade, certo de que a Imperfeita se manifestaria logo. Sua existência representava um perigo constante para todos os Fhar. Embriagado pelos seus pensamentos, viu que uma das suas criaturas se aproximava.

— Meu Senhor, somente uma Vádria e a Espilonga aterrissaram diante do grande portão de Áurea Nyos. Estamos aguardando a segunda Vádria.

A Sentinela percebeu que Okrad estava bastante abatido, embora usasse a Kaplá. O Grão-Medônio tinha o aspecto cansado, e seu corpo estava encurvado.

— Reativem cálices e bandejas, eu preciso beber uma infusão forte e energética. Depois irei até o portão. Mas vocês não perceberam nada na sala octogonal? — perguntou em voz baixa, porém insidiosamente.

— Além do anel, não percebemos nada — responderam em uníssono.

— As gavetas do móvel estavam fechadas? — indagou, cada vez mais agressivo.

— Sim. Ninguém as abriu — afirmou uma Sentinela, dando um passo para a frente.

— Teríamos percebido. Sabemos acerca do alçapão que leva ao Kimiyerante — acrescentou a outra.

— Vocês não prestaram atenção! O anel pertence à Imperfeita. Tenho certeza disso. A voz da maldita Daki ressoou no meu laboratório secreto! — Okrad aproximou-se das duas Sentinelas, que, temerosas, retrocederam.

— Meu Senhor... mas é impossível! — argumentaram, baixando a voz.

— Não tenho outra explicação senão esta. Não pode tratar-se de uma coincidência. Quem tiver dado o anel à Imperfeita será castigado com a máxima severidade. — Okrad encostou-se no afresco, consciente de não poder contar aos demais Fhar que tinha ouvido a voz da Imperfeita. Era uma verdade que ele precisava ocultar não somente porque não fora capaz de capturá-la, mas principalmente para não revelar a existência do laboratório nem sua intenção de criar a fórmula da eternidade por meio do Itérbio. Torturado pelas dúvidas, viu os cálices e as bandejas rodopiarem, pegou um copo de forma alongada que continha Zafínia Soprada e engoliu a bebida fortíssima avidamente. Com a raiva que lhe corroía a alma, seguiu para o portão sem hesitar, pronto para receber Animea e os outros hóspedes. Em seus olhos brilhava apenas o inferno. Era um fogo de tamanho ódio que parecia poder queimar os cúmplices da Imperfeita. A garotinha com o DNA humano existia de verdade, e a profecia estava se cumprindo.

Para parar o destino, ele devia forçosamente descobrir quem ocultara o nascimento da Daki e, principalmente, quem a estava ajudando.

A manhã do nono dia estava apenas começando, e ele já se anunciava carregado para todos. O sol de Emiós filtrava-se entre as espessas nuvens inchadas de neve que permaneciam paradas no céu estriado pelos raios azuis e vermelhos das duas luas. O gelo reinava soberano, e no silêncio da Floresta de Samhar ouviu-se o zumbido de motores alquímicos.

Do lado de fora do majestoso portão de Áurea Nyos aterrissaram suavemente uma carruagem vermelha puxada por oito Cegóbias e uma espécie de gôndola preta que voou rente ao chão, movendo as asas de água. Eram a Vádria de Animea, que provinha do Mosteiro de Hamalios, e a Espilonga com Pliope, Lumira e Horp, chegando da Colônia Briosa.

As Cegóbias fecharam as asas e agitaram seus longos bicos em sinal de cansaço. A chama negra da esfera localizada no centro do telhadinho apagou-se, o Solmo parou de roncar e a portinhola da Vádria abriu-se. Animea desceu, suspendendo delicadamente o suntuoso vestido vermelho que escolhera para a ocasião, verificou que o chapéu de Veludo Bagatela não estragasse seu penteado elaborado e, por fim, cobriu os ombros com um enorme xale de lã de Dromante. Depois, virou a cabeça e observou o derretimento das asas de Água Masmática da Espilonga.

"Que Ancilante terá sido convocada para Áurea Nyos? E o que isso tem a ver com o anel que eu deixei na Casa 299 quando era garotinha?", pensava, tremendo de frio, ao recordar as palavras de Smartika. A Pramaga ordenara-lhe que partisse para a cidade dos Fhar, dizendo que devia esclarecer a história da preciosa joia, porém não especificara que também haveria a presença de uma Ancilante. Animea estava confusa e esperava encontrar Serunte o quanto antes.

Pliope e os dois Dakis saíram das portas ovais da Espilonga, a gôndola voadora preta de telhadinho branco e asas de água.

A Ancilante, agasalhada numa pesada capa amarela e a cabeça calva coberta por um chapéu achatado feito de pele de Vrak, cumprimentou gentilmente Animea com um sorriso, e ela retribuiu a saudação.

As duas se conheciam de vista, tinham se encontrado algumas vezes na estufa botânica e na sala de dança do Mosteiro de Hamalios. Porém, jamais haviam trocado nenhuma confidência.

A mãe de Morga viu com surpresa os dois garotinhos.

— Por que você trouxe Dakis consigo?

— Foi ordem do Pramago Lefório. Espero que Smartika tenha sido avisada de que eu tive de deixar a cidade de Karash, onde gerencio a lojinha. Meu turno estava quase acabando, mas eu devia regressar ao Mosteiro — explicou Pliope.

Animea acariciava a cabeça plumosa de uma Cegóbia quando uma pontada no coração congelou sua respiração. Perturbara-se com a presença dos dois garotinhos. Pensou em sua filha e na Casa 299! O pensamento penetrou o seu olhar; somente naquele momento compreendeu que poderia haver uma relação entre o anel partido e Morga. Atordoada, ouviu as palavras dos garotinhos e a duras penas conseguiu reter um grito.

— Sim, é verdade, Reful e eu também fomos convocados por causa de uma porcaria de anel e por conta das encrencas aprontadas por quatro Dakis desgraçados — acrescentou Lumira, encolhendo-se em seu macacão térmico.

— Anel... encrencas... quatro Dakis fujões — repetia Animea, presa de infinita angústia, e levou as mãos ao rosto para não mostrar seu desespero.

As Sentinelas de Okrad interromperam bruscamente esse momento delicado abrindo o portão e fazendo sinal para que as seguissem.

Assombradas, a Gestal e a Ancilante olhavam para as altas torres dos Fhar e não falaram mais nada. Animea procurava localizar a residência de Serunte pelos símbolos ostentados pelas bandeiras congeladas pelo frio. E percebeu que a torre de seu amado ficava do lado esquerdo da aleia que estavam percorrendo. Nesses anos todos, jamais estivera nessa cidade maldita, embora frequentemente tivesse tentado imaginar o lugar onde o pai de Morga vivia. Os seus encontros fugazes sempre haviam acontecido no Centro Cripto ou nos jardins do Mosteiro.

As Sentinelas insistiram para que eles caminhassem mais rapidamente e a baixarem o olhar. Nenhum sinal de luto devia despertar suspeita nos hóspedes.

Lumira e Reful deram-se as mãos, e sua vivacidade apagou-se como uma chama ao vento. A norma não consentia o ingresso de Dakis em Áurea Nyos, e geralmente, quando eram chamados para serviços de transporte de mercadorias, eles costumavam ficar do lado de fora do portão.

Mantendo os olhos fixos no solo congelado, a mãe de Morga tentou conversar mais com Pliope para descobrir o que ela sabia a respeito do anel. Contudo, o barulho retumbante do motor da segunda Vádria fez parar o pequeno grupo.

Animea, a Ancilante e os dois garotinhos viraram-se, curiosos.

— Outra Gestal?! — exclamou Animea, olhando para Pliope.

As criaturas de Okrad retornaram ao portão para acolher os recém-chegados. Naquele exato momento o portão da torre de Serunte abriu-se: o Fhar e a Bramante haviam estado conversando durante todo aquele tempo, e a certeza de que Okrad possuía um laboratório secreto deixara ambos ainda mais decididos a enfrentar a profecia e o inexorável declínio de Emiós. Serunte temia pela sorte da filha, e Eremia continuava a se perguntar onde Okrad poderia ter escondido as duas Chartum Psiche.

Saíram da torre um ao lado do outro e alcançaram rapidamente o grupo.

Pliope inclinou-se, imitada pelos Dakis, que, amedrontados pela presença de dois Fhar, prenderam a respiração. O coração de Animea deu um baque ao ver Serunte junto de Eremia. Quanto gostaria de correr em sua direção e pedir logo notícias de Morga.

A Bramante chamou a atenção da Ancilante e dos Dakis para deixar a jovem Gestal e o Fhar sozinhos por um alguns segundos, e Serunte aproximou-se de Animea, com a Kaplá iluminada pelo sol e pelas duas luas.

— Leia rapidamente este bilhete. Fique calma e não ceda nunca — disse o Fhar num murmúrio, metendo um papel entre as mãos de Animea. Afastou-se em seguida, ao ver as Sentinelas chegarem.

A Bramante seguiu Serunte, mas, antes de se encaminhar para a torre de Okrad, piscou o olho em sinal de entendimento. O Grão-Medônio os aguardava na Megorá.

Animea pegou um lencinho do bolso de seu suntuoso vestido, fingiu estar assoando o nariz e leu o bilhete.

Morga fugiu da Colônia Briosa com mais três Dakis. Estava usando o anel que encontrou na Casa 299, mas ela o perdeu quando entrou na torre de Okrad. O Grão-Medônio vai interrogar você. Ela está na Megorá, escondida atrás do afresco. Fique tranquila e não perca a calma nunca. Saiba que o vírus da profecia já provocou diversas mortes. Não se aflija... você sabe que o vento sopra e muda as coisas...

Te amo

Ela fechou os olhos e sentiu a cabeça girar. Ler aquele bilhete foi como sentir um raio penetrando seu coração. Cambaleou e foi amparada por Pliope, solícita como toda Ancilante costuma ser para com uma Gestal.

— Está passando mal? — perguntou, preocupada.

Animea ocultou o bilhete sob o xale de Dromante.

— Não é nada. Deve ser do frio, tenho necessidade de beber alguma coisa quente — respondeu, pensando na Casa 299.

De repente, ela ouviu vozes conhecidas e virou-se, surpresa. Gardênio e Sasima estavam entrando pelo portão. Incrédula, ela abriu os braços, e sua amiga de todas as horas apressou-se em alcançá-la.

— Você também aqui? Encontraram Morga? — sussurrou Sasima, encolhendo-se em sua capa branca de Vrak. O seu olhar dirigiu-se imediatamente para Pliope, Lumira e Reful. A presença deles não era um bom sinal.

Animea abraçou-a e com um gesto veloz passou-lhe o bilhete, murmurando:

— Morga está aqui. Leia a mensagem e informe Gardênio também.

As Sentinelas cravaram seus olhos fluorescentes nas duas Gestais.

— Andem logo! O Grão-Medônio está esperando vocês na Megorá.

— Eu e Sasima trouxemos as mercadorias para os Fhar, como o Pramago Lefório mandou. Trata-se de alimentos e bebidas. Podemos descarregá-las? — perguntou Gardênio.

As duas criaturas de fumaça trocaram um olhar luminoso: tendo em vista a situação, não era possível permitir que o U'ndário e a Gestal descarregassem as mercadorias, deixando-os sozinhos. As torres dos Fhar deviam ser protegidas, e ninguém devia descobrir o luto que atingira os Mestres de Vida.

— Nós mesmos vamos descarregar as mercadorias mais tarde. Entrem vocês também na Megorá — ordenaram as Sentinelas.

Faltavam poucos metros até a entrada do auditorium, mas naquele breve trecho Sasima conseguiu falar em voz baixa com o U'ndário e informá-lo a respeito de Morga. Gardênio coçou a barba e enfiou seu Corcundoso nos montes de neve, resmungando nervosamente. Temia o pior.

O portão da Megorá foi escancarado e a figura de Okrad se impôs diante do grupo de hóspedes. Lumira e Reful estacaram como que petrificados; devido à emoção, não conseguiram sequer esboçar um sinal de saudação para o Mestre de Vida. Pliope fez uma reverência e Animea também inclinou-se diante do Grão-Medônio, sendo imediatamente imitada por Sasima e Gardênio.

Okrad permaneceu escondido atrás da Kaplá com o olhar fixo, agitou sua capa e voltou a entrar sem dizer uma palavra sequer. As Sentinelas seguiram-no arrastando suas vestes brilhantes pelo chão.

As duas Gestais e a Ancilante não tiveram coragem de entrar na frente. Gardênio pegou os dois Dakis pelos braços e empurrou-os para dentro com força, dizendo:

— Agora, quero ver a coragem de vocês, seus dedos-duros!

Lumira e Reful permaneceram colados um ao outro e, assim que entraram, levantaram a cabeça extasiados e observaram as cem poltronas e o grande afresco. Cálices com hélices de cobre e bandejas abarrotadas de guloseimas passavam voando diante dos seus olhos.

Gardênio entrou em seguida, avançando com passo pesado e alisando a barba com as mãos. Pliope caminhava de cabeça baixa, enquanto Sasima e Animea se viravam para olhar Serunte e Eremia, que já estavam sentados nas fileiras superiores.

— Dirijam-se para o centro, ao lado do afresco — ordenaram as Sentinelas.

Okrad tirou a capa, acomodando-se em sua poltrona. Tirou o Ciodalo do Obolho e enviou uma breve mensagem a todos os Fhar, avisando-os para retornarem imediatamente à Megorá.

Eremia notou que as mãos de Okrad tremiam.

— Está tenso por causa da presença dos hóspedes? — perguntou, quase incrédula.

O Grão-Medônio deu de ombros e, ajeitando o chapéu, procurou não deixar transparecer nenhuma emoção.

— Eu só estou cansado — retrucou e acrescentou, virando-se para Serunte: — Vocês resolveram? As listagens com os nomes já estão legíveis?

Eremia sacudiu a cabeça.

— Lamento. Temo que não haja remédio.

Okrad não disfarçou seu gesto de impaciência: a essa altura ele estava convencido de que alguém havia escondido a Imperfeita durante muitíssimos anos. Com certeza, faltava um nome naquela listagem!

Depois, indicando o grupinho, exclamou:

— Vai ser interessante ouvir as explicações que têm sobre o anel e sobre os Dakis fugidos! O tempo não está a nosso favor, e precisamos agir sem escrúpulos.

Ele ocultava sua ansiedade atrás da Kaplá, porém ainda sentia o calor do fogo da Imperfeita, e sua voz misteriosa ecoava em sua mente. A frase sobre o vento que mudava as coisas continuava a perturbá-lo. A garotinha da profecia estava no ar, encontrava-se no vazio invisível, era uma presença que marcava o fim do poderio dos Fhar.

Serunte não ouvia as palavras de Okrad, pois sua atenção estava voltada única e exclusivamente para Animea, que permanecia de pé no centro da Megorá com as mãos juntas e o desespero estampado nos olhos. A sua Morga entrara logo na Casa 299 e encontrara o anel! E, agora, aquela joia que devia ser um presente para uma Daki desconhecida transformara-se numa armadilha para caçar Morga e deter a profecia. Animea se sentia culpada, e Serunte percebia isso. Olhava o rosto tão doce da mulher que amava e não podia fazer nada para aliviar seu sofrimento.

A Gestal virou-se para o afresco e vasculhou com os olhos cada detalhe daquela pintura enorme. "Onde está Morga? Onde está escondida?", pensava, desassossegada.

Sasima e Gardênio também continuavam a olhar de soslaio para o afresco, torcendo para que a garotinha não fizesse nenhum movimento em falso.

Naquele momento, porém, Morga ainda estava encolhida no canto escuro do Kimiyerante e, entregue ao sono, não percebera que sua mãe chegara e encontrava-se a poucos passos dela.

Lentamente, o auditorium foi ocupado pelos Fhar que regressavam do banho de imersão nas Cubas Biomágicas. A preocupação de que o vírus pudesse continuar a infectá-los tornava-os ao mesmo tempo agressivos e frágeis. Sua chegada provocou constrangimento em Lumira e Reful, que jamais haviam visto uma cena parecida: magos, alquimistas, astrofísicos, biólogos ossiânicos, especialistas em Medicina Kármica e Flêumica... todos formavam um conjunto deveras impressionante.

— Tenho medo — reconheceu Lumira, mexendo ligeiramente os lábios.

— Você acha que vão descontar em nós? Não é nossa culpa se aqueles garotinhos danados fugiram! — replicou Reful à meia-voz.

Gardênio cumprimentou Lefório levantando a cartola, mas o Pramago só ergueu a mão esquerda, sem dizer nada. As Gestais e a Ancilante fizeram uma reverência ao ver Smartika entrar.

— Agora vocês vão ter de dizer a verdade! É seu dever respeitar a Imperalei! — ordenou a Pramaga, sem demonstrar piedade alguma. Parando diante de Animea, levantou o seu rosto, fitando-a com extrema severidade. Depois, segurando o anel, dirigiu-se para a última fileira de poltronas e entregou-o ao Grão-Medônio.

Okrad esperou que todos os Fhar se acomodassem confortavelmente e então se pôs de pé e se dirigiu aos hóspedes apavorados:

— Vocês foram convocados por uma questão delicada e urgente. Quatro Dakis fugiram da Colônia Briosa sem motivo algum. E este anel — disse, mostrando-o — foi encontrado na minha torre. É um fato execrável! Injustificável!

A mãe de Morga apertou o bilhete de Serunte dentro do lenço, embolando-o no punho fechado para tentar controlar as emoções.

— Gestal Animea! — exclamou Okrad apontando o indicador para ela. — Avance um passo e responda: você entrou secretamente em minha torre?

— Não, meu Senhor, jamais poderia fazer algo semelhante — respondeu, tirando o chapéu e revelando sua maravilhosa cabeleira negra semeada de pequenos grampos de diamantes.

A beleza de Animea impressionou todos os Fhar, e Okrad também ficou fascinado por ela, mas por isso mesmo ainda mais desconfiado.

— Então, você deu o anel de presente! E para quem? — O Grão-Medônio desceu os degraus e postou-se defronte de Animea, que, assustada, não sabia para onde olhar.

— Acho... que o perdi. Não sei quem o apanhou... — Sua voz estava trêmula e suas faces ruborizaram.

— VOCÊ ESTÁ MENTINDO! — gritou Okrad, que se encontrava a meio metro de distância dela.

Os pequenos olhos do Grão-Medônio brilhavam de raiva por detrás da Kaplá, e sua voz poderosa sobressaltou Lumira e Reful, que se refugiaram ao lado de Pliope em busca de proteção.

Serunte rangia os dentes, queria reagir em defesa da amada, mas não podia fazê-lo, pelo bem de Morga. Qualquer reação sua despertaria demasiadas suspeitas em todos os Fhar.

— É a verdade... eu juro — respondeu a Gestal, com a voz rouca de emoção.

— A sua beleza não me engana. Você não passa de uma Gestal imbecil que oculta segredos contra nós, os Fhar! Admita-o! — uivou Okrad, andando em volta da mulher.

Um biólogo ossiânico sentado na primeira fileira de poltronas levantou-se, indignado:

— É evidente que esta Gestal está jurando falso!

Um vozerio percorreu toda a assembleia. Muitas Fhar ficaram revoltadas com as respostas de Animea e pediram esclarecimentos a Smartika, que, ajeitando o véu, vituperou contra a mulher.

— Você sempre foi reservada e calada. Mas, desta vez, deve falar! É grave o fato de que o seu anel tenha sido encontrado na torre do Grão-Medônio. Não me desaponte. Já tenho de suportar que você seja pouco prolífera. Já verifiquei nas listagens. Consta que você só pariu uma vez. Depois, sempre arranjou algum motivo para não se submeter ao Raio Avólio! O que você está escondendo?

Serunte virou-se para Eremia; era preciso interferir.

A Bramante levantou-se.

— Sim, Smartika, você tem razão de exigir a verdade, mas o que o fato de Animea ter gerado somente uma vez tem a ver com o anel?

Naquele momento, sem se dar conta das consequências do que ela estava prestes a dizer, a Ancilante Pliope pediu a palavra.

Okrad lha concedeu.

— Meus senhores, eu vi esse anel. Ele estava no dedo de uma Daki que esteve em minha loja.

Animea, Gardênio, Sasima, Serunte e Eremia estremeceram ao ouvir a afirmação de Pliope.

— E quem é essa Daki? — inquiriu Okrad, que estava prestes a descobrir o nome da provável Imperfeita.

A Ancilante preparava-se para responder, mas um vento, o mesmo vento que poucas horas antes varrera os cálices e as bandejas, inundou novamente a Megorá.

Okrad ordenou que todos os Fhar adotassem a técnica defensiva Hasmiótica, ou seja, acionassem barreiras individuais invisíveis que os protegiam de possíveis ataques exteriores.

— Este vento está infectado! Acionem a Hasmiótica! — gritou enquanto cruzava os braços e baixava a cabeça.

Todos os Fhar procederam da mesma maneira e os seus corpos foram envolvidos por barreiras de ar denso.

Morga acordara e, de detrás das grades, havia imposto a Huma Imeia, uma das magias do Vento de Terra. Com auxílio da resina e da pinha Carya Glabra, ela se aprontara para intervir contra Okrad e todos os Fhar. Ao ouvir o interrogatório de sua mãe e a afirmação de Pliope, sua reação foi imediata. Mantendo os olhos arregalados, a boca firmemente fechada e o pensamento fixo, a garotinha invocou a força da Huma Imeia, pronunciando a palavra encantada:

EFFUNDO

As rajadas de vento foram tão violentas que os Fhar que ainda estavam sentados tiveram de se segurar nos braços das poltronas, estupefatos: as túnicas e as capas esvoaçavam, movidas por ondas impetuosas que avançavam ameaçadoramente.

Protegidos pela barreira Hasmiótica, eles rechaçavam a poderosa magia da Imperfeita com descargas elétricas. A reação foi devastadora.

Todos os chapéus gravados com as iniciais sagradas dos Mestres de Vida foram projetados para o alto, formando uma espiral no centro do auditorium. Gritos e vitupérios elevaram-se, ribombando pela Megorá.

As Kaplás vibravam tanto sobre os rostos dos Fhar que ameaçavam cair, os penteados das magas e alquimistas foram desmanchados, os Obolhos vagavam ao sabor das correntes de ar e muitos esfacelaram-se contra o grande afresco, formando cascatas de cristais e ouro. Cálices e bandejas espatifaram-se, espalhando pelo chão cacos de vidro misturados a alimentos e bebidas. As lanternas alquímicas apagaram-se de um golpe e a escuridão caiu como um sinal de morte. Na penumbra viam-se somente corpos que se agitavam procurando a salvação.

Serunte pegou Eremia pela mão e com grande dificuldade chegaram até Animea, que tinha caído de joelhos. Okrad conseguira agarrar-se a uma poltrona da primeira fileira, e baixava a cabeça por temor de que a máscara caísse.

Sasima e Gardênio acocoraram-se ao lado do afresco mantendo-se unidos, enquanto Pliope foi arremessada para longe pelas descargas elétricas emitidas pelas barreiras de Hasmiótica; sem luz, ninguém conseguiu ver se ela se ferira.

Reful e Lumira caíram no chão sobre os cacos de vidro. Os dois garotinhos estavam aterrorizados e pediam ajuda estendendo os braços, porém nenhum Fhar os socorreu.

Na escuridão, ouvia-se o sibilo de Morga em meio à gritaria. Uma nuvem de poeira muito densa composta pelos fragmentos da pinha saiu da boca da Imperfeita, espalhando-se por toda parte, alimentada pelo vento.

Eremia se deu conta do perigo e empurrou Serunte e Animea em direção ao afresco, onde já se encontravam Gardênio e Sasima. Ela sabia que o efeito mágico seria catastrófico.

Okrad, sem conseguir enxergar nada, incitava os outros Fhar:

— PAREM O VENTO! UNAMOS NOSSAS FORÇAS ALQUÍMICAS. AUMENTEM A POTÊNCIA DA HASMIÓTICA.

Mas a magia de Morga já não podia ser detida. A nuvem de poeira transformou-se numa parede macia que avançava como uma montanha e desabou, recobrindo inteiramente a Megorá. As barreiras hasmióticas cintilavam provocando chamas e produzindo esferas incandescentes, porém os Fhar foram transpassados pelo Vento de Terra, que os petrificou. Permaneceram imóveis como estátuas. Abaixados, ajoelhados, de pé, com os braços erguidos ou com as mãos tapando o rosto, os Fhar já não ofereciam perigo. Durante uma hora inteira Emiós ficaria livre dos seus ditadores.

O vento continuou chicoteando as poltronas, e Morga precipitou-se para sua mãe. Bastou um olhar na penumbra e mãe e filha abraçaram-se com força, com todo o amor que pulsava em seus corações.

Serunte uniu-se ao abraço, abraço este que ele aguardava havia 12 anos. Todos juntos, apertando-se uns aos outros, experimentavam aquele sentimento que somente uma família pode despertar. Uma família que, segundo a Imperalei, não devia existir!

Animea permanecia agarrada a Serunte.

— Nunca mais ficaremos afastados uns dos outros — dizia.

— Sim, nunca mais! — respondeu o Fhar, acariciando-a com imenso amor. Serunte não conseguia reter sua emoção, porém logo percebeu que era preciso apressarem-se, não era possível permanecer na Megorá. — Morga, leve sua mãe embora. Eremia e eu devemos permanecer aqui. Caso contrário, quando o efeito da Huma Imeia terminar e Okrad e os demais recuperarem os sentidos, eles entenderão perfeitamente que nós somos seus cúmplices. Precisamos enganá-los por mais tempo para poder ajudar você — explicou o pai com a voz rouca.

— Primeiro eu preciso contar para vocês o que descobri — retrucou a garotinha, enquanto Eremia se aproximava. — Okrad tem um laboratório secreto, que se chama Kimiyerante e se encontra lá embaixo — revelou, apontando para a grade do afresco. — Ele está tentando criar a fórmula da eternidade com um metal desconhecido chamado Itérbio. Guardei alguns pedaços no meu Obolho e também... há a charada. É preciso descobrir os locais em que o Grão-Medônio escondeu as outras duas Chartum Psiche.

O ânimo de Morga transbordava como um rio em cheia: a energia liberada pela Magia do Vento fortalecera-a ainda mais.

A Imperfeita pegou as mãos do seu pai.

— Está bem, eu já vou embora e levarei comigo Gardênio e Sasima também. Mas para onde? Não dispomos de um refúgio seguro.

— Minha casa é o lugar adequado. Tomem cuidado com as Sentinelas — conseguiu dizer a Bramante, enquanto o vento agitava seu vestido de crepe branco.

Lumira e Reful estavam encolhidos de medo num canto. Haviam se salvado da maré da parede mole por milagre. Incrédulos, abismados, com as pupilas dilatadas e as bocas secas, olhavam fixamente para Morga. Haviam conseguido reconhecê-la apesar da escuridão e, principalmente, haviam ouvido sua voz. Aquela garotinha de que tanto debocharam na loja de Pliope possuía dotes mágicos como os Fhar. Tremendo, foram se apertando cada vez mais um contra o outro, sem conseguir criar coragem para se levantar.

— Eles também virão conosco. Assim, não poderão mais dedurar ninguém! — acrescentou Gardênio, enfiando o Corcundoso entre os cacos de vidro.

As rajadas de vento foram amainando lentamente e o U'ndário amarrou as mãos dos Dakis com uma corda de Casca Ciungada em que foi dando puxões para fazê-los levantar.

— Vocês vão aprender o que é coragem. E vão se arrepender do que fizeram.

As lanternas alquímicas da Megorá se reacenderam gradativamente e, somente então, toda a massa de corpos petrificados dos Fhar apareceu-lhes em todo o seu horror.

— Estão todos mortos... mortos... — gaguejava Lumira, em estado de choque.

Gardênio tentou abrir caminho entre os corpos petrificados, e Sasima seguia-o, cambaleando.

— Olhem! — exclamou o U'ndário.

Pliope estava deitada no chão, num canto, no meio de um monte de cacos de vidros e cálices em forma de ampolas. Não mexia nem a cabeça nem os braços, e o sangue fluía aos borbotões dos ferimentos.

Eremia e Serunte correram para acudi-la. A Ancilante abriu os olhos, mas não conseguia falar.

Morga cobriu o rosto com as mãos.

— Eu não tinha essa intenção... não queria isso!

— Acalme-se, minha filha, a culpa não é sua. A barreira hasmiótica alimentou sua magia. Eu vou tratá-la, ela ficará boa.

Serunte pegou a Ancilante nos braços e impôs-lhe suas mãos. Círculos luminescentes percorreram o corpo machucado de Pliope, concentrando-se em sua cabeça.

— Que magia é essa? — perguntou Morga, desconcertada.

— Suadira Demeta. É uma técnica de Medicina Kármica que reequilibra as energias do corpo. Quando ela acordar, não se lembrará de nada. Nem que viu você, nem do seu nome — respondeu o Fhar.

— Mas as feridas... ela está sangrando e pode morrer — objetou a garotinha.

Serunte pegou a ampola de Adormida Branca que guardava em seu Obolho, pingou uma gota nos lábios de Pliope para eliminar a dor e então espalhou o creme Quêbulas Ferma sobre as lacerações.

— Quando ela acordar, estará melhor, e as feridas cicatrizarão rapidamente. Mas, agora, nós precisamos ir. Ficando aqui, ela não estará em perigo. — O pai de Morga virou-se para olhar a cena terrificante da petrificação dos seus odiados irmãos.

Lumira e Reful gritavam, fora de si:

— Morreram! Estão todos mortos. Morga os matou.

Sasima aplicou duas bofetadas em cada um e, depois, percebendo que tinha usado de violência, retrocedeu, abraçando Animea. Jamais uma Gestal havia batido num garotinho. Contudo, o instinto e a raiva haviam prevalecido sobre a educação recebida no Mosteiro de Hamalios.

— Fiquem calados! Não permito que vocês julguem minha filha! — exclamou Serunte, postando-se diante dos Dakis.

— Filha? — repetiu Lumira, pasma.

— Calados, não é o momento para explicar essas coisas! — disse Gardênio puxando a corda, e os dois Dakis se deixaram levar aos solavancos, sem reagir.

A verdade sobre Morga estava cada vez mais desconcertante.

— Mãe... mãe dela? Animea... — disse Reful, virando-se para a Gestal.

— Sim. Eu sou a mãe de Morga — ela confirmou, com os olhos brilhando de orgulho.

Os dois garotinhos mediram Serunte com os olhos e, depois, olharam para Morga. Não disseram mais nada. Haviam visto demasiadas coisas perturbadoras sem conseguir encontrar uma explicação razoável para elas.

Gardênio abriu lentamente o portão da Megorá e lançou uma olhada para fora: a neve voltara a cair pesadamente.

— Não há Sentinelas à vista. Devemos sair de Áurea Nyos imediatamente. — O U'ndário avançou, puxando atrás de si os dois Dakis.

Morga e Animea viraram-se para se despedir de Eremia e Serunte, que haviam ficado na soleira da porta.

— Eu amo você — disse Serunte abraçando a filha mais uma vez.

Morga sentiu o gelo sâmico da Kaplá deslizar sobre o seu rosto. As sardas roxas cintilavam tanto quanto os olhos azuis do seu pai quando ela acariciou a máscara com infinito carinho.

Animea fitava seus únicos amores.

— Nada mais poderá nos separar, nem sequer a distância — repetiu com os olhos cheios de lágrimas.

O portão fechou-se diante da Bramante e de Serunte, que aguardaram a dissolução da petrificação dos demais Fhar. O efeito da magia, entretanto, ainda duraria cerca de meia hora.

— Precisamos correr à torre de Telkia. Yhari, Drima e Horp estão me esperando lá com os Piróssios — lembrou Morga, verificando se seu Obolho estava são e salvo.

Lumira não conseguiu controlar-se e quis saber:

— Eles também estão em Áurea Nyos?

A essa altura nada daquilo que estava acontecendo podia ser considerado normal. O caos, a violência, a mentira e a verdade mostravam-lhes um mundo que até então era desconhecido para eles.

Morga ia na frente.

— Sigam-me; conheço o caminho que precisamos percorrer para que as Sentinelas não nos vejam.

O trajeto pelas pontes das torres durou quase vinte minutos.

O efeito da Huma Imeia estava acabando.

Ao chegarem à ponte que interligava as residências de Smartika e Telkia, Morga decidiu descer ao laboratório sozinha.

— Esperem-me aqui. Vou buscar meus amigos e os Piróssios e, depois, iremos para aquele lado — disse, indicando a direita.

As rajadas de neve tornaram-se mais intensas e, embora fosse dia, o céu estava escuro e ameaçador.

Morga levou poucos segundos para chegar ao laboratório. O primeiro a recepcioná-la foi Yhari, que exclamou:

— Eu já não aguentava mais sem você!

Descabelada e transtornada, a garotinha mergulhou em seus braços:

— Precisamos fugir. Eu petrifiquei todos os Fhar... mas a magia está prestes a terminar. Minha mãe, Sasima e Gardênio estão aqui fora. Explicarei tudo para vocês no caminho. Vamos para a casa de Eremia.

Drima arregalou seus grandes olhos cor-de-rosa, e Horp articulou apenas duas palavras:

— Fugir... de novo?

Wapi emitiu um grito agudíssimo, e Cilla abriu o bico grasnando enlouquecidamente.

Morga admoestou-os:

— Calados! Querem que as Sentinelas nos matem?

Em seguida, dirigiu-se ao seu Piróssio de forma mais carinhosa, acariciando-lhe o pescoço.

— Wapi, eu o adoro, mas fique quieto! — exclamou, empurrando-o para a abertura da pequena lareira que levava ao corredor da ponte coberta.

Os quatro amigos fizeram um grande esforço para empurrar os dois Piróssios que, devido a seu grande corpo plumoso e à sua altura, encontravam dificuldade para passar.

Wapi perdeu muitas plumas brancas e Cilla sujou seu belo bico esfregando-o nas paredes enegrecidas.

Quando chegaram à ponte, desceram as escadas externas da torre de Telkia, que levavam diretamente ao pórtico. Caminhavam com dificuldade na neve alta e escorregadia, mas, enfim, lograram juntar-se ao grupo que os esperava atrás das colunas.

Assim que Yhari, Horp e Drima viram Lumira e Reful, estacaram.

— VOCÊS?

Amarrados e com muito frio, os dois Dakis ficaram sem graça. Mas Lumira ainda encontrou coragem para dizer:

— Sim, estamos aqui... mas o que vocês estavam fazendo na torre de Telkia?

— Ela caiu dura, morta! — foi a resposta seca de Yhari.

— MORTA? — Reful agitava as mãos para se libertar, porém foi advertido por Gardênio.

— Sim, os Fhar não são imortais! — replicou Drima, olhando Lumira de frente sem mais temê-la.

O U'ndário deu o enésimo puxão na corda, fazendo cambalear os dois dedos-duros.

— Não há tempo para explicações. Precisamos nos apressar, senão as criaturas nos verão — acrescentou Sasima.

Yhari pegou Morga pela mão.

— Vamos, rápido. Os Piróssios não vão ficar calados por muito tempo.

Animea olhou para o garoto e sorriu para a filha.

— É um amigo especial?

— Sim, bem especial — Morga respondeu, ruborizando.

Yhari jamais vira Animea antes, mas sua beleza lembrava muitíssimo a de Morga.

A Imperfeita sorriu.

— É minha mãe.

Drima inclinou-se, e Horp também baixou a cabeça. Yhari fez um sinal e sorriu.

Gardênio levantou o Corcundoso.

— Coragem, vamos!

O trajeto que tinham de percorrer para sair da cidade sem serem vistos passava entre arbustos de amoras. O frio aumentava e, embora os macacões térmicos aquecessem bem, os garotinhos começavam a tiritar: fazia tempo demais que não espalhavam creme Antalgia no rosto e nas mãos.

Assim que passaram pelos arbustos congelados, viram que numerosas Sentinelas estavam posicionadas do lado de fora do grande portão. Vigiavam as Vádrias e a Espilonga. As Cegóbias estavam completamente congeladas. Deitadas imóveis sobre a neve, emitiam lamentos fracos.

Animea e Sasima não podiam, decerto, deixá-las morrer!

— Não estão acostumadas a ficar paradas por muito tempo no frio. Precisamos salvá-las — preocupavam-se as duas Gestais.

Wapi e Cilla mantinham os pescoços baixados e deitaram atrás dos arbustos, supervisionados por Horp e Drima.

Gardênio olhou para as Sentinelas.

— São umas dez. Demais para nós!

Entre elas estavam também as criaturas de Okrad: as mais temíveis.

— Se conseguirmos distraí-las, poderemos alcançar as Vádrias e a Espilonga. Assim, viajaremos mais rápido para a Casa da Bramante — comentou Yhari, aguardando a reação de Morga.

A jovem maga concordou, embora não fosse simples atrair as Sentinelas para outro lugar para afastá-las dali.

Reful e Lumira trocaram um olhar; bastaria um grito seu para alertar as criaturas dos Fhar e fazer com que capturassem Morga e os demais.

A Imperfeita virou-se lentamente, fixando o olhar sobre eles.

— Estou captando as energias negativas de vocês! Esquecem que eu tenho dons mágicos e sei sentir o mal que emana de vocês Além de terem as mãos amarradas, é bom que as bocas de vocês também permaneçam fechadas.

Morga pediu a Yhari para abrir a bolsa de viagem que carregava no ombro, escolheu dois cachecóis que havia pego por desencargo de consciência antes de sair da casa de Eremia e rapidamente amordaçou os dois dedos-duros.

— Pronto, assim não poderão gritar.

Sasima e Animea não fizeram objeções, porém ficaram estupefatas com a determinação de Morga.

Restava decidir como ludibriar as Sentinelas para afastá-las do portão.

Gardênio deu uma sugestão:

— As duas Gestais sabem fazer funcionar as Vádrias. Portanto, elas devem entrar primeiro. No que diz respeito à Espilonga de Pliope, não sei o que fazer. Somente você, Drima, poderia tentar algo, já que é Ancilante.

A garotinha dos olhos cor-de-rosa ergueu os ombros.

— Jamais entrei numa Espilonga! Mas... posso tentar.

— Bem, então, os dois Piróssios irão com você — determinou Morga — enquanto eu, Yhari e Horp procuraremos chamar a atenção das Sentinelas provocando barulhos ao lado da torre de Telkia.

Gardênio ajeitou a cartola coberta de neve.

— E eu ficarei aqui vigiando os dois dedos-duros.

— Perfeito, assim que as Sentinelas se deslocarem, vocês correm para as Vádrias e nós iremos encontrá-los depois — concluiu a Imperfeita.

O plano devia funcionar. Não havia alternativa.

Morga, Yhari e Horp regressaram à torre de Telkia , e ao chegar ao pórtico começaram a atirar bolas de neve no centro da aleia de Áurea Nyos.

Num átimo as Sentinelas apontaram seus olhos fluorescentes naquela direção e atravessaram o portão, voando sobre a camada de gelo.

Os três garotinhos esconderam-se atrás das colunas, ao passo que Drima correu rapidíssima em direção da Espilonga, junto com os Piróssios. Gardênio também se pôs em movimento, arrastando Lumira e Reful, que, por despeito, se jogaram na neve fresca, impedindo ao U'ndário prosseguir celeremente.

As Sentinelas dividiram-se para verificar as primeiras torres e foram justamente as Criaturas de Okrad que se dirigiram para a residência da falecida Fhar.

Yhari pegou Morga pela mão e contornou a torre, regressando por meio dos arbustos. Horp, ofegante, passou por ela, afundando as botas anfíbias no monte de neve que cobria o terreno.

Mas a confusão criada perto do portão alertou outras Sentinelas que estavam de vigília nas torres dos Fhar doentes: um exército de criaturas de fumaça encapuzadas invadiu as aleias da cidade em poucos segundos. Elas intercambiavam informações e, apontando seus olhos por toda parte, procuravam compreender o que estava acontecendo.

Drima logrou subir na Espilonga com Cilla e Wapi. Temerosa, esperou a chegada de Horp, que saltou como uma mola, jogando-se entre os dois agitadíssimos Piróssios, que já não conseguiam ficar parados dentro da gôndola voadora.

Entrementes, Sasima correu em direção à sua Vádria, incitando Animea, que se atrasava.

— Apresse-se... não vire para trás. Morga vai chegar logo.

Assim que as Cegóbias viram as Gestais, puseram-se em pé, eretas, grasnando e sacudindo as asas cobertas de cristais de gelo. Queriam partir o quanto antes e voltar para Hamalios, para o seu refúgio quentinho.

As Sentinelas de Okrad, ouvindo a barulheira, regressaram para o portão, voando como fantasmas.

Sasima conseguiu dar partida na Vádria e, com a portinhola aberta, esperou ansiosamente a chegada de Gardênio. O U'ndário foi bem-sucedido em arrastar os dois dedos-duros e enfiou-os dentro da carruagem com esforço sobre-humano.

— A mãe de Morga ainda está ali... não se moveu! — exclamou o barbudo ruivo, tomado pelo pânico.

Morga e Yhari, que haviam ficado para trás, perceberam a dificuldade de Animea: o seu longo vestido tinha ficado preso nos arbustos.

— Mãe... — gritou Morga, precipitando-se em sua direção.

Mas as Sentinelas do Grão-Medônio encontravam-se a poucos passos dali:

— PAREM! — vociferaram com suas bocas de vapor.

Yhari pegou Morga pelo braço, puxando-a para trás.

— Criaturas imundas! — A voz do Daki não impressionou minimamente as Sentinelas, que avançavam impetuosamente.

Naquele exato momento os Fhar estavam despertando na Megorá. A massa de parede macia que os petrificara já estava quase completamente estilhaçada. O efeito da magia do Vento de Fogo cessara, e os ditadores de Emiós estavam voltando a si, conforme a espessura de pedra que os envolvia ia se desmanchando. No chão, restavam montes de poeira cinzenta.

Muitos Fhar permaneciam prostrados, enquanto outros se levantavam, apalpando seus braços e suas pernas ainda dormentes. Okrad movimentou, primeiro, as mãos e, depois, os pés; sua cabeça estava recoberta de poeira e estilhaços de pedra. Smartika ficara com a respiração entrecortada e não conseguia reagir, embora tentasse reativar o Obolho, partido ao meio. Lefório e Grocil seguravam um ao outro em pé.

— Minha cabeça está rodando, e não enxergo bem — dizia Grocil, segurando-se na capa do Pramago Lefório.

Okrad olhava ao redor: a Megorá parecia um campo de batalha. Havia vidros, escombros e líquidos espalhados por toda parte, juntamente com Obolhos estilhaçados e chapéus completamente arruinados.

— A maldição nos atingiu em cheio. A Imperfeita está entre nós. Ela está aqui! — exclamou, sem conseguir gritar.

Serunte e a Bramante avançaram do fundo do auditorium, fingindo ter acabado de se levantar do chão, e imediatamente começaram a cuidar dos Fhar mais atingidos pela extraordinária magia de Morga.

— Vocês... como estão? — perguntou Okrad, estendendo a mão.

— Acabamos de nos recuperar... foi horrível — respondeu Eremia com voz rouca e ofegante.

Serunte virou-se para o outro lado e ajudou um alquimista a se reerguer, apoiando-o numa poltrona.

O Grão-Medônio olhou em direção do afresco e cambaleou.

— Fugiram! Fugiram todos!

Os Fhar se recompuseram e alguém foi mexer naquilo que sobrara dos seus chapéus.

Smartika retirou da cabeça o véu todo rasgado.

— A Imperfeita os sequestrou! Claro... essa magia louca só pode ter sido executada por ela!

Indignados, enfurecidos e perturbados, os Fhar juraram vingança!

O portão da Megorá foi escancarado de repente e quatro Sentinelas entraram.

— Meus Senhores, alguma coisa suspeita está acontecendo perto do portão.

Contudo, assim que pronunciaram essas palavras, perceberam o que havia ocorrido durante o interrogatório dos hóspedes. Desoladas e com os olhos luminosíssimos, as criaturas começaram a andar entre as poltronas e acorreram para acudir os Fhar, pedindo desculpas por não tê-los protegido.

— Onde vocês estavam? Vocês nos deixaram à mercê de eventos terríveis! Vocês serão punidos por isso! — vituperava Okrad, ensandecido.

Lefório aproximou-se das criaturas.

— Os hóspedes fugiram... a Imperfeita conseguiu penetrar em Áurea Nyos. Tudo isso é obra dela!

Okrad transpirava tanto que as gotas de suor pingavam da sua Kaplá como chuva.

— Que mais está acontecendo do lado de fora?

Uma Sentinela suspendeu levemente o capuz e respondeu:

— Alguém está criando problemas. Talvez... seja a Imp...

Smartika interrompeu a criatura com um grito de guerra:

— VAMOS! VAMOS MATÁ-LA!

O incitamento da Pramaga fomentou mais ira. Eremia e Serunte precisavam impedir que os Fhar saíssem da Megorá, deviam dar um jeito de ganhar tempo para que Morga e os demais pudessem partir.

— Olhem... naquele canto... — indicou a Bramante.

Todos viraram-se e viram a pobre Pliope que procurava levantar-se.

Okrad ajeitou a capa e verificou se seu Obolho ainda funcionava, embora flutuasse torto.

— Ajudem-na vocês. Ela deve ter coisas interessantes para contar, já que não conseguimos escutá-la — ordenou, demonstrando interesse unicamente pelo que Pliope sabia, e não pela sua saúde.

Dizendo isso, ele encaminhou-se para a saída, seguido por todos os demais. A Bramante não queria permanecer na Megorá, porém Pliope precisava de ajuda. Serunte aproximou-se da Ancilante.

— Não se mexa e não se assuste. Você não está ferida. Voltarei mais tarde.

Pliope arregalava os olhos cor-de-rosa sem entender o que havia acontecido com ela.

Eremia e o pai de Morga saíram por último e avançaram com passos seguros, procurando se adiantar aos outros.

A multidão de magos e alquimistas espalhou-se pela aleia principal de Áurea Nyos, somando-se às Sentinelas. A cidade viu a massa enfurecida pronta para defender seu poder sobre o planeta e desencadear a pior das reações alquímicas.

Enquanto os Fhar avançavam em direção ao portão, do lado de lá dos arbustos consumava-se uma verdadeira tragédia.

— Minha mãe... — Morga desesperava-se, enquanto Yhari segurava-a para trás, por medo de que a Sentinela de Okrad, que estava chegando, a acertasse.

Animea conseguiu rasgar o vestido e, pondo-se novamente de pé, afundou os sapatos na neve alta; a criatura de Okrad caiu em cima dela, agarrando-a pelos cabelos.

Morga empurrou Yhari e se soltou.

— Deixe-me, preciso salvá-la!

A segunda Sentinela de Okrad lançou-se sobre o garoto, colocou suas mãos de fumaça em volta do seu pescoço e começou a apertá-lo, sufocando-o com a força da magia. Com os olhos que lhe saíam das órbitas, Yhari nem sequer conseguia gritar. Tentou desferir socos e pontapés, mas nenhum golpe acertava aquele maldito ser de fumaça.

A Imperfeita abriu a segunda portinhola do Obolho e pegou um vidro com biquinho que continha Prata Fluiforme, um líquido magmático muito eficaz.

Lançou três gotas dele sobre o solo congelado e levantou firmemente a mão direita. Em meio aos flocos de neve que caíam espessos como algodão, ela desenhou o Ambali 9: um círculo seguido de uma linha curva para baixo, que terminava em outro pequeno círculo.

A Sentinela soltou sua presa ao ver a garotinha realizando gestos que somente os Fhar conheciam. Yhari desabou no chão, ofegante.

A outra criatura continuou a segurar Animea, impedindo qualquer movimento seu. A Gestal não conseguia libertar-se daquele abraço aterrador.

Okrad e os demais Fhar estavam cada vez mais próximos, e Morga sabia que precisava agir rapidamente.

A magia alquímica do Ambali desenhado no ar manifestou-se com enorme potência. Um raio, seguido por uma descarga elétrica, cintilou, subindo ao céu, e uma voragem de magma incandescente formou-se diante do portão, derretendo as barras de prata.

Várias Sentinelas despencaram na cratera, queimando como madeira seca. Outras lograram alçar voo, saindo pela tangente. Uma fumaça vermelha e negra espalhou-se, ofuscando a cidade de Áurea Nyos.

Animea gritava de desespero; encontrava-se à beira da voragem, prisioneira da diabólica Sentinela.

O Grão-Medônio alcançou o que sobrara do imponente portão, seguido por Smartika e Lefório.

Em meio à neve e à fumaça intensa, viram as Sentinelas caídas no magma infernal e outras com as roupas em chamas: jamais acontecera algo parecido em 500 anos.

Movidos pelo ódio que transparecia através das Kaplás, com os nervos à flor da pele e sufocados pela ira, os três Fhar uniram suas forças mágicas e começaram a desenhar no ar outros Ambalis para anular a magia alquímica criada diante de si.

— Ela está próxima! Mas a barreira de fumaça não nos permite localizá-la... — reconheceu Smartika, presa de raiva incontrolável.

Serunte e a Bramante esquivaram-se dos outros Fhar, alcançando Okrad.

— O que você está fazendo? Quer provocar uma catástrofe?

O Grão-Medônio não quis ouvir nada e, apontando as mãos para a frente, começou a desenhar o Ambali 10: destruição!

Serunte voltou a interrompê-lo, quebrando a magia.

— Não faça isso, é perigoso para todos nós!

Okrad não conseguiu concluir o Ambali e, reagindo violentamente, provocou o Tyos Furente, um raio mortal amarelo que caiu ao lado do corpo de Animea, abrasando o seu rosto.

O grito de dor da Gestal misturou-se aos berros da Sentinela que se incendiava no magma.

Eremia aprontava-se para socorrer Animea, já sem forças, porém a outra criatura de fumaça de Okrad, vendo sua companheira ardendo no fogo, barrou-lhe o caminho, dizendo:

— Quem vai cuidar daquela Gestal sou eu.

O olhar de Okrad iluminou-se:

— Sim, mate-a!

Eremia foi empurrada para o lado pela Sentinela e, àquela altura, Serunte agarrou um braço do Grão-Medônio.

— O que está fazendo? O que há com você? — sibilou Okrad, derrubando o Fhar com um golpe certeiro.

Sem nada ver, devido à fumaça negra, Morga tossia e, inclinando--se para a frente, chamou novamente pela mãe. Porém Yhari pegou-a à força e arrastou-a para dentro da Vádria de Sasima, onde estaria em segurança.

— Salve-se, eu vou ajudar sua mãe — tranquilizou-a, com os olhos repletos de amor e desespero.

Outras Sentinelas avançavam sem demonstrar medo. A de Okrad, que ficara sem sua companheira, lançou-se sobre Morga, derrubando o garoto. Suas mãos de fumaça pousaram sobre o rosto da Imperfeita, que escancarou a boca, uivando como uma fera das montanhas rochosas.

Um vento impetuoso abateu-se sobre as criaturas de fumaça e sobre os Fhar. A fumaça negra deslocou-se, formando colunas intensas que alcançaram o céu manchado pela vermelhidão das chamas e repleto de neve suja, cinzas e sangue.

Usando a força do amor, Morga empurrou a Sentinela para dentro da voragem, pegou sua mãe pelos braços, puxando-a até ficar exaurida. Yhari veio em seu auxílio e, finalmente, conseguiram colocá-la a bordo da Vádria. Em poucos segundos a carruagem de Sasima e a Espilonga com Drima levantaram voo em direção às grandes árvores da Floresta de Samhar. Por último, decolou a Vádria de Animea, acionada por Morga: as Cegóbias escancararam as asas e num átimo ganharam altitude, passando por cima das colunas de fumaça.

Okrad e os outros Fhar ficaram para trás com seus Obolhos inutilizados, com as mãos ainda erguidas.

Eremia se pôs ao lado de Serunte, que tremia. Os seus suspiros estavam repletos de um significado que nenhuma palavra poderia expressar naquele momento: Morga e Animea estavam salvas... voando para onde ninguém as ameaçaria. Os dois Fhar observaram as Vádrias vermelhas e a Espilonga negra até se perderem entre as nuvens carregadas de neve e se curvaram diante do destino, que mais uma vez marcava o futuro.

11

O último suspiro de Animea

Casa de Eremia

Estação Invéria — 10º dia do ano 500

Temperatura: 42 graus abaixo de zero

Lua branca noturna

Nenhuma tormenta de neve seria capaz de congelar o coração de Morga: este já se transformara num pedaço de gelo flutuando no mar da sua alma devastada pela maior dor que pode existir. A tragédia consumava-se na casa onde ela crescera, mas Eremia e Serunte não estavam presentes à despedida, tendo ficado para trás em meio ao caos de Áurea Nyos.

A grande residência da Bramante Branca havia acolhido a chegada das Vádrias e da Espilonga com os costumeiros perfumes alquímicos e as velas acesas. Contudo, os gemidos contínuos de Animea e a pulsação fraca e lenta do seu coração anunciavam o fim. Ferida, queimada e com o rosto lacerado, ela levava no pescoço as marcas roxas deixadas pelas mãos de fumaça da maldita Sentinela de Okrad, e tinha forças tão somente para manter os olhos abertos e contemplar o único sol da sua vida: Morga.

A noite era funda, e o décimo dia do ano nasceria sem luz, pois o negrume da morte estava se sobrepondo a todas as cores. A Imperfeita sentia que a magia não bastava para salvar sua mãe: Ambalis e fórmulas, metais e líquidos, frutos e plantas alquímicos mostravam-se impotentes diante da inexorável fragilidade daquele corpo lacerado e queimado. A Magia do Vento só podia acompanhar o pranto que molhava o rosto da Imperfeita, pois nenhuma alquimia era suficientemente eficaz para vencer a morte iminente. O sopro da magia lograva tão somente aliviar o sofrimento.

Morga olhava para a cama em que por 12 anos sonhara com a liberdade negada e onde presentemente jazia sua mãe, no fim da vida. Sasima debruçava-se sobre Animea, enxugando permanentemente o suor de sua fronte, pois estava com febre altíssima. A Imperfeita passara Kernite Dênsia sobre as feridas mais profundas, mas as queimaduras eram tão extensas que não cicatrizavam. Sequer a gota de Adormida Branca que pingara nos lábios da Gestal atenuara suas dores.

— Ela pode tomar mais uma ou, no máximo, duas gotas, porém não mais que isso. Senão, o efeito será contrário — sussurrou Morga virando-se para Sasima, que já não tinha mais lágrimas.

— E se você tentasse usar Quêbulas Ferma? É um remédio forte... — Gardênio não suportava ver a belíssima Gestal naquelas condições e esperava por um milagre de magia.

— Sim, sim, vou usar já nas feridas das pernas e dos braços. Mas... sinto que sua respiração está ficando cada vez mais fraca.

Morga continuou tentando. Inutilmente.

Animea mexeu a mão direita, e a garotinha aproximou seu rosto do dela.

— Mamãe... fique tranquila. Vou curar você. — Animava-a, acariciando os seus cabelos ensanguentados.

— Avise seu pai... por favor — arquejou, com um fio de voz.

Morga baixou a cabeça e, embora não quisesse aceitar a realidade, compreendeu que precisava escrever a Serunte.

— Sim, mamãe... já vou fazer isso. Mas, agora, durma. Você precisa descansar.

A garotinha havia desligado o Obolho e, tomando o Gual, preparou-se para puxar a ponta de prata para fazê-lo aparecer. Cansada, com o macacão térmico rasgado na altura do pescoço, ela pediu que Sasima e Gardênio saíssem do quarto: queria ficar a sós com sua mãe. E permanecer abraçada com ela até seu último suspiro.

A Gestal e o U'ndário afastaram-se, aflitos, fechando a porta devagar. Desceram ao primeiro andar, juntando-se a Yhari, Horp, Drima e aos dedos-duros no salão vermelho.

— Está chegando o fim. Animea está morrendo — anunciou Sasima levando as mãos ao peito.

A jovem Ancilante sentia um aperto no coração, pois agora era amiga de Morga e não queria ver a garota sofrer com a morte da mãe. Ela precipitou-se até a grande janela central do salão e encostou o rosto nos vidros, chorando. Repletos de lágrimas, seus grandes olhos cor-de-rosa fitavam a lua branca, que se mantinha suspensa como uma esfera opaca no céu de Emiós.

Yhari sentou-se junto da pequena lareira ao lado de Horp e ficou olhando as chamas, rememorando tudo o que havia acontecido. As marcas que a Sentinela lhe deixara no pescoço ainda eram bem visíveis, e seu rosto, ainda sujo de fuligem, entristeceu-se.

— Morga não vai conseguir salvá-la? — perguntou Horp, comendo sementes de Cilando para se acalmar.

— Não sei. Ela perdeu muito sangue na Vádria, durante a viagem — respondeu, sem afastar os olhos do fogo.

Lumira e Reful, que já não estavam amarrados e amordaçados, estacaram no meio do tapete turquesa.

Ficaram chocados com a notícia de que a mãe da Imperfeita não sobreviveria. Pela primeira vez pararam para pensar na importância dos sentimentos que provocam sofrimento e felicidade. O seu DNA, a exemplo do dos outros Dakis, impedia qualquer pulsão afetiva. Mas o choro de Drima demonstrava que era possível mostrar fragilidade e afeto sem precisar se envergonhar.

Reful aproximou-se de Horp.

— Posso comer algumas sementes de Cilando também?

O garotinho entregou-lhe um punhado:

— Tome, vejo que você também está nervoso.

A mão escura de Horp roçou na de Reful, que semicerrou os olhos amendoados tanto que se tornaram meras fissuras.

— Pois é, estou confuso. Não sei se todos vocês ficaram loucos ou se eu é que estou errado.

Yhari virou-se, fitando o garoto.

— Morga conseguiu colocar o seu cérebro para funcionar? Espero que você e Lumira se deem conta do erro que cometeram!

Lumira sentou-se no tapete, coçando a cabeça.

— Vocês nos sequestraram! E vão se meter em mais encrencas. Não sinto pesar pelo que está acontecendo. Não possuo a sensibilidade de Drima. Eu sou uma futura U'ndária e exerço controle sobre a força dos meus braços e dos músculos. Jamais me poria a chorar!

Gardênio agitou sua cartola pelo ar como se fosse uma arma, exclamando:

— Pois é, você vai ser U'ndária! Dentro de alguns anos você trabalhará nas Leiterias Tortas e ganhará a vida com suor e cansaço, como todos nós. Porém, você é cruel e não tem escrúpulos. E se acha que isto vai fazê-la feliz, está redondamente enganada. Aprenda com Morga. A coragem e a doçura é que demonstram quem tem força de verdade.

Sasima foi sentar-se ao lado da garotinha.

— Você realmente acha que somos todos loucos? Sabe, sua mãe é uma Gestal como eu. Já pensou alguma vez que você tem mãe?

Horp engoliu um punhado de sementes, que mastigava com voracidade; Yhari não disse nada, porém Reful achou necessário interromper seu discurso:

— Chega. Nós não compreendemos o que vocês estão falando. Deixem-nos em paz.

Lumira deu de ombros.

— Pouco me importa saber quem é minha mãe! Só os Fhar têm importância. Tudo o que existe resulta de sua infinita magia. Somente eles podem conceder-nos a eternidade. E justamente vocês dois — emendou em seu costumeiro tom de desprezo, dirigindo-se a Gardênio e Sasima — deveriam ser felizes. Falta pouco para vocês se recolherem à ilha Límbia e viver para sempre em alegria. Como podem odiar Okrad? Como podem ser tão ingratos? — A garotinha passou a mão pelo nariz e já não olhou mais para Sasima.

— Eternidade... felicidade... Você nem sabe o significado destas palavras. — A Gestal afastou-se, buscando o apoio de Gardênio.

O U'ndário estava sentado numa cadeira à mesa quadrada, e apertava nervosamente a aba de sua cartola preta entre os dedos.

— Lumira, cale a boca que é melhor! — disse ele.

O Penolho Quadrado marcava 3h07 quando um grito altíssimo ressoou por toda a Casa da Bramante.

— MAMÃE! — O grito de Morga rasgava o ar, atravessando as paredes, e seu eco sacudiu cristais e quadros.

Animea exalara o último suspiro sussurrando o nome do seu amado Serunte. Os olhos negros da Gestal fecharam-se como pérolas dentro de suas conchas, e seu rosto marcado pela dor imobilizou-se em sua beleza lacerada.

Morga atirou-se sobre o corpo sem vida como se quisesse impedir o fim inexorável.

Cada nervo e cada músculo estremeciam com seu imenso desespero.

— Mamãe... mamãe... não me deixe!

Todas as velas da casa apagavam e acendiam intermitentemente, e um vento tépido desceu ao primeiro andar, infiltrando-se pelo salão vermelho até penetrar nos móveis e nos corpos de Gardênio, Sasima e dos cinco Dakis. Repentinamente, as grossas paredes da casa começaram a tremer. As janelas tilintaram, e os Piróssios, que estavam recolhidos com as Cegóbias no refúgio ao lado, esconderam as cabeças debaixo das plumas.

Em seguida, como se uma gigantesca mão tivesse descido do céu e agarrado todas as árvores de Emiós, até mesmo as Quercus Alba, juntamente com os galhos e troncos de todas as árvores da Floresta de Samhar, dobraram-se como gravetos e permaneceram inclinados por respeito à morte que arrancara a alma de Animea.

Ouviam-se suas raízes profundas estalando no subsolo e, simultaneamente, nuvens de neve e blocos de pedras ergueram-se do solo e projetaram-se para o alto até encobrirem a lua branca.

Um rumor sacudia o planeta, e o Vento de Morga uivava como um ciclone: seu barulho ensurdecedor ribombava como um grito de vingança.

Os olhos da filha de Serunte e Animea tornaram-se maiores e mais profundos que o oceano Orhanto. As pupilas dilataram-se, e o olhar da jovem maga atravessou todas as coisas, armado de vontade de destruir o malefício daquele mundo obscuro a que a humanidade perdida não pertencia.

A garganta da Imperfeita emitiu um berro, seguido de outro, que alcançaram a Cosmogonia Rochosa fazendo as feras se esconderem em suas cavernas. O grito do mais lancinante desespero espalhou-se até cair na areia branquíssima e coberta de gelo do deserto de Alfásia e, então, o violento vórtice que se formou atingiu a Zona Metamórfica e deslizou mais para baixo, para o sul, pousando sobre os seixos de Laudário.

A voz dorida de Morga espalhou-se, impondo-se como infinito ódio transportado pelo vento, e era um prenúncio de guerra.

Em Áurea Nyos os Fhar também acordaram sobressaltados e se precipitaram às janelas para olhar o céu negro, e aquele vento conseguiu congelar todos os seus pensamentos perversos. Okrad, que ainda esmurrava as paredes de sua torre de raiva por ter perdido suas duas Sentinelas inseparáveis, aquietou-se, com a baba que pingava de sua Kaplá.

O poderoso fenômeno do Vento de Morga levantou as cobertas e os lençóis das Gestais e das Ancilantes que repousavam em suas confortáveis camas no Mosteiro de Hamalios, desconhecendo a tragédia. Uma delas levantou-se e acendeu os candelabros, e acabaram encontrando-se aos grupos nos corredores do suntuoso palácio. A única que ainda estava angustiada era a Ancilante Mesia, amiga de Animea e Sasima. Ela sabia que a mãe de Morga havia sido chamada a Áurea Nyos, embora o motivo fosse secreto.

Na Colônia Briosa e em Karash todos os Dakis foram acordados pelo barulho e, assustados, olharam pelas janelas cobertas de gelo, perguntando-se o que estava acontecendo. E lá nas Leiterias Tortas as U'ndárias precipitaram-se às cozinhas, com medo de que as provisões obtidas a duras penas para a maior parte da população de Emiós se perdessem naquela tormenta que fazia tremer as paredes.

Os U'ndários que trabalhavam nas Fábricas Côncavas no turno da noite pararam as máquinas e as engrenagens dos equipamentos para escutar o ruído da angústia que perpassava tudo.

A dor envolveu Emiós, impregnando-se no céu frio da estação Invéria.

Em seguida, a calmaria voltou de repente, e o silêncio pareceu de pedra: nem um sussurro pairava no ar da noite.

Agarrada à cama, Morga parou de respirar. Prendeu a respiração e recuperou a energia que perdera naquele desabafo mágico e poderoso em que despejara toda a sua dor.

Permaneceu assim, com vontade de voar naquele vento e levar sua mãe para além das estrelas, para caminhar com ela por estradas desconhecidas e floridas, onde a vida e o amor eram possíveis.

No salão vermelho do andar de baixo Gardênio e Sasima saltaram em pé, incrédulos e perplexos. Yhari e Horp entreolharam-se atônitos. Drima levou as mãos ao rosto e ajoelhou-se, chorando.

Reful deixou-se ficar com as sementes de Cilando na boca, olhando fixamente para Lumira, que fechou os olhos sem dizer palavra.

O U'ndário e a Gestal subiram, abriram a porta do quarto e viram Morga abraçada à mãe. Acariciava-lhe os cabelos, murmurando palavras doces que se mesclavam às suas lágrimas amargas.

Sasima abraçou-se ao U'ndário e choraram juntos. Numa fração de segundo mil recordações de infância, dos tempos passados juntos entre sonhos jamais realizados e ordens dos Fhar, sobrepuseram-se ao rosto já frio de Animea.

A morte atingira o amor mais puro.

O mundo da esperança parecia ter desaparecido como vapor.

Morga virou a cabeça e olhou para eles.

— Arrancaram-me minha mãe! Que Okrad seja amaldiçoado para sempre. Suas Sentinelas morreram entre as chamas e ele terá o mesmo fim. Isto é uma promessa!

Sasima acariciou o rosto cheio de sardas da garotinha e secou suas lágrimas, que rolavam brilhando como diamantes.

— Sua mãe estará vendo tudo o que você fizer. Ela nunca a abandonará. Ela está dentro do seu coração, e a cada batimento lhe transmitirá força e energia. O amor que ela nutria por você é tão grande que nenhuma alquimia poderá apagá-lo.

Morga se pôs de pé, levou os braços para cima e olhou para as árvores da Floresta de Samhar pela janela.

— Lá fora está o Mal! Nem o céu, nem as luas conseguirão me deter. Eu sou a Imperfeita, e a dor que me devasta transformar-se-á em tormenta. O meu Vento varrerá o horror perpetuado pelos Fhar.

Gardênio quase caiu para trás: aquela garotinha de macacão rasgado, com seu corpo frágil e suas mãos finas, tinha dentro de si coragem suficiente para um povo inteiro. Pensou em Serunte e no que ele devia estar fazendo agora. A morte de Animea só podia gerar consequências inimagináveis.

Morga pegou o Gual e fez reaparecer o Obolho. O pequeno dirigível apitou, e a jovem maga compreendeu que seu pai ou Eremia já haviam entrado em contato com ela. Com efeito, o Ciodalo exibia uma única frase de Serunte, que indagava se tinham chegado sãos e salvos à Casa da Bramante.

Quase 24 horas haviam se passado desde a fuga de Áurea Nyos, e a garotinha dos cabelos negros e de futuro incerto já estava pronta para transmitir a trágica notícia.

Meu pai, escrevo estas poucas linhas com o sangue gritando de dor.
Mamãe morreu.
Não pude fazer nada para salvá-la.
Sinto a minha fraqueza de humana.
A raiva e o ódio são mais fortes que a Magia do Vento.
Peço-lhe, venha para cá.
Preciso de você.

Sua filha

Morga voltou a olhar para Animea e, segurando o Glibine que brilhava entre suas mãos, fechou os olhos para rememorar a cena vivida com ela poucos dias antes, sob as árvores de Senthia, quando a presenteara com a gema vermelha. Pegou o lenço que cheirava a lágrimas de amor e limpou as marcas de sangue que maculavam os traços maravilhosos do rosto de sua mãe.

— O choro transparente e o sangue vermelho ficaram impressos neste lenço. Levo você dentro de mim, mamãe. Para sempre... sempre.

Sasima pegou a garotinha pela mão.

— Agora, acalme-se, vá com Gardênio. Ele irá preparar uma infusão para você. Descanse e espere a chegada do seu pai.

O U'ndário abriu a porta, e Morga saiu cabisbaixa.

— Você vai ficar aqui? — ele perguntou a Sasima.

— Sim, quero que Animea resplandeça de beleza mais uma vez. Vou prepará-la para a sepultura. Rezarei diante do seu corpo em nome do amor que ela defendeu.

A escuridão da morte baixou sobre a Casa da Bramante, nem os Piróssios, nem as Cegóbias, recolhidos no refúgio quentinho do prado de Eremia, ousaram abrir os bicos, e ficaram encolhidos silenciosamente, ainda amedrontados pelo vento que os ensurdecera.

Quando Morga entrou no salão vermelho, Yhari e Horp levantaram-se, Drima permaneceu parada junto da janela e Lumira e Reful aproximaram-se um do outro.

— Sinto muitíssimo... eu gostaria de poder apagar o seu sofrimento e deixar seu coração tranquilo — murmurou Yhari, indo ao seu encontro.

As mãos de Morga seguraram as do jovem corajoso e apaixonado.

— Sinto como se eu estivesse sendo transpassada por milhares de espetos incandescentes. Você realmente consegue entender a minha dor? Sabe o que é a morte de uma pessoa querida?

— Sei, porque você me ensinou a amar — ele retrucou sem hesitar, abraçando-a com força.

Gardênio observou-os enternecido e, sem dizer nada, se postou diante do fogão e aqueceu um bule de Cantaria Sólia, pois o leite azul faria um grande bem para todos.

A pele de Drima estava ainda mais branca do que de costume, por causa do estresse.

— Morga, eu... gosto muito de você. Não sei como demonstrá-lo, mas agora posso dizer-lhe isso.

A Imperfeita andou até ela e, fitando os olhos cor-de-rosa inchados pelo pranto, respondeu:

— Obrigada, você é realmente uma amiga preciosa.

Lumira grunhia como um animal, e Reful lhe deu uma cotovelada. Ela retrucou:

— Quanta frescura...

— Vocês ainda não podem compreender, infelizmente! — comentou Yhari, franzindo a testa.

Morga estacou diante de Lumira, que permanecia sentada no tapete.

— Tenho pena de você. Ou você acha que eu devia invejá-la porque não sabe o que é o amor de uma filha pela própria mãe? Neste momento há um punhal cravado em meu coração, e eu sei que você não pode entender o que estou sentindo. Mas, acredite, os sentimentos são a seiva da vida. Se você não sente, não está viva.

Lumira observava Morga, o seu rosto contorcido pelo desespero, os olhos azuis transbordantes de tristeza. Arrepiou-se e não sustentou o olhar da garota. Engoliu em seco e voltou a sentir aquele vento atravessar o seu corpo. A palavra "mãe" continuava a zunir dentro da sua cabeça, e ela teve ímpetos de chorar. Reteve imediatamente esse impulso e rangeu os dentes.

— Vai levar tempo antes que os seus olhos secos consigam lacrimejar. E isso só acontecerá se você quiser.

Morga pegou um copo cheio de Cantaria Sólia que Gardênio colocara em cima da mesa e tomou-o aos golinhos, retirando-se em seguida para o Panacedarium.

— Não quero falar com ninguém. Quando meu pai chegar, sentirei sua presença e sairei sozinha do laboratório — disse para todos, virando-se.

Yhari fez menção de ir atrás dela, mas Horp deteve-o.

— Fique aqui. Agora ela precisa ficar sozinha com sua dor e suas lembranças.

Morga trancou-se no Panacedarium e se deixou cair na poltrona, entregue ao tormento que perpassava seus pensamentos. As Sinfobaixas calaram-se. Nenhuma música podia tomar o lugar do som da morte.

A notícia trágica chegou a Áurea Nyos de forma espalhafatosa como aquele vento que alarmara os Fhar. Trancados em suas torres enquanto as Sentinelas retiravam as pedras e a poeira da Megorá para poderem prosseguir o Conciliábulo, os Mestres de Vida meditavam, procurando uma solução decisiva para desentocar e matar a Imperfeita. Sentiam-se ofendidos em sua honra, e o futuro se lhes apresentava cada vez mais incerto. O vírus continuava a ceifar suas vítimas. Outros três Fhar haviam falecido num intervalo de poucas horas, e quatro já manifestavam os sintomas do vírus: lábios inchados e negros. Isto os desfigurava, conferindo-lhes um aspecto monstruoso.

Serunte encontrava-se na Bibliosia, o aposento preferido de sua torre, envolvido pelos incensos e onde uma cachoeira de água perfumada deslizava pela parede central antes de escumar num grande tanque em forma de flor. Espalhados pelo chão e arrumados na grande estante curva havia volumes antigos e manuscritos de medicina. Eremia estava ao seu lado: precisavam terminantemente agir e traçar uma estratégia contra Okrad. Aquele turbilhão espantoso que rompera o silêncio da noite sinalizava algo de muito grave.

— Precisamos entrar em contato com Morga. Não estou nada tranquila — disse a Bramante, pousando a Kaplá numa mesinha redonda repleta de folhas de papel e pequenos livros.

— As energias negativas estão muito fortes. Agitam-se até dentro do meu coração — concordou Serunte, retirando a máscara também.

— Fomos imprudentes. Seguramente, o Grão-Medônio vai nos pedir explicações pelo nosso comportamento. Você procurou detê-lo quando estava desenhando o Ambali 10, e eu corri para salvar Animea. E o fato de ter perdido suas Sentinelas no magma vai ser mais um motivo de irritação para Okrad — comentou a Bramante, folheando alguns livros de Medicina Kármica.

— Decerto, não podíamos ficar sem fazer nada. As vidas das pessoas que me são mais caras estavam em jogo — replicou o Fhar, sentindo um arrepio percorrendo todo o seu corpo.

O apito do Obolho interrompeu a discussão. Serunte pegou o Ciodalo e leu a trágica mensagem de Morga.

Seus olhos azuis apagaram-se e depois passaram a emitir uma luz sombria. O pai de Morga franziu os lábios, jogou a cabeça para trás e seu rosto assumiu uma expressão dramática. Passou o Ciodalo para Eremia sem conseguir pronunciar uma palavra sequer.

— Animea... — ela gaguejou, arrasada, levando as mãos à cabeça calva.

— Ferida mortalmente. Atingida como um animal pela maldita magia de Okrad e pela violência das suas Sentinelas...

O coração de Serunte esvaziou-se de todos os impulsos bons e encheu-se de lacerante agonia. As palavras saíam-lhe truncadas, e todo o seu universo e seus sonhos de liberdade condensaram-se num único pensamento pungente e sem esperança.

— Meu amor... é minha culpa. É tudo por minha culpa — murmurava Serunte. Lágrimas cáusticas sulcavam o rosto do Fhar que ousara amar

Jamais, nesses 500 anos, a água dos seus olhos havia rolado sobre o seu rosto. Fraqueza alguma o levara a verter sua dor pelas pupilas afora. Devastado, ofegante, sem nenhum comedimento, voltou a vestir a capa azul e olhou para Eremia.

— Tenho de ir... Morga precisa de mim. Aquele barulho que ouvimos era o seu grito. — Confuso, dilacerado pelo desespero, Serunte tomou as mãos da Bramante, toda trêmula sob o seu vestido de gaze crua.

— Sim, abrace-a também de minha parte. A morte de Animea certamente não estava prevista. O que mais nos reserva o destino? Estamos no caminho correto... não há engano quanto a isso. Começamos a pagar por erros cometidos há séculos, deixando um rastro de morte atrás de nós. Sinto que a potência da alquimia vem tomando caminhos desconhecidos. Nada poderá preencher o abismo aberto pela perda de Animea. — A xamã levou as mãos ao peito, sentindo um abismo dentro dela.

— O que podíamos fazer? Por que a profecia engendrou esta tragédia também? Eu gostaria tanto de morrer... — Serunte já não conseguia mais refrear suas lágrimas. Seu aspecto juvenil ocultava o seu aniquilamento diante do luto que o remetia àquela humanidade negada e violentada.

Ele tremia, e o desejo de explodir num poderoso grito o levou a inclinar-se para a frente, como se tivesse sido transpassado por um ferro ardente.

— Direi a Okrad que você desapareceu... que não sei onde você foi parar. Vou atribuir a culpa ao inferno que se desencadeou diante do portão. Espero que ele e os outros acreditem em mim. Por outro lado, eles têm confiança em mim... pelo menos, assim espero. — A Bramante cambaleou. A falsidade que devia usar no trato com os Fhar pesava-lhe mais que sua idade. Sentiu seu corpo tornar-se frágil como o cristal do Obolho, então as pernas não a sustentaram mais e ela precisou apoiar-se na estante comprida da Bibliosia.

— Que absurda magia nos trouxe até aqui? Quinhentos anos de loucuras. Maldito seja o dia em que acreditei em Dan Fhar! Abandonar a Terra, e com ela a vida que merecíamos como homens, foi a maior desgraça que podia nos ter acontecido.

Serunte via centenas de rostos de crianças suprimidas por ordem da Imperalei desfilar diante dos seus olhos. Então, o doce semblante de Animea resplandeceu, sobrepondo-se às recordações de uma vida de mago demasiadamente longa. Bela, gentil e cheia de alegria, a Gestal que lhe dera tudo com simplicidade e naturalidade morrera pelo seu sonho de amor. Como herança preciosa e única, restavam-lhe o nascimento de Morga e o segredo guardado por 12 anos.

— Assim que eu chegar à sua casa, desligarei o Obolho. Desse modo, Fhar algum poderá me localizar. Espero que eles achem que morri. Mesmo porque, *estou* morto! Minha alma foi assassinada. Já não posso mais usar esta máscara horrorosa que para o tempo. Não quero mais ser Fhar! Você entende isto, não é? — Serunte permanecia com os olhos arregalados. A loucura provocada pelo sofrimento o devorava.

— Eu entendo... Agora, vá... vá ter com Morga. Irei logo que possível, quando tiver convencido Okrad a me deixar de fora de suas vinganças enfurecidas. — A Bramante tomou a Kaplá de Serunte e apertou-a entre as mãos.

O pai de Morga desapareceu em meio à poeira de luz, logo após pronunciar:

DUX AMOVEO
CASA DA BRAMANTE BRANCA

Eremia, sozinha na torre, aguardava que as Sentinelas avisassem o início da nova assembleia na Megorá. Mantinha seu kumkum pressionado com os dedos da mão direita, na tentativa de recarregar suas energias. Enfrentar Okrad com esse luto no coração não seria uma tarefa simples.

Após alguns instantes de reflexão ouviu o rumorejar das duas criaturas de fumaça de Serunte, que mais parecia o sibilo das

Serpentes Bífilas. As Sentinelas atravessaram as paredes da torre, penetrando direto na Bibliosia. Quando viram a Bramante sozinha, alarmaram-se:

— Onde está o nosso Senhor? O Conciliábulo vai recomeçar dentro de poucos minutos; Okrad já está no auditorium.

Eremia, que recolocara a máscara, respondeu lugubremente:

— Não sei. Encontrei sua Kaplá ao lado do portão. Vim até sua torre esperando que ele estivesse aqui, mas está desaparecido. Talvez... ele esteja ferido.

— Ferido? Impossível! Nenhuma de nós percebeu isso! É impensável que Serunte tenha abandonado sua Kaplá. Nós ficamos na Megorá a noite inteira rearrumando as coisas e achávamos que ele estivesse aqui, descansando.

— Eu mesma não consigo acreditar. Mas, como vocês podem ver, ele não está — respondeu Eremia.

As Sentinelas precipitaram-se para fora e atravessaram as aleias iluminadas que levavam ao portão de Áurea Nyos. Um halo da lua opaca clareava a capa de neve. O frio e o silêncio eram as únicas presenças que podiam detectar. O reluzir dos cristais de gelo atraiu o olhar fluorescente das duas criaturas. No meio da neve ainda manchada de sangue e enegrecida pela fumaça, encontraram um papelucho quase totalmente queimado, exatamente no lugar onde Animea caíra. Apanharam-no. Liam-se somente poucas palavras.

anel encontrado torre de Okrad.
Saiba que o vírus da profecia

Te amo

Entreolharam-se e decidiram levar o precioso indício para Okrad.

O Grão-Medônio já estava sentado em sua poltrona, extremamente perturbado com a perda das suas Sentinelas. Elas eram as depositárias de todos os seus segredos, dos locais da charada em que estavam guardadas as chaves com os Códigos Sacros; elas conheciam o Kimiyerante e sabiam que ele fazia uso de Itérbio. Agora, mais do que nunca, poderiam ter sido cúmplices úteis para ajudá-lo a manter o poder absoluto. Okrad precisava escolher o quanto antes outras duas criaturas de confiança para enfrentar o perigo do vírus e aniquilar a Imperfeita. O fenômeno perturbador e insólito que se manifestara pouco antes no céu de Emiós constituía um claro sinal do poder que a garotinha possuía de fato.

A voz que ele ouvira no Kimiyerante continuava torturando sua mente. A magia usada pela Imperfeita era-lhe desconhecida. DNA proibido corria no sangue de Morga. A verdade da história humana representava uma ameaça para os Fhar. Okrad sabia disso tudo muito bem.

Absorvido em seus pensamentos, foi surpreso pela chegada das Sentinelas de Serunte, que pareciam agitadas e cujos olhos estavam mais fluorescentes que nunca.

— Grão-Medônio, não há rastros do nosso Senhor. Ele desapareceu, e nós estamos abandonadas. Encontramos este bilhete ao lado do portão, exatamente no lugar em que a Gestal Animea estava...

O Fhar arrancou o papel chamuscado das mãos vaporosas da criatura; embora estivesse esfarelando-se, ele ainda conseguiu decifrar alguma coisa. O seu rompante de ira fez retroceder as duas Sentinelas, que se afastaram inclinando as cabeças de fumaça encapuzadas.

— *Te amo?!* Mas quem pode ter escrito algo parecido?! E o que tem Serunte a ver com isso tudo? — exclamou, enojado com a mera ideia de que alguém em Emiós pudesse ter sentimentos que violavam o princípio fundamental da Imperalei. Um fulgor diabólico acendeu-se em seu olhar. — O anel de Animea, o desaparecimento de Serunte... este bilhete... QUE HORROR! — vociferava, fazendo estremecer a Kaplá.

Naquele exato momento o portão da Megorá foi escancarado e todos os Fhar entraram, sendo acolhidos inesperadamente pelo grito de Okrad. Atônitos, estacaram, virando-se para o Grão-Medônio.

— Este bilhete foi encontrado perto do portão. É a prova de que a Imperfeita está divulgando o amor e sentimentos que jamais... *jamais* devem pertencer ao nosso mundo. — O Grão-Medônio agitava a mão, mostrando o mísero papelucho queimado.

— AMOR? Mas do que você está falando? — indignaram-se alguns alquimistas, paralisados no início das fileiras do auditorium.

— Sim, o vírus e as ideias humanas nefastas estão infectando Emiós — insistiu Okrad.

— Não temos mais tempo. Precisamos erradicar o germe que está proliferando. A Imperfeita deve ser morta! Imediatamente! — uivou Smartika, que em sua agitação movia as mãos como se fossem tenazes.

— Este bilhete era de Animea. Elas é que o encontraram — disse Okrad apontando para as duas Sentinelas de Serunte.

Todos olharam ao redor, procurando o Fhar responsável pelo Centro Cripto, mas não havia nem sinal dele.

— SERUNTE DESAPARECEU! ESTÁ DESAPARECIDO! TALVEZ ESTEJA FERIDO... OU MORTO! OU, PIOR AINDA, PODE TER FUGIDO COM ANIMEA! — Okrad sentou-se, e sua raiva fervia como o Itérbio em sua jarra.

Smartika, que levara Pliope — ainda em estado de confusão mental e sem memória — para sua torre, voltou a gritar com tamanha força que até as candeias de Óleo Trimado oscilaram:

— TRAIÇÃO!

Grocil e Lefório estremeceram.

— Serunte, traidor?

O Grão-Medônio levantou os braços.

— Não quero nem pensar numa coisa dessas!

Uma voz chegou do portão e todos se viraram.

— Não vamos tirar conclusões precipitadas! Usemos nossa potência. Somente assim poderemos vencer a profecia. — Essa voz rimbombante era de Eremia, que ingressava no auditorium andando com dificuldade.

— Serunte estava com você. Eu os vi! Então, pode confirmar que seu desaparecimento é involuntário? — berrou Okrad, apontando a xamã com o dedo.

— Em meio ao caos e à fumaça, não consegui perceber se nosso irmão foi levado embora pela Imperfeita ou se ele caiu na voragem de fogo. Dele restou apenas isto — resumiu, mostrando a Kaplá.

— Mas o que você está dizendo?! — exclamou um cientista alquimista agarrando-se à poltrona.

— Estou dizendo somente que não devemos subestimar a potência mágica da Imperfeita. Vocês também ouviram o barulho de algumas horas atrás... o que mais é preciso esperar para que comecemos a agir com toda a nossa enorme experiência? E, também, meu Grão-Medônio, como é que você pode suspeitar de Serunte? Animea é uma Gestal como tantas outras. — Eremia estava fingindo muito bem. Subiu os degraus e ocupou o seu lugar, a poucos metros de Okrad. Sentou-se com calma seráfica, aguardando suas reações.

— É intolerável! É absurdo que Serunte tenha sido tomado como prisioneiro. Talvez tenha ficado ferido... — interferiu Grocil em busca de hipóteses plausíveis.

— Demasiados mistérios envolvem o desaparecimento repentino da Imperfeita. Quem a protegeu? Quem a escondeu? Quem está tramando contra nós? Serunte sempre foi um ótimo irmão e um excelente médico. Não sei se é justo suspeitar dele — acrescentou Lefório, incapaz de se conter.

— Há um traidor entre nós! Minha percepção não erra. Olhem com os olhos da clarividência. Escutem as energias que vibram no ar: fomos ludibriados! — emendou Smartika, com raiva.

Uns trinta Fhar que estavam sentados na primeira e na segunda fileiras pronunciaram em coro uma sequência de palavras sagradas, e um véu de fumaça de incenso espalhou-se pela Megorá.

— Nós somos o futuro. A grandeza das nossas mentes impor-se-á, varrendo as ideias humanas inúteis e prejudiciais. Nada de demonstrar piedade com quem é traidor! — gritavam em uníssono.

Os Obolhos que haviam sobrevivido intactos à petrificação flutuavam ao lado dos Fhar, mas muitos magos e cientistas haviam ficado sem seus instrumentos mágicos e precisavam criar outros para substituí-los. Todos aguardavam ordens, e um único gesto de Okrad poderia desencadear a ira que ardia em suas antigas vísceras.

— O Obolho de Serunte não funciona. Tentei enviar mensagens, mas... como muitos de vocês, temo que ele tenha perdido seu instrumento alquímico — comentou Eremia, mostrando seu Ciodalo.

— E, sem Obolho, certamente não vejo como possa entrar em contato conosco. Mesmo assim, continua sendo poderoso. Seria bobagem pensar que ele não poderia agir contra quem o mantém prisioneiro — raciocinou Grocil, que, a despeito das dúvidas, tinha certeza da honestidade de Serunte.

— A profecia, porém... fala em traição. Lembram? — sibilou Smartika.

O vozerio dos Fhar se tornou ensurdecedor. Comentários, insultos e impropérios se fizeram ouvir. O desejo de vingança vencia a capacidade de meditar.

— Bramante Branca, nós confiamos em você. Mas as vibrações que emanam de você não são as de sempre.

Okrad estava desconcertado com as palavras da xamã, inclusive porque o comportamento que ela adotara, juntamente com Serunte, diante do portão, não tinha lhe passado despercebido.

— Medo... angústia. Você já não é a mesma! — exclamou um grupo de magas, apontando o dedo contra Eremia.

— CHEGA! Não admito insinuações! Será que vocês não conseguem entender que estão fazendo o jogo da Imperfeita? Ela quer nos jogar uns contra os outros! — Tentava persuadir a xamã, embora os Fhar não tivessem intenção alguma de ouvi-la. Jamais amara tanto a sua vituperada Kaplá, que lhe possibilitava não revelar sua expressão facial.

A luz das candeias de Óleo Trimado aumentou tanto que quase ofuscava. Os cheiros de especiarias e incensos, as bebidas alquímicas saborosas e densas permaneciam suspensos nas bandejas flutuantes. Então, Okrad anunciou sua decisão irrevogável:

— Irmãos caríssimos, há somente uma maneira de vencer a Imperfeita: manter o povo de Emiós na ignorância e intensificar as proibições. A partir de hoje, eu mesmo gerenciarei o Centro Cripto. O desaparecimento de Serunte será esclarecido. As suas Sentinelas partirão imediatamente à sua procura. Não haverá lugar algum em que se possa tramar pelas nossas costas. Todos os U'ndários, as Ancilantes, as Gestais e os Dakis serão monitorados dia e noite. Contudo, a coisa mais importante e urgente é dar caça à Imperfeita. O seu vento nefasto deve ser engolido e cuspido. A magia dela não pode vencer a nossa. Isto é impossível! Todos vocês — proferiu, brandindo os braços — são os defensores da eternidade. Que cada um de vocês use com vigor os poderes da alquimia, que tem sido nossa única salvação durante séculos. Emiós é o nosso futuro. Somente esta terra é digna de nos acolher, e nós governaremos PARA SEMPRE!

Um potente aplauso ergueu-se na Megorá. Okrad conseguira infundir confiança em todos, usando o seu poder incrível. Os Fhar estavam prontos para agir sem mostrar nenhum escrúpulo.

— A energia e a magia estão do nosso lado. A pequena bastarda humana será esmagada como um verme — acrescentou Smartika, cada vez mais despeitada. — Pliope irá dizer a verdade, nem que tenhamos de torturá-la até a morte. Ademais, os quatro Dakis desaparecidos estão escondendo mais segredos. E a sua fuga coincide com o aparecimento do vírus e a presença da Imperfeita. Depois do que vivenciamos aqui na Megorá, é evidente que não pode tratar-se de simples coincidências. São duas as garotinhas que fugiram: Drima e Morga. A primeira é Ancilante, portanto, não pode ser a Imperfeita! Então...

— MORGA... MORGA! — uivaram de ódio todos os Fhar.

— Calma... calma. Precisamos nos certificar disso. Talvez a Imperfeita esteja manobrando essas Dakis. Talvez elas sejam suas discípulas. Mas o nome de Morga constava das listagens ou não? — Lefório acabara de se lembrar da premonição que tivera na Colônia Briosa e começou a transpirar.

Smartika virou-se de chofre para Eremia.

— Você e Serunte precisam dar um jeito no estrago que fizeram manchando as listagens! Você também, Eremia, está escondendo alguma coisa...

A Bramante extraiu do seu Obolho a listagem ainda manchada.

— Está aqui! Eu tentei fazer reaparecer os nomes, mas... não foi possível. Posso assegurar que Serunte utilizou poções e fórmulas de alquimia para me ajudar. Vocês não estão por acaso querendo insinuar que os estou traindo, não é? Que estou maculando a nossa verdade; nossa, dos Fhar?

Ninguém ousou enfrentá-la. A velha xamã não podia ser traidora. As suas descobertas e os serviços que prestara aos Fhar eram demasiados para que se pudessem aceitar dúvidas quanto à sua honestidade.

— A verdade não está longe. Com as nossas intuições e técnicas alienantes, conseguiremos desentocar aquele minúsculo verme — concluiu Okrad, cuspindo no chão.

Eremia levantou-se, pedindo a palavra.

— Exímios irmãos, por natureza, eu não gosto de ações violentas. Vocês me conhecem bem e, portanto, peço que escutem o que tenho para dizer. Descobrir quem é a Imperfeita e que fim levou Serunte é um dever nosso. Contudo, não devemos esquecer o vírus. A morte caminha do nosso lado. Estou à disposição para qualquer consulta acerca de poções e medicamentos para os que foram vitimados pela infecção. É importante fazer com que ela não se espalhe, ocasionando mais vítimas.

Okrad concordou.

— Bem, então, você vai ficar aqui em Áurea Nyos. Pode ocupar a torre de Serunte...

— Grão-Medônio, sinto a necessidade de voltar para minha casa e meu Panacedarium. Eu não poderei ficar depois das consultas. Você bem sabe, e todos o sabem também, que eu preciso prosseguir os meus experimentos para criar a fórmula da eternidade. — A Bramente estava em apuros. Precisava mostrar-se plenamente disponível, porém usar de rigor para obter o que queria. A ideia de deixar Morga entregue à profunda dor de ter perdido a mãe a fazia sofrer. E, agora que as suspeitas que recaíam sobre a jovem Maga do Vento haviam se manifestado, era preciso defendê-la custasse o que custasse.

— Sozinha? Em sua grande casa? Não acho que seja oportuno — sentenciou Okrad.

— Há 500 anos vivo assim. Os resultados de tantas fórmulas foram obtidos desse modo, na solidão. Conceda-me isso — rogou, baixando a cabeça em sinal de respeito.

— Veremos... No presente momento, devemos nos ocupar das cerimônias fúnebres. E, também, a situação requer de nós gran de calma e unidade de intenções. — Okrad desceu os degraus e posicionou-se no centro da Megorá, de costas para o grande afresco. — Funerais solenes para os nossos irmãos mortos pelo vírus. Como vocês já sabem, outros três faleceram nas últimas horas. Quatro mais estão em condições desesperadoras. Neste momento, nós somos 84; isto é, 83, tendo em vista que Serunte desapareceu misteriosamente. Devemos honrar nossos morto e as cerimônias se iniciarão ao pôr do sol. Entrementes, ORDENO vigilância às Sentinelas e reprimir e nos relatar qualquer comportamento anômalo entre os habitantes de Emiós. Ninguém está excluído. O Conciliábulo está dissolvido.

O Grão-Medônio esboçou um gesto rápido com as mãos e todos os Fhar dirigiram-se para o portão.

Somente Eremia permaneceu sentada.

Quando os demais saíram, o silêncio tornou-se solene.

— Fale. Ainda tem algo a dizer? — perguntou o Grão-Medônio, agitando sua capa.

— Se a morte vencer, tudo o que criamos vai virar pó — respondeu a Bramante.

— Eu sei. Por isso devemos eliminar a Imperfeita. E se Serunte tiver cometido traição, terá um fim muito pior. — Okrad só sabia falar com ódio.

— Eu irei embora depois das consultas e dos funerais. Deixe-me livre. Você sabe que eu jamais poderia usar a minha magia para matar. — Eremia uniu as mãos, e sua figura, tão austera, parecia meiga e benévola.

— Você sempre foi uma Fhar anômala. Estimo você, mas não procure me enternecer. Concedo-lhe que volte para casa, desde que não interfira nas ações que quero realizar. Agora, vá. O tempo das palavras terminou. — O Fhar indicou o portão, e Eremia saiu arrastando o seu longo vestido branco, sem dizer mais nada.

A aurora surgira, e no céu viam-se o sol e duas luas, a vermelha e a azul, mas a sombra do vento de Morga enegrecera a alvorada também. Os olhos cansados de Eremia mal conseguiam tolerar até aquela tímida luz do dia. Retirou-se para a torre de Serunte onde, protegida pelas paredes, poderia escrever para Morga.

Uma mensagem, apenas uma, para dizer-lhe o quanto lhe queria bem. O choque com Okrad a enfraquecera, mas ela já havia suportado injustiças demais em sua longa vida e se submetera a leis com as quais não concordava. Ela, mais do que Serunte, sentia ser traidora. E isso a fazia se sentir livre.

Estou distante, entre feras que querem o seu sangue. Transforme em força a dor que você sente. Isto a ajudará. Sinta agora o abraço carinhoso que talvez eu jamais tenha lhe dado por completo. Minhas mãos rugosas querem poder demonstrar que ainda sou um pouco humana. Animea permanecerá dentro do meu coração. E diga ao seu pai que a guerra começou. Chegarei logo, e juntas desencadearemos o amor que vencerá a Imperalei.

Eremia

A mensagem chegou imediatamente à Casa da Bramante Branca, que acolhera a morte de Animea. O aparecimento repentino de Serunte por meio do Transporte Pulverizador transtornara mais ainda os Dakis, já duramente abalados pelo luto. Ele adentrara o salão vermelho procurando Morga, sem Kaplá, com o rosto descoberto e os olhos avermelhados de choro. Os garotinhos sobressaltaram-se. Lumira e Reful mal podiam acreditar que um Fhar estivesse se comportando daquela maneira. Yhari, Drima e Horp inclinaram a cabeça, indicando-lhe o Panacedarium, e Gardênio ajoelhou-se diante de Serunte, manifestando seu desespero pela morte de Animea.

O Fhar observou-os, um por um, sem proferir palavra. A porta do Panacedarium abriu e Morga acolheu seu pai de braços abertos. Trancaram-se no laboratório e ninguém ousou perturbá-los.

Morga leu as palavras afetuosas enviadas por Eremia pelo Ciodalo, ainda abraçada ao pai. Sozinhos no Panacedarium, seus olhares e carinhos testemunhavam o tamanho do sofrimento de ambos.

— Como é que eu pude deixar que ferissem sua mãe? Jamais vou me perdoar por isso! Eu não tive coragem... não desafiei Okrad. — Serunte apertava sua filha com força.

— As culpas encontram-se no passado. Na história que vocês, Fhar, quiseram criar. Agora, só nos resta chorar, pois já não há mais nada a fazer. Jure que você não me abandonará nunca mais. Jure! — A garotinha fechou os olhos com tanta força que sentiu dor.

— A minha vida está ligada à sua para sempre. Você é minha única razão para continuar a existir. — O pai deslizou os dedos pelas sardas roxas de Morga e, levantando a cabeça, olhou para o teto do laboratório de Eremia, pensando nos anos e nas alegrias perdidos.

— Leve-me até sua mãe; Eremia também gostaria de lhe dar um último carinho — pediu, segurando a mão de Morga.

Subiram a escada e ao entrar no quarto viram Sasima sentada ao lado da cama. Tinha ajeitado o vestido rasgado de Animea, refizera seu penteado e limpara o sangue.

Assim que a Gestal viu o Fhar sem Kaplá, cobriu os olhos e conseguiu dizer apenas:

— Meu Senhor... você chegou.

Serunte aproximou-se da cabeceira da mulher que amava e ao vê-la se desfez em desespero.

— Animea... meu doce amor... eu juro que vou vingar você. Toda a luz do universo resplandecerá somente por você, única estrela da minha vida — sussurrava, beijando seus lábios frios.

Tirou a capa azul e cobriu-a. Depois, pegou-a no colo, segurando-a como uma joia preciosa.

Morga agarrava-se a Sasima e conseguiu articular, num fio de voz:

— Ela repousará aqui, no jardim de Eremia.

O sepultamento ocorreu em meio à friagem daquela manhã de Invéria. Serunte caminhava majestosamente pela neve; atrás dele vinha Morga, seguida pelos outros Dakis. Gardênio abriu a cova ao lado das árvores de Senthia, sob o olhar triste de Wapi e Cilla, que haviam saído do refúgio juntamente com as Cegóbias.

O corpo foi coberto de terra gelada, e as lágrimas desceram copiosas, transformando-se em pequenos cristais de gelo.

Serunte inclinou-se sobre o túmulo enquanto o U'ndário assentava uma laje de mármore prateado, com os dizeres: "Aqui jaz Animea, morta para salvar o amor."

Morga olhou para o céu, e um leve vento acariciou as folhas douradas das árvores, que caíram como pétalas. A luz fraca do sol e das duas luas refratou-se, e o túmulo de Animea iluminou-se com as cores da vida.

Com os rostos marcados pela emoção, até Reful e Lumira uniram as mãos. A morte tornara-se realidade em Emiós também. As regras da Imperalei desgastavam-se, cedendo lugar a pensamentos diferentes e desconhecidos. Os dois Dakis sentiram sua própria respiração alterar-se, como se o vento e as folhas douradas tivessem lhes trazido uma nova visão da própria vida. Lumira sentia-se dividida e, de olhos baixos, ainda pensava na palavra "mãe".

Morga beijou a laje de mármore que ainda desprendia o perfume de Animea.

Serunte afastou-se em direção à Floresta de Samhar. A neve começou a cair, lenta e suavemente. O jardim de Eremia foi envolvido pelo brancor e pelo frio.

Morga observava seu pai caminhar ao longe e deixou que ele andasse entre as plantas petrificadas e as Quercus Alba, para verter lágrimas de sofrimento.

As horas passavam lentamente, o luto protagonizava aquele maldito dia, já que em Áurea Nyos as cerimônias fúnebres também marcavam a derrota dos Fhar. Recolhidos em suas Cubas Biomágicas, trajando túnicas preciosas e chapéus excêntricos e usando suas Kaplás, os mortos receberam os respeitos de Okrad e dos demais magos. Vapores e incensos, velas e chamas negras marcaram o fechamento das torres dos Fhar falecidos. Suas residências transformaram-se em seus túmulos.

A quietude triste estendeu-se até a noite, calando até mesmo as feras das montanhas.

O doce galope de Cilla e Wapi foi a única música que se ouviu na Floresta de Samhar. Os dois Piróssios saltitavam sem emitir um único grito. Carregavam Yhari e Morga na garupa. Ao chegarem à grande Quercus Alba onde haviam se encontrado pela primeira vez, apearam dos avestruzes e escalaram os galhos nodosos.

Yhari passou um braço ao redor dos ombros da garotinha e olhou ao longe. O oceano Orhanto estava coberto de blocos de gelo que refletiam a luz lunar.

— O que vamos fazer agora? — perguntou, virando-se para Morga.

— Vamos lutar e encontrar as duas chaves que faltam. Os Fhar devem ser aniquilados. Eu prometi isso a minha mãe. Meu destino é escutar o vento e mudar as coisas — respondeu ela, sem desviar os olhos do oceano.

— Você conseguirá. *Nós* conseguiremos. — Yhari apertou-a com força.

— Com você, meu pai, Eremia e os outros amigos ao meu lado, não tenho nada a temer. Eu odeio este planeta. Odeio este céu tão tétrico e negro. Odeio aquela água morta e imóvel. Odeio porque amo.

Yhari tomou entre suas mãos o rosto da garotinha que adorava e beijou-a, transmitindo-lhe todo o sentimento que corria em seu sangue, que se tornava cada vez mais humano.

A poucos passos da Quercus Alba os olhos azuis de Serunte espiavam os dois garotos.

O Fhar viu sua filha entre os braços do Daki apaixonado e sorriu. O futuro lhes pertencia. Os sentimentos estavam vencendo o horror. A Terra já se encontrava mais próxima, e a profecia estava se realizando. O Vento de Morga podia varrer a Imperalei. Aquele beijo entre ela e Yhari era mais poderoso que qualquer magia. Serunte bem o sabia, pois ele e Animea haviam sentido o mesmo.

No topo da Quercus Alba, em meio à noite gelada de Invéria, o novo sonho de um mundo diferente tomava a forma do amor puro. Do amor humano.

Glossário de Emiós

A

Água Masmática – *Líquido composto de água e Masmi, com o qual são produzidas as asas das Espilongas.*

Adormida Branca – *Planta de folhas brancas que cresce na Área Krop-6X.*

Albamax – *Técnica de alquimia alienante que utiliza as energias do corpo. Uma luz azulada capaz de despertar um Fhar do coma é liberada pelas mãos.*

Alchemios Brevis – *Livro contendo as fórmulas alquímicas usadas juntamente com os Ambalis.*

Alfásia – *Deserto de Emiós, que se estende na região norte do planeta.*

Algodão Cromado – *Algodão especial que tira a vermelhidão dos olhos.*

Aloe Feixosa – *Planta cactácea de folhas largas.*

Ambalis – *Números mágicos e sagrados usados pelos Fhar e que provêm do sânscrito, antiga língua humana.*

Amônio Combinado – *Líquido metálico extraído das águas do rio Hamandor. Serve como diluente e também para soldar madeira.*

Anatásio Luxo – *Cristal azul encontrado entre os seixos do Laudário. Quando associado ao Ambali 6, significa "Lei".*

Ancilante – *Mulher estéril, calva, de olhos cor-de-rosa e boca roxa.*

Antalgia Frea – *Pequena árvore de folhas estreitas que ao serem liquidificadas produzem um creme a ser espalhado sobre o corpo contra o frio.*

Antimônio Soliuto – *Metal de cor branco-azulada que é extraído das Minas de Ambrioso. Quando associado ao Ambali 2, significa "Calor".*

Ardeo – *Palavra encantada da Inféria Rota.*

Arsênico Sanguado — *Veneno poderosíssimo. Quando associado ao Ambali 10, significa "Destruição".*

Ársica — *Estação quente e seca.*

Aula Máxima — *Grande auditorium da Colônia Briosa.*

Áurea Nyos — *Cidade das Cem Torres dos Fhar — localizada na Área Krop-6X.*

B

Barósmio Betulino — *Árvore altíssima com frutos secos e tóxicos de cor roxa, que cresce em Ômbria.*

Bibliosia — *Sala de leitura da torre de Serunte.*

Biologia Ossiânica — *Disciplina alquímica dos Fhar.*

Bramante Branca — *Fhar dedicada à descoberta da poção para a eternidade.*

Bronze Ofuscado — *Metal estagnante usado principalmente para fabricar as tampas de vidros e ampolas. Possibilita lacrar os recipientes de maneira estanque.*

Boca Chama — *Forno alquímico.*

C

Cademônia Curvada — *Alicate de ferro.*

Calamus Aromáticus — *Planta amarela, das pontas de cujas folhas é produzida uma substância gelatinosa que protege dos raios solares.*

Candita — *Suco de fruta dessecada à luz da lua vermelha; é muito doce e energético.*

Cantária Sólia — *Erva azul que, fervida, produz um leite proteico.*

Carcer — *Palavra encantada da Huma Intra.*

Carya Glabra — *Pinha vermelha que produz uma resina utilizada em poções alquímicas.*

Casca Ciungada — *Casca de árvore nodosa tornada elástica para produzir amarras reguláveis.*

Cegóbias – *Cegonhas negras que puxam as Vádrias.*

Centro Cripto – *Edifício onde são selecionados os recém-nascidos e onde os Dakis residem até os 11 anos de idade.*

Cicuta Expansiva – *Planta de folhas verde-escuras que ao serem fervidas produzem um suco mortal.*

Cilando – *Planta com folhas em forma de tubinho contendo sementes calmantes.*

Ciodalo – *Círculo alquímico contido dentro do Obolho. Serve para enviar e receber mensagens.*

Cobre Cilante – *Fios de cobre encontrados por toda parte do planeta. São usados em poções alquímicas. Associado ao Ambali 0, significa "Cessação".*

Código Sagrado e Mágico – *É o terceiro Código em sânscrito.*

Colônia Briosa – *Local onde moram os Dakis, localizado na Área Krop-2.*

Comoro Visko – *Promoalucinógeno.*

Conciliábulo – *Assembleia plenária de todos os Fhar.*

Conduturas Cobríficas – *Grossos tubos subterrâneos dentro dos quais escoa o Masmi.*

Corcundoso – *Cajado de 2 metros de comprimento usado pelos U'ndários. Sua parte superior pode ser inflamada sem queimar.*

Cordão Esmênio – *Rota intergaláctica.*

Cosmogonia Rochosa – *Cadeia de montanhas que se estende entre as regiões oeste e leste de Emiós.*

Cramos – *Animal extremamente feroz de pelo branco, grandes garras, dentes negros e um chifre estriado no centro do focinho.*

Cricola – *Cola líquida de cor preta, produzida a partir de fragmentos de dentes de Cramos.*

Criscola Berbante – *Pedra azul-turquesa do deserto de Alfásia. Dá sorte e relaxa. Quando associada ao Ambali 3, significa "Alma".*

Cromo Váquio – *Líquido vermelho que ajuda a meditar e regenera a mente. Quando associado ao Ambali 5, significa "Ação".*

Cuba Biomágica – *Cuba com vapores regeneradores, dentro da qual os Fhar precisam ficar imersos.*

Curva Stália Fotônica — *Dimensão espaço-temporal que possibilita viajar numa velocidade extraordinária.*

D

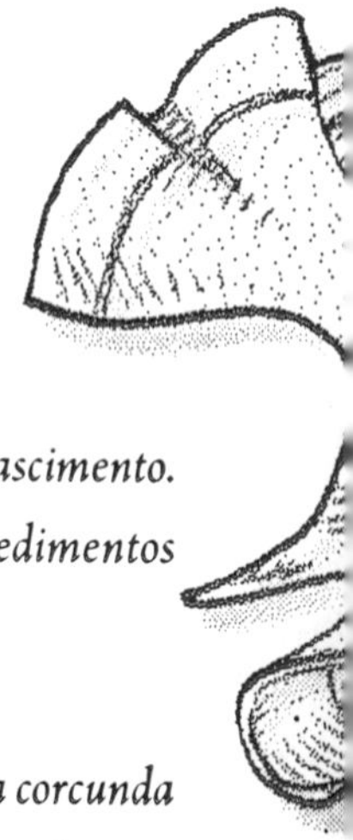

Daki — *Crianças e garotos de Emiós, até os 18 anos.*

Defênsio — *Palavra encantada da Inféria Fortis.*

Désio Z206 — *Gene mágico introduzido nos Dakis quando do seu nascimento. Anula os sentimentos, particularmente o amor. É produzido por procedimentos genéticos secretos de Medicina Kármica.*

Directo — *Palavra encantada da Inféria Velox.*

Dromantes — *Animais robustos e muito peludos que apresentam uma corcunda sobre a qual transportam mercadorias. São montados pelos Fhar. São criados nas Leiterias Tortas pelas U'ndárias.*

E

Effundo — *Palavra encantada da Huma Imeia.*

Enxofre Granuloso — *Forma-se no subsolo de Emiós e constitui a substância gosmenta dentro da qual vivem os Vermes Gigantes.*

Enxofre Sulfurado — *É extraído da areia do deserto de Alfásia. É usado em várias poções alquímicas como agente anti-inflamatório.*

Epidoto Estriado — *Cristal verde e amarelo encontrado na Zona Metamórfica. Quando engolido, muda o aspecto físico da pessoa. Quando associado ao Ambali 1, significa "Poder".*

Equisetum Arvense — *Plantinha saborosa que é o alimento preferido dos Piróssios.*

Esfavilhas — *Imagens mutáveis de pessoas ou paisagens que parecem a fotografias terrestres.*

Esferiosas Cobaltas – *Bagas azuis que crescem em caniços delgados do jardim de Eremia.*

Espilonga – *Meio de transporte voador, parecido com uma gôndola e dotada de asas de água.*

Extânima – *Câmara de adormecimento dos Fhar.*

F

Fábricas Côncavas – *Zona industrial da Área Krop-5, onde os U'ndários trabalham.*

Fhar – *Governadores absolutos de Emiós.*

Fituba – *Cigarro longo e fino.*

Flatus – *Caderno contendo as Magias do Vento de Morga.*

Folhas Bagatela – *Folhas cultivadas pelos U'ndários para fabricar veludo.*

Fovea – *Palavra encantada da Huma Pregna.*

G

Galanga Márfica – *Cactácea com grossas folhas vermelhas que ao serem espremidas produzem uma bebida que mantém as pessoas acordadas.*

Galáxia Esperimeia – *Galáxia distante 200 anos-luz da Terra. Compreende o sistema solar Bromo, dentro do qual está situado o planeta Emiós.*

Ganso Palmado – *Tem plumas rosas e vive nas Leiterias Tortas, e é criado pelas U'ndárias.*

Gelo Sâmico – *Gelo prensado em frigoríficos alquímicos especiais. Não derrete nem é frio, porém tem o poder de manter a pele lisa. É utilizado para fabricar as Kaplás.*

Gestal – *Mulher belíssima, dedicada à procriação.*

Glibine – *Pedra preciosa raríssima de cor vermelha.*

Gnidium – *Planta arbustiva venenosa que produz pequenos frutos.*

Gual – *Pingente de cobre de forma esférica e ponta de prata, suspenso por um anel de ouro a um cordão de seda preta.*

H

Hamalios – *Mosteiro de Hamalios, morada das Gestais e Ancilantes.*
Hasmiótica – *Técnica defensiva dos Fhar; trata-se de criar uma barreira de ar elétrico que envolve o corpo, defendendo-o de ataques externos.*
Huma Imeia – *Magia do Vento de Terra.*
Huma Intra – *Magia do Vento de Terra.*
Huma Pregna – *Magia do Vento de Terra.*

I

Ilha Límbia – *Atol no oceano Orhanto.*
Imperalei – *Conjunto de regras absolutas, impostas pelos Fhar.*
Inféria Fortis – *Magia do Vento de Fogo.*
Inféria Rota – *Magia do Vento de Fogo.*
Inféria Velox – *Magia do Vento de Fogo.*
Inféria Vox – *Magia do Vento de Fogo.*
Invéria – *Estação fria e rigorosa.*
Inficia – *Palavra encantada da Plúvia Dora.*
Itérbio – *Metal desconhecido, utilizado por Okrad.*
Itterbio et Aeternum – *Livro secreto de Okrad.*

K

Kaplá – *Máscara de ferro e gelo sâmico usada pelos Fhar.*
Karash – *Cidade que abriga as lojas frequentadas pelos Dakis.*

Kernite Dênsia – *Creme que cicatriza as feridas. Quando associada ao Ambali 4, significa "Força".*

Kimiyerante – *Laboratório secreto de Okrad.*

Komba – *Transporte voador de forma ovoide com asas de metal, utilizado pelos Dakis.*

Kumkum – *Ponto vermelho na testa de Eremia, sinal de sua potência xamânica.*

L

Laudário – *Imensa zona ao sul de Emiós, banhada pelo oceano Orhanto, composta de uma infinidade de seixos brancos de diversos tamanhos.*

Lei Cósmica – *Código Sagrado em sânscrito, gravado sobre a chave de bronze verde.*

Leiterias Tortas – *Local em que habitam U'ndários, localizado na Área Krop-4.*

Lobélia Flata – *Flores que incham e explodem, provocando faíscas.*

M

Maçãs Corninas – *Excelentes e suculentas maçãs que crescem em árvores do jardim do Mosteiro de Hamalios.*

Masmi – *Líquido regelante gasoso.*

Mecânias Fluantes – *Enormes máquinas-robôs com cabeças ovoides que aspiram o Masmi, regulando sua temperatura.*

Medicina Flêumica – *Disciplina alquímica dos Fhar.*

Medicina Kármica – *Disciplina alquímica dos Fhar.*

Medra – *Estação branda.*

Megorá – *Auditorium de Áurea Nyos, situado na torre de Okrad.*

Momornica Charantia – *Melão verde, contendo muito sumo.*

N

Nepeta Catária — *Conjunto de especiarias utilizadas nos alimentos. Cria dependência.*

Nullum — *Palavra encantada da Plúvia Flásia.*

O

Obolho — *Pequeno dirigível de cristal e ouro que voa soltando bufadas de vapor e contém objetos, líquidos, metais, pedras e documentos. É utilizado pelos Fhar.*

Odor — *Palavra encantada da magia Plúvia Pitta.*

Óleo Trimado — *Substância oleosa que, queimando, produz energia elétrica. É usado, sobretudo, nas candeias.*

Ômbria — *Zona em que crescem cogumelos gigantes e venenosos.*

Orhanto — *Oceano de Emiós.*

Ouro Blandato — *Ouro preciosíssimo, extraído de uma mina secreta, conhecida somente pelos Fhar. É utilizado em poucas e raras poções alquímicas. Em conjunção com o Ambali 8, significa "Esplendor".*

Ôsmio Odorante — *Incenso negro para a meditação. Quando associado ao Ambali 7, significa "Verdade".*

P

Panacedarium — *Laboratório alquímico.*

Pão Rosa — *Pão recheado com especiarias de Nepeta Catária, saboroso e extremamente proteico.*

Papáveros Somniferis — *Flores vermelhas que crescem na Área Krop-6X. Suas pétalas são utilizadas em poções narcóticas.*

Penolho Quadrado — *Relógio de parede de ouro.*

Perfollo Salubris – *Trevo de quatro folhas que cresce na Área Krop-0.*
Pratinhos – *Argolas voadoras de 1 metro de diâmetro, nas quais os Dakis voam, participando de competições.*
Picotadoras – *Máquinas em forma de martelo usadas para extrair o Ouro Blandado.*
Piróssios – *Espécie de avestruzes de plumagem aloirada.*
Plantarium – *Manual que lista as substâncias vegetais.*
Plúvia Axia – *Magia do Vento de Água.*
Plúvia Dora – *Magia do Vento de Água.*
Plúvia Flasa – *Magia do Vento de Água.*
Plúvia Lúmia – *Magia do Vento de Água.*
Plúvia Pitta – *Magia do Vento de Água.*
Poças de Esmerilha – *Pequenos lagos em que ferve o Masmi.*
Pramago(a) – *Fbar responsável pela gestão de cidades e áreas de Emiós.*
Prata Fluiforme – *É extraída das Minas e, depois de liquefeita, transforma-se em magma. Quando associada ao Ambali 9, significa "Vitória".*
Prima Chartum Psicha – *Lâmina de prata contendo a pedra vermelha e a chave de bronze verde do Código Sacro da Lei Cósmica.*

Q

Quercus Alba – *Árvore nodosa sem folhas.*
Quêbulas Ferma – *Hera cicatrizante.*

R

Raízes Roxas – *São as raízes da Aloe Feixosa.*
Raio Avólio – *Luz muito intensa fecundante, criada por meio de energia kármica.*
Rôndolo – *Recipiente em forma de ovo com rolos de vidro mole.*

S

Samhar – *A Floresta de Samhar se estende pela região noroeste de Emiós, na Área Krop-6X.*

Segunda Chartum Psicha – *Lâmina de prata contendo a pedra e a chave negra com o Código Sagrado Terra.*

Senthia – *Árvore raríssima cujas folhas são de ouro. Cresce unicamente no jardim de Eremia.*

Sentinelas – *Criaturas de fumaça e vapor, fidelíssimas aos Fhar.*

Serpentes Bífilas – *Serpentes de duas cabeças encontradas no deserto de Alfásia.*

Shaal Tuak-Pà – *Fórmula da imortalidade.*

Signum – *Palavra encantada da Plúvia Lúmia.*

Sinfobaixas – *Esferas musicais giratórias, construídas em ferro e assentadas sobre as cúpulas da Casa de Eremia.*

Solmo – *Motor a propulsão alquímica das Vádrias.*

Sombrinha Fleuro – *Pequena capota impermeabilizada montada sobre a corcunda dos Dromantes cavalgados por Fhar. Os governantes de Emiós utilizam-na também durante os passeios, para se proteger da neve, da chuva e do sol escaldante.*

Suadira Demeta – *Técnica de Medicina Kármica. As mãos emitem uma energia que reequilibra as funções do corpo, mas apaga a memória.*

Suflio – *Instrumento alquímico em forma de trombone.*

Sudâmia – *Pó cinza obtido dos cogumelos secos de Ômbria.*

T

Terra – *Segundo Código Sagrado em sânscrito.*

Tertia Chartum Psicha – *Lâmina de prata contendo a pedra e a chave amarelas do Código Sagrado e Mágico.*

Toxicum – *Palavra encantada da Plúvia Axia.*

Transporte Pulverizador – *Deslocamento imediato parecido com o teletransporte. É utilizado pelos Fhar para viajar de um lado a outro do planeta e é ativado por meio de uma fórmula mágica.*
Turnera Difusa – *Hera vermelha que devora os micróbios. É utilizada também para fabricar tecidos nobres.*
Tyos Furente – *Raio amarelo gerado pela magia dos Fhar.*

U

U'ndários – *Homens e mulheres estéreis dedicados ao trabalho.*

V

Vádria – *Carruagem voadora das Gestais.*
Veneno Trismônio – *Cola ácida e venenosa produzida por partes descartadas do Masmi. Também serve para selar qualquer tipo de recipiente alquímico.*
Veludo Bagatela – *Tecido produzido pelo processamento das Folhas Bagatelas.*
Vermes Gigantes – *Vivem no subsolo de Emiós, onde correm pelas Conduturas Cobríficas.*
Vrak – *Animal feroz, de pelo negro e grosso, olhos e garras roxas.*

W

Wolmida – *Cidade dos U'ndários, localizada na Área Krop-4.*

X

Xamã – *Mulher dotada de faculdades taumatúrgicas e adivinhatórias.*

Z

Zafínia Soprada – *Suco das Esferiosas Cobaltas, de sabor muito acentuado. Dá energia e tonifica o corpo.*

Zea Mays – *Planta rosa que produz frutos amarelos em forma de bolinhas que podem queimar a língua.*

Zona Metamórfica – *Região montanhosa situada na área nordeste do planeta Emiós.*

O Planeta Emiós

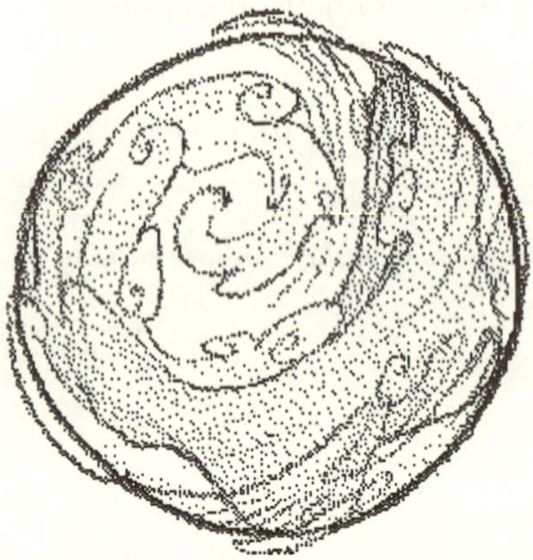

A Galáxia Esperimea dista 200 anos-luz da Terra, mas pode ser alcançada em apenas 24 horas caso se utilize a Curva Stália Fotônica e passe pelo Cordão Esmênio do espaço intergaláctico. A Galáxia Esperimea possui 18 sistemas solares, embora somente o do Bromo possua um planeta cuja atmosfera possibilita a existência de vida. Trata-se do pequeno planeta Emiós, iluminado por um sol e três luas. A rotação das três luas marca as mudanças das estações.

A exemplo da Terra, o ano de Emiós é composto de 365 dias, sendo cada dia dividido em 24 horas.

Existe apenas um grande oceano, Orhanto, que abraça a longa e estreita faixa de terra que se estende de leste a oeste do planeta. No centro do território erguem-se as altíssimas montanhas da Cosmogonia Rochosa e da Zona Metamórfica. A cordilheira divide a parte norte da parte sul do planeta.

A água de Orhanto é salgada, ácida e de cor negra. São poucas as espécies de peixes e algas que conseguem sobreviver nele. Um único atol, repleto de vegetação, destaca-se nas águas negras de Orhanto: trata-se da ilha Límbia.

O vasto deserto de Alfásia estende-se pela região norte de Emiós.

O Hamandor, longo rio navegável que nasce no ponto mais alto das geleiras das montanhas, deságua no oceano, ao norte bem como ao sul. A costa meridional do oceano é formada por uma faixa compridíssima de seixos achatados, o Laudário, que faz fronteira com as Minas de Prata e de Ambrioso. As Poças de Esmerilha ficam na região central de Emiós, entre as minas e a Cosmogonia Rochosa. Mais adiante, seguindo para leste, o solo torna-se úmido, e cogumelos gigantescos crescem numa área específica chamada Ômbria.

Para tornar o planeta habitável, os Fhar criaram áreas circunscritas pelas quais distribuíram os habitantes de acordo com sua utilidade e produtividade.

Área Krop-0 — Na cidade de Mantrakor, na região sudoeste do planeta, encontra-se o Mosteiro de Hamalios, onde vivem Gestais e Ancilantes. O rio Hamandor corre por um bosque que o circunscreve.

Área Krop-1 — A oeste, junto das escarpas da Cosmogonia Rochosa, ergue-se o Centro Cripto, onde são selecionados os recém-nascidos e onde os Dakis vivem até os 11 anos de idade.

Área Krop-2 — Os Dakis entre os 12 e os 18 anos de idade vivem na Colônia Briosa, cidade que é circundada por uma floresta densa.

Área Krop-3 — A cidade de Karash, frequentada sobretudo pelos Dakis, dista poucos quilômetros da Colônia Briosa, em direção ao sul.

Área Krop-4 — A cidade de Wolmida ergue-se na região sudeste. Ali estão localizadas as moradas de U'ndários e U'ndárias, nas Leiterias Tortas.

Área Krop-5 — As Fábricas Côncavas, em que trabalham exclusivamente U'ndários, foram construídas na região nordeste, junto mesmo das faldas da Zona Metamórfica da Cosmogonia Rochosa.

Área Krop-6X — Áurea Nyos, a Cidade das Cem Torres, localiza-se na região noroeste. Ela é circundada pela Floresta de Samhar, que se estende até as faldas das montanhas da Cosmogonia Rochosa. Áurea Nyos é habitada exclusivamente pelos Fhar, que moram cada um em uma torre e se fazem acompanhar por Sentinelas. No interior da floresta, além do rio Hamandor, que a corta ao meio, encontra-se a Casa de Eremia, a Bramante Branca.

As Estações e a rotação das Três Luas

As três luas brilham alternadamente, com base nas correntes temporais. Duas luas encontram-se presentes durante o dia, juntamente com o sol. A terceira brilha à noite.

As duas luas que aparecem de dia estão sempre negras e, quando se tornam cinzentas, isto significa que o ciclo lunar está mudando. As três luas brilham simultaneamente à noite somente uma vez a cada cem anos, ocasião em que não estão presentes durante o dia.

Lua Vermelha

Quando aparece à noite e é a única a brilhar, ela provoca uma luz avermelhada que se espalha por todo o planeta. Algumas plantações se beneficiam com isso. A lua vermelha noturna facilita a criação de poções poderosas, pois os elementos alquímicos acumulam a energia dos seus raios. Contudo, ela leva os animais ferozes a uivarem, além de torná-los mais agressivos.

Quando se torna negra ou cinzenta durante o dia, brilhando conjuntamente com a lua azul, acentua a intuição.

Ao se conjugar com a lua branca, ela diminui as capacidades de concentração.

Lua Azul

À noite, ela produz uma luz azulada. Algumas plantas beneficiam-se dela, que aparentemente possui um efeito tranquilizador sobre todos os animais de Emiós. É um fato comprovado que a lua azul noturna potencializa a atividade física.

Quando ela se torna negra ou cinzenta durante o dia, estando conjugada com a lua vermelha, os alimentos e as matérias-primas deterioram-se facilmente. Costuma aumentar o vento e exerce influência sobre a água, que se encrespa.

Quando está combinada com a lua branca, favorece os encontros, o diálogo e o nascimento de Dakis.

Lua Branca

Quando brilha à noite, as pessoas ficam insones e agitadas. Favorece a escrita e o surgimento de novas ideias.

De dia, os humores sofrem sua influência quando ela se torna negra ou cinzenta e está conjugada à lua vermelha; ela consegue despertar o desejo de dançar e se divertir.

Ao contrário, quando está associada à lua azul, todo o planeta de Emiós vive momentos de tensão, na medida em que seja possível ocorrerem fortes terremotos.

Estação Fria — Invéria

Emiós fica mergulhado em frio polar três vezes por ano.

- Do 5° ao 30° dia: lua branca noturna. De dia aparece a lua azul enegrecida ou cinzenta, conjugada com a lua vermelha.

- Do 152° ao 179° dia: lua vermelha noturna. De dia surgem a lua branca enegrecida e a lua azul.
- Do 320° ao 340° dia: lua branca noturna. De dia, a lua azul enegrecida aparece no céu, ladeada pela lua vermelha.

Estação Quente — Ársica

Duas vezes por ano o planeta sofre calor e mormaço.

- Do 45° ao 65° dia: lua vermelha noturna. De dia aparece a lua azul enegrecida, conjugada com a lua branca.
- Do 202° ao 234° dia: lua azul noturna. De dia, vê-se a lua vermelha enegrecida, associada com a lua branca.

Estação Temperada — Medra

A natureza oferece seus melhores frutos e a vegetação volta a florescer cinco vezes por ano.

- Do 31° ao 44° dia: lua azul noturna. De dia, a lua vermelha enegrecida conjuga-se com a lua branca.
- Do 66° ao 151° dia: lua azul noturna. De dia, a lua vermelha enegrecida brilha ao lado da lua branca.
- Do 180° ao 201° dia: lua branca noturna. De dia, a lua azul enegrecida associa-se com a lua vermelha.
- Do 235° ao 319° dia: lua vermelha noturna. De dia, a lua branca enegrecida associa-se com a lua azul.
- Do 341° ao 4° dia: lua azul noturna. De dia a lua branca enegrecida associa-se com a lua vermelha.

FLATUS

O Caderno Vermelho de Morga

O VENTO MUDA AS COISAS

O vento sopra
muda as coisas
até as pedras
tornam-se rosas.

Cada medo e chateação
será como areia de ouro
De pés descalços corremos
e o perfume do mar respiramos
As lágrimas tornam-se cometas
que viajam para destinos secretos.

Demo-nos as mãos
voemos para longe
para retornar lá
e reencontrar a liberdade.

O vento sopra
muda as coisas
até as pedras
tornam-se rosas.

Cavalgamos no ar
tocamos no sol
Cantamos a plenos pulmões
porque a vida é uma só
Um dia um grande coração vai bater
e dar a todos somente amor.

Tomemos as estrelas
as mais belas
para voltar lá
e libertar a liberdade.

O vento sopra
muda as coisas
até as pedras
tornam-se rosas.

Flores e conchas
tesouros de maravilhas
Basta pouco para ser feliz
uma palavra e trava-se amizade.

Demo-nos as mãos
voemos para longe
Cavalguemos no ar
toquemos no sol
para voltar para cá
e libertar a liberdade.

O vento sopra
muda as coisas
até as pedras
tornam-se rosas.

As Magias do Vento

O Vento de Água

PLÚVIA PITTA
Material — Pequeno seixo de Laudário.
Ação — Um único sopro comprido.
Efeito — Nuvem densa de cor alaranjada que produz uma chuva quente e perfumada.
Palavra Encantada — "Odor."
Reação — Relaxamento.
Duração — Dez minutos.
Procedimento — Segurar o pequeno seixo entre os dentes, emitindo um sopro comprido. Quando uma nuvem se formar, pronunciar *Odor*, e a chuva cairá. As pessoas molhadas pelas gotículas relaxam.

PLÚVIA AXIA
Material — Musgo proveniente da Floresta de Samhar.
Ação — Soprar suavemente quatro vezes.
Efeito — Nuvem negra da qual cai uma chuva ácida e corrosiva.
Palavra Encantada — "Toxicum."
Reação — Provoca ferimentos.
Duração — Seis minutos.
Procedimento — Segurar o musgo corado com Gnidium e soprar suavemente quatro vezes. Forma-se uma nuvem negra e, ao pronunciar a palavra *Toxicum*, a chuva ácida e corrosiva cairá. As gotas provocam graves queimaduras na pele.

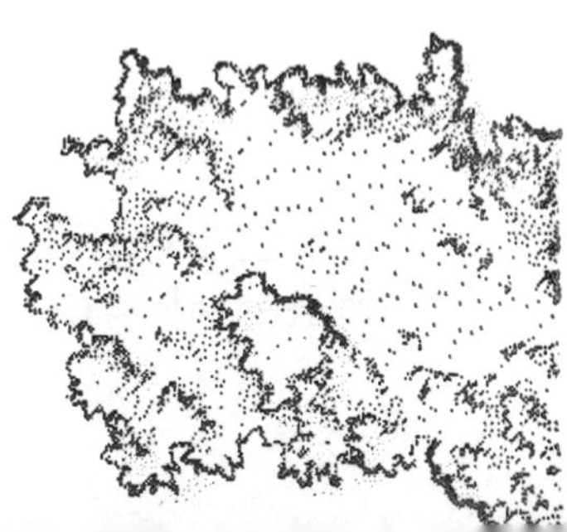

PLÚVIA FLASA
Material — Água do rio Hamandor.
Ação — Lançar.
Efeito — Vapor.

Palavra Encantada — "Nullum."
Reação — Devora odores e perfumes.
Duração — Dois minutos.
Procedimento — Lançar a água tingida com os frutos amarelos Zea Mays atrás das costas, pronunciando *Nullum*. Surgirá um vapor que eliminará todos os cheiros, deixando o ar limpo.

PLÚVIA DORA
Material — Pequena barra de Ouro Blandado.
Ação — Lançar.
Efeito — Cascata.
Palavra Encantada — "Inficia."
Reação — Torna o solo escorregadio.
Duração — Sete minutos.
Procedimento — Joga-se a barrinha de ouro na água e pronuncia-se *Inficia*. Formar-se-á uma cascata dourada que tornará o terreno impraticável: escorregadio e grudento.

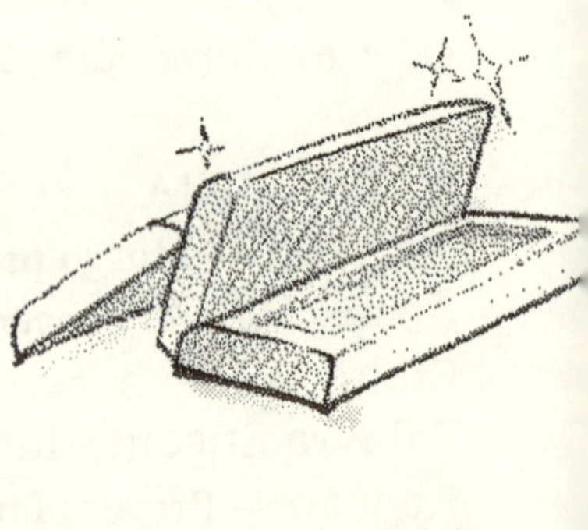

PLÚVIA LÚMIA
Material — Pó de Prata Fluiforme.
Ação — Espalhar.
Efeito — Chuva azul.
Palavra Encantada — "Signum."
Reação — Assinala as pegadas.
Duração — Quatro minutos.
Procedimento — Espalha-se o pó de Prata Fluiforme, que se dissolve instantaneamente, pronunciando *Signum*. Imediatamente produzir-se-á a chuva azul, que ao se depositar sobre o solo e os objetos consegue marcar impressões.

O Vento de Fogo

INFÉRIA ROTA
Material — Cera e Cromo Váquio.

Ação — Soprar duas vezes.
Efeito — Esferas inflamadas.
Palavra Encantada — “Ardeo.”
Reação — Atinge quem ataca.
Duração — Oito minutos.
Procedimento — Deixar pingar seis gotas de cera de uma vela branca sobre a palma da mão, acrescentar três gotas de Cromo Váquio. Soprar duas vezes e pronunciar *Ardeo.* Surgirão quatro esferas de fogo que golpearão os inimigos.

INFÉRIA FORTIS
Material — Flores Lebelia Flata e um galho de Quercus Alba.
Ação — Girar.
Efeito — Círculo de fogo.
Palavra Encantada — “Defensio.”
Reação — Espaço inviolável.
Duração — Quinze minutos.
Procedimento — Encaixam-se as flores de Lobelia Flata nas fissuras do galho de Quercus Alba. Ao começar a girar a madeira, pronunciar *Defensio.* Formar-se-á uma língua de fogo que traçará um círculo perfeito, dentro do qual ninguém poderá penetrar.

INFÉRIA VELOX
Material — Frutos secos tóxicos de Barósmio Betulino.
Ação — Lançar.
Efeito — Flechas incandescentes.
Palavra Encantada — “Directo.”
Reação — Ataque violento.
Duração — Nove minutos.
Procedimento — Lançar frutos secos tóxicos de Barósmio Betulino dentro da brasa e pronunciar *Directo.* Formar-se-ão flechas roxas incandescentes.

INFÉRIA VOX
Material — Gnidium e pó de Crisocola Verbante.

Ação — Pensar.
Efeito — Voz potente.
Palavra Encantada — "Oris."
Reação — Materialização do pensamento em voz.
Duração — Quinze minutos.
Procedimento — Manter debaixo da língua um fruto de Gnidium e espalhar o pó de Crisocola Verbante no ar. O pensamento tornar-se-á voz, materializando-se em línguas de fogo.

O Vento de Terra

HUMA PREGNA
Material — Areia do deserto de Alfásia e Arsênico Sanguado.
Ação — Soprar.
Efeito — Onda de lama.
Palavra Encantada — "Fovea."
Reação — Armadilha.
Duração — Vinte minutos.
Procedimento — Molhar 12 grãos de areia do deserto de Alfásia com duas gotas de Arsênico Sanguado. Segurar a mistura na mão e pronunciar *Fovea*. Formar-se-á uma onda de lama venenosa.

HUMA IMMEA
Material — Resina da pinha Carya Glabra.
Ação — Cuspir.
Efeito — Parede macia.
Palavra Encantada — "Effundo."
Reação — Petrificação.
Duração — Uma hora.
Procedimento — Mastigar a resina da pinha Carya Glabra, cuspir e gritar *Effundo*. Quem for atingido é paralisado por uma parede macia que o envolve, petrificando-o.

HUMA INTRA
Material — Pedras metamórficas e fios de Cobre Cilante.

Ação — Lançar com atiradeira.
Efeito — Corrente.
Palavra Encantada — "Cárcer."
Reação — Envolver.
Duração — Onze minutos.
Procedimento — Lançar as pedras com os fios de Cobre Cilante e gritar *Carcer.* Formar-se-á uma série de anéis presos um ao outro. A corrente envolverá o agressor.

PLANTARIUM

Árvores, plantas, ervas e flores do planeta Emiós

Aloe Feixosa – *Planta suculenta com folhas largas que cresce no jardim de Eremia. É usada para cozinhar alimentos substanciosos. Suas raízes são roxas e são utilizadas para fazer decocções.*

Barósmio Betulino – *Árvore muito alta com frutos secos e tóxicos de cor roxa, que cresce unicamente na região de Ômbria. Caso os frutos sejam tocados com as mãos sem proteção, há o risco de desenvolver pelos por todo o corpo instantaneamente. Quando utilizados em poções mágicas, podem produzir efeitos opostos: envenenam ou despertam do coma, dependendo da quantidade de energia solar que tiverem absorvido.*

Casca Ciungada – *Casca das árvores nodosas tornada elástica para produzir amarras que podem ser emendadas, úteis para prender as caixas de mercadorias no lombo dos Dromantes.*

Carya Glabra – *Pinha de cor vermelha que cresce nas árvores da Área Krop-0. A resina produzida com elas pode ser ardida quando manipulada com as mãos molhadas.*

Equisetum Arvense – *Plantinha verde-clara que cresce em toda parte e serve de alimento aos Piróssios.*

Esferiosas Cobaltas – *Bagas azuis cultivadas no jardim de Eremia. Crescem em caniços delgados a cada trinta anos. São utilizadas nas bebidas alquímicas.*

Folhas Bagatela – *Folhas cultivadas pelos U'ndários que são usadas para fabricar veludo.*

Gnidium – *Planta arbustiva venenosa, chamada Erva Corsa. Dos frutos é extraído um corante preto, e da casca, um corante amarelo. Cresce na Floresta de Sambar. Os frutos, quando mastigados e logo cuspidos, potencializam a voz.*

Lobelia Flata – *Flores que incham e explodem produzindo faíscas. Isto acontece principalmente durante a estação Ársica e quando a lua negra está no firmamento. Estão espalhadas por toda parte.*

Momôrnica Charantia – *Melão de tonalidade verde, cultivado na Área Krop-1. É muito nutritivo e mata a sede. Também serve para fazer uma geleia bem saborosa. As sementes do melão provocam alucinações que podem durar três dias.*

Nepeta Catária – *Especiaria produzida a partir de várias plantas alquímicas que crescem na Área Krop-4 e no jardim de Eremia. É usada para cozinhar os alimentos. Apresenta cheiro e sabor muito pronunciados. Cria dependência química. Quando destilada, produz uma bebida alcoólica muito forte.*

Quercus Alba – *Árvores nodosas que não apresentam folhas. Crescem exclusivamente na Floresta de Sambar, perto da Casa de Eremia. Emitem energia positiva, e seus galhos se movem em caso de perigo.*

Senthia – *Árvores raras; existem somente dez exemplares, todos no jardim de Eremia. São mágicas, e suas folhas de ouro contêm substâncias úteis para criar a fórmula da imortalidade.*

Turnera Difusa – *Hera vermelha cultivada na Área Krop-5. Cresce com uma rapidez espantosa. Devora os micróbios, motivo pelo qual costuma ser plantada ao lado de residências. Quando processada e tratada, é utilizada para fabricar tecidos.*

Zea Mays – *Planta rosa com frutos amarelos em forma de bolinhas, que cresce na Área Krop-3. Seus frutos são dulcíssimos, embora alguns queimem a língua.*

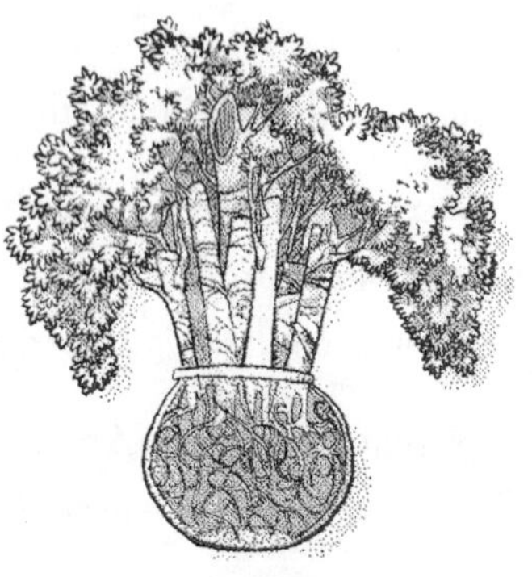

BREVIÁRIO DE MEDICINA KÁRMICA

Adormida Branca — *Planta de folhas brancas que cresce na Área Krop-6X. Macerar as flores de Papáver Somniferum em água fria durante dois meses, acrescentar as folhas de Adormida picadas e ferver durante duas horas. Sete gotas provocam a morte. Administram-se quatro gotas para sedar as pessoas e apenas uma como analgésico em caso de dor.*

Algodão Cromado — *Algodão que cresce no jardim de Eremia, embebido de cromo remove o vermelho dos olhos.*

Amônio Combinado — *Linfa densa de cor laranja produzida pelas folhas de Adormida Branca. Duas gotas misturadas em água fervente ajudam a manter os dentes alvos.*

Antalgia Frea — *É uma árvore que cresce unicamente na Área Krop-6X. Suas dimensões são reduzidas, e suas folhas finas cor-de-rosa são liquefeitas e destiladas para produzir um creme a ser espalhado sobre mãos, rosto e calva para protegê-los do frio.*

Calamus Aromaticus — *Planta amarela que cresce na Área Krop-0. As pontas de suas folhas contêm uma substância gelatinosa que torna a pele lisa e macia. Protege dos raios solares e do excesso de transpiração.*

Cantária Sólia — *Erva azul que cresce unicamente na Área Krop-6X. Quando fervida durante seis horas produz um suco que possui propriedades idênticas ao leite materno: é muito nutritivo e energético.*

Cicuta Expansiva — *Planta que viceja na Área Krop-4. Suas folhas são largas e compridas, de cor verde-escura, e quando maceradas e fervidas produzem um* *suco mortal. Meras três gotas provocam um ataque cardíaco. Mas uma gota misturada com outras substâncias torna as poções fortes e energéticas.*

Cilando – *Planta que cresce na Área Krop-0. Suas folhas apresentam a forma de tubinhos que contêm sementes que ao serem mastigadas por dois minutos acalmam e relaxam.*

Comoro Visko – *Poderoso promoalucinógeno produzido pela liquefação de Esférias Cobaltas e folhas de Galanga Márfica. Seis gotas são suficientes para causar efeito.*

Galanga Márfica – *Planta suculenta que cresce na Zona Metamórfica. Suas folhas são grossas e vermelhas e contêm um líquido branco muito benéfico. Um suco feito com cinco folhas possibilita permanecer acordado por até quatro dias seguidos sem sentir cansaço. Em pequenas doses diárias, fortalece e enrijece os músculos.*

Papáver Somniferis – *Flor que cresce na Área Krop-6X. Suas pétalas são utilizadas em várias poções narcóticas. Basta mastigar duas pétalas para ter um sono profundo.*

Perifolo Salubris – *Trevo de quatro folhas em forma de estrela que cresce exclusivamente na Área Krop-0. Ao serem fervidos e macerados produzem uma bebida purificadora.*

Quêbulas Ferma – *Hera que cresce na Área Krop-4. Ao ser fervida por duas horas e empastada com sal produz um creme que ao ser aplicado sobre ferimentos cicatriza e coagula.*

Sudâmia – *Pó de Cogumelos de Ômbria secos. Serve unicamente para empastar os elementos alquímicos.*

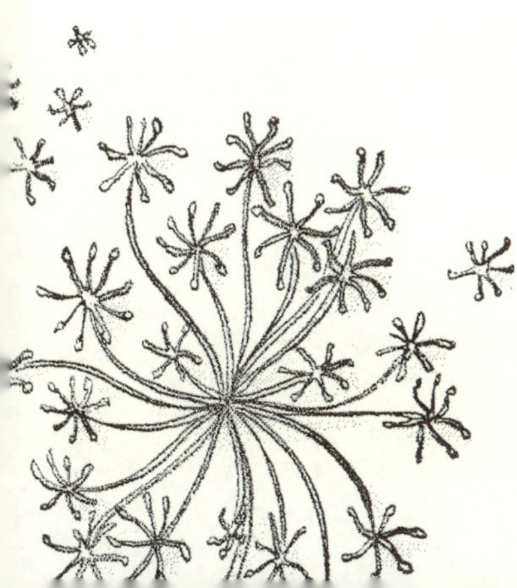

Um livro, uma história, uma ideia torna-se realidade não apenas por mérito do autor.
Agradeço, portanto, ao meu editor Alessandro Gelso, a todo o editorial, aos ilustradores, aos gráficos, ao pessoal da divulgação e do marketing, que viabilizaram o nascimento de Morga.
A paixão e o frescor são os ingredientes mágicos que encontrarão neste livro, que nasceu como obra coletiva de mãos, olhos e corações que realmente acreditam no valor da leitura.

Moony

Este livro foi composto na tipologia ITC Esprit,
em corpo 11/15, impresso em papel off-white 80g/m^2,
no Sistema Cameron da Divisão Gráfica
da Distribuidora Record.